차가운 물

SEOUL, 2006

차가운 물

초판 제1쇄 발행일 2006년 12월 21일 **초판 제2쇄 발행일** 2010년 2월 10일
지은이 요아힘 프리드리히 **옮긴이** 김영진
발행인 전재국 **본부장** 이광자
주간 김문정 **편집** 강민혜 **디자인팀장** 남희정 **마케팅팀장** 정유한
발행처 (주)시공사 **주소** 서울시 서초구 서초동 1628-1
전화 영업 2046-2800 편집 2046-2823
인터넷 홈페이지 www.sigongsa.com
홈페이지 회원으로 가입하시면 다양한 혜택이 주어집니다.

KALTES WASSER by Joachim Friedrich
Copyright ⓒ 2006 by Thienemann Verlag(Thienemann Verlag GmbH),
Stuttgart/Wien
All rights reserved.
Korean translation edition is published by arrangement with
Thienemann Verlag GmbH, Stuttgart/Wien
through Agency Chang, Daejeon.

이 책의 한국어판 저작권은 에이전시 창을 통해
독일 티네만 출판사와 독점 계약한 (주)시공사에 있습니다. 저작권법에 의해
한국 내에서 보호받는 저작물이므로, 무단 전재와 무단 복제를 금합니다.

ISBN 978-89-527-4789-1 43850

잘못 만들어진 책은 구입하신 곳에서 바꾸어 드립니다.

차가운 물

요아힘 프리드리히 지음 | 김영진 옮김

시공사

1

안나가 깨어났을 때 안나의 삶은 하얀 종이와도 같았다.

안나는 자기가 사람이라는 것을 기억했다. 자기를 바라보고 있는 이들도 사람이라는 것을 알아보았다. 하지만 정신이 드는 순간 떠오른 기억은 그것이 전부가 아니었다. 어떤 느낌이 있었다. 안나는 그 느낌이 싫었다. 안나는 제 자신 속으로 숨었다. 의식의 어느 외진 구석에 자리 잡은 '나'라는 존재 속으로. 안나는 그곳에 머무르고 싶지 않았다. 그렇게 위축되는 것이 싫었다. 그러나 그보다 더 싫은 것은 깨어나는 것이었다. 안나는 의식을 되찾기 전 자기가 머무르던 곳으로 돌아가고 싶었다. 안나는 눈을 감아 버렸다.

클라센 박사가 말했다.

"안나, 네 이름은 안나 린덴탈이야."

안나가 말했다.

"안나. 그건 저예요. 제 이름이에요."

클라센 박사가 안나에게 웃음을 지어 보였다.

"그래, 아주 잘했다. 진척이 무척 빠르구나, 안나!"

안나는 클라센 박사를 좋아했다. 클라센 박사는 거의 날마다 안나를 찾아왔다. 과거에는 알았지만 이제는 다 잊어버린 것을 안나가 다시 배울 수 있게 하기 위해서였다.

안나는 자기가 얼마나 오랫동안 그 방에 살고 있는지 몰랐다. 클라센 박사는 안나에게 시간에 대해 가르치는 일이 쉽지 않았다. 두 달 전, 안나의 새로운 삶이 시작된 뒤로 그 병실은 안나의 첫 번째 집이었다. 날이 예순 번 밝았다가 어두워졌다. 클라센 박사는 안나에게 그렇게 설명했고, 안나는 그 말을 알아들었다. 안나는 숫자를 아주 잘 기억했다. 클라센 박사가 놀랍다고 할 정도였다. 하지만 60일 전에 무슨 일이 있었지? 안나는 그때도 살고 있었지만 그 60일 이전에 있었던 일은 모두 잊어버렸다. 잊어버렸다고? 안나는 아직도 그 낱말의 뜻을 정확히 이해할 수 없었다.

안나는 밤마다 침대에 누워 달빛밖에 없는 어두운 창밖을 내다보곤 했다. 그러면서 해가 예순 번 뜨고 지기 전에 어떤 일이 있었는지 상상해 보려고 애썼다. 하지만 아무리 애써도 상상이 되지 않았다. 그 와중에도 자기가 제 의식의 외진 구석에 숨어 있는 것 같은 느낌은 여전했다. 안나는 그 느낌이 싫었다. 그 느낌은 안나를 겁나게 했다.

클라센 박사가 손목시계를 들여다보며 말했다.

"난 곧 가 봐야겠다. 하지만 그 전에 게임 하나쯤은 할 수 있을 것 같구나. 음, 뭐가 좋을까……."

안나가 재빨리 소리쳤다.

"메모리 게임이요!"

클라센 박사는 방에서 나가기 전에 늘 안나와 함께 게임을 했다. 메모리 게임은 안나가 가장 좋아하는 게임이었다. 마음 같아선 만날 메모리 게임만 하고 싶었지만 그것은 클라센 박사가 허락하지 않았다. 안나가 잘 못하는 게임도 배워야 했기 때문이다.

안나가 말했다.

"얼른 화장실에 갔다 올게요."

안나는 더 이상 기저귀를 차지 않아도 된다는 사실이 자랑

스러웠다. 그래서 클라센 박사가 와 있는 동안 적어도 한 번
은 화장실에 가는 모습을 보여 주려고 무척이나 신경 썼다.
안나의 병실에는 화장실과 욕실이 딸려 있었고, 그 밖에도
침대와 서랍장, 옷장 그리고 책장이 놓여 있었다. 클라센 박
사가 가져다준 몇 권 안 되는 책과 보드 게임 상자들은 책장
위에 썰렁하게 놓여 있었다.

　안나가 화장실에 있는데 바깥에서 엄마 목소리가 들렸다.
60일 전 새로운 삶을 시작하던 날을 생각할 때 가장 먼저 떠
오르는 것이 바로 엄마의 얼굴이었다. 하얗고 둥근 모습이,
밤이면 가끔씩 창밖으로 내다보이는 달처럼 안나의 얼굴 위
에 어렴풋이 떠 있었다. 안나는 어찌나 놀랐던지 다시 눈을
감을 수밖에 없었다. 그런데도 안나는 그 장면을 다시 보기
위해 거듭 그 순간을 떠올렸다.

　안나는 자기 부모를 사랑했다. 부모가 무엇인지와 부모를
왜 사랑해야 하는지는 클라센 박사가 설명해 주었다. 안나는
박사의 말을 이해했다. 그리고 부모가 찾아올 때마다 늘 기
뻐했다. 아빠는 엄마처럼 자주 오지 않았다. 엄마만큼 말수
가 많지도 않았다. 그런데도 안나는 엄마보다 아빠가 조금
더 좋았다. 어쩌면 바로 그런 이유에서인지도 몰랐다.

　나는 차가운 물이 옷 속으로 스며드는 것을 느꼈다. 죽음의 공

포가 밀려들었다. 내가 죽는 것은 두렵지 않았다. 두려운 것은 이 여자의 죽음이었다. 분노가 치밀었다. 저자를 당장에 죽여 버릴 수 있을 만큼 어마어마한 분노였다.

차가운 물이 손목을 타고 흘러내렸다. 안나는 물이 흐르는 것을 보면서도 막을 수가 없었다. 차가운 물은 천천히 그러나 계속해서 안나의 팔을 적셨다. 안나가 입을 벌리면 벌릴수록 숨 쉬기가 힘들어졌다. 공기가 폐까지 흘러 들어가지 않는 것만 같았다. 안나는 숨을 헐떡거렸다. 눈이 튀어나올 것처럼 아팠다. 계속해서 물이 차올랐다. 안나는 소리를 지르고 싶었지만 물 때문에 그럴 수 없었다. 이제 곧 물속에 빠져 버릴 것만 같았다. 그러고 나면 끝이다.

안나는 다리가 꺾이면서 세면대에 턱이 부딪혔다. 손이 찬물에서 미끄러져 나왔다. 물이 천천히 빠져나가기 시작했다.

안나는 온몸을 떨었다. 심장이 미친 듯이 뛰었다. 안나는 자기 팔을 바라보았다. 여전히 조금 젖어 있었다. 믿을 수 없다! 어떻게 이렇게 바보 같을 수 있단 말인가? 몸을 씻을 때 따뜻한 물만 써야 한다는 사실을 또 깜박 잊어버리다니!

어느새 안나는 두려움에 익숙해져 있었다. 하지만 방금 본 그 장면만큼, 그리고 찬물에 몸이 닿을 때마다 느끼게 되는 그 감정만큼 안나를 두려움에 사로잡히게 하는 것은 없었다.

그것은 죽음의 공포였다.

안나는 그 장면이 무엇을 뜻하는지, 왜 그런 공포감을 불러일으키는지 알지 못했다. 하지만 그 장면이 자신의 과거에서 비롯된 것 같다는 느낌은 들었다.

안나는 2개월 전 무슨 일이 있었는지 기억해 내기를 간절히 바랐다. 하지만 방금 본 그 장면만큼은 떠올리고 싶지 않았다. 그 끔찍한 두려움을 느끼는 것이 싫었다. 안나는 차가운 물이 싫었다!

안나는 머릿속에 떠오르는 장면과 느낌에 대해 아무에게도 말하지 않았다. 아니, 말을 할 수 없었다. 자기가 보고 느끼는 것을 묘사할 만한 낱말을 몰랐다. 안나는 클라센 박사가 자기를 바보로 여기는 것이 싫었다. 클라센 박사가 자기를 자랑스러워하고, 함께 메모리 게임을 해 주길 바랐다.

두근거리던 심장이 점차 가라앉으며 안나는 다시 숨을 쉴 수 있었다. 안나는 세면대를 붙잡고 일어섰다. 다시 무릎에 힘을 주고 설 수 있었다. 수건으로 열이 날 만큼 손과 팔을 박박 문질러 닦았다. 그러고 나서 한 발, 한 발 병실 쪽으로 천천히 걸어갔다.

병실에서는 클라센 박사가 엄마와 이야기를 나누고 있었다. 안나는 곧장 병실로 나가지 않았다. 마음이 가라앉길 기다리며 벽에 기댄 채 화장실 문 옆에 서 있었다. 자신이 방금 죽음의 공포에서 빠져나왔다는 사실을 클라센 박사나 엄마가 알면 안 된다. 안나는 제 심장 소리에 귀를 기울이며 심장 박동이 가라앉기를 기다렸다.

린덴탈 부인이 말하는 소리가 들렸다.

"상태가 좀 어떤가요?"

클라센 박사가 말했다.

"아주 빠른 속도로 좋아지고 있습니다. 이곳에 온 지 겨우 두 달째란 걸 생각하면 정말 놀라운 일이지요. 안나는 지금 여섯 살이나 일곱 살 수준이라고 할 수 있어요."

안나의 엄마가 한숨을 내쉬었다.

"여전히 자기 나이보다 열세 살이나 어리군요."

"린덴탈 부인, 지금 따님을 스무 살로 보시면 안 됩니다. 따님의 현재 발달 단계를 그대로 받아들이셔야죠. 힘드시리라는 것은 저도 압니다. 딸인데 왜 안 그렇겠어요? 하지만 지금 속도라면 곧 제 나이에 이를 겁니다."

"저는 아이가 살아 있는 것만으로도 기쁩니다."

"정말 기적 같은 일이에요. 따님이 이곳에 실려 왔을 때 응급실에서 일하던 동료가 그러던데, 각성제를 먹었거나 커피를 아주 많이 마신 것 같다고. 혹시 거기에 대해 뭐 아시는 것 있나요?"

린덴탈 부인이 소리쳤다.

"각성제나 커피라고요? 아니요, 처음 듣는 말이에요."

"어쨌거나 그 덕분에 목숨을 건졌어요. 그게 따님의 심장을 오랫동안 뛰게 만들었지요. 안 그랬으면 그 차가운 물에서 그렇게 오래 견디지 못했을 거예요."

안나는 두 사람이 나누는 이야기를 엿듣지 않았다. 제대로 이해하지도 못하면서 그냥 듣고 있을 뿐이었다. 하지만 그 순간 안나는 깜짝 놀랄 수밖에 없었다. 차가운 물이라니! 클라센 박사 입에서 왜 저런 말이 나왔지? 안나의 몸 일부가 차가운 물에 닿을 때마다 어떤 장면이 눈앞에 펼쳐지는지 알고 있기나 한 것처럼! 그렇다면 클라센 박사는 그 장면이 무엇을 뜻하는지도 알고 있을까? 클라센 박사한테 이야기해야 할까? 하지만 무슨 말을 어떻게 해야 하지?

엄마와 클라센 박사가 나누는 이야기를 좀 더 듣는다면 더 많은 것을 알 수 있을지도 모른다. 안나는 벽에 기댄 채 숨을 죽였다. 심장은 여전히 쿵쾅거렸다. 하지만 이제 심장이 마구 뛰는 것 따위에는 관심이 없었다.

클라센 박사가 물었다.

"자동차는 어떻게 됐나요? 끌어올리셨나요?"

"네. 그러고 나서 바로 폐차시켰죠."

"당연하죠. 그렇게 끔찍한 사고를 겪은 뒤라면 저라도 그렇게 했을 거예요."

자동차? 안나는 이해할 수가 없었다. 두 사람은 왜 자동차 이야기를 할까? 안나가 떠올리는 장면과 느낌에는 자동차가 없었다. 빠져 죽을 것 같은 차가운 물만 있을 뿐. 끔찍하게 차가운 물만.

안나의 엄마가 말했다.

"어떻게 이런 일이 일어났는지 도무지 납득이 안 돼요. 다른 사람들도 큰 사고를 당하지만 그렇다고 다들 이렇게 심각한 기억 상실에 걸리지는 않잖아요."

"이건 단순한 기억 상실이 아닙니다. 안나는 완전 기억 상실을 앓고 있어요. 글쎄 뭐랄까……, 컴퓨터의 하드웨어가 지워졌다고나 할까요?"

"사고 때문에 그렇게 됐나요?"

"사고만이 원인은 아닌 것 같아요. 머리에 심한 손상을 입기는 했지만 뇌를 다친 건 아니니까요. 완전 기억 상실은 여러 가지 이유가 합쳐져 생기죠. 지나치게 무거운 심리적 부담 같은 게 하나의 예예요. 하지만 너무 걱정하지 마세요. 기억은 아직 다 그대로 남아 있으니까요. 다만 따님의 뇌 속 어딘가에 숨어 있을 뿐이에요. 언젠가 기억을 되찾을 수 있는 희망은 있어요. 그때까지는 따님이 모르는 것을 가르쳐야죠. 게다가 따님한테는 아주 특별한 재능이 생겼어요. 놀라운 기억력이죠. 메모리 게임을 해 보면 전 상대가 안 된다니까요."

"하지만 그건…… 아이들은 다 그렇지 않나요? 옛날에 저도 제 딸과, 그러니까 안나와 함께 메모리 게임을 해 보면 늘 그 애가 이겼죠."

"옳은 말씀이에요. 하지만 안나는 보통 아이들보다 훨씬 더 비상한 기억력을 갖게 됐어요. 이유는 저희도 몰라요. 잃어버린 기억을 보상해 주려는 자연의 섭리인지도 모르지요."

안나의 엄마가 물었다.

"기억을 되찾으려면 어떻게 해야 하지요?"

"기억 상실은 아직 풀어야 할 수수께끼가 많은 의학 분야예요. 하지만 한 가지 분명한 사실은 환자가 자기 집에서, 자기에게 익숙했던 환경에서 지낼 때 완전히 나을 가능성이 가장 크다는 거죠."

집이라고? 어디를 말하는 거지? 안나한테는 이곳이 집이었다. 안나는 클라센 박사가 무슨 말을 하는지 도무지 이해할 수 없었다.

"저도 알아요. 그래서 안나를 다시 집으로 데리고 갈 수 있도록 어느 정도 준비를 마친 상태고요."

클라센 박사가 물었다.

"댁이 베를린이 아닌 걸로 알고 있는데요?"

"네. 보훔(독일 북서부 노르트라인 베스트팔렌 주에 있는 도시 : 옮긴이)에 살아요. 남편은 벌써 보훔에 가 있어요. 안나의 상태가 좋아지면 우리를 데리러 올 거예요."

안나는 보홈이 뭔지, 어디에 있는지 알 수 없었지만 그곳에 가고 싶지 않았다. 그냥 자기가 살던 곳에 계속 머물고 싶었다. 자기 방, 자기 침대, 자기 서랍장, 자기 옷장 그리고 자기 책장과 떨어지고 싶지 않았다. 비록 책 몇 권과 보드 게임 상자 몇 개가 전부인 책장이라 할지라도. 그리고 무엇보다도 클라센 박사 곁에 있고 싶었다!

안나가 병실로 뛰어 들어가며 소리를 질렀다.

"난 보홈에 가기 싫어요! 클라센 박사님 곁에 있을 거예요!"

안나는 있는 힘껏 엄마를 밀쳤다. 린덴탈 부인은 병실을 가로질러 안나의 침대에 나자빠졌다. 안나는 다시 겁을 먹었다. 엄마가 침대를 망가뜨렸으면 어떡하지?

클라센 박사가 소리를 질렀다.

"안나! 너 때문에 깜짝 놀랐다! 대체 이게 무슨 짓이니?"

클라센 박사가 린덴탈 부인을 부축해 침대에서 일으켜 세우며 말했다.

"정신 연령은 일곱 살이지만 힘은 스무 살이죠."

안나가 다시 한 번 소리쳤다.

"난 보홈에 안 갈 거예요!"

클라센 박사가 안나의 팔을 잡았다.

"안나, 그건 안 돼. 이제 곧 다른 환자들이 올 거고, 나는 그 환자들을 돌봐야 한단 말이야."

"하지만 전 싫어요! 여기 있게 해 주면 비밀을 가르쳐 드릴게요."

클라센 박사가 고개를 가로저었다.

"그래도 넌 여기에 머물 수 없어."

안나는 갑자기 클라센 박사가 싫어졌다.

린덴탈 부인이 돌아가자 클라센 박사가 메모리 게임을 하자고 했지만 안나는 게임을 하고 싶지 않았다.

심지어 침대, 서랍장, 옷장까지 모두 싫어졌다. 특히 클라센 박사가 가져다준 책과 게임 도구들이 놓여 있는 책장이 가장 싫었다.

병실은 여전히 안나의 방이었지만, 더 이상 안나의 집은 아니었다.

3

그때부터 클라센 박사가 찾아오는 일이 뜸해졌다. 안나는 아무렇지도 않았다.

며칠 뒤 처음 보는 여자가 아침 식사를 하기 전에 안나의 병실로 찾아왔다.

"오늘 부모님이 널 데리러 오실 거야. 조금 이따가 내가 와서 짐 싸는 걸 도와줄게. 쌀 게 많지는 않겠지만."

여자는 안나가 미처 뭐라고 하기도 전에 문을 닫고 나가 버렸다.

여자의 말이 맞았다. 병실에 있는 물건 가운데 안나의 것이라고는 옷 몇 벌과 60여 일 동안의 기억뿐이었다.

안나는 지난 두 달 동안 거의 날마다 그랬던 것처럼 창가에 앉아 바깥을 내다보았다. 잔디밭에서 길 쪽으로 쭉 시선을 옮겼다. 길 양옆에 두 줄로 나란히 늘어선 가로수들은 앙상한 가지를 드러내고 있었다. 안나는 늘 그 길을 오가는 사람들을 지켜보았다. 사람들 얼굴을 뚜렷이 알아볼 수는 없었지만 앙상한 가로수처럼 다들 슬픈 표정이었다.

오늘 안나는 저 바깥세상으로 나가기로 되어 있다. 그곳에는 앙상한 나무와 슬픈 표정의 사람들 말고도 더 많은 것이 있었다. 클라센 박사는 안나한테 사진을 보여 주며 바깥세상에 대한 이야기를 자주 들려주었다. 하지만 그것들은 그저 사진일 뿐이었다. 실제 세계는 과연 어떨까? 안나는 그곳에서 어떤 느낌을 가지게 될까? 클라센 박사 없이도 제 부모를 사랑할 수 있을까? 안나는 그럴 수 있기를 바랐다. 부모를 사랑하고 싶은 소망은 기억을 되찾고 싶은 소망만큼이나 간절했다.

안나는 창문을 열었다. 차가운 바람이 얼굴에 불어왔다. 안나는 아직 잠옷 차림이었다. 클라센 박사가 본다면 분명히 야단칠 것이다. 하지만 춥지 않았다. 안나는 찬 바람이 좋았다. 바람을 쐬면 자신이 살아 있는 것을 느낄 수 있었다.

안나의 부모가 안나를 데리러 왔을 때 클라센 박사는 그 자리에 없었다. 안나는 아무렇지도 않았다. 오히려 그 덕분에 부모를 보니 더욱 반가운 마음이 들었다.

엄마가 안나의 손을 잡으며 말했다.

"가자, 안나. 드디어 집에 가는구나. 기쁘니?"

안나는 창밖으로 다시 한 번 앙상한 나무들을 내다보며 대답했다.

"네."

엄마가 손에 힘을 주며 말했다.

"나도 기쁘단다."

린덴탈 씨가 안나의 물건이 든 가방을 집어 올렸다.

안나가 물었다.

"아빠도 기쁘세요?"

린덴탈 씨가 안나와 자기 부인을 차례로 바라보더니 천천히 입을 열었다.

"그럼."

병원을 떠나기 전 안나는 부모와 함께 어떤 방에 들러야 했다. 그 방에는 전에 한 번도 본 적이 없는 하얀 가운을 입은 남자가 앉아 있었다.

남자는 린덴탈 부부와 안나에게 차례로 악수를 청했다. 안나는 그 남자가 조금 무서웠지만 자신의 감정을 입 밖으로 내지는 않았다. 그제야 클라센 박사가 작별 인사를 하러 오지 않은 것에 대해 서운한 마음이 들었다.

남자가 말했다.

"안나의 상태가 이렇게 좋아져서 정말 다행입니다. 이제 전에 살던 곳으로 돌아가도 아무 걱정 없을 겁니다. 클라센 박사의 말대로 사고가 난 게 불과 얼마 전이라는 걸 생각하면 정말 놀라울 정도로 빨리 회복된 겁니다. 아, 그리고 클라센 박사가 오지 못해서 미안하다는 말을 전해 달라고 하더군요. 중요한 약속이 있다면서요. 그리고 안나, 너한테 꼭 안부 전해 달라고 했다."

린덴탈 부인이 말했다.

"클라센 박사님이 정말 수고가 많으셨어요."

안나가 물었다.

"무슨 수고요?"

하지만 아무도 안나의 질문에 대답하지 않았다.

대신 하얀 가운을 입은 남자가 안나의 부모를 바라보며 이렇게 말했다.

"두 분한테는 결코 쉽지 않을 겁니다. 안나는 각별한 애정과 무엇보다도 전문가의 도움이 필요해요."

린덴탈 부인이 물었다.

"상담을 말씀하시는 건가요?"

안나가 물었다.

"그게 뭔데요?"

남자가 대답했다.

"거기 가면 사람들이 널 도와줄 거야."

안나가 고집을 피웠다.

"난 도움 같은 거 필요 없어요!"

남자는 안나의 말에 더 이상 대꾸하지 않고 자기가 하던 말을 계속했다.

"이곳 베를린에서라면 제가 몇 군데 소개할 수도 있는데, 보훔은 통 아는 데가 없어요. 그래, 그쪽 종합 병원에서 일하는 동료랑 전화 통화를 했더니 그 친구가 여기 이 상담사를 추천해 주더군요."

남자가 안나 엄마에게 작은 쪽지를 건넸다.

린덴탈 씨가 물었다.

"애를 꼭 그런 데 보내야 합니까? 그냥 우리가 돌보면 안 될까요? 집사람은 이제 회사에 나오지 않기로 했어요. 그러니 안나를 돌볼 시간은 충분할 겁니다."

남자가 말했다.

"그래도 전문가의 도움은 반드시 필요합니다. 과거의 기억을 되살리는 데는 도움이 안 될지 몰라도 새로운 삶에 적응해 나가는 데 도움이 될 겁니다."

린덴탈 씨가 다시 물었다.

"기억을 되찾을 수 있을까요?"

"이렇게 심각한 기억 상실증일 경우 뭐라고 확실하게 대답하기 어렵습니다. 인내심을 가지셔야 합니다. 가장 중요한 것은 두 분이 안나를 조심스레 과거의 삶 속으로 이끌어야 한다는 겁니다. 옛날에 있었던 일을 이야기해 주고, 어렸을 때 안나가 좋아하던 곳도 데리고 가서 보여 주세요. 예전에 알던 사람과도 만나게 해 주고, 사진도 보여 주시고요. 사진이야 있으시겠죠."

린덴탈 부인이 조금 머뭇거리며 대답했다.

"무, 물론이지요."

안나는 아무것도 이해하지 못했지만 더 이상 질문을 던지지 않았다. 부모와 낯선 남자가 자기를 바보로 여기는 것이 싫었다.

남자가 일어서며 말했다.

"자, 그럼 두 분께 그리고 특별히 안나에게 큰 행운이 있길 바랍니다."

안나가 물었다.

"이제 가도 돼요?"

"물론이지!"

안나가 특별히 우스운 이야기를 한 것도 아닌데 남자는 웃음을 터뜨렸다.

병원 출입문이 가까워질수록 안나의 심장 박동이 빨라졌다. 찬물에 몸이 닿았을 때만큼이나 가슴이 쿵쿵 뛰었다.

부모와 함께 병원 출입문을 빠져나온 안나는 무엇부터 봐야 할지 어리둥절했다. 사람과 건물과 자동차 들이 너무나 많았다!

안나는 차가운 바람을 느꼈다. 그러나 이번에는 얼굴뿐만 아니라 온몸으로 바람을 느꼈다.

안나는 눈을 감고 두 팔을 쫙 벌렸다. 바람이 좋아, 정말 좋아! 병실에서 느끼던 바람과는 냄새마저 달랐다. 안나는 그제야 보홈에 간다는 사실이, 엄마 아빠와 함께 새로운 삶을 시작한다는 사실이 좋아졌다.

린덴탈 부인이 소리쳤다.

"안나! 거기서 뭐 하니? 어서 차 안으로 들어와! 날씨가 춥다!"

안나가 말했다.

"맞아요, 추워요. 그래서 좋아요."

린덴탈 부인이 안나를 끌어당겼다.

"안나, 어서 들어오래도! 안 그러면 감기에 걸린단 말이야."

안나가 물었다.

"감기가 뭔데요?"

린덴탈 부부가 서로 마주 보았다.

안나의 아빠가 입을 열었다.

"이런 질문에 익숙해져야 할 것 같군."

별것 아닌 병원 앞 광경에도 엄청난 감동을 받았던 안나는 달리는 자동차 안에서 내다보이는 광경에 그야말로 압도되고 말았다. 집, 나무, 사람 들이 눈앞을 휙휙 스치고 지나쳐

갔다. 모든 것이 알록달록하고 아름다웠다. 안나는 가끔씩 하늘도 올려다보았다. 심지어 구름마저도 '휙' 하고 날아가 버리는 것 같았다. 안나는 가끔 새도 보았다.

안나가 물었다.

"아빠도 날 수 있어요?"

엄마가 웃으면서 대답했다.

"아니! 아빤 날지 못해. 사람은 날려면 비행기가 필요해."

안나가 외쳤다.

"아니면 새!"

린덴탈 부인은 웃음을 멈추지 못했다.

왜 저러는 거지? 안나는 혼란스러웠다.

안나가 물었다.

"나는 날 수 있었어요? 옛날에 말이에요."

린덴탈 부인이 몸을 돌려 안나를 바라보았다.

"대체 어쩌다 그런 생각을 했니?"

안나가 다시 한 번 같은 질문을 되풀이했다.

"날 수 있었어요?"

"아니, 물론 날지 못했지."

"왜요?"

"넌 새가 아니라 사람이니까."

"속상해요. 그럼 전 옛날에 누구였어요? 클라센 박사님한테 가기 전에요."

엄마가 말했다.

"너야 우리 딸 안나였지. 그건 너도 알잖아. 우리 자식! 넌 우리 자식이었어……. 아니, 넌 물론 지금도 우리 자식이지. 부모와 자식. 알아듣니?"

안나가 물었다.

"우린 늘 함께 살았어요?"

"그래, 그랬단다. 우리는 지금 우리가 가고 있는 집에 살았어."

"그런데 난 왜 그걸 다 잊어버렸어요?"

린덴탈 부인이 남편을 보며 말했다.

"여보, 당신이 좀 설명해 볼래요?"

하지만 린덴탈 씨는 아무 대꾸도 하지 않고 묵묵히 차만 몰았다.

얼마 뒤 안나의 엄마가 입을 열었다.

"그건 아주 끔찍한 일이었어. 사고였지. 그 사고에 대해선 집에 가서 얘기해 주마."

"그럼 전에 제가 어땠는지 얘기해 주세요. 알고 싶어요!"

"넌 우리 자식이었대도."

"그건 벌써 말씀하셨잖아요. 그다음에요!"

"글쎄, 뭐, 태어나서 자라다가 유치원에 갔고……. 당신

한마디라도 좀 할 수 없어요?"

린덴탈 씨가 아내를 잠시 바라보더니 입을 열었다.

"그런 말은 당신이 훨씬 더 잘하잖아요. 그리고 애는 당신이 돌보고, 나는 회사를 돌보기로 약속하지 않았던가? 당신이 그렇게 하자고 했다는 걸 잊지 마요."

린덴탈 부인이 대꾸했다.

"하지만 당신도 우리 안나를 되찾고 싶잖아요. 아니에요?"

안나의 아빠가 말했다.

"나한테 그보다 더 큰 소망은 없다는 거, 당신도 잘 알잖아요. 난 다만 저 애가……"

"그만 해요, 마틴! 다 잘될 거예요! 날 믿어요! 곧 모든 게 예전처럼 될 거예요! 당신과 나…… 그리고 안나!"

안나가 물었다.

"예전처럼이라고요? 저는 그때도 안나였어요?"

린덴탈 부인이 다시 돌아앉았다.

"넌 언제나 우리의 안나였단다. 맹세할 수 있어."

안나가 소리쳤다.

"하지만 난 과거의 안나를 모르는걸요."

안나의 엄마가 말했다.

"예전에 어땠는지는 별로 중요하지 않아. 중요한 건 우리가 다시 함께 있다는 거야. 아빠, 너 그리고 나. 우리는 다시 한 가족이 된 거야."

안나가 물었다.

"과거의 안나는요?"

안나의 부모는 대답하지 않았다.

안나는 두 사람이 왜 과거의 안나에 대해 말하기 싫어하는지 이해할 수 없었다. 어쩌면 안나가 나쁜 아이였기 때문에 말하기를 꺼리는지도 몰랐다. 안나도 과거의 안나가 싫었다. 그 아이는 어딘가에 숨어 있다가 안나가 차가운 물에 손을 댈 때마다 나타나 겁을 주었다.

그 뒤로는 안나도, 안나의 부모도 차 안에서 별로 말이 없었다.

안나는 아무렇지도 않았다. 어차피 볼 게 많았으니까! 안나라면 아마 계속 그렇게 달렸을 것이다. 하지만 린덴탈 씨는 얼마 뒤에 차를 세웠다.

안나의 엄마가 말했다.

"다 왔다. 여기가 우리 집이야."

안나가 물었다.

"이제 더 안 가요? 너무 좋았는데!"

"우리 집도 좋아. 여긴 네 방도 있단다."

"그건 클라센 박사님네 있을 때도 그랬어요."

"하지만 여기 있는 방은 완전히 네 거야."

안나는 그게 무슨 말인지 알아듣지 못했지만 아무 대꾸도 하지 않고 그냥 차에서 내렸다.

바람이 베를린 병원 앞에서만큼 차지 않았는데도 안나는 추위를 느꼈다. 아빠가 차를 세운 곳에 있는 집을 올려다보며 안나가 말했다.

"여긴 클라센 박사님네 집보다 훨씬 작잖아요."

엄마가 웃음을 터뜨렸다.

"그래, 그렇긴 하지. 하지만 여긴 우리만 살아. 그리고 마당도 있단다. 봄이 되면 같이 꽃을 심자."

안나가 소리쳤다.

"와, 좋아요! 꽃을 심어요! 하지만 향기가 좋은 꽃만 심어요!"

안나는 클라센 박사한테서 향기가 좋은 꽃 한 송이를 선물로 받은 적이 있었다.

안나의 엄마가 다시 웃었다.

"그래! 뭐든지 네가 원하는 대로 하자꾸나!"

안나는 부모를 따라 집 안으로 들어갔다. 안나의 부모는 집 안을 구석구석 보여 주었다.

안나의 아빠가 말했다.

"작은 서민 주택이지만 우선은 지내기에 충분할 거다."

안나가 외쳤다.

"작다고요? 하나도 안 작아요. 이 집을 우리만 쓴다고요?"

린덴탈 부인이 남편을 쳐다보았다.

"아예 지금 말을 할까요? 다른……."

린덴탈 씨가 부인의 말을 가로챘다.

"안 돼! 너무 일러요. 너무 이르다고!"

안나가 물었다.

"뭐가 너무 일러요?"

린덴탈 부인이 얼른 화제를 돌렸다.

"이것 좀 봐라, 안나. 이게 텔레비전이라는 거야. 아주 재미있단다."

텔레비전 화면에서 뉴스 앵커가 나타났다.

안나가 텔레비전 쪽으로 다가가며 물었다.

"아저씨는 누구예요? 아저씨도 여기서 살아요? …… 안녕하세요? 전 안나예요. 아저씨 이름은 뭐예요?"

린덴탈 부인이 배꼽을 잡고 웃었다.

"안나, 저 사람은 네 말을 듣지 못해. 저건 그냥 화면이야. 그림이 움직이는 거라고."

안나가 물었다.

"말도 하는데요?"

"그래. 하지만 네 말은 못 알아들어. 그냥 우리가 보고 듣기만 하는 거야."

"바보 같아요."

안나의 엄마가 또다시 화제를 돌렸다.

"자, 이제 네 방에 가 보자. 네 방은 맨 마지막에 보여 주려고 일부러 남겨 놨어. 분명히 네 마음에 들 거다."

린덴탈 부인이 안나에게 보여 준 방은 병원에서 안나가 썼던 방과 영 딴판이었다. 방은 여러 가지 물건으로 꽉 차 있었다. 안나는 그 물건들을 어디에 쓰는지 알지 못했다.

안나가 지금껏 한 번도 보지 못한 물건들이었다. 안나는 그 방이 싫었다. 그곳은 과거의 안나가 살던 방이었다. 과거의 안나는 여전히 자기 안에 숨어서 모습을 드러내려고 하지 않았다. 안나는 그 이유를 알 수 없었다. 과거의 안나를 생각하면 할수록 그 아이한테 분노가 치밀었다.

안나가 모르는 척 물었다.

"이게 다 누구 거예요?"

린덴탈 부인이 외쳤다.

"물론 다 네 거지! 이건 네 방이란 말이야! 여기 인형들 좀 봐. 네가 즐겨 가지고 놀던 것들이야."

"이게 내 물건이에요?"

린덴탈 부인이 웃으면서 말했다.

"당연히 네 물건이지! 네게 아니면 누구 거겠니?"

"다른 안나 거요. 과거의 안나."

안나의 엄마가 소리쳤다.

"하지만 그게 바로 너야! 안나는 너, 한 명밖에 없어!"

"그렇지 않아요. 난 과거의 안나를 몰라요. 그 애가 싫어요."

린덴탈 씨가 말했다.

"이 앤 다 알고 있어요. 기억을 못하는 것뿐이야. 하지만 다 알고 있다고."

린덴탈 부인이 발끈했다.

"여보, 제발! 벌써 다 끝난 얘기잖아요! 우린 다시 한 가족이라고요! 이 물건들은 안나 거예요!"

린덴탈 부인이 안나를 끌어안았다.

린덴탈 씨는 아내를 물끄러미 바라보았다. 안나는 린덴탈 씨의 눈빛을 보고 깜짝 놀랐다. 린덴탈 씨의 눈에는 슬픔이 가득 고여 있었다. 안나는 아빠가 슬퍼하는 것이 싫었다!

안나가 얼른 외쳤다.

"어쩌면 마음에 들지도 모르겠어요!"

린덴탈 씨는 안나를 바라보며 웃음 지었다. 하지만 그 웃음도 슬퍼 보였다. 린덴탈 씨가 뒤돌아서 방을 나갔다.

안나가 엄마에게 물었다.

"아빠가 왜 저렇게 슬퍼하세요? 내가 과거의 안나를 기억하지 못해서요?"

린덴탈 부인이 망설이며 대답했다.

"글쎄, 그럴지도 모르지."

"그럼 그 애에 대해서 말해 주세요. 어쩌면 그 애가 생각날지도 모르잖아요."

"글쎄, 너한테 무슨 이야기를 해 줘야 할지 모르겠구나."

"그럼 사진을 보여 주세요. 오늘 아침에 병원 아저씨가 그러라고 했잖아요."

린덴탈 부인이 한숨을 내쉬었다.

"그래, 사진을 몇 장 보여 줄게."

린덴탈 부인은 옷장으로 가서 작은 상자 하나를 꺼내더니 뚜껑을 열고 안나에게 내밀었다.

안나가 물었다.

"겨우 이게 다예요?"

"널 찾아볼래? 금방 눈에 띌 거야."

안나는 자기 부모는 한눈에 알아보았다. 단지 부모 사이에 앉아 있는, 머리가 짧아서 사내아이처럼 보이는 여자 아이는 한참을 들여다봐도 누구인지 알 수 없었다.

안나가 물었다.

"이게 누구예요?"

"누구긴 누구야? 안나, 바로 너지."

안나는 사진을 더 자세히 보려고 얼굴 앞으로 바짝 당겼다.

"이 앤 이상해 보이는데요."

"그 애가 너 맞대도! 네가 어렸을 때란다."

"아니에요!"

안나의 엄마가 다시 한 번 큰 소리로 말했다.

"틀림없이 너야! 어리긴 하지만 지금 너랑 똑같아!"

안나는 사진을 들고 옷장에 달린 거울 앞으로 가서 섰다. 안나는 사진 속 여자 아이를 한 번 들여다본 뒤 거울을 들여다보았다. 그리고 또다시 사진 속 여자 아이를 들여다보았다.

린덴탈 부인이 안나 옆으로 왔다.

"이제 알겠니? 그 사진 속의 여자 아이는 너야."

안나가 거울 속에 비친 제 모습을 가리켰다.

"이게 나예요."

안나가 이번에는 사진을 가리켰다.

"그리고 이건 과거의 안나예요."

"하지만 너희는 한 명이야. 너랑 사진에 있는 여자 아이는 같은 애라고."

안나가 소리를 질렀다.

"아니에요! 난 나를 알아요! 하지만 여기 이 애는 몰라요! 이 애는 과거의 안나예요! 그리고 이 애는 숨어 있어요! 나쁜 애예요! 나빠요!"

안나는 사진을 방바닥에 내던진 뒤 발로 짓밟기 시작했다. 그러면서 괴성을 질러 댔다.

"얘는 과거의 안나예요! 과거의 안나! 과거의……."

나는 차가운 물이 옷 속으로 스며드는 것을 느꼈다. 죽음의 공포가 밀려들었다. 내가 죽는 것은 두렵지 않았다. 두려운 것은 이 여자의 죽음이었다. 분노가 치밀었다. 저자를 당장에 죽여 버릴 수 있을 만큼 어마어마한 분노였다.

안나는 거울 속의 제 얼굴을 밀쳤다. 뭔가 잡을 만한 것을 찾다가 손톱으로 거울 겉면을 할퀴며 주저앉았다. 안나는 무릎을 꿇은 채 캑캑거리고 숨을 헐떡거렸다.

린덴탈 부인이 소리쳤다.

"안나, 세상에! 안나, 무슨 일이니? 말 좀 해 봐!"

린덴탈 씨가 방 안으로 뛰어 들어왔다.

"대체 무슨 일이야?"

"저도 모르겠어요! 옛날 사진을 보고는 마구 화를 내더니 갑자기 거울을 들여다보더라고요. 그러더니 숨을 헐떡이며 캑캑대기 시작했어요."

안나가 헉헉거리며 중얼거렸다.

"하지만 거긴 차가운 물도 없었는데."

린덴탈 부인이 물었다.

"뭐라고, 안나?"

안나가 말했다.

"차가운 물이 없었다고요. 그건 차가운 물이 있을 때만 보여요. 더운물은 괜찮아요. 찬물은 나빠요."

안나의 아빠가 물었다.

"당신은 무슨 말인지 알겠어요?"

린덴탈 부인이 고개를 저었다.

"아니요. 얘가 왜 이렇게 이상한 말을 하죠? 정말 이해가 안 돼요."

이해할 수 없기는 안나도 마찬가지였다. 그리고 또다시 두려움이 몰려왔다. 죽음의 공포. 지금껏 그 끔찍한 장면은 차가운 물에서만 나타나지 않았던가! 이 방에 물이라고는 없는데!

린덴탈 부인이 말했다.

"어쩌면 기억의 섬이었는지도 모르겠어요. 클라센 박사가 완전 기억 상실증 환자한테서 흔히 볼 수 있는 현상이라고 했어요. 환자가 자신의 과거를 영화의 한 장면처럼 보는 걸 기억의 섬이라고 한대요."

"저 애가 기억을 되찾으면, 모든 것을 다 기억하게 되면 어떻게 될지 생각해 봤어요?"

린덴탈 부인이 안나를 껴안았다.

"그땐 내가 모든 것을 말해 줄 거예요. 이 애는 분명히 이
해할 거예요. 당신, 나 그리고 안나, 우리는 가족이에요. 난
우리 가족을 위해 끝까지 싸울 거예요!"

린덴탈 씨가 조용히 말했다.

"알아요. 알고 있다고."

린덴탈 부인은 남편의 머리를 쓰다듬었다.

"걱정 마요, 여보. 나도 실수를 저지르면서 배운 게 있어
요. 결국에는 모든 게 다 잘될 거예요. 두고 보세요."

'그럴 리 없어.' 하고 안나는 생각했다.

느낌이 좋지 않았다. 안나가 본 것은 아주 끔찍한 장면들
이었다.

4

"안나, 그만 일어나라! 상담소에 늦겠다!"

벌써 엄마가 세 번째 안나를 깨우고 있었다. 하지만 안나
는 여전히 침대에 누워 있었다. 안나가 자명종을 흘깃 쳐다
보았다. 지난번처럼 미친 듯이 샤워하고 허겁지겁 옷을 입는
꼴을 피하려면 정말 일어나야 할 시간이었다.

안나는 방을 죽 훑어보았다. 그 방에서 지낸 지 벌써 3개
월째이지만 여전히 낯설었다. 자기 방인데도 아직도 남의 방
을 빼앗은 기분이었다. 자꾸 그런 생각을 하니까 괜히 그런
느낌이 드는 거라고 머릿속으로 되뇌었지만, 자기는 그 방의
이방인일 뿐이라는 생각을 지울 수 없었다. 상담도 아무런
도움이 되지 못했다.

안나는 3개월째 카를라에게 정기 상담을 받고 있었다. 안
나는 카를라가 좋았지만 상담은 슬슬 지겨워지고 있었다.

보홈에 산 지 3개월째이지만 안나는 카를라의 상담소와
부모의 집 말고는 본 것이 별로 없었다. 물론 엄마와 함께 광
란에 가까운 쇼핑을 하느라 가게는 많이 보았다. 안나는 쓸
데 없는 물건을 사느라 흥청망청 돈을 쓰는 엄마가 이상했

다. 엄마가 그 돈을 아낀다면 아빠가 일을 좀 덜 해도 되고, 그러면 아빠가 집에 있는 날이 더 많아질지도 몰랐다.

안나는 제대로 보지도 않고 손을 뻗어 텔레비전 리모컨을 잡았다. 리모컨은 늘 같은 자리에 놓여 있었다. 안나는 언제나 누르는 버튼을 눌렀다. 몇 초 뒤 MTV 화면이 번쩍거리기 시작했다.

안나의 텔레비전! 한 달 전 안나의 부모가 사 준 것이었다. 안나는 텔레비전을 선물 받았을 때보다 더 기뻤던 적을 기억할 수 없었다. 드디어 자기 방에 자기 것, 과거의 안나가 아닌 현재의 안나에게 속한 물건이 생긴 것이다. 과거의 안나. 안나는 자기가 잊어버린 삶을 얼마 전까지만 해도 그렇게 불렀다. 지난 몇 주 동안 텔레비전은 안나에게 가장 좋은 친구가 되어 주었다. 아니, 친구까지는 아니라고 해도 텔레비전과 함께 대부분의 시간을 보냈다. 자신이 텔레비전을 처음보았을 때 한 행동을 생각하면 안나는 저절로 웃음이 나왔다.

안나는 침대에서 일어나 앉아 뚫어져라 화면을 바라보았다. MTV의 프로그램은 하루가 다르게 형편없어졌다. 음악이라고는 없는 음악 방송. 말도 안 되는 쇼와 만화들. 안나는 기지개를 켰다. 오늘이 무슨 요일이더라? 월요일인가? 나쁘지 않다. 월요일은 안나가 가장 좋아하는 연속극 두 편이 방

영되는 날이다. 가장 좋은 날은 금요일이었다. 금요일에는 볼 만한 연속극이 세 편이나 됐다. 반면 수요일은 끔찍했다. 수요일에는 안나의 관심을 끄는 프로그램이 단 한 개도 없었다.

안나는 일어나 창가로 가서 창문을 열었다. 차가운 바람이 얼굴에 불어왔다. 안나는 싸늘함에 몸을 부르르 떨며 창문을 얼른 닫았다.

안나가 알고 있는 대로라면 곧 봄이 되어야 한다. 안나는 봄에 대해 자못 큰 기대를 가지고 있었다. 하지만 안나가 가장 기다리는 계절은 여름이었다. 안나는 베를린에 있을 때 클라센 박사한테서 춥고 어두운 계절 말고 환하고, 햇살이 눈부시고, 아주 더워서 벌거벗고 밖에 나갈 수 있는 계절이 있다는 말을 듣고 얼마나 놀랐는지를 잘 기억하고 있었다. 안나는 어서 그런 날이 오기를 손꼽아 기다렸다. 하지만 그렇게 되려면 아직 한참을 기다려야 할 것 같았다. 클라센 박사가 말한 것처럼 낮이 길어지기는 했지만 여전히 춥고 비가 많이 내렸다.

안나는 눈 깜짝할 사이에 샤워를 마쳤다. 머리를 말리는 일은 어차피 몇 분밖에 걸리지 않았다. 짧은 머리는 그래서 좋았다. 안나가 베를린 병원에서 집으로 돌아오자마자 엄마는 안나의 머리를 자르게 했다.

안나의 엄마는 안나가 정기적으로 미장원에 가도록 각별히 신경 썼고, 안나도 엄마가 하라는 대로 순순히 따랐다. 심지어 이제는 안나도 짧은 머리가 좋았다.

린덴탈 부인이 시계를 흘깃 바라보며 안나를 맞았다.

"서두르지 않으면 늦겠다, 안나."

"안녕히 주무셨어요?"

"그래, 잘 잤니? 식탁에 아침 차려 놨다. 서두르렴. 하지만 아침은 꼭 먹어야 해."

린덴탈 씨가 말했다.

"여보, 그렇게 안달 좀 하지 마요. 상담 시간에 몇 분 늦는다고 큰일이 나는 것도 아니잖아."

안나는 그제야 아빠를 보았다.

"아빠! 언제 오셨어요?"

안나는 아빠한테 달려가 볼에 입을 맞추었다. 린덴탈 씨는 안나가 하는 대로 내버려 두었지만 언제나처럼 당황해하며 몸이 뻣뻣해졌다. 안나는 다 큰 딸이 입을 맞추는 게 쑥스러운 모양이라고 아빠의 반응을 나름대로 해석했다.

안나가 아빠에게 물었다.

"오늘은 일하러 안 가세요?"

린덴탈 씨가 아까보다 더 쑥스러워하며 대답했다.

"아니, 가야지. 솔직히 말하자면 늦잠을 잤어."

안나의 부모는 작은 공장을 가지고 있었다. 안나는 아빠가 공장에서 무엇을 만들고, 위치가 어디인지 물어보지 않았다. 아빠는 일주일 내내 공장에서 살았다. 안나는 더 이상은 알고 싶지 않았다. 안나는 묻지 않았고, 린덴탈 씨도 거기에 대해서는 아무 말도 하지 않았다. 안나는 아빠가 말이 없는 사람이라는 사실을 있는 그대로 받아들였다. 다른 사람들 눈에 아빠는 사람을 피한다고까지 비춰질 정도였다. 하지만 안나는 바로 그 점이 좋았다. 보홈에 갓 왔을 때만큼 심하지는 않았지만 아빠가 집에 없으면 안나는 여전히 아빠를 그리워했다.

린덴탈 부인이 입을 열었다.

"카를라 선생이 어제저녁에 전화를 했어요. 우리랑 할 말이 있다고요. 어차피 회사에 늦은 김에 당신도 같이 가요."

안나가 물었다.

"우리랑요? 카를라 선생님이 우리랑 이야기를 하고 싶대요?"

"그래, 너랑 나랑. 선생님도 네 아빠가 집에 있을 줄은 몰랐겠지. 하지만 아빠가 같이 가도 상관없을 거야. 아빠만……."

린덴탈 씨가 부인의 말을 가로챘다.

"그냥 혼자 가요. 난 어차피 상관없으니까."

안나가 물었다.

"카를라 선생님이 우리한테 무슨 할 말이 있대요?"

린덴탈 부인이 어깨를 으쓱해 보였다.

"다음 단계 치료에 대해서 말하고 싶은가 보더라. 더 이상
은 말하지 않았어."

린덴탈 씨가 물었다.

"이제 그만 할 때도 되지 않았나? 이제 안나 혼자서도 다
잘하잖아."

안나가 얼른 대꾸했다.

"하지만 제가 기억을 되찾는 데 도움이 될지도 모르잖아
요."

린덴탈 씨가 부인을 바라보았다.

"지금까지 아무 도움도 되지 않았어. 어쩌면 상담이 오히
려 방해가 되는지도 모르지."

카를라의 상담소로 가는 길에 안나는 차창 밖을 내다보았
다. 베를린에서 보흠으로 오던 때처럼 모든 것이 알록달록하
고 신기하게 여겨지지 않은 지는 이미 오래되었다. 안나는
차라리 회색빛이라고 할 수 있는 그 도시의 돌멩이와 풀과
사람 들에 익숙해져 있었다. 어둠침침한 월요일 아침, 차창
밖으로 내다보는 사람들의 얼굴은 베를린 병실 창문에서 내

려다보던 사람들의 표정만큼이나 음울했다.

안나는 아침 식사 때 아빠가 한 말을 생각했다. 안나가 예전 일을 기억해 내지 못한다는 말은 사실이었다. 그렇다고 카를라의 상담이 잘못된 걸까? 카를라의 상담소 말고는 혼자서 집 밖에 나갈 수 없는 것이 더 큰 문제가 아닐까? 안나의 부모는 안나가 혼자 밖에 나가는 것을 싫어했다. 아직 너무 이르다고 주장했다. 알맞은 때가 언제인지는 모르지만 늘 '때가 될 때까지' 기다려야 한다고 말했다.

안나가 엄마에게 말했다.

"카를라 선생님 때문에 기억을 못하는 것 같지는 않아요. 제 생각에는 밖에 더 자주 나가야 할 것 같아요. 혼자서요."

안나의 엄마가 한숨을 쉬었다.

"안나, 제발! 그 얘긴 벌써 끝났잖니? 아직 너무 이르다고 했지? 너한테 무슨 일이 일어날까 봐 그러는 거야. 넌 건강하다고 느낄지 몰라도 네 상태는 아직 불안정해."

"엄마가 그걸 어떻게 알아요? 아직 시도도 해 보지 않았잖아요. 베를린에 있던 의사도 그랬잖아요. 예전에 갔던 곳에도 가 보고 알던 사람들도 만나야 한다고요."

"하지만 조급하게 굴면 안 된다는 말도 했다."

안나는 더 이상 아무런 대꾸도 하지 않았다. 안나의 엄마는 같은 말만 되풀이할 게 뻔했다.

친척들에 대한 기대도 할 수 없었다. 엄마 말에 따르면 할머니, 할아버지는 모두 돌아가셨고, 나머지 몇 안 되는 친척도 아주 멀리 산다고 했다.

안나는 자신의 과거에 대해 알고 싶은 것이 너무나 많았다. 학교는? 친구들은? 디스코는? 그리고 혹시 섹스는? 안나는 예전에 섹스를 한 적이 있을까? 다른 일들과 마찬가지로 그것 역시 기억나지 않았다.

안됐어. 아주 짜릿한 경험인가 보던데.

하지만 지금으로서는 생각조차 할 수 없는 일이었다. 늘 엄마랑 함께 있는데 걸맞는 남자 친구를 어떻게 사귄단 말인가?

그렇다고 부모에게 화를 낼 수도 없었다. 안나의 부모는 안나를 감옥에 가둬 두듯 하지 않았다. 아니, 오히려 그 반대였다. 안나의 엄마는 안나를 잠시도 혼자 내버려 두지 않았다. 그랬다. 바로 그것이 문제였다. 안나는 잠시도 혼자 있을 수 없었다. 엄마가 늘 그림자처럼 쫓아다녔다.

안나의 엄마는 당연히 좋은 뜻에서 그렇게 했다. 안나에게 무슨 일이 일어날까 봐 겁이 나서. 하지만 날이 가면 갈수록 엄마가 따라붙는 것이 안나의 숨통을 조여 왔다.

안나는 다시 한 번 시도해 보았다.

"그럼 최소한 제가 예전에 어땠는지 그거라도 좀 더 얘기해 주세요."

"벌써 다 말해 줬잖니."

안나가 소리를 질렀다.

"유치원 얘기만 하셨죠! 하지만 그거 말고 더 있었을 거 아니에요?"

린덴탈 부인이 핸들에서 한 손을 떼더니 안나의 손을 꼭 잡았다.

"인내심을 가져, 안나. 생각해 봐. 지금 네 생활이 그렇게 나쁜 것도 아니잖니? 우린 지금 잘 지내고 있어. 서로 사랑하니까. 다른 일들은 시간이 모두 해결해 줄 거야. 두고 봐."

"그렇겠죠."

안나는 그렇게만 대답하고 다시 차창 밖으로 눈길을 돌렸다.

차는 막 터키 사람이 운영하는 야채 가게 앞을 지나고 있었다. 길은 두 번 더 돌고, 신호등은 세 개만 지나면 된다. 신호등 한 개는 빨간색일 테고 다른 두 개는 초록색일 테지. 정확히 6분 뒤 차는 카를라의 상담소 앞에 멈춰 설 것이다.

안나는 스스로에게 화가 났다. 어째서 자기 운명에 맞서 싸우지 않지? 자신의 권리를 찾기 위해 부모의 뜻에 맞서 싸워야 하는 것 아닐까? 하지만 안나의 내면에 깃든 뭔가가 그런 행동을 하지 못하게 했다. 정체불명의 목소리가 안나에게 이렇게 말했다.

"중요한 건 눈에 띄지 않고 조용히 사는 거야."

뭐든 해도 상관없다. 눈에만 띄지 않으면 된다. 규율 준수, 시
간 엄수, 약물 금지, 폭력 금지.

무슨 일이지? 갑자기 왜 이런 생각이 떠오르지? 안나는
약물과는 아무 상관도 없는데. 안나는 지금까지 딱 한 번 아
빠의 맥주를 마셔 보았을 뿐이다. 하지만 술 맛은 끔찍했다.
게다가 규율이라니. 무슨 규율을 말하는 거지?
"또 그 기억의 섬인가 봐."
안나의 엄마가 물었다.
"뭐라고 했니, 안나?"
"아, 아니요. 그냥 혼잣말을 한 거예요."
5분 뒤 린덴탈 부인이 카를라의 상담소 앞에 차를 세웠다.
안나는 '평소보다 차를 빨리 몰았어.' 하고 생각했다. 카를
라 선생님이 무슨 말을 할지 궁금해서 그랬겠지.
궁금하기는 안나도 마찬가지였다. 하지만 왠지 좋은 일일
것 같지는 않았다.
카를라의 사무실에 들어선 린덴탈 부인은 책상 맞은편에
놓인 의자에 앉기도 전에 말문을 열었다.
"무슨 일이지요?"

카를라는 알맞은 말을 찾기 힘든지, 숨을 깊이 들이쉬며 자신의 적지 않은 몸무게를 의자 등받이에 실었다. 그러고 나서 천천히 말을 꺼냈다.

"좀 딱딱하게 들릴지 모르겠지만 안나의 상태에 대해 말씀드리고 싶어서요."

안나의 엄마가 다급하게 물었다.

"안나한테 무슨 이상이라도 있나요?"

"아니요, 아니에요. 완전 그 반대예요. 안나는 지난 3개월 동안 굉장한 발전을 보였어요. 솔직히 제 기대 이상이에요. 물론 안나처럼 심각한 기억 상실증에 대해서는 밝혀진 사실이 별로 없어서 경과를 추측하기가 아주 어렵지요."

안나가 물었다.

"그게 무슨 말씀이세요?"

카를라의 말은 기본적으로는 아주 긍정적이었다. 안나는 마땅히 기뻐해야 옳았다. 하지만 카를라의 목소리에는 슬픔이 묻어 나왔다. 안나는 그 점이 못마땅했다.

"무슨 말인가 하면, 넌 이제 사실상 평범하게 지내도 좋다는 거야."

안나가 되물었다.

"사실상?"

"지식 수준으로 보면 넌 이제 열다섯이나 열여섯 살짜리랑

맞먹어. 상식 수준으로 보면 어떤 분야냐에 따라 그보다 훨씬 더 앞서 있고. 다 네 뛰어난 기억력과 노력 덕분이지."

안나의 엄마가 기뻐했다.

"그것 봐라! 열심히 공부하면 좋다고 내가 늘 그랬잖니?"

안나는 엄마의 말을 무시하고 질문을 던졌다.

"하지만요? 분명히 무슨 단서가 붙을 테지요?"

카를라가 한숨을 내쉬었다.

"그래. 하지만 너한테는 경험이 부족해. 정확히 말하자면 삶의 경험이지. 그건 이제 겨우 6개월 남짓밖에 안 됐으니까."

안나가 말했다.

"무슨 말인지 모르겠어요."

카를라가 말을 이었다.

"넌 사람들과 어울려야 해. 아주 일상적인 삶을 살아야 한다고. 외출도 하고, 친구도 사귀고, 좋은 경험, 나쁜 경험도 하고. 삶을 이루는 갖가지 일을 경험하는 거지."

안나의 엄마가 말했다.

"제가 얠 데리고 시내에 좀 더 자주 나가도록 하죠. 지금까지 제가 집에서 너무 감싸고 있었나 봐요. 전 그냥 이 애가 빨리 제 나이에 맞게 행동할 수 있도록 가르치려고 했던 건데."

안나가 카를라에게 물었다.

"그게 어떻게 가능해요? 옛날 일도 아직 기억하지 못하는데?"

카를라가 대답했다.

"바로 그거야, 안나. …… 린덴탈 부인, 안나를 데리고 이따금씩 시내에 쇼핑하러 가시는 것만으로는 충분하지 않아요. 안나는 바깥세상으로 나가야 해요! 그러면 언젠가 과거도 기억날 겁니다. 확신해요."

안나의 엄마가 물었다.

"그렇다면 우리가 뭘 어떻게 해야 한단 말씀인가요?"

"먼저 학교부터 바꿔야죠. 더 이상 저한테 오지 말고, 진짜 학교에 가야 합니다."

순간 안나는 정신이 아찔했다. 자기한테 오지 말라고? 어떻게 그런 말을 할 수 있지!

안나가 소리쳤다.

"그건 싫어요! 가끔 선생님에 대해 불평했던 건 진심이 아니었어요. 전 여기가 좋아요. 정말이에요!"

카를라가 어린아이 달래듯 안나를 달랬다. 안나가 싫어하는 태도였다.

"그건 나도 알아, 안나. 하지만 문제는 그게 아니야. 나도 마음 같아서는 너를 계속 보고 싶지. 하지만 그건 너한테 좋은 일이 아니란다. 진짜 인생을 어느 정도 경험하고 나면 너도 내 말이 무슨 뜻인지 알게 될 거야."

안나는 고개를 저었다.

"그렇지 않을 거예요."

카를라가 웃음을 지었다.

"넌 스스로 경험을 쌓아야 해. 그게 내가 하려는 말이고."

"언제부터 새 학교에 가야 해요? 지금 당장에요?"

"아니, 물론 아니야. 그렇게 서두를 수는 없지. 먼저 너한테 맞는 학교부터 찾아야 하니까."

안나의 엄마가 재빨리 끼어들었다.

"학교는 저희가 찾아볼게요."

안나는 그제야 엄마가 오랫동안 침묵을 지키고 있었다는 사실을 깨달았다. 안나도 카를라의 제안에 놀랐지만 엄마도 안나만큼이나 놀랐던 게 분명했다.

"정말 잘됐어요. 솔직히 그런 대답을 해 주시길 바랐어요. 학교가 정해지면, 먼저 여름 방학 전까지 적응 기간을 가지는 게 좋을 것 같아요. 그러면서 몇 학년으로 들어가는 게 가장 좋을지 보는 거죠."

'저런 이야기를 왜 나랑 직접 하지 않지? 나도 바로 맞은편에 앉아 있는데!'

안나는 그렇게 생각했지만 머릿속을 맴도는 질문 대신 다른 질문을 던졌다.

"전 어떤 학교에 다녔어요? 옛날에 말이에요."

안나의 엄마가 대답했다.

"김나지움(인문계 중등학교 : 옮긴이)."

"네……. 앗, 잠깐만요! 그런데 왜 학교에 다녀야 하죠? 내가 스무 살이라면 학교는 벌써……."

안나의 엄마가 안나의 말을 가로챘다.

"넌 학교에 늦게 들어갔어. 그리고 유급도 한 번 했고. 학교를 마치려면 아직도 일 년 이상 남았단다."

"아…… 네."

카를라가 덧붙였다.

"그런 건 둘째 치고 너도 알잖니. 처음부터 죄다 다시 시작해야 한다는 거. 옛날에 배웠던 것은 이제 하나도 남아 있지 않아. 적어도 네가 기억을 되찾을 때까지는 말이야."

'괜히 고생했군!' 하고 안나는 생각했다. '하지만 그게 고생스러웠다는 사실을 대체 어떻게 알지?' 하는 생각이 동시에 머릿속에 떠올랐다.

안나가 물었다.

"그러면 얼마 동안은 여기 계속 와도 좋은 거죠?"

카를라가 웃음을 터뜨렸다.

"그럼! 어차피 새 학교를 찾을 때까지는 여기 계속 와야

해. 그리고 그 뒤에도 오고 싶으면 아무 때나 오렴. 너라면
늘 대환영이야."

  카를라는 그날 안나와 함께 몇 가지 연습을 했다. 하지만
안나는 집중할 수 없었다. 카를라는 문제 삼지 않았다. 안나
는 다행이라고 생각했다. 안나의 생각은 전혀 다른 곳에 가
있었다.
  안나가 늘 원하던 대로 됐다! 그런데 왜 기쁘지 않을까?
두려워서일까? 그렇다. 안나는 두려웠다. 안나는 이제부터
진짜 인생을 배워야 한다. 학교에서! 안나의 부모가 이제껏
안나를 고립시켜 놓지만 않았더라면! 물론 좋은 뜻에서, 안
나에게 섣부른 고통을 주지 않으려고 그랬겠지만 바로 그 고
통이 이제 막 시작되려고 한다. 안나는 엄마를 설득해 자신
의 과거를 미리 알아내지 못할 경우 아무런 대책 없이 맛보
게 될 그 고통이 못내 두려웠다.

5

집에 가는 길에 안나가 엄마에게 물었다.

"저 학교 다닐 때 공부 잘했어요?"

린덴탈 부인이 고개를 갸웃거리더니 입을 열었다.

"그냥 그랬어. 마지막 성적표에는 미도 몇 개 있었고."

안나가 외쳤다.

"미가 몇 개 있었다고요? 그럼 나머지는 다 양이랑 가였어
요?"

안나의 엄마가 급브레이크를 밟다시피 하며 대꾸했다.

"물론 아니지. 미가 가장 나쁜 거였어."

안나가 중얼거렸다.

"아하, 그게 엄마한테는 그냥 그랬던 거군요."

젊은 여자의 얼굴이 좀 더 가까이 다가왔다. 구토물 냄새가 확
풍겼다.

"돈만 많으면 성적 따위는 크게 문제 될 것 없어. 그리고 넌 조
금만 노력하면 성적이 아주 좋아질 거야."

안나가 숨을 헐떡였다. 냄새를 견딜 수가 없었다.

카를라가 언젠가 이런 말을 한 적이 있었다.

"후각이 기억을 가장 잘하지."

하지만 그런 종류의 기억이라면 안나는 기꺼이 기억을 포기하고 싶었다.

안나는 눈을 감았다. 젊은 여자의 얼굴이 떠올랐다. 자기보다 별로 나이가 많은 것 같지 않았다. 친구였을까? 아니, 친구라면 서로 그런 식으로 이야기를 나눌 리 없어. 여자는 선생처럼 굴었다.

안나가 엄마에게 물었다.

"내가 다녔다던 김나지움이요. 거기 젊은 여선생이 있었나요?"

린덴탈 부인은 잠시 도로에서 눈길을 떼고 안나를 바라보았다.

"당연하지."

"금발이요? 단발머리?"

린덴탈 부인이 언짢은 듯 고개를 저었다.

"그렇게 자세히는 모르겠다. 그랬을지도 모르지. 그런 사람이 어디 한두 명이니?"

"제 성적이 나쁘지 않았다는 말, 정말이에요?"

"그럼. 정말이고말고."

"그렇다면 왜 유급을 했어요?"

린덴탈 부인이 머뭇거렸다.

"그건…… 그냥 한때 잠깐 그랬어. 8학년 때. 사춘기를 심하게 앓았지. 하지만 다행히 금방 이겨 냈단다."

"이겨 냈다고요?"

"원, 세상에. 그래! 넌 금세 다시…… 소위 말하는 정상이 됐어. 그런 건 대체 왜 묻니?"

안나는 아무런 대꾸도 하지 않았다. 다 소용없는 일이었다. 과거에 대해 조금만 자세히 물으면 엄마는 언제나 대답을 피했다.

잠시 뒤 안나가 다시 침묵을 깼다.

"절 어떤 학교에 보내실 거예요?"

린덴탈 부인이 고개를 갸우뚱했다.

"안 그래도 계속 그 생각만 하고 있었단다."

"옛날에 제가 다녔던 학교에 가면 되잖아요. 그럼 제 옛날 친구들도 볼 수 있고……."

"안 돼!"

안나의 엄마는 단 1초도 머뭇거리지 않았다.

"왜요? 그거야말로 가장 간단한 해결책이잖아요."

"거긴…… 거긴 별로 안 좋았어. 게다가 넌 일 년은 베를린에서 학교를 다녔어."

"네? 전 전혀 몰랐잖아요. 여태까지 왜 말씀 안 하셨어요?"

"별로 중요하지 않다고 생각했으니까. 나중에 분명히 얘기해 줬을 거다. 난 그저, 내 말은 아빠랑 나는 네가 지금 생활에 적응하는 게 먼저라고 생각했어."

"이제 생활에 완전히 적응했잖아요. 어쨌거나 카를라 선생님이 그랬으니까요. 그런 건 선생님이 더 잘 알 거 아니에요! 엄마랑 아빠는 제가 독립적으로 살아가는 걸 원하지 않으세요? 이제 곧 학교에 가야 할 텐데 그럼 저더러 대체 어떻게 지내라고요?"

린덴탈 부인이 절망적인 목소리로 소리쳤다.

"나도 모르겠다! 어쩌면 우리가 실수를 했는지도 모르지! 하지만 다 널 걱정해서 그런 거야!"

"왜요? 누군가 제 병을 알게 될까 봐서요? 저 때문에 창피하신 거예요?"

"안나, 제발! 대체 왜 그런 생각을 하니?"

"그게 아니라면 얼마 전 그 하찮은 신문 기사 때문에 왜 그렇게 화를 내신 거예요? 지방 신문 기사 말이에요!"

"제발 그 얘긴 다시 꺼내지 말자꾸나. 그건 다른 얘기야. 그 사람이 네 비상한 기억력에 대해 꼭 서커스 동물 얘기하듯 기사를 썼기 때문에 그런 거야."

"그거야 엄마, 아빠 생각이죠! 게다가 엄마랑 아빠는 카를라 선생님까지 의심했어요. 카를라 선생님이 기자한테 기삿거리를 주기라도 한 것처럼 말이에요. 정말 창피해요!"

"그만 해, 안나! 우리 제발 서로 싸우지 말자. 대신 어떤 학교가 좋을지 그거나 생각해 보자. 응?"

규율 준수, 시간 엄수, 약물 금지, 폭력 금지.

"제 말은 8학년 때, 그러니까 사춘기 때 제가 혹시 약물을 먹어서 유급했던 거예요?"

빨간 신호등에 걸린 린덴탈 부인이 간신히 차를 세웠다.

"약물이라고? 안나, 제발 부탁이다. 그런 말도 안 되는 질문 좀 그만둬!"

안나는 아랑곳하지 않고 줄기차게 질문을 던졌다.

"제 친구들은요? 이제 친구들을 만나도 되나요?"

안나의 엄마가 숨을 깊이 들이마셨다.

"안나…… 어떻게 말해야 좋을지 모르겠다만, 넌…… 그러니까 외톨이였어. 사람들이랑 쉽게 친해지지 못했지."

"그렇담 저한테 친구가 한 명도 없었단 말씀이세요? 단 한 명도요?"

"그래, 없었어."

"하지만 저랑 비교적 가깝게 지낸 누군가는 있을 것 아니에요. 이름만 몇 개 대 보세요. 부탁이에요, 엄마!"

린덴탈 부인이 절망적인 목소리로 소리쳤다.

"안나, 제발! 난 모른다! 난 그 아이들 이름 같은 거 몰라. 아니, 다 잊어버렸어! 넌 집에서 같은 반 아이들 이야기를 많이 하지 않았어."

"하지만 한 번쯤은 '오늘 학교 끝나고 이러이런 애랑 만날 거예요.'라든지 뭐 그 비슷한 이야기를 했을 거 아니에요? 그러자면 제 입에서 무슨 이름이 나왔을 거 아니냐고요!"

"그래, 그래. 일로나. 그래, 일로나! 그 이름은 기억난다."

"그것 보세요! 일로나 뭐요?"

"성은 몰라. 걔 성이 뭔지는 한 번도 말하지 않았어."

안나는 포기하고 말았다. 엄마를 설득해 옛 친구들을 소개받기는커녕 엄마한테서는 친구들 이름조차 알아낼 수 없었다. 일로나! 어디서부터 찾아야 한단 말인가? 아빠한테는 물어볼 필요조차 없다. 안나가 기억 상실증에 걸리기 전에도 아빠는 집에 있는 날이 별로 없었을 테니까. 안나 혼자서 알아내야 한다. 하지만 어떻게?

집에 다다르자마자 안나가 말했다.

"저 피곤해요. 목욕하고 좀 자고 싶어요."

린덴탈 부인이 안나의 볼을 어루만지며 말했다.

"그래. 오전 내내 피곤했으니까. 우리 둘 다 말이야."

안나는 욕실에 들어가 문을 잠갔다. 엄마를 피하고 싶었다. 피하지 않으면 싸울 게 뻔했다. 안나는 그러고 싶지 않았다. 안나는 부모를 이해하고 사랑했다. 하지만 그날 오전, 제 과거를 밝혀낼 사람은 자기 자신밖에 없다는 사실을 분명히 깨달았다.

안나는 뜨거운 물이 나오는 수도꼭지를 있는 대로 돌려 튼 다음, 지난번 쇼핑 때 엄마가 산 엄청 비싼 목욕용 오일을 욕조에 쏟아 부었다.

잠시 뒤 짙은 라벤더 향기의 수증기가 안나를 휘감으며 거울에 비친 안나의 모습을 뿌옇게 흐려 놓았다. 안나는 그 얼굴을 알았고, 동시에 몰랐다. 부모의 말이 사실이라면 그 얼굴은 벌써 20년 동안 존재했다. 하지만 안나는 불과 몇 달 전까지만 기억할 뿐이었다.

안나가 거울에 비친 제 모습을 향해 물었다.

"넌 누구야?"

안나는 그 질문을 얼마나 자주 던졌는지 모른다. 무슨 일이 있었을까? 사고가 나기 전에, 사고가 정말 났던 거라면.

안나와 안나의 엄마는 자동차를 타고 가다 차가 미끄러지는 바람에 호수로 떨어지는 사고를 당했다. 안나는 정신을 잃었고 안나의 엄마가 안나를 차에서 끌어내 호숫가로 데리고 나왔다. 목숨을 잃기 일보 직전에. 이것이 안나가 무릎을 꿇다시피 하며 조르고 졸라 엄마한테 들은 내용이었다. 안나의 엄마는 그 끔찍한 사고에 대해 더 이상 이야기하고 싶지 않다고 했다.

문제는 그 이야기가 안나의 기억의 섬과 들어맞지 않는다는 사실이었다! 그것은 안나가 차가운 물에 몸이 닿을 때마다 떠올리는 장면과 일치하지 않았다. 안나는 새 삶을 시작했을 때 찬물을 끔찍이 무서워했다. 하지만 그러한 사실을 비밀에 부친 채 아무한테도 털어놓지 않았다. 하지만 얼마 전 안나는 자신의 비밀을 마침내 털어놓고야 말았다. 바로 카를라한테였다.

카를라가 안나에게 설명했다.

"그건 일종의 기억의 섬이야. 사고를 당하던 순간의 기억이지. 찬물에 몸이 닿을 때마다 그 기억이 떠오르는 것은 아주 당연해. 우리가 알고 있기로는 결국 그 사고 때문에 네가 기억을 잃었으니까."

"하지만 저한테 보이는 것과 맞지 않잖아요. 자동차는 보이지 않아요! 그저 물만 보일 뿐이에요……. 적어도 제 생각은 그래요. 그리고 언제나 같은 느낌이 들고요. 물에 빠져 죽을 것 같고, 두려운 동시에 어마어마한 분노가 치밀어요.

…… 도대체 무슨 뜻일까요?"

"아마 순수한 기억은 아닐 거야. 상상과 기억이 섞였거나 여러 가지 기억이 섞였을 거야. 우리의 뇌는 유감스럽게도 아주 복잡하거든. 물론 다행일 수도 있고."

그러고 나서 카를라와 안나는 안나에게 보이는 장면들이 무엇인지 밝혀내려는 실험을 했다. 안나는 찬물에 손을 담근 뒤 눈에 보이는 것을 묘사해야 했다. 한 번 더. 다른 게 보이나? 아니. 좋아, 그럼 다시 한 번 더. 아무 소용도 없었다. 실험을 아무리 많이 해도 늘 같은 장면이 떠올랐다. 안나의 몸에 나타나는 증상은 처음만큼 심각하지는 않았다. 여전히 숨쉬기가 어렵고, 가슴을 짓누르는 것 같은 느낌이 들었지만 안나는 잘 참았다. 찬물에 손을 담그면 자기에게 어떤 일이 일어날지 미리 예상했고, 그것은 실제 상황이 아니라 단지 기억일 뿐이라고 단단히 마음을 다졌기 때문이었다. 어쨌거나 안나의 머릿속에 떠오르는 그 끔찍한 장면들은 언젠가 실제로 일어났던 일임이 분명했다.

안나는 카를라에게 또 다른 기억의 섬들을 이야기해 주었지만 그 기억들에서는 아무런 의미도 찾아낼 수 없었다.

카를라가 말했다.

"네 과거에서 별로 중요하지 않았던 일들인가 봐. 하지만 좋은 현상이야. 이런 기억의 조각이 더 많아지도록 노력해야 해. 언젠가 서로 연결될 수 있도록 말이야."

안나는 거울에 비친 제 모습을 들여다보며 중얼거렸다.

"카를라 선생님의 말대로 서로 정말 연관성이 있을지도 몰라. 아직 찾아내지 못했을 뿐이야."

안나는 앞에 있는 수도꼭지를 뚫어져라 내려다보았다. 빨간색과 파란색 꼭지, 새로운 인생을 시작하던 안나가 붙인 이름대로라면 각각 좋은 물과 나쁜 물이었다.

한 번 더 시도해 봐야 할까? 찬물에 겨우 손가락 하나만 갖다 대려고 해도 안나로서는 매번 새로운 각오를 해야만 했다. 하지만 오늘은 뭔가 새로운 것을 볼 수 있을지도 모른다. 왠지 그런 기분이 들었다. 그런 긍정적인 느낌이 언제나 드는 것은 아니었다. 어떨 때는 사고가 일어나기 전의 삶에 대해 전혀 알고 싶지 않았다. 하지만 그러다가도 금세 과거를 반드시 알아야겠다는 생각이 들었다. 바로 지금처럼.

안나는 제 손이 파란 수도꼭지 쪽으로 천천히 다가가는 것을 지켜보았다. 덜덜 떨리던 손이 다시 차분해졌다. 안나는 수도꼭지를 돌린 뒤 눈을 감고 차가운 물줄기에 손을 갖다 댔다.

죽음의 공포가 밀려들었다. 내가 죽는 것은 두렵지 않았다. 두려운 것은 이 여자의 죽음이었다. 분노가 치밀었다. 저자를 당장에 죽여 버릴 수 있을 만큼 어마어마한 분노였다.

그러고는 더 이상 아무 생각도 하지 않았다. 옷 속으로 스며드는 차가운 물만 느껴졌다. 순간 배가 뒤집어지면서 내 머리를 덮치는 게 보였다.

안나는 숨을 몰아쉬며 물줄기에서 손을 떼어 냈다. 무릎이 꺾이고 심장이 날뛰었다. 첫 번째 회상 이후 그토록 심각하게 호흡 곤란을 겪은 적은 한 번도 없었다.

안나가 헉헉거렸다.

"그거야! 바로 그거였어!"

안나는 눈을 크게 뜨고 거울 속의 제 모습을 들여다보았다. 여전히 숨 쉬기가 어려웠다. 무슨 일이었지? 1초도 채 안 되는 순간이었지만 안나는 배를 보았다. 뒤집히고 있는 배였다!

안나가 숨을 몰아쉬며 다시 한 번 거울 속 자신에게 중얼거렸다.

"차가 아니었어!"

안나는 천천히 안정을 되찾았다. 심장 박동도 조금씩 정상으로 돌아오고 있었다. 숨 쉬기가 다시 편안해지자 비교적 맑은 정신으로 생각도 할 수 있었다. 도대체 어떻게 된 거지? 안나의 부모는 어째서 자동차 사고였다고 말했을까? 너무나 끔찍한 일이어서 안나한테 거짓말을 했을까? 하지만 자동차 사고는 정말로 있었는데? 안나의 아빠는 호수에서 끌어올린 자동차 사진을 안나에게 보여 주었다. 엄마한테 말해 볼까, 아니면 아빠한테? 안나는 제 생각을 금세 포기하고 말았다. 안나의 과거조차 말하기를 꺼리는 두 사람인데, 사고에 대한 이야기를 할 리 없었다. 안나가 이 일에 대해 털어놓고 이야기할 수 있는 사람은 카를라밖에 없었다. 하지만 먼저 안나 스스로 생각을 정리해야 했다.

안나는 욕조의 수도꼭지를 잠그고 받아 놓았던 물을 그냥 빼 버렸다. 찬물이건 더운물이건 그날은 더 이상 물과 접촉하고 싶지 않았다.

금요일 저녁 린덴탈 부인이 남편에게 카를라의 제안을 설명했다. 안나 아빠의 반응은 안나가 기대했던 것과는 영 딴판이었다. 아빠는 심지어 기가 막혀 하는 눈치였다.

"학교라고? 꼭 다녀야 한대요? 내 말은 너무 시기상조가 아닌가 해서 말이지. 아니, 학교를 왜 다녀야 하지?"

린덴탈 부인이 소리쳤다.

"여보! 학교는 당연히 다녀야죠. 학교에 가서 아비투어(대학 입학 자격시험 : 옮긴이)를 봐야 할 거 아니에요?"

안나가 끼어들었다.

"엄마한테 옛날에 다니던 학교에 가겠다고 말했어요."

안나의 엄마가 재빨리 응수했다.

"그래서 제가 좋지 않은 생각이라고 말해 줬어요."

안나가 아빠에게 물었다.

"왜 좋지 않은 거예요, 아빠?"

린덴탈 부인이 남편을 대신해서 대답했다.

"너한테 좋은 학교가 아니기 때문이지."

그러자 안나의 아빠도 맞장구를 쳤다.

"그래, 엄마 말이 맞다. 그건 별로 좋은 생각이 아닌 것 같구나."

린덴탈 부인이 말했다.

"그래서 말인데, 사립학교에 보내면 어떨까 싶어요."

린덴탈 씨가 얼굴을 찌푸렸다.

"사립학교? 너무 비싸지 않을까? 그렇다면 기숙사에 집어넣는 것도 생각해 볼 수 있겠군."

린덴탈 부인이 반대했다.

"그건 절대 있을 수 없는 일이에요! 안나는 제가 직접 돌볼 거예요. 그건 당신도 잘 알잖아요. 안나를 기숙사에 집어넣는 일은 절대 없을 거예요!"

안나가 말했다.

"엄마 말이 맞아요. 제발 기숙사에는 넣지 말아 주세요! 기숙사에 들어가면 더 갇힌 느낌이 들 거예요……."

린덴탈 부인이 물었다.

"더라고? 여기보다 더란 뜻이니?"

"그런 뜻이 아니에요. 하지만 전 기숙사는 싫어요. 엄마,
아빠를 방학 때만 보는 건 싫어요."

린덴탈 부인이 눈을 동그랗게 뜨고 안나를 바라보았다.

"지금 우리가 보고 싶을 것 같다는 말이니?"

"당연하죠. 전 엄마, 아빠의 딸이잖아요."

린덴탈 부인의 눈이 조금 더 커지면서 이내 붉어졌다.

안나는 자기가 집에 있고 싶다는데 엄마가 왜 그렇게 감동
하는지 처음에는 이해할 수 없었다. 하지만 엄마, 아빠가 안나
의 과거에 대해 털어놓지 않는 이유가 어쩌면 저 자신에게 있
을지도 모른다는 생각이 들면서 흠칫 놀라지 않을 수 없었다.

안나는 갑자기 떠오른 생각 때문에 다음과 같은 질문을 던
지고 말았다.

"우리 사이는 어땠어요? 제 말은 옛날에요, 사고가 나기
전에."

안나의 엄마가 되물었다.

"그게 무슨 말이니?"

"서로…… 사랑했어요? 여느 부모랑 딸처럼요. 아니면 제
가 엄마, 아빠 속을 무지 썩였나요? 그래서 옛날 학교로 돌
아가면 안 되는 거예요?"

린덴탈 부부는 서로를 바라보았다.

안나의 엄마가 침을 한 번 꿀꺽 삼켰다.

"아니, 그렇지 않아. 정말 아니야. 내 생각은…… 아니, 우리 생각은 네가 거기서 별로 잘 지내지 못할 것 같아서 그러는 거야. 넌 사람들이 얼마나 무자비할 수 있는지 몰라. 거기 가면 호기심 어린 질문과 눈길이 쏟아질 텐데, 우린 그게 너한테 과연 이로울지, 심지어 너한테 해를 끼치지 않을지, 그래서 지금 상태보다 더 나빠지는 건 아닐지 몰라서 그러는 거야."

안나가 내내 눈길을 피하고 있는 아빠를 바라보며 물었다.

"정말 그래요, 아빠?"

마틴 린덴탈은 거의 알아볼 수 없을 정도로 고개를 끄덕였다.

"그래, 그렇단다."

"제 친구들은 어떻게 된 거예요, 아빠? 옛날 학교에 가면 친구들을 다시 만날 수 있잖아요?"

"넌 친구가 없었어."

"하지만 일로나는요? 엄마가 일로나라는 친구가 있었다고 했단 말이에요."

린덴탈 씨가 부인을 흘깃 바라보더니 입을 열었다.

"그래, 그런 애가 있었지. 하지만 지금은 학교에 없을 거다.”

“왜요?”

안나의 아빠는 대답 대신 어깨만 한 번 으쓱했다.

“그 애 성은 뭐예요? 그것만이라도 가르쳐 주시면 안 돼요, 아빠?”

안나의 아빠가 자리에서 일어서더니 방을 나가며 말했다.

“나도 걔 성은 모른단다. 미안하다, 안나.”

안나는 얼빠진 사람처럼 멍한 표정으로 아빠의 뒷모습을 바라보았다.

안나가 엄마에게 물었다.

“아빠가 왜 저래요? 제가 뭘 잘못했어요? 전 그저 궁금해서…….”

린덴탈 부인이 안나 곁으로 다가오더니 안나를 꼭 끌어안았다.

“아빠에게 시간을 드리렴.”

“시간이라고요? 왜요?”

린덴탈 부인이 머뭇거리며 입을 열었다.

“네 기억 상실은 아빠에게 큰 충격이었단다. 네가 갑자기 완전히 다른 사람이 되어 버렸으니까. 네가 새 삶에 적응해야 하듯, 우리도 새 딸에 다시 적응해야 하는 거야.”

“아빠는 엄마보다 적응하기가 더 힘든 거고요?”

린덴탈 부인이 고개를 끄덕였다.

"그래."

"아빠가 절…… 사랑하긴 하셨어요? 제 말은 과거의 안나 말이에요."

다시 한 번 침을 꿀꺽 삼키는 린덴탈 부인의 눈은 이제 축축한 정도가 아니었다.

"그럼, 사랑했지. 그것도 무척이나."

린덴탈 부인이 조용히 말을 이었다.

"그리고 오늘부터는 새 안나도 그만큼 사랑하시게 될 것 같구나."

6

안나는 자기 방으로 돌아와 불을 끄고 침대에 누웠다. 빗방울이 창을 두드렸다.

오후에 텔레비전 채널을 돌리다가 우연히 본 뉴스에서 아나운서가 한 말이 생각났다.

"올봄은 예년에 비해서 기온이 낮고, 유난히 비가 많이 내리겠습니다."

예년에 비해서? 그게 무슨 말이야? 안나는 올봄밖에 모르는데. 하지만 실제로는 열아홉 번이나 봄을 경험했다니! 그 정도라면 올봄이 정말로 더 추운지, 비가 더 많이 내리는지를 알고도 남을 횟수였다. 하지만 과거의 안나는 그 경험을 자신의 것으로만 간직하고 있을 뿐, 현재의 안나가 나누어 가지는 것을 허락하지 않았다. 지난 19년 동안 일어났던 다른 모든 일과 마찬가지로.

안나의 아빠는 엄마가 방금 말했던 것처럼 안나를 정말로 사랑했을까? 안나는 엄마의 말을 믿었다. 엄마의 말을 믿고 싶었다. 아니, 엄마의 말을 믿어야만 했다! 부모한테 기댈 수 없다면 누구한테 기댈 수 있단 말인가? 하지만 한 가지 의문은 남았다. 아빠는 안나를 쳐다보지도 않고 왜 그렇게 슬픈 얼굴로 거실을 나가 버렸을까?

안나는 과거의 안나가 무슨 비밀을 숨기고 있다는 느낌이 들었다. 그리고 그것은 너무나 끔찍해서 안나의 부모도 비밀로 감추어 두는 게 분명했다. 어쩌면 그 비밀은 캐지 않는 것이 좋을지도 몰랐다. 하지만 안나는 과거를 되찾고 싶었다. 제아무리 추하다 할지라도 과거의 안나가 얼굴을 드러내게 하고 싶었다. 안나의 부모는 사랑 때문이든 두려움 때문이든 안나에게 끝까지 침묵할 게 틀림없었다. 따라서 과거의 안나가 모습을 드러내도록 하려면 안나 스스로 행동해야 했다. 바로 지금, 두려움이나 부모에 대한 동정심으로 또다시 용기를 잃기 전에!

이 집 어딘가에 사고 전 안나의 삶을 보여 줄 만한 게 분명히 있을 것이다! 안나는 침대에서 일어나 앉아 귀를 기울였다. 집 안은 조용했다. 하지만 그것은 별 의미가 없었다. 어차피 안나의 부모는 소리 없이 움직이니까. 안나의 아빠가 집에 있을 때 두 부부는 누군가 자신들의 말을 엿들을지 몰라 겁먹은 사람들처럼 목소리를 죽여 가며 이야기를 나누었다.

안나는 일어서서 방문을 열고 살금살금 계단을 내려갔다. 한 발, 한 발 걸음을 뗄 때마다 나무로 된 계단이 삐걱거렸다. 안나는 다시 숨을 멈추고 귀를 기울였다. 요란한 빗방울

소리가 계단이 삐걱대는 소리를 집어삼켰다. 적어도 안나는 그러기를 바랐다.

1층으로 내려온 안나는 집 안 구석구석을 두리번거렸다. 거실, 부엌, 안방. 문 밑으로 불빛이 새어 나오는 방은 하나도 없었다. 안나의 부모는 벌써 잠들었거나 밖으로 나간 게 틀림없었다. 물론 두 사람이 밖에 나갔다면 그것은 해가 서쪽에서 뜰 일이었다. 지난 3개월 동안 안나는 두 사람이 밖에 나가는 것을 한 번도 본 적이 없었다. 따라서 안나로서는 계속해서 살금살금 움직이는 편이 안전했다.

안나는 이를 꽉 깨물고 거실 문손잡이를 돌린 뒤, 빠끔히 열린 문틈으로 살며시 들어갔다.

불을 켜야 할까? 다른 방법이 없었다. 창밖의 가로등에서 비치는 불빛은 안나가 거실을 뒤져 바라는 것을 찾을 수 있을 만큼 밝지 않았다. 그런데 무엇을 찾아야 하지? 일단 손에 쥐면 그것이 무엇인지 알 수 있겠지.

안나의 엄마는 거실 수납장에 달린 서랍 두 개에 여러 가지 서류를 보관했다. 한두 번 곁눈질할 기회가 있어서 안나는 그러한 사실을 알고 있었다. 지금으로서는 그 서랍이 가장 확실한 성공을 보장할 것 같았다. 안나는 서랍 두 개를 모두 열고 내용물의 순서가 뒤바뀌지 않도록 조심하면서 뒤지기 시작했다.

결과는 실망스러웠다. 그 안에는 사용 설명서나 집수리 영수증, 팸플릿 따위밖에 없었다. 안나는 거실 수납장을 모두 뒤졌지만 이번에도 결과는 마찬가지였다. 사진도, 편지도, 아무것도 없었다.

안나의 엄마가 첫날 보여 준 사진 몇 장이 이 집에 있는 사진의 전부란 말인가? 안나가 어린아이였을 때 찍었다는 그 사진 몇 장이? 안나는 믿을 수가 없었다. 어쩌면 안나의 부모는 사진을 모두 안방에 보관하고 있는지도 모른다. 아니면 모두 없애 버렸거나. 하지만 왜 그래야 하지?

순간 안나의 눈길이 아빠의 책상에 꽂혔다. 아빠가 자주 쓰는 책상이 아니었기 때문에 사진이나 다른 개인적인 물건이 있을 것 같지는 않았다. 하지만 안나는 모든 것을 확실히 해 두고 싶었다.

반짝반짝 빛날 만큼 깨끗이 닦아 놓은 책상 위에는 전화기와 아무것도 쓰여 있지 않은 메모지만 놓여 있었다. 안나의 아빠는 부인보다 더 깔끔한 사람인 듯싶었다. 린덴탈 부인보다 더 깔끔할 수 있다는 것은 아주 굉장한 일이었다. 안나는 서랍 세 개 가운데 맨 위 서랍을 잡아당겼다. 잠겨 있었다. 서랍은 모두 잠겨 있었다!

안나의 입에서 자기도 모르게 욕이 튀어나왔다.

"젠장!"

서랍이 왜 잠겨 있지? 아빠한테 뭔가 감출 게 있는 걸까? 아니면 관계자도 아닌 사람이 회사 서류를 볼까 봐?

안나는 그 이유를 알고 싶었다. 아니, 반드시 알아야 했다! 아빠는 책상 서랍 열쇠를 어디에 보관했을까? 당연히 아빠의 열쇠고리일 테지!

날마다 안나가 자러 가기 전 안나의 엄마는 현관문을 안에서 잠근 뒤 열쇠 뭉치를 열쇠 구멍에 그대로 꽂아 놓았다. 안나의 아빠는 그날 집에 있었다. 혹시 안나의 아빠도 엄마와 같은 습관이 있지 않을까?

안나는 현관으로 나가기 전에 먼저 거실의 불부터 끄고 눈이 다시 어둠에 익숙해질 때까지 잠시 기다렸다. 현관문에 열쇠 뭉치가 꽂혀 있는 게 대번에 안나의 눈에 들어왔다. 문제는 누구의 열쇠 뭉치냐였다!

안나는 1밀리미터씩, 1밀리미터씩 열쇠 구멍에서 열쇠를 빼냈다. 마침내 열쇠 뭉치를 손에 쥔 안나는 그것이 아빠 열쇠임을 알아차렸다. 아빠의 열쇠고리에는 엄마 것보다 열쇠가 두 배 정도 더 많았다.

숨을 죽이고 다시 거실로 돌아온 안나는 아빠의 책상 앞에 무릎을 꿇고 앉아 열쇠를 찾기 시작했다. 몇 번 실패한 뒤 마침내 맞는 열쇠를 찾아냈다. 맨 위 서랍에서 찾아낸 얇은 파일 안에는 재미도 없고, 잘 이해할 수도 없는 서류들만 들어 있었다. 안나는 실망했다. 아무래도 아빠의 책상에서 자신을 과거의 삶으로 이끌어 줄 뭔가를 찾아낼 가능성은 전혀 없는 것 같았다.

안나는 가운데 서랍을 열었다. 거기에는 누르스름한 큰 서류 봉투가 한 장 들어 있었다.

봉투 위에는 매직으로 '안나'라고 쓰여 있었다.

안나는 터져 나오려는 함성을 입술을 깨물어 가까스로 참았다.

안나는 일어서서 눈을 감고 숨을 깊이 들이마셨다. 심장이 두근거리고 무릎이 떨렸다. 봉투를 열어 보기 전에 먼저 자신을 진정시켜야 했다. 안 그랬다가는 소리를 지르거나 다른 소리를 내서 들켜 버릴지도 몰랐다.

하지만 안나는 심장도, 무릎도 진정시킬 수가 없었다. 그렇다고 마냥 지체할 수도 없었다. 봉투 안을 얼른 들여다보지 않으면 돌아 버릴 것만 같았다!

안나는 봉투를 손에 들었다. 봉투는 얇고, 가볍고, 봉해 있지 않았다. 안에 뭐가 들어 있기나 한 걸까? 그렇다면 과연 뭐가 나올까? 안나의 과거에 숨겨진 비밀이? 안나가 그것을 기억할 수 있을까? 봉투 안에 든 내용물을 알면 마침내 기억을 되찾을까?

안나는 다시 한 번 숨을 들이마신 뒤 봉투 안에 손을 집어

넣어 종이 한 장을 꺼냈다. 사진이었다! 앞니 빠진 소녀가 활짝 웃고 있었다. 과거의 안나였다! 엄마가 보여 준 사진에서는 소녀의 얼굴을 그렇게 정확히 알아볼 수 없었다. 사진관에 가서 찍은 사진 같았다. 하지만 두 소녀가 같은 소녀임에는 틀림없었다. 안나였다. 안나면서 안나가 아닌 아이. 안나의 뇌 속에는 자기와 그 소녀가 함께 나누고 있는 것이 하나도 없었다. 그런데도 그 앞니 빠진 소녀는 자기 인생의 한 부분이었다.

안나는 다른 사진처럼 그 사진도 꼬깃꼬깃 구겨서 발로 쾅쾅 밟아 버리고 싶었다. 하지만 안나는 이성을 잃지 않았다. 서류 봉투 속에 자신의 과거에 대한 비밀이 숨겨져 있을 거라고 믿다니! 어쩜 그렇게 순진했을까? 도대체 비밀이 있기는 있는 걸까? 안나의 아빠는 딸의 사진을 봉투에 넣어서 이름을 써 놓았을 뿐이다! 자기 아이의 사진을 책상에 넣어 두는 아빠는 분명히 한두 명이 아닐 것이다. 어쩌면 그 사진은 얼마 전까지만 해도 액자에 끼워져 책상 위에 놓여 있었을지도 모른다.

안나가 사진을 다시 봉투 속에 집어넣는 순간 사진이 뭔가에 걸렸다. 안나는 봉투 안을 들여다보았다. 봉투 안에 뭔가가 더 있었다! 작은 종이였다. 안나는 그 종이를 얼른 꺼냈다.

문이나 계단에서 무슨 소리가 나지 않았나? 안나는 숨을 죽이고 귀를 기울였다. 아니, 안나가 잘못 들은 게 틀림없다. 봉투에서 꺼낸 종이를 들여다보던 안나가 중얼거렸다.

"현금 인출증?"

안나는 그것이 뭔지 금방 알아보았다. 엄마와 쇼핑하면서 돈을 찾거나 잔액을 확인하기 위해 은행에 자주 가 보았기 때문이다. 지금 손에 들고 있는 종이는 보통 것보다 더 크고 왠지 좀 더 공식적으로 보이기는 했지만 현금 인출증이 분명했다. 안나는 종이에 적힌 글씨를 자세히 들여다보았다.

현금 인출 € 2,000,000.00

그 아래에는 은행 도장이 찍혀 있고, 현금을 받았다는 것을 확인하는 아빠의 서명과 날짜가 쓰여 있었다.

"10월 8일이라……."

교통사고가 났던 날은 10월 9일이었다. 엄마도 카를라도 그렇게 말했다. 그렇다면 안나의 아빠는 어째서 사고 하루 전날 이렇게 많은 돈을 찾았을까? 아빠는 이렇게 많은 돈이 대체 어디서 생겼을까?

바로 그때였다! 안나는 확실히 무슨 소리를 들었다! 발자국 소리였다! 누군가 현관에 있다!

"안나? 너니? 아직 안 자니?"

아빠의 목소리였다.

"거실에서 뭐 하는 거니?"

안나는 현금 인출증과 사진을 재빨리 봉투 속에 집어넣고, 눈 깜짝할 사이에 책상 서랍을 닫은 뒤 열쇠 뭉치를 상체 밑에 숨긴 채 바닥에 누워 텔레비전 스위치를 눌렀다.

텔레비전 쪽으로 몸을 돌려 거실 바닥에 누운 뒤에야 안나는 자신이 방금 어떻게 행동했는지 깨달았다. 위험에 그렇게 빨리 대처하는 방법은 도대체 어디서 배웠을까? 안나의 몸놀림은 의식적인 것이 아니라 어떤 반사 작용과도 같았다.

거실 문이 열리는 순간 텔레비전 화면이 켜졌다. 안나는 화면을 쳐다보았지만 텔레비전에서 뭐가 나오고 있는지는 눈에 들어오지 않았다.

안나의 아빠가 가운 차림으로 거실로 들어왔다. 자다 일어난 사람 같지는 않았다.

"너 여기서 뭐 하고 있니? 텔레비전을 왜 네 방에서 보지 않고 여기 내려와서 보는 거야?"

안나는 침을 삼켰다. 목소리를 떨어서는 안 돼!

안나가 여전히 텔레비전 화면에 눈길을 고정시킨 채 대답했다.

"화면이 여기가 더 좋아요."

"그래? 정말? 그럼 소리나 좀 줄이렴. 자고 싶구나."

"네. 안 그래도 이만 자러 올라가려던 참이에요."

"그래, 많이 늦었다."

거실 문이 다시 닫혔다. 안나의 몸 밑에 깔린 열쇠 뭉치가 배겨 왔다.

안나가 간절한 마음으로 중얼거렸다.

"제발! 아빠가 제발 현관문을 보지 않게 해 주세요!"

안나는 텔레비전을 껐다. 영원히 지나가 버리지 않을 것 같은 몇 초가 흐른 뒤에야 아빠가 안방으로 들어갔다는 확신이 들었다.

안나는 벌떡 일어나 아빠의 책상으로 갔다. 서랍을 잠그기 전에 서류 봉투가 그 전과 똑같이 놓여 있는지 한 번 더 확인했다.

안나는 거실 불을 끄고 현관을 내다보았다. 안방 불은 여전히 꺼져 있었다.

안나는 발끝으로 살금살금 걸어 현관문으로 갔다. 그리고 열쇠 구멍에 열쇠를 꽂은 뒤 계단을 뛰어 올라갔다.

안나는 침대에 몸을 던졌다. 성공이다!

도대체 그게 뭐였을까? 안나의 아빠는 왜 그렇게 많은 돈이 필요했을까? 돈이 대체 어디서 났을까? 안나네 집이 그렇게 부자라면 왜 이런 코딱지만 한 서민 주택에 사는 것일까? 돈을 아끼려고? 하지만 엄마가 즐기는 쇼핑을 생각하면 돈을 아끼려고 그런다는 것은 맞지 않았다. 그리고 현금 인출증에 왜 하필이면 안나의 이름이 적혀 있고, 안나의 사진이 있는 봉투 속에 들어 있었을까?

자신과 자신의 과거에 대한 해답을 얻기 위해 거실을 뒤졌건만, 안나에게 돌아온 것은 오히려 더 많은 질문뿐이었다.

안나는 알고 싶었다! 안나는 아침에 일어나자마자 아빠에게 서류 봉투와 그 안에 든 현금 인출증에 대해 물어보리라 마음먹었다.

하지만 안나의 결심은 다음 날 아침 샤워를 하는 동안 대부분 씻겨 나가고 말았다. 안나가 다짜고짜 서류 봉투에 대해서 물으면 아빠는 어떤 반응을 보일까? 그렇게 많은 돈을 현금으로 찾는다는 것은 그저 사업상의 문제일 리 없었다. 아무 준비도 없이 섣불리 물었다가는 벌집을 쑤신 꼴이 될지도 몰랐다. 질문하기에 알맞은 때를 기다리거나 일상적인 이야기를 나누다가 화제를 조심스레 서류 봉투 쪽으로 몰고 가는 편이 좋을 듯싶었다.

안나는 주말 내내 적당한 기회를 노렸다. 하지만 생각을 하면 할수록 아빠에게 현금 인출증에 대해 묻는 것이 두려워졌다.

엄마는 아빠한테 시간이 필요하다고 했다. 지금의 안나를 과거의 안나만큼 사랑할 수 있도록 시간을 주고 기다려야 한다고 했다. 하지만 안나가 자기 몰래 책상을 뒤진 것을 알면 아빠가 지금의 안나를 사랑할 수 있을까?

월요일 아침, 아침을 먹으러 내려왔을 때 안나는 린덴탈 씨가 벌써 회사에 나갔다는 사실에 안도감을 느꼈다.

안나는 카를라의 상담소로 가는 차 안에서 엄마에게 서류 봉투에 대해 물어볼까 하고 망설였다. 하지만 린덴탈 부인은 대답을 피하거나, 심지어 남편한테 전화를 걸어 고자질할지도 몰랐다. 안나는 그렇게 되기를 원하지 않았다. 아빠가 알게 된다면, 반드시 안나의 입을 통해서여야 했다.

안나가 카를라와 상담을 마치고 내려오자 안나의 엄마는 언제나처럼 상담소 앞에 서서 기다리고 있었다. 하지만 이번에는 혼자가 아니었다. 어떤 젊은이가 엄마와 이야기를 하고 있었다.

"엄마, 무슨 일 있어요?"

젊은이가 안나를 보더니 얼굴이 밝아졌다.

"아, 이 아가씨인가요? 아가씨가 안나 린덴탈이에요?"

안나는 뭐라고 대답하려고 했지만 할 수가 없었다. 대답이 목구멍에 꽉 막혀 나오지 않았다. 가슴이 두근거렸다. 좋은 느낌도, 그렇다고 나쁜 느낌도 아니었다. 아픈 것과는 거리가 멀었다. 안나는 간밤에 서류 봉투를 발견했을 때처럼 심장이 쿵쾅거리는 것을 느꼈다. 하지만 이번에는 두려움이 아니라 훨씬 기분 좋은 어떤 묘한 느낌 때문이었다.

안나가 간신히 입을 열었다.

"네."

안나의 엄마가 당장 끼어들었다.

"애, 가자."

젊은이가 소리쳤다.

"아니, 왜요? 아직 제 설명이 다 끝나지 않았는데요!"

안나가 물었다.

"우리한테 뭘 파시려고 그러세요?"

"아니요!"

젊은이는 그렇게 대답한 뒤 큰 소리로 웃었다. 안나는 그 웃음소리를 듣자 마음이 놓였다.

젊은이가 말을 이었다.

"전 케빈 슈나이더라고 해요. 텔레비전 방송국에서 나왔어요."

안나가 소리쳤다.

"정말요?"

일이 점점 더 멋지게 돌아가고 있었다!

안나의 엄마가 소리쳤다.

"안나, 우리랑 아무 상관없는 사람이야! 어서 집에 가자."

"무슨 일인지 알고 싶어요, 엄마."

텔레비전이라니! 재미있을 것 같았다. 물론 안나로서는 그것 말고도 케빈 슈나이더와 빨리 헤어지고 싶지 않은 또 다른 이유가 있었다!

"전 아가씨 이야기를 방송으로 내보내고 싶어요."

케빈 슈나이더가 조금 쑥스러운 듯이 덧붙였다.

"더 자세히 말하면 아가씨 문제에 대해서요. 아가씨에 대한 신문 기사를 읽고 관심을 갖게 됐어요."

안나는 할 말을 잃고 그저 놀란 얼굴로 케빈 슈나이더만 바라볼 뿐이었다. 안나는 자신의 한심스런 반응에 스스로 화가 났다. 아주 멍청한 표정을 짓고 있을 게 틀림없다.

안나의 엄마가 다시 입을 열었다.

"우린 관심 없어요."

안나가 엄마의 말에 반대하고 나섰다.

"제 생각은 달라요. 어떤 식으로 방송하실 건데요? 어느 방송국이요?"

"안나, 제발!"

케빈 슈나이더가 말했다.

"성급하게 굴고 싶지는 않습니다. 물건이나 팔아먹으려는 수세미 외판원처럼 보이고 싶지도 않고요. 여기 제 명함이 있습니다. 원하실 때 언제든 전화를 주세요. 그럼 만날 약속을 정하면 되니까요."

케빈 슈나이더는 겉옷에서 명함 한 장을 꺼내 안나의 엄마 앞에 내밀었다. 안나의 엄마는 케빈 슈나이더의 명함이 죽은 개구리라도 되는 것처럼 떨떠름한 얼굴로 내려다보고만 있었다.

"됐어요. 우리 쪽에서 전화 드릴 일은 없을 것 같군요, 슈나이더 씨."

안나가 명함 쪽으로 손을 뻗으며 엄마에게 대꾸했다.

"엄마, 이 문제는 나중에 집에 가서 얘기해요."

케빈이 안나에게 강한 눈빛을 던졌다. 첫 만남에서 흔히 볼 수 없는 일이었다. 케빈은 안나가 명함을 잡았는데도 몇 초 동안 자신의 명함을 꼭 쥐고 놓지 않았다. 우연이든 필연이든 케빈의 손에 손이 닿은 안나는 머리털 끝까지 전해져오는 짜릿한 전율을 느꼈다.

안나는 케빈의 눈길을 피하며 명함을 받아 겉옷 주머니에 넣었다. 물론 실수로 명함이 주머니에서 빠지는 일이 없도록 아주 조심했다.

케빈 슈나이더가 여전히 안나를 뚫어져라 쳐다보며 말했다.

"그럼 조만간 뵙겠습니다."

7

　린덴탈 부인은 케빈 슈나이더가 따라와 방송을 하자고 조를까 봐 겁내는 사람처럼 안나를 차로 끌고 갔다. 린덴탈 부인이 차에 올라타더니 안나가 안전벨트를 매기도 전에 시동을 걸었다.

　안나의 엄마는 인상을 잔뜩 찌푸리고 도로만 바라보았다.

　"텔레비전이라니! 아주 골고루구나, 골고루야!"

　"전 엄마의 반응을 이해하지 못하겠어요. 슈나이더 씨라는 사람, 아주…… 친절해 보였단 말이에요."

　"그 사람들은 자기네가 원하는 걸 얻을 때까지는 늘 그래."

　안나가 반박했다.

　"우린 그 사람이 정확히 뭘 원하는지도 모르잖아요."

　린덴탈 부인이 화를 버럭 냈다.

　"방송을 하고 싶다잖니, 방송을! 분명히 우리 사생활을 들추고, 널 서커스 망아지처럼 구경거리로 만들 거야. 마지막에는 본인도 제 모습을 알아보지 못할 정도로."

　"그걸 엄마가 어떻게 알아요? 누가 엄마에 대한 방송을 하기라도 했어요?"

"아니, 하지만 안 봐도 뻔해."

"엄마, 그냥 한 번 들어 볼 수는 있잖아요. 어떤 식으로 방송할 건지 말이에요. 그러고 나서 찬성할지 반대할지 결정해도 되잖아요. 그리고 어쩌면……."

린덴탈 부인이 물었다.

"어쩌면 뭐?"

"아니에요. 저도 잘 모르겠어요."

린덴탈 부인이 주차선이 그어져 있는 쪽으로 차를 몰더니 시동을 껐다.

"무슨 일이에요? 왜 세워요?"

린덴탈 부인이 안나의 손을 잡았다.

"너, 방송에 기대를 걸고 있구나, 그렇지?"

안나는 엄마의 눈길을 견딜 수 없었다.

"무슨 말인지 모르겠어요."

"시치미 떼지 마. 넌 네 과거를 아는 사람이 방송을 보고 연락해 오길 바라고 있어. 그렇지?"

안나가 소리쳤다.

"그래서요? 그게 뭐 나빠요? 아니면 엄마가 방송을 반대하는 이유가 바로 그것 때문인가요?"

린덴탈 부인이 안나의 손을 꼭 잡으며 말했다.

"그 얘긴 그만 하자. 그 슈나이더란 젊은이는 우리한테 득이 되는 사람이 아니야. 엄마 말을 믿어!"

안나는 아무런 대꾸도 하지 않았다. 안나의 엄마도 대답을 바라는 것 같지 않았다. 린덴탈 부인은 다시 차에 시동을 걸고 출발했다.

안나는 운전자 옆 자리에 앉아서 회색빛 도시를 바라보며 엄마를 이해하려고 노력했다. 바보 같은 방송 프로그램이 많은 것은 사실이었다. 특히 대중의 관심을 자극하려는 방송사 기자는 자신이 '희생양'으로 삼은 사람의 사생활쯤은 아무래도 좋다는 식으로 행동했다. 하지만 케빈 슈나이더는 그런 사람이 아니었다. 안나는 그 사람과 몇 분밖에 이야기를 나누지 않았지만 그것을 느낄 수 있었다.

방송은 끊어진 과거를 향해 물꼬를 터 주는 좋은 기회가 될지도 몰랐다. 사고 전에 안나를 알고 있던 사람들 가운데 최소한 몇 사람은 방송을 볼 테고, 그러면 연락을 해 올 수도 있을 터였다. 하지만 안나의 엄마는 바로 그것을 반대했다. 대체 뭐가 두려운 걸까?

'이 문제는 아무래도 내가 직접 나서서 처리해야겠어.' 하고 안나는 생각했다. 하지만 그러자면 부모를 속일 수밖에 없었다. 안나는 그렇게 하고 싶지 않았다. 엄마는 안나의 목숨을 구했다. 지금은 안나를 돌보느라 잠시도 쉴 틈이 없지만 엄마는 불평 한마디 없다. 그리고 아빠는 안나가 편안하

게 지낼 수 있도록, 그리고 만만치 않을 상담비를 대 주기 위
해 일주일 내내 뼈 빠지게 열심히 일하고 있다. 하지만 아빠
라면 안나를 좀 더 잘 이해할지 모른다.

"아빠한테 물어보면 어때요? 아빠는 방송을 허락하실지도
모르잖아요."

"내가 안 된다고 하면 네 아빠도 안 된다고 할 거다."

"전화라도 한 번 해 봐요, 네?"

"꼭 그래야겠다면 전화는 할 수 있지. 하지만 네 아빠 대답
은 내가 벌써 알아."

집에 돌아온 안나는 엄마가 전화할 때까지 계속 졸라 댔다.

안나는 엄마가 아빠와 통화하는 동안 옆에 서 있었다. 아
빠가 하는 말은 들을 수 없었지만 엄마의 반응으로 보아 아
빠도 방송을 반대하는 게 분명했다.

보다 못한 안나가 물었다.

"저 좀 바꿔 주세요."

린덴탈 부인이 어깨를 으쓱하더니 안나에게 수화기를 내
밀었다.

"아빠?"

"그래."

"그 케빈 슈나이더라는 사람, 정말 좋은 사람 같았어요. 제

생각에 엄마가 걱정하는 것처럼 사람들 관심이나 불러일으
키려고 절 흥밋거리로 삼지는 않을 것 같아요."

수화기를 통해 아빠의 한숨 소리가 들려왔다.

이윽고 아빠의 목소리가 들렸다.

"그래, 그럴지도 모르지. 하지만 난 엄마 말이 맞는 것 같
다. 우리한테 별로 좋은 일이 아니야. 특히 너한테."

안나가 소리쳤다.

"왜요? 대체 무슨 일이 일어날 거라고 그러세요? 설사 제
과거를 아는 누가 연락을 한다 해도……."

아빠가 안나의 말을 중간에서 가로챘다.

"그런 걱정은 하지도 않았다. 하지만 방송은 누구나 볼 수
있어. 우리 집 상황을 악용하려는 사람들까지 포함해서 말이
야. 모든 사람들이 다 착한 건 아니야. 그런데 넌 경험이 없
어서 그런 사람들한테 걸리면 특히 더 위험해. 그게 문제인
거야."

"하지만 엄마, 아빠가 늘 반대만 하시면 전 언제 삶의 경험
을 쌓아요?"

"경험은 쌓게 될 거다. 하지만 단계적으로 천천히 쌓아야
지. 넌 몹시 다쳤어, 안나. 지금도 완전히 건강해진 건 아니
고. 그러니 제발 참을성을 가지고 좀 기다리렴. 네 엄마를 생
각해서라도."

안나는 포기했다. 아빠가 그렇게 말하는 데는 안나도 달리 할 말이 없었다.

아빠가 한 번 더 물었다.

"약속하겠니?"

"금요일 날 봬요, 아빠. 벌써 금요일만 기다려져요."

안나는 그렇게만 말했다.

안나는 아빠에게 아무런 약속도 하지 않았다. 약속을 지킬 수 있을지 확신이 서지 않았다.

안나는 침대에 앉아 명함을 내려다보고 있었다. 명함이 무슨 귀한 보물이라도 되듯, 자칫 망가뜨리기라도 할까 봐 겁내는 사람처럼 손가락 끝으로 명함 모서리를 잡고 있었다. 안나가 아는 한 그것은 아주 평범한 명함이었다. 특이한 것은 아무것도 적혀 있지 않았다. 노르트라인베스트팔렌 주(NRW) 방송국(노르트라인베스트팔렌은 독일 서부에 있는 주로, 안나가 살고 있는 도시 보훔도 이곳에 있음 : 옮긴이), 지역 편집국, 이름, 주소 그리고 가장 중요한 케빈 슈나이더의 전화번호.

안나는 명함을 침대 옆 탁자 위에 조심스레 올려놓고 자리에서 일어섰다. 그러고는 생각을 정리하기 위해 방 안을 걸어다니기 시작했다. 하지만 명함에서 눈길을 뗄 수 없었다.

어떻게 해야 할까? 안나의 부모는 안나에게 그 기회를 이용하도록 허락할 리 없었다. 하지만 그 명함은 분명 가장 좋은 기회였다! 이 기회를 놓친다면 자신이 정말로 누구였는지 어떻게 알아낼 수 있단 말인가? 기억의 섬들은 혼란을 더욱 부추기기만 할 뿐, 과거의 안나는 여전히 머릿속 어딘가에 숨어서 나올 생각도 하지 않는데.

아빠의 목소리가 귓가에 쟁쟁했다.

"네 엄마를 생각해서라도."

하지만 무슨 이유로? 왜 그러는지 그 이유를 알기만 한다면! 안나는 이번에도 부모의 말을 알아들었고, 이번에도 부모가 자기에게 모든 것을 털어놓지 않는다는 느낌이 들었다. 안나가 왜 과거의 삶과 거리를 유지해야 하는지 부모가 대는 이유를 들으면 들을수록 안나는 두 사람이 자기가 알아서는 안 되는 뭔가를 숨기고 있다는 확신이 섰다.

하지만 이번에는 타협하지 않으리라. 아니, 부모가 실망하고 화를 내는 한이 있더라도 이번만큼은 물러설 수 없다.

안나는 자기가 중요한 결정을 내렸음을 깨달았다. 만약 그렇게 하지 않는다면 분명 과거의 안나에게 다가갈 수 있는 마지막 기회를 놓치는 것이리라. 그리고 또 한 가지. 안나는 케빈 슈나이더와 그의 웃음을 꼭 한 번 다시 보고 싶었다!

안나는 아래층으로 살금살금 내려갔다. 부엌에서 음식 냄새가 풍기며 그릇들이 맞부딪치는 소리가 들렸다. 안나가 생각하고 바랐던 대로, 엄마는 점심 식사를 준비하느라 바쁜 것 같았다. 파출부가 왜 필요한지 모르겠지만 어쨌거나 이틀에 한 번씩 파출부가 오긴 했다. 하지만 린덴탈 부인은 식사만큼은 직접 준비하는 편이었다. 엄마가 세상에서 가장 돈 많은 여자라면 그것조차 하지 않을 거라고 안나는 생각했다.

안나는 최대한 소리가 나지 않도록 조심하면서 무선 전화기의 수화기를 들었다. 자기가 수화기를 들면 부엌에 있는 또 다른 전화기에서도 '딸깍' 하는 소리가 난다는 것을 알고 있었다. 안나는 수화기를 손에 든 채 숨을 죽이고 기다렸다.

모든 것을 들통 나게 할지도 모르는 소리를 엄마가 듣지 못했다는 확신이 들자 안나는 다시 계단을 올라가 방문을 조용히 닫았다. 아, 첨단 기술의 힘이라니!

안나는 다시 침대에 앉았다. 한 손에는 수화기가, 다른 손에는 명함이 들려 있었다. 이제 숫자 몇 개만 누르면 방송국과 연결된다! 그리고 케빈 슈나이더와 그의 웃음과도!

안나는 처음 텔레비전을 봤을 때를 다시 한 번 떠올렸다. 이제 그 안에서 일하는 남자가 대답할 테지. 안나는 적어도 그렇게 되기를 바랐다. 하지만 무슨 말을 어떻게 하지?

안나는 할 말을 연습했다.

"여보세요? 슈나이더 씨! 안나 린덴탈이에요! 어떤 방송을 계획하고 계세요?"

아니, 너무 유치하다.

이건 어떨까?

"안녕하세요, 슈나이더 씨. 안나 린덴탈입니다. 부탁드리고 싶은 일이……."

말도 안 돼! 꼭 돈 달라는 생활 보호 대상자 같은 말투야.

안나는 숨을 깊이 들이마신 뒤 혼잣말을 지껄였다.

"아무려면 어때? 일단 전화부터 하자. 그럼 어떻게 되겠지, 뭐."

명함에 적힌 번호를 누르는 안나의 손이 떨렸다. 안나는 실수를 하지 않으려고 조심하면서 수화기 번호판을 하나 하나 눌렀다.

안나가 수화기를 귀에 갖다 댔다. 몇 번인가 드득거리는 소리가 들리는가 싶더니 '삐' 하고 날카로운 소리가 들렸다.

안나는 스스로를 나무랐다.

"뭐야, 팩스잖아! 바보같이 팩스 번호를 눌렀어!"

안나는 다시 전화번호를 눌렀다. 신호가 갔다. 심장이 목구멍으로 튀어나올 것만 같았다. 뱃속도 요동을 쳐 댔다.

"슈나이더입니다."

안나는 뭐라고 말을 꺼내기 전에 헛기침부터 한 번 해야 했다.

"안나, 안나 린덴탈이에요."

케빈 슈나이더가 전화기에 대고 외쳤다.

"린덴탈 양! 이렇게 전화를 주시다니 정말 기쁩니다!"

케빈 슈나이더는 정말로 기뻐하는 것 같았다.

린덴탈 양이라니! 안나가 기억하는 한 자기를 그렇게 부른 사람은 이제껏 아무도 없었다. 하긴 스무 살이라는 나이로 볼 때 그런 호칭은 당연한 것인지도 몰랐다. 얼굴이 동안이라 훨씬 어려 보이기는 했지만 스무 살은 스무 살인 거다. 어쨌거나 케빈 슈나이더는 안나를 깍듯이 대하고 있었다! 알면 알수록 점점 더 마음에 드는 사람이다.

케빈 슈나이더가 물었다.

"생각을 좀 해 보셨나요? 만나서 방송에 대한 이야기를 할까요?"

"네."

"좋습니다! 솔직히 말씀드리자면 일을 좀 빨리 진행하고 싶습니다. 언제 시간이 나세요?"

안나는 깜짝 놀랐다. 그 생각은 미처 하지 못했다! 엄마한테 들키지 않고 케빈 슈나이더를 어떻게 만날 수 있단 말인가? 안나는 절박한 마음으로 해결책을 생각했다.

케빈 슈나이더의 목소리가 들렸다.

"여보세요? 아직 거기 계세요?"

"네."

케빈 슈나이더가 제안을 했다.

"내일 어때요? 제가 다시 상담소 앞으로 갈 수도 있는데. 오늘처럼 점심때쯤에요."

그렇다. 바로 그거다!

안나가 재빨리 대답했다.

"좋은 생각이에요. 하지만 한 시간쯤 빨리 올 수 있어요?"

"그럼요. 그럼 내일 오전 열한 시에 뵙겠습니다. 안녕히 계세요!"

"안녕히 계세요!"

안나는 수화기를 뚫어져라 쳐다보았다. 생각했던 것과는 달리, 아니 걱정했던 것과는 달리 일이 쉽게 풀렸다. 하지만 새로운 걱정거리가 생겼다. 내일 카를라의 상담소에서 어떻게 한 시간 일찍 빠져나온단 말인가? 지금까지 한 번도 그런 적이 없는데.

안나는 단 한 가지 방법밖에 생각나지 않았다. 솔직히 말하는 것이다. 부모한테 솔직할 수 없다면 적어도 카를라한테는 솔직하고 싶었다. 안나는 카를라에게 자신의 계획을 말하고, 카를라가 동의해 주기를 바랄 수밖에 없었다. 설사 카를라가 반대한다고 해도 한 가지 사실만큼은 분명했다. 안나는 카를라를 부엌에 가두는 한이 있더라도 케빈 슈나이더를 만나고야 말 것이다!

안나가 혼잣말을 중얼거렸다.

"하지만 카를라 선생님은 그러라고 할 거야. 제발 그렇게 되길 바라야지."

안나는 그날 오후 내내 웬만하면 엄마를 피했다. 생각했던 것보다 죄책감이 훨씬 더 심하게 양심을 찔렀다. 그날 유독 기분이 좋은 엄마가 평소보다 더 친절한 것도 안나의 죄책감을 부채질했다. 하지만 안나는 이미 결심했고, 그 결심을 행동에 옮길 것이다!

다음 날 아침, 안나가 카를라에게 전날 상담소 앞에서 있었던 일을 설명하자 카를라가 소리를 질렀다.

"텔레비전이라고? 굉장한걸!"

"어떻게 생각하세요? 오늘 저, 한 시간만 일찍 가도 괜찮죠? 엄마한테는 말씀 안 하실 거죠?"

"한 시간 일찍 가는 건 괜찮아. 하지만 네 엄마 일은……."

"선생님, 부탁이에요! 엄마가 알면 절대 허락하지 않으실 거예요."

카를라가 한숨을 쉬며 말했다.

"그래, 그게 문제지."

"왜 그러시는지 이유를 모르겠어요. 하지만 엄마는 저한테서 한눈을 파는 적이 없어요."

"네 걱정을 해서 그러시는 거야. 하마터면 널 잃어버릴 뻔했으니까. 그걸 생각하면 아주 정상적인 반응이야."

"저도 알아요. 솔직히 말하면 저도 양심에 찔려요. 하지만 전 옛날에 알던 사람들을 만나야 해요. 안 그러면 그 사람들이 언젠가 절 완전히 잊어버릴지도 몰라요! 그럼 저만 완전히 엿 먹는 거라고요!"

"뭐라고? 너 방금 뭐라고 했니? 네가 그런 말 하는 건 처음 보는구나."

안나가 부르르 몸을 떨었다.

"그러게요. 엄마가 상스러운 말은 절대 못하게 하는데. 저도 무슨 생각으로 그런 말이 입에서 튀어나왔는지 모르겠어요. 하지만 사실은 사실이에요."

카를라는 다시 한 번 깊은 한숨을 내쉬었다.

"좋아. 그 케빈 슈나이더라는 사람, 한 번 만나 보렴. 분명 벼락이 떨어지기는 하겠지만 나도 이 기회를 놓치고 싶지 않구나."

안나가 카를라를 껴안고 통통한 볼에 입을 맞추며 소리쳤다.

"고마워요! 선생님이 최고예요!"

카를라가 조금 짓궂다 싶을 정도로 히죽거리며 물었다.

"그런데 그 케빈 슈나이더라는 사람, 어떻게 생겼니?"

안나가 되물었다.

"어떻게 생기긴 뭐 어떻게 생겨요? 그냥 다른 사람들이랑 똑같이 생겼죠."

안나는 카를라가 자신의 심장이 두근거리는 소리를 듣지 못했기만을 간절히 바랐다.

약속 시간까지 10분쯤 남았을 때 안나는 좀 더 예쁘게 꾸며 보려고 카를라의 상담소에 있는 화장실로 갔다. 하지만 별 뾰족한 수가 없었다.

안나는 거울 속에 비친 자신의 모습을 보며 한숨을 쉬었다.

"화장을 하면 좋을 텐데."

하지만 린덴탈 씨 집에서 화장은 엄격하게 금지되어 있었다. 따라서 안나로서는 머리나 신경 써서 빗고, 절망적인 심정으로 코끝에 난 작고 보기 싫은 여드름을 물끄러미 바라보는 수밖에 별다른 도리가 없었다.

안나가 거울 속의 자신에게 중얼거렸다.

"스무 살이면 이제 그만 날 때도 됐잖아."

안나는 다시 한 번 숨을 크게 들이쉬고 걸음을 내디뎠다.

케빈 슈나이더는 벌써 와서 안나를 기다리고 있었다. 그는 하루 전과 똑같이 환한 웃음으로 안나에게 인사를 건넸다. 남들이랑 똑같이 생겼다고? 대체 무슨 말을 한 거야? 케빈 슈나이더는 믿을 수 없을 만큼 잘생겼어! 어느새 안나의 가슴은 월풀 욕조처럼 부글거리고 있었다.

하지만 안나는 코끝의 여드름을 떠올리며 완전히 자신감을 잃고 말았다.

케빈 슈나이더가 두리번거렸다.

"혼자 왔어요?"

"네. 안 되나요?"

"아니요, 물론 아니죠. 어차피 어머니는 저랑 얘기하는 것조차 싫어하셨으니까요."

케빈 슈나이더는 그렇게 대답하면서 큰 소리로 웃었다.

그 웃음! 케빈 슈나이더가 계속 그렇게 웃는다면 안나는 한마디도 하지 못할 것 같았다.

케빈 슈나이더가 물었다.

"여기 가까이에 작은 카페가 있던데, 거기 가서 얘기하면 어때요?"

내가 가장 좋아하는 것은 구식 카페였다. 과거 좋았던 시절을 추억하는 할머니들과 사업 이야기를 나누는 양복 입은 신사들 그리고 아이들을 데리고 와서 함께 아침 식사를 하는 부부들의 모습이 보이는 곳. 그것은 너무나도 평범한 삶의 모습이었다. 나는 영원히 맛볼 수 없는 평범한 삶.

안나가 혼잣말을 했다.

"난 카페를 좋아했어. 카페는 평범한 곳이었으니까."

케빈 슈나이더가 물었다.

"뭐라고요? 미안해요. 잘 못 들었어요."

"아무것도 아니에요."

안나는 카페를 좋아했다. 하지만 방금 카페에 갔던 기억을 떠올리며 왜 그렇게 울적한 마음이 들었을까? 특별한 일은 없었던 것 같은데. 안나는 작은 탁자 앞에 앉아서 주위 사람들을 관찰했을 뿐이다. 마음이 너무나도 편했는데 왜 슬펐던 걸까? 아니, 그것은 슬픔이 아니라 카페에 앉아 있던 사람들에 대한, 그 사람들의 삶에 대한 질투심이었다. 안나는 그 사람들을 몰랐다. 그것은 확실했다. 그런데 어째서 낯선 사람들한테 질투심을 느꼈지?

케빈 슈나이더가 다시 한 번 물었다.

"저랑 카페에 가시겠어요?"

안나가 여전히 정신이 반쯤 다른 데 가 있는 채 대답했다.

"네, 그럼요. 하지만 한 시간 뒤 다시 여기 와 있어야 해요."

"문제없어요. 한 시간이면 얘기가 다 끝날 겁니다."

8

케빈이 안나를 데리고 간 카페는 정말로 멋진 곳이었다. 심지어 조금 전 안나의 짧은 기억 속에 떠올랐던 그 카페와 비슷해 보였다. 그리고 그 향기! 갓 뽑아낸 커피 향과 진열장에서 안나에게 웃음을 던지고 있는 달콤한 케이크 향의 감미로운 조화. 안나가 그런 구식 카페를 좋아하는 이유가 바로 여기에 있었다!

안나는 커피와 사과 케이크를 주문했다.

"전 그냥 커피만 주세요."

케빈 슈나이더가 종업원에게 주문을 마친 뒤 안나를 돌아보며 덧붙였다.

"아침부터 단 것을 먹으면 곧 맞는 옷이 없을 거예요."

"무슨 말씀이세요? 전혀 걱정할 필요 없을 것 같은데."

안나는 그렇게 대꾸했지만 말을 끝내기가 무섭게 곧 후회했다.

대체 무슨 쓸데없는 소리를 하는 거야? 그건 그렇고 이 사람은 왜 그런 말을 한 거지? 내가 너무 뚱뚱한가?

안나는 슬쩍 자기 몸을 내려다보았다. 아니, 안나는 뚱뚱

하지 않았다.

케빈 슈나이더가 생각에 잠겨 있는 안나를 끄집어냈다.

"린덴탈 양에 대한 방송을 할 수 있으면 정말 좋을 것 같아요. 여러 가지 일을 많이 겪으셨잖아요? 분명히 시청자들의 관심을 끌 거예요. 비슷한 처지에 있는 사람들에게 도움이 될 수도 있고요."

안나가 물었다.

"완전 기억 상실증 환자들이요? 그런 사람이 많다고 생각하세요?"

"아니요. 하지만 기억에 크고 작은 구멍이 뚫린 사람이야 많죠. 제가 좀 알아봤거든요. 그건 그렇고, 방송국 사람들은 같이 일하면 보통 말을 놔요. 그래서 말인데, 그냥 케빈이라고 불러요. 혹시 반대하는 건 아니죠?"

안나는 침을 꿀꺽 삼켰다. 종업원이 가져다준 커피와 사과 케이크가 벌써 탁자 위에 놓여 있어서 다행이었다. 안나는 눈을 감고 케이크의 감미로움을 즐겼다. 그 덕에 케빈에게서 잠시 눈길을 돌릴 수 있었다.

안나가 드디어 입을 열었다.

"저도 그냥 안나라고 부르세요. 말도 놓고요."

케빈이 기뻐했다.

"좋아! 그럼 먼저 형식적인 일부터 처리하자. 부모님 허락은 받았니?"

"아니. 하지만 부모님 허락은 필요 없어. 난 어차피 성년이
니까."

케빈이 고개를 끄덕였다.

"그건 그렇지. 난 그저 부모님이 혹시 후견인으로 되어 있
는 건 아닌가 싶어서 물어본 거야. 일정 기간 동안만이라도
말이야. 네가 다시…… 건강해질 때까지."

젠장! 그 생각은 미처 못했다. 그때까지 안나의 부모는 그
런 이야기를 한 적이 없었다. 하지만 논리적으로 생각해 볼
때 있을 수 있는 일이었다. 지금이야 아니지만, 의식 불명 상
태에서 깨어났을 때만 해도 안나는 혼자서 화장실도 가지 못
했으니까.

"아니, 아니, 아무 문제 없어."

안나는 정말로 아무 문제 없기를 바라며 그냥 그렇게 대답
해 버렸다. 확신에 찬 목소리였다.

그러자 케빈이 작은 글씨가 빽빽이 쓰여 있는 종이를 내밀
었다.

"그럼 여기다 서명해. 네 이야기를 방송해도 된다는 합의
서야."

카를라가 단단히 주의를 주었는데.

"절대 아무 데나 서명하면 안 돼! 서명하기 전에 반드시

나나 부모님이랑 먼저 의논해야 해, 알았지? 네 상황을 악용
하려는 사람들이 많단 말이야."

안나는 합의서 옆에 놓인 볼펜을 집어 들었다. 그러고는
단숨에 서명해 버렸다. 안나는 케빈을 믿었다. 아니, 케빈의
웃음을 믿을 수밖에 없었다. 만약 케빈이 안나를 속이려고
했다면, 서명 없이도 속일 수 있었으리라.

케빈이 합의서를 다시 집어넣으며 입을 열었다.

"됐어. 고마워. 이로써 재미없는 일은 다 끝났고, 이제 얘
기 좀 들어 보자. 대체 무슨 일이 있었던 거야? 그리고 기억
이 없다는 게 어떤 느낌이야? 난 아무것도 기억하지 못한다
는 게 도무지 상상이 안 돼."

"상상이 안 되는 걸 고맙게 여겨."

안나는 그렇게 대답했지만 곧 케빈에게 자신의 이야기를
들려주기 시작했다. 하지만 계속해서 시계를 들여다보며 최
대한 짧게 줄이려고 애썼다. 엄마가 오기 전에 반드시 돌아
가 있어야 했기 때문이다.

안나가 이야기를 끝내자 케빈이 신음 소리를 냈다.

"저런! 정말 끔찍한걸. 약간 섬뜩하기도 하고."

"맞아. 그런데 대체 어떤 식으로 방송을 내보내실 거예요,
아니 내보낼 거야?"

"지역 매거진이라는 프로에 토막 정보 형식으로 나갈 거

야. 한 3분 정도. 토막 정보는 긴 법이 없으니까. 우리 프로 본 적 있지?"

안나가 거짓말을 했다.

"응."

3분이라. 긴 시간으로 들리지는 않았다. 하지만 안나가 바라는 것을 이루는 데는 충분한 시간일지도 몰랐다.

"기억 상실에 대한 정보 중심으로 소개할 예정이야. 네 사건을 예로 들면서. 물론 전문가 의견도 들을 거고, 뭐 그런 식이야. 하지만 가장 중요한 사람은 당연히 너야."

"난 뭘 해야 해?"

"네 인터뷰를 뜰 거야. 부모님이랑 얘기도 좀 하고……."

안나가 케빈의 말을 가로챘다.

"꿈도 꾸지 마. 절대 허락하지 않으실 테니까."

케빈이 한숨을 내쉬었다.

"할 수 없지. 그런데 넌 정말 할 거야? 확실해?"

"확실해."

"그럼 네 상담 선생이랑 이야기를 좀 해 봐야겠다. 네 상담 선생은 인터뷰에 응할 것 같니? 그분 인터뷰를 집어넣을 수 있으면 괜찮을 것 같은데. 그럼 둘 다 상담소에서 인터뷰를 하면 되니까. 네 생각은 어때? 하신다고 할 것 같아?"

안나는 확신이 서지 않았지만 그러기를 바라며 대답했다.

"가능성은 있어."

케빈이 대꾸했다.

"네 상담 선생한텐 이따가 내가 전화해서 직접 얘기해 볼
게."

안나가 물었다.

"인터뷰는 언제 할 거야?"

"내일. 가능하면."

"그렇게 빨리?"

케빈이 또다시 웃음을 날렸다.

"응! 방송국에서는 뭐든 일사천리여야 해! 혹시 무슨 문제
라도 있는 거야?"

"아니, 아무 문제 없어. 빨리 끝낼수록 좋지, 뭐."

케빈이 웃음을 지으며 안나의 눈을 들여다보았다.

"좋아."

안나는 마지막 남은 사과 케이크를 입 안에 집어넣었다.
사과 케이크가 목구멍을 타고 넘어가는 것이 느껴졌다. 인터
뷰 때 케빈이 지금처럼 웃는다면 안나는 단 한마디도 입 밖
에 내지 못할 것 같았다.

다음 날 아침 카를라는 주먹 쥔 손을 허리에 올리고 안나
를 맞았다. 카를라의 둥근 얼굴은 벌겋게 달아올라 있었다.

"너 대체 무슨 일을 벌인 거니? 내 상담소에서 방송을 찍겠다니!"

안나가 기어 들어가는 목소리로 말했다.

"미안해요, 카를라 선생님. 집에서 인터뷰를 하겠다기에. 그건 절대 불가능한 일이잖아요. 그래서 그만……. 하지만 선생님도 이 일이 제게 얼마나 중요한지 아시죠?"

카를라가 누그러진 목소리로 말했다.

"그래, 알아. 그래서 나도 그 방송국 젊은이한테 좋다고 했어. 물론 방송이 나가면 네 부모님이 어떻게 나오실지 상상이 가지만 말이야."

"혹시 그 신문 기사 사건 때문에 우리 엄마, 아빠한테 당했던 걸 되갚아 주려는 마음에서 허락하신 건 아니고요?"

카를라가 정색을 하고 소리쳤다.

"안나! 무슨 그런 말이 있니?"

하지만 카를라의 눈빛과 웃음은 입에서 나오는 말과는 다른 속내를 드러내고 있었다.

"그건 그렇고, 제가 성년이긴 하지만…… 혹시 우리 부모님이 제 후견인으로 되어 있어요?"

카를라가 고개를 가로저었다.

"아니, 그렇지 않아. 넌 네 권리를 스스로 행사할 수 있어. 내가 네 부모님한테 후견인 신청은 하실 필요가 없을 거라고 했어. 네 회복 속도로 봐서 후견인 지정까지 걸리는 시간이 더 오래 걸릴 거라고. 하지만 너도 알 텐데? 전입자 신고할 때 네가 직접 서명하지 않았니? 그랬던 걸로 기억하는데?"

"아, 맞아요. 엄마가 서명하라며 종잇조각을 준 것 같아요."

"이런, 세상에! 종잇조각이라니! 서명하기 전에는 그게 뭔지 자세히 읽어 봤어야지."

"당연히 읽죠."

안나는 그렇게 대답하면서 케빈이 내밀었던 합의서를 떠올렸다.

안나는 한 발 앞으로 나가 카를라의 통통한 볼에 전날보다 더 큰 소리가 나게 입을 맞췄다.

"카를라 선생님, 선생님은 정말 최고예요! 여기 더 이상 올 수 없다는 건 생각만 해도 끔찍해요."

카를라는 한참 동안 안나를 물끄러미 보더니 이윽고 입을 열었다.

"내가 뭐 하나 말해 줄까? 너한텐 여기 안 오는 편이 더 좋은 거야. 하지만 나도 그 생각을 하면 끔찍하단다."

안나는 3분밖에 안 되는 짧은 인터뷰를 준비하는 일이 그토록 복잡하리라고는 미처 생각하지 못했다. 카메라와 조명을 준비하는 데만 네 사람이 필요했다. 어지럽게 널려 있는 전깃줄에 발이 걸려 하마터면 넘어질 뻔한 카를라가 구시렁댔다. 케빈의 동료 하나는 마이크를 입에 바짝 갖다 댄 채 "시험 중!" 하고 외쳤다. 케빈은 그 왁자지껄함 속에 서 있었다. 안나는 한쪽 구석에 가만히 앉아 멋진 상상을 하기 시작했다. 텔레비전 채널을 돌리다 우연히 보게 된 어떤 프로그램이 생각났다. 리포터와 카메라 팀이 한 가족을 일 년 동안 쫓아다니며 그 가족의 생활을 소개하는 프로그램이었다. 안나는 케빈에게 일 년 동안 자기를 따라다니며 취재하지 않겠냐고 물어보고 싶었다. 그렇게 묻고 싶은 마음이 굴뚝같았다. 물론 일 년보다 더 길어도 좋았다!

케빈이 갑자기 앞에 나타나는 바람에 안나는 깜짝 놀랐다.

케빈이 물었다.

"준비됐니? 아니면 시간이 좀 더 필요해?"

안나가 벌떡 일어섰다.

"나? 지금?"

안나는 놀라서 그렇게 말해 놓고는 금방 자신의 세련되지 못한 반응을 후회했다.

케빈이 더할 나위 없이 호탕한 웃음을 터뜨렸다.

"당연히 너지! 너 때문에 우리가 지금 여기 와 있는데."

안나는 고개를 끄덕이며 얼굴이 붉어지지 않았기를 바랐다.

안나를 향한 조명에 불이 들어왔다.

안나가 눈을 깜빡이며 중얼거렸다.

"후유! 되게 뜨겁네."

케빈이 말했다.

"그냥 시작해 보자. 정 못 견디겠다 싶으면 중간에 쉬면
돼. 알았지?"

안나는 고개를 끄덕이며 침만 꼴깍 삼켰다.

케빈이 카메라맨과 마이크 든 남자를 차례로 바라보았다.
두 사람이 고개를 끄덕이자 케빈은 헛기침을 한 번 한 뒤 안
나를 바라보았다. 그제야 케빈이 진짜 텔레비전 리포터로 느
껴졌다.

전날 저녁, 안나는 케빈이 자기가 대답할 수 없는 질문을
할까 봐 걱정했다. 하지만 그것은 쓸데없는 걱정이었다. 케
빈은 사고 경위와 의식을 잃은 상태에서 깨어났을 때의 상
황, 치료와 회복 정도 등 아주 일반적인 것만 물어보았다. 당
황스럽거나 개인적인 질문은 하나도 없었다.

케빈이 갑자기 외쳤다.

"좋아, 다 됐어. 정말 잘했어!"

안나가 물었다.

"벌써 끝이야? 이게 다야?"

케빈이 시계를 들여다보았다.

"겨우라니? 30분이나 했는걸. 이거면 충분하고도 남아."

110

안나는 조금 실망스러운 기분으로 자리에서 일어섰다. 안나로서는 몇 시간이고 계속 케빈과 이야기할 수 있을 것 같았다.

이제 카를라 차례였다. 단, 한 가지 문제가 있었다. 카를라의 얼굴이 어찌나 시뻘겋던지 도무지 조명과 카메라를 들이댈 수가 없었다. 결국 카메라맨이 카를라의 얼굴이 창백해 보이도록 화장을 더 진하게 하자고 제안했다. 가여운 카를라에게는 너무 진한 화장이었다.

카를라가 화를 냈다.

"난 할리우드 스타가 아니란 말이에요! 그냥 내 생긴 대로 찍든지 아님 관두시라고요!"

카메라맨이 투덜거렸다.

"그럼 나중에 텔레비전 보고, 화재 비상등같이 나왔다고 불평하지 마세요."

하지만 그 일을 빼고는 카를라의 인터뷰도 순조롭게 끝났다. 적어도 카를라가 인터뷰를 마쳤을 때 케빈이 순조로웠다고 말했다.

케빈의 동료들이 짐을 정리하기 시작하자 카를라도 안나와 같은 질문을 던졌다.

"벌써 끝났어요?"

케빈이 웃었다.

"네. 끝이에요! 하나도 아프지 않으셨죠? 이제 우리가 서둘러야 할 차례예요. 촬영은 끝났지만 오늘 저녁에 내보낼 수 있도록 편집을 해야 하거든요."

카를라가 물었다.

"오늘 저녁에요?"

"그럼요. 저희는 최신 정보만 제공하니까요."

방송국 사람들이 안나가 도저히 상상할 수 없는 속도로 방송 장비를 챙겨 차로 내려가자, 케빈이 다시 한 번 안나에게로 다가왔다. 케빈은 안나와 악수하며 전에 그랬던 것처럼 필요 이상으로 길게 손을 잡고 놓아주지 않았다.

"다시 한 번 고마워. 오늘 정말 잘했어. …… 그럼 잘 지내. …… 안녕."

케빈은 재빨리 뒤를 돌아 동료들한테 돌아갔다.

그게 다야? 고마워, 그리고 안녕이라고? 안나는 명치끝이 아팠다.

이제 다시는 케빈을 보지 못하는 걸까? 하긴 무슨 다른 기대를 할 수 있겠어? 식사 초대라도 기대했던 거야? 영화라도?

케빈에게 안나는 그저 흥미로운 이야깃거리를 가진 인터뷰 상대였을 뿐이다. 케빈의 머릿속에는 벌써 다음에 방송할 내용이 자리 잡고 있을 것이다. 안나는 꿈에서 깨어나야 했다.

어쨌거나 안나 또한 자기가 원하는 것을 이루었다. 이제 안나는 텔레비전에 나올 테니까. 하지만 큰 희망을 걸기에는 무리였다. 전날 보니 지역 매거진은 안나 또래 젊은이들이 관심을 가질 만한 프로그램이 아니었다.

적어도 안나의 시간 계획은 잘 맞아떨어졌다. 전날 케빈은 충분한 시간 여유를 두고 안나를 상담소로 데려다 주었다. 그날도 마찬가지였다. 안나의 엄마가 안나를 데리러 왔을 때 방송국 사람들은 이미 다 사라지고 난 뒤였다.

린덴탈 부인이 안나를 반겼다.

"안나, 그래 오늘은 어땠니?"

안나가 머뭇거리며 대답했다.

"늘 똑같죠, 뭐."

안나의 엄마가 기분 좋은 목소리로 물었다.

"우리 아이스크림 먹으러 갈까? 아님 네가 좋아하는 카페에 가서 커피랑 케이크 먹을까?"

안나가 짧게 대답했다.

"싫어요. 저 좀 피곤해요."

하필이면 오늘 같은 날 엄마는 왜 이렇게 친절하지? 안나는 부모를 속였다. 가슴을 짓누르는 죄책감을 참기 힘들었다.

안나는 혼자서 꾸민 짓을 엄마한테 털어놓을까 하고 잠시 망설였다. 하지만 불현듯 머릿속에 떠오른 그 생각은 눈 깜짝할 사이에 다시 사라져 버렸다.

안나는 스스로를 타일렀다.

'넌 다른 방법이 없었어.'

하지만 불편한 양심은 여전히 남아 있었다. 안나의 부모는 실망할 것이다. 아니, 어쩌면 화를 낼지도 몰랐다. 안나로서는 차라리 화를 내는 편이 나았다.

일단은 안나가 쓸데없는 걱정을 한 것 같았다. 방송이 시작되기 전 안나는 다시 한 번 아래층으로 살금살금 내려가서 거실을 살폈다. 엄마는 언제나처럼 들릴락 말락 하게 볼륨을 맞춰 놓고 텔레비전을 보고 있었다. 그래도 안나는 엄마가 다른 방송을 보고 있다는 것을 확실히 들을 수 있었다.

안나는 다시 자기 방으로 올라와 오후 내내 그랬던 것처럼 방 안을 서성댔다. 텔레비전 화면에서 잠시도 눈길을 뗄 수 없었다. 시간은 왜 이렇게 가지 않을까?

드디어 방송이 시작되었다. 안나는 지역 매거진이 시작될 때부터 보았지만, 누군가 그날 방영된 내용을 말해 보라고 했더라면 아마 한마디도 하지 못했을 것이다.

자, 빨리 다음 순서로 넘어가. 안나는 안달을 냈다.

기억 상실에 대한 내용이 시작되자 안나는 더 이상 침대에 앉아 있을 수가 없었다.

안나는 텔레비전 앞 양탄자 위에 무릎을 꿇고 앉아서 자기도 간신히 들을 수 있을 정도로 볼륨을 낮췄다. 케빈의 목소리가 들렸다. 얼굴이 보이지 않아도 금세 알아들을 수 있었다. 명치끝이 다시 아파 왔다. 다시 한 번 전화를 해야 할까?

순간 안나의 얼굴이 화면에 나왔다.

안나가 소리쳤다.

"말도 안 돼! 저게 나라니! 저렇게 못생겼을 리가 없어!"

안나는 화면에 나온 카를라를 보고 자기는 아주 양반이라는 것을 알았다. '화재 비상등' 같이 나올 거라던 카메라맨의 말이 너무 약하다 싶을 정도였다.

기억 상실에 대한 보도는 시작하자마자 곧 끝나 버렸다.

'되게 짧네.' 하고 안나는 생각했다. 너무 짧은 것 같았다. 아무리 생각해도 과거에 자기를 알았던 사람들이 방송이 나갔던 3분 동안 자기를 보고 연락해 올 것 같지 않았다.

안나는 다시 한 번 아래층으로 조심스레 내려갔다. 안나의 엄마는 보고 있던 프로그램을 계속 보는 것 같았다. 아빠에게서 화난 목소리로 전화가 걸려 오지 않는 것을 보면 적어도 부모 걱정은 하지 않아도 될 것 같았다. 그런데도 안나는 실망감을 저버릴 수 없었다. 아무래도 자신의 기대는 물거품으로 끝나고 말 것 같았다.

다음 날 아침 카를라는 뜬금없는 말로 안나를 맞았다.

"다음번엔 나도 약게 굴 거야."

안나가 놀라서 되물었다.

"무슨 말씀이세요?"

"언젠가 또다시 그런 인터뷰를 하게 되면 너처럼 예쁜 환자랑은 절대 안 할 거란 말이야. 너랑 같이 나오니까 난 완전히 배불뚝이 두꺼비 같더라."

안나가 웃음을 터뜨렸다.

"말도 안 돼요! 게다가 저도 엄청 밉게 나왔던데요, 뭐."

카를라가 코웃음을 쳤다.

"바보 같은 소리!"

안나가 카를라를 꼭 끌어안으며 말했다.

"선생님은 지금 이대로가 딱 좋아요."

"그 잘생긴 방송국 젊은이가 나한테 그런 말 좀 해 주면 좋겠다. 그 젊은이 이름이 뭐였지?"

"케빈이요. 케빈 슈나이더."

안나는 또다시 명치끝에 아픔을 느꼈다.

케빈 슈나이더는 안나의 머릿속에서 도무지 사라질 줄을

몰랐다. 이름만 불러도 안나의 가슴은 미칠 것처럼 울렁댔
다. 케빈을 다시는 보지 못할 것이라는 생각은 하고 싶지도
않았다.

9

안나의 엄마는 늘 그랬던 것처럼 카를라의 상담소 앞에 와 있었다. 하지만 자동차 안에 그대로 앉아 똑바로 앞만 바라볼 뿐, 오늘은 차 앞에 내려서 있지 않았다. 안나는 별다른 생각 없이 차에 올라탔다. 린덴탈 부인은 안나를 한 번 돌아보지도 않고 곧장 달리기 시작했다.

"엄마?"

"그래."

그제야 안나는 짚이는 구석이 있었지만 아무 말도 꺼내지 않았다. 말이 없기는 엄마도 마찬가지였다. 린덴탈 부인은 똑바로 앞만 바라보며 요란스레 기어를 변속했다.

안나의 짐작은 점점 더 확신으로 변했다.

안나는 더 이상 침묵을 견딜 수 없어 입을 열었다.

"엄마, 왜 그래요?"

린덴탈 부인이 그제야 안나를 돌아보았다. 목소리에는 여전히 찬 기운이 감돌았다.

"그걸 왜 나한테 묻니, 안나? 네가 더 잘 알잖아. …… 왜 그랬니, 안나? 정말 이해가 되지 않는구나!"

안나는 또다시 명치끝이 쿡쿡 쑤셨다. 하지만 이번에는 케빈에 대한 생각을 할 때보다 훨씬 더 참을 수 없는 아픔이었다. 안나는 아무 말도 할 수 없었다. 누군가 목구멍을 동여매놓은 것 같았다.

안나가 침묵을 지키자 린덴탈 부인이 채근했다.

"어디 설명이나 좀 들어 보자."

안나는 침을 삼켰다.

"전…… 그럴 수밖에 없었어요! 더 이상 참을 수가 없어요! 전 사고 전에 무슨 일이 있었는지 알아야만 해요. 엄마랑 아빠가 제게 말을 안 해 주시니까 저라도 직접……."

안나의 엄마가 말을 가로챘다.

"하지만 조심해야 한다고 말했잖니? 난 네가 이해한 줄 알았는데."

"이해했고말고요. 하지만 전 모르겠어요……."

안나가 용기를 냈다.

"그게 진짜 이유인가요? 그 이유밖에 없는 거예요?"

린덴탈 부인이 눈을 동그랗게 뜨고 안나를 쳐다보았다.

안나가 소리를 질렀다.

"엄마, 서요! 빨간 불이에요!"

린덴탈 부인이 급브레이크를 밟았다. 앞차와의 간격은 몇 센티미터밖에 되지 않았다. 린덴탈 부인은 한숨을 내쉬며 잠시 눈을 감았다.

안나가 조심스럽게 물었다.

"어떻게 아셨어요?"

"이웃들 절반이 죄다 그 얘기만 하더라."

안나가 기어 들어가는 목소리로 사과했다.

"죄송해요. 그러려고 했던 건 아니에요."

"미안하단 말을 하기 전에 충분히 생각했어야지, 이제는 너무 늦었어. 왜 카를라까지 덩달아 그랬는지 정말 이해가 되지 않아. 그럴 줄 몰랐는데, 정말 실망이다."

"카를라 선생님은 제발 그냥 두세요. 안 하겠다고 그러시는 걸 제가 졸랐어요."

신호등에 초록 불이 켜졌다. 린덴탈 부인이 기어를 넣고 가속 페달을 밟았다.

두 사람은 집까지 오는 동안 아무 말도 하지 않았다.

엄마가 현관문을 여는 동안 안나가 물었다.

"아빠는 아세요?"

린덴탈 부인은 고개만 끄덕인 뒤 집 안으로 들어갔다.

안나가 엄마의 뒤에 대고 계속 질문을 해 댔다.

"엄마가 전화했어요?"

"그래."

"뭐라고 하세요?"

"실망하시더라. 아주 많이 실망하셨어. 내가 실망한 것처럼. 하지만 그 얘긴 더 이상 하지 말자. 어차피 일어난 일, 이제 와서 어떻게 하겠니?"

안나에게도 그보다 더 좋은 일은 없었다. 안나는 눈치를 조금 보다가 얼른 제 방으로 올라가 버렸다.

안나는 지난 몇 달 동안 그랬던 것처럼 창가에 앉아 바깥을 내다보았다. 날은 어느새 저물어 있었다. 뒤에서는 텔레비전이 왕왕거렸지만 볼 것은 없었다.

계절은 점차 좋아지고 있었다. 하늘에는 여전히 구름이 많이 끼어 있었지만, 안나가 그토록 바라던 '더운 계절'을 맛보여 주려는 듯 가끔씩 따스한 햇살이 비쳤다.

안나는 달력에서 '6월'을 폈다. 녹음이 짙은 숲의 사진이 나와 있었다. 안나는 그러한 광경이 실제로 눈앞에 펼쳐지는 순간, 어떤 느낌이 들지 상상할 수 없었다.

안나가 혼잣말을 중얼거렸다.

"그게 지금이면 좋을 텐데."

지금이 6월이라면 부모님의 화도 다 가라앉아 있을 텐데. 하지만 정말 6월이 오면 안나는 자신의 과거에 대해 더 많은 것을 알고 있을까. 심지어 안나가 경험했던 열아홉 번의 '여름'을 모두 기억하고 있지는 않을까? 하지만 지금으로서는 그런 기미조차 보이지 않았다. 안나를 찾아온 사람도 없었고, 전화를 걸어 안나를 찾는 사람도 없었다.

안나가 다시 중얼거렸다.

"뭘 기대했던 거야? 사람들이 새벽부터 문전성시라도 이룰 줄 알았어? …… 하지만 적어도 한 명쯤은 연락하는 사람이 있어야 하는 거 아니야?"

안나는 실수를 했다. 시간이 흐를수록 그런 생각이 들었다. 왜 좀 더 신중하게 생각하지 못했을까? 부모님이 어떻게 나오리라는 것을 미리 짐작했어야 했다. 부모님의 기분이 상하면 자신의 기분이 어떠리라는 것도. 그뿐만이 아니다. 과거에 안나를 알던 사람들 가운데 누가 유독 그 방송을 보고 연락해 올 가능성은 아주 적다는 것도 미리 짐작했어야 했다. 감정을 누그러뜨리고 자신에게 솔직해지는 순간, 안나는 방송을 허락한 진짜 이유를 알 수 있었다. 바로 케빈 때문이었다.

다음 날 아침 카를라가 걱정스러운 목소리로 인사를 했다.

"견딜 만했니? 혹시 부모님이 너무 심하게 대하진 않으셨어?"

안나는 잠시 뒤에야 무슨 일이 일어났는지 깨달았다.

"부모님! 우리 부모님이 선생님한테 전화를 하셨군요. 그렇죠?"

카를라가 고개를 끄덕였다.

"어머니가 전화하셨더라."

"엄마가 뭐라고 하세요?"

"좋게 말하자면…… 우리가 여기서 인터뷰한 것을 별로 좋아하지 않으셨어."

"죄송해요, 선생님. 진심이에요! 선생님한테까지 화를 미치게 하고 싶지는 않았어요."

카를라가 손사래를 쳤다.

"괜찮아. 내가 어머니한테 그랬어. 방송국 사람들이 내가 하는 일을 인터뷰하겠다는데 그 결정권은 나한테 있는 거 아니냐고. 그러고는 그냥 끝났어."

안나가 대꾸했다.

"불행히 전 아직 안 끝났어요."

그날 오전에는 집중력 훈련을 해야 했다. 안나가 별로 좋아하지 않는 훈련이었다. 안나는 자신과 자신의 삶에 대해 생각해야 했다. 결과는 늘 실망스러웠지만 그날은 달랐다. 안나는 뭔가, 아니 누군가에 대해 떠올릴 수 있었다. 바로 케빈이었다.

안나는 케빈과 함께 어떤 나라에서 즐거운 여행을 하고 있었다. 그 나라는 안나가 꿈에서 자주 보는 나라였다. 어디에

있는 나라인지, 이름이 뭔지, 왜 그 나라 생각을 그렇게 자주
하는지는 알 수 없었다. 분위기가 막 무르익으려는 순간 '똑
똑' 하고 문 두드리는 소리가 들렸다. 카를라의 비서가 방 안
으로 들어왔다.

안나가 화를 냈다.

"아, 하필이면!"

"어머, 죄송해요. 방해하려고 한 건 아니었는데!"

카를라가 안나를 바라보며 할 수 없다는 듯이 고개를 저었
다. 다행히 웃는 얼굴이었다.

카를라가 비서를 돌아보며 물었다.

"그래, 무슨 일이에요?"

"어떤 젊은 남자 분이 찾아오셨어요. 안나 린덴탈 양과 이
야기하고 싶다면서요. 옛날 친구라고……."

비서가 말을 끝맺기도 전에 안나는 벌써 비서 앞에 가서
서 있었다.

"옛날 친구요? 어디 있어요?"

비서가 안나의 어깨 너머로 카를라를 바라보며 물었다.

"그냥 가라고 할까요?"

카를라가 안나에게 물었다.

"어떻게 할까?"

"안 돼요! 싫어요! 만나고 싶어요!"

"내가 같이 있어 줄까?"

안나는 선뜻 대답하지 못하고 잠시 머뭇거렸다.

"선생님만 괜찮으시다면 혼자 만나고 싶어요."

카를라가 얼른 자리에서 일어섰다.

"그러렴. 도움이 필요하면 날 불러."

카를라는 비서실로 가 있기 위해 복도로 나오다가 상담실로 들어오는 젊은이와 마주쳤다. 카를라는 고개를 끄덕여 가볍게 인사한 뒤 바깥에서 문을 닫았다. 젊은이는 안나한테서 두 발짝쯤 떨어진 곳까지 걸어오더니 씩 웃어 보였다.

'케빈처럼 환한 웃음이 아니야.'라는 생각이 가장 먼저 안나의 머릿속을 스쳐 지나갔다.

"안녕."

젊은이는 그렇게만 말했다.

"안녕."

안나가 주저하며 인사를 건넸다.

"아, 미안, 미안! 너, 내가 누군지 몰라보는구나. 난 이베스야. 이름을 들으니까 뭐 좀 기억나냐?"

물론 이베스보다 잘생긴 남자 아이들은 많았다.

"돈 몇 푼 벌려고 별의별 개자식 같은 놈들이 이래라저래라 하는 꼴을 참아 가며 일해야 해! 너도 별수 없어. 마찬가지일 거라고."

이베스의 말이 맞다. 이베스는 언제나 옳았다. 물론 이베스의 말이나 행동이 늘 옳지 않다는 것쯤은 나도 알고 있었다. 하지만 이베스의 설명을 들으면 갑자기 모든 것이 논리적이고 정말 그런 것처럼 느껴졌다. 이번에도 마찬가지였다.

이베스가 주위를 두리번거리며 투덜댔다.
"꼭 이렇게 속물스런 곳에서 만나야겠어?"
나는 이베스에게 입을 맞추었다.

내가 버럭 화를 냈다.
"대체 왜 이래? 네가 나랑 할 얘기가 있다고 했잖아. 서로 못 본 지 벌써 2주째야. 그런데 기뻐하기는커녕 보자마자 투덜대기만 하고."
이베스가 고개를 저었다.
"미안, 미안. 내가 좀 긴장한 것 같아."
"긴장했다고? 정말 새로운 면인걸!"
"계획은 다 세워졌어. 이제 시작하면 돼."
나는 놀라서 주위를 둘러보았다.

이베스가 이죽거렸다.

"놀라긴. 어차피 여긴 다 귀머거리들뿐이야."

"지금 그걸 농담이라고 하는 거야? 조심해도 모자랄 판에. 지금 우린……."

내가 더 이상 말을 잇지 못하자 이베스가 내 말을 받았다.

"우리가 뭘 하려는지는 나도 알아. 너도 잘 알고 있을 테지?"

막 이베스를 지나치려는 순간, 이베스가 내 팔목을 잡고 자리에 끌어 앉혔다.

"아얏! 아프잖아!"

"그럼 내가 너한테 말한 대로 잘하란 말이야. 알았으면 꺼져!"

이베스는 아무 말도 하지 않았다. 대신 히죽 웃으면서 뭔가 주우려는 사람처럼 허리를 굽혔다. 나는 그것이 무엇인지 알아차렸다. 너무나 놀라고 겁이 나서 돌아 버릴 것만 같았다.

안나는 책상을 꼭 붙들어야 했다. 그러지 않고서는 두 다리에 힘을 주고 서 있을 수가 없었다.

'이게 다 뭐였을까?'

안나의 머릿속은 온통 뒤죽박죽이 되어 버렸다. 과거의 장면들이 번개처럼 잇따라 번쩍거렸다.

이베스! 계속해서 그 이름이 되풀이됐고, 떠오르는 장면마다 그가 있었다! 지금 안나 앞에 서서 웃음 짓고 있는 이 사람이.

안나의 다리를 그토록 휘청거리게 만든 것은 기억에 동반된 느낌이었다. 안나는 그것이 어떤 느낌인지 묘사할 수 없었다. 두려움, 애틋함, 절박함, 기대, 분노 그리고 심지어 증오까지, 상상할 수 있는 모든 감정을 섞어 놓은 느낌이었다. 이베스라는 사람은 대체 안나의 삶에서 어떤 역할을 했을까? 아주 중요한, 아니 어쩌면 가장 중요한 사람이었는지도 모른다!

안나가 물었다.

"우리…… 옛날에 알던 사이야?"

이베스가 웃음을 터뜨렸다.

"그렇다고 할 수 있지."

'케빈이 웃는 거랑 너무나 틀려.' 하고 안나는 생각했다.

안나가 계속 질문을 던졌다.

"넌 누군데? 내 말은 우리가 어디서 어떻게 알던 사이야?"

"베를린에서 알았지."

안나가 외쳤다.

"베를린? 보훔이 아니라?"

"보훔? 내가 이 거지 같은 보훔에서 뭘 했겠어? 난 베를린에서 왔어."

안나가 조심스럽게 물었다.

"날…… 어떻게 찾았어?"

뭔가 안나를 거슬리게 하는 것, 아니 심지어 겁나게 하는 것이 있었다. 이베스의 눈길 탓일 수도, 아니면 방 안으로 들어온 뒤 계속 안나를 보며 히죽대는 그의 태도 탓일 수도 있었다.

"텔레비전에서 봤어. 진짜 눈물 나게 슬픈 이야기더군."

안나는 왜 이베스의 말을 믿을 수 없을까?

이베스가 말을 이었다.

"그다음에는 전화 몇 통으로 해결했지. 식은 죽 먹기였어. 그런데 나 기억해?"

이베스가 다시 웃었다.

"글쎄…… 그런 것 같아."

"정확히 뭘?"

"잘은 모르겠어. 너무 많아서. 우리가 잘 아는 사이였지, 그렇지? 아니면 내가 어디 있는지 알자마자 찾아오지 않았을 거 아니야?"

이베스가 웃음을 터뜨렸다. 정말로 케빈과 비슷한 점을 찾으려야 찾을 수 없는 웃음이었다.

"우리가 잘 아는 사이였냐고? 난 널 다시 찾으리라는 희망을 아예 포기하고 있었어. 널 찾느라 가지고 있던 돈을 다 써 버렸다고."

안나가 물었다.

"날 찾고 있었어?"

"당연하지! 하루 종일 텔레비전이 왕왕대는 술집에서 일하지 않았다면 아마 아직도 널 찾고 있을걸. 네 목소리를 듣고 어찌나 놀랐던지 맥주잔을 쟁반째 떨어뜨렸다니까. 주인 놈이 당장 나가라더군. 하지만 상관없었어. 어차피 거지 같은 일이었으니까. 그리고 나 역시 당장 너한테 오고 싶었고."

"하지만 왜?"

이베스가 안나에게 비닐 봉투를 내밀었다.

"기억을 되찾는 데 이게 도움이 될지도 모르겠다."

안나는 비닐 봉투를 받아 안을 들여다보았다.

"책이네! 나한테 주는 거야? 고마워."

이베스가 비닐 봉투를 가리키며 말했다.

"무슨 책인지 꺼내 보지 않을 거야?"

"아, 그렇게. 미안. 정신이 하나도 없어. 방송이 나간 뒤 누가 찾아오기를 바랐지만, 막상 그런 일이 진짜 벌어지니까 좀 떨려서."

이베스의 입이 더 찢어졌다.

"괜찮아. 곧 나한테 적응하게 될 테니까. 장담하지!"

안나는 봉투에서 책을 꺼냈다.

"사진집이네! 뉴질랜드 사진집!"

안나는 숨을 깊이 들이마셨다. 꿈에서 자주 보았던 장면들이 머릿속에 떠올랐다. 불과 몇 분 전 케빈과 여행하던 바로 그 나라였다. 뉴질랜드였구나! 그리고 갑자기 더 많은 생각이 밀어닥쳤다.

나는 점점 더 그곳을 열망하게 되었다. 하고 많은 나라들 가운데에서 왜 하필 뉴질랜드였는지 그 이유는 알 수 없다.

"뉴질랜드! 뉴질랜드야!"

이베스가 말했다.

"다 알고 있군그래!"

안나가 조용히 속삭였다.

"난 그곳에 가고 싶어. 그보다 더 큰 소망은 없어."

"물론이지! 내가 뭐랬어? 이 책이 네 기억을 되살릴 거라고 했잖아."

마른하늘에 날벼락처럼 안나에게 간절한 소망이 피어올랐다. 안나는 책장을 넘기며 사진을 훑었다. 단 몇 초 동안 사진을 훑어보는 것만으로도 반드시 그곳에 가야겠다는 강렬한 소망이 일었다. 가자, 뉴질랜드로!

나는 작은 카페 창문으로 뉴질랜드의 바닷가를 내다보았다.

그 카페! 안나는 바로 그곳에 가고 싶었다! 정말 존재하는 카페일까? 안나가 카페를 좋아하는 이유가 혹시 그 때문일까? 어쩌면 그 카페는 안나의 환상 속에만 존재할지도 몰랐다.

안나가 머뭇거리면서 이베스에게 물었다.

"우리가 뉴질랜드에 가려고 했어?"

이베스가 웃음을 터뜨리며 대답했다.

"어디 그뿐이겠어? 어쨌거나 기억이 나서 다행이야, 자기야."

안나가 몸을 흠칫했다.

"'자기'라니? 대체 무슨 소리야?"

이베스가 안나 쪽으로 한 걸음 다가서며 윽박질렀다.

"개수작하지 마! 넌 죄다 기억하고 있어! 그리고 그게 무슨 소린지는 너도 알고, 나도 알아!"

"아니야! 난 몰라. 네가 무슨 말을 하는지 정말 모르겠다고!"

안나는 뒷걸음치다가 의자에 발이 걸리고 말았다. 안나는 의자를 붙들려고 했지만 도리어 의자와 함께 넘어지고 말았다.

문이 활짝 열리면서 카를라가 뛰어 들어왔다.

"아니, 대체 이게…… 안나! 무슨 일이야? 이 사람이 널……."

안나가 얼른 소리쳤다.

"아니에요, 아니에요! 제가 그냥 발이 걸려서 넘어진 거예요."

"그럼 얼굴이 왜 그렇게 창백해졌니?"

"잘 모르겠어요. 너무 흥분했나 봐요."

카를라가 이베스를 돌아보며 말했다.

"그만 돌아가 주세요."

이베스가 항복하는 사람처럼 양손을 치켜들며 말했다.

"알았어요, 알았어! 사라져 줄 테니까 진정들 하라고요! 하지만 다시 오죠!"

카를라가 이베스의 등에 대고 소리쳤다.

"여기 다시는 나타날 생각 하지 마요!"

카를라가 안나에게 물었다.

"누구였니? 아는 사람이었어?"

"그런 것 같아요. 하지만 기억은 잘 나지 않았어요. 그냥 이상한 장면들만 떠올랐어요. 기억의 섬이요. 선생님도 아시죠? 하지만 서로 연결되지는 않았어요. 어쨌거나 제가 옛날에 알던 사람인 것은 틀림없어요."

"솔직히 말해서 좀 괜찮은 사람이 찾아왔으면 좋았을 텐데 그랬구나."

안나는 그 말에 아무런 대꾸도 하지 않았다.

날은 벌써 어두워져 있었다. 안나는 자기 방에서 뉴질랜드 사진을 보고 또 보았다. 사진을 보는 내내 간절한 그리움이 안나를 잡고 놓아주지 않았다.

그리고 안나의 눈앞에는 계속해서 그 카페가 떠올랐다. 찬물에 몸이 닿을 때 떠오르는 두려운 장면을 빼놓고는, 안나가 떠올리는 짧은 기억의 조각들은 대부분 생생하게 다시 떠올릴 수 없었다. 하지만 그 카페만큼은 달랐다. 안나는 카페의 모든 것을 자세히 묘사할 수 있었다. 그 카페가 정말로 존재한다면 대체 어디에 있을까? 안나는 그 카페와 무슨 상관이 있을까? 또 이베스와는 어떻게 연결되어 있을까?

안나의 간절한 그리움과 이베스 사이에는 어떤 연관이 있는 것이 분명했다. 그리고 그것이 사실이라면 안나와 이베스는 아주 친한 사이였음에 틀림없다. 하지만 안나는 이베스가 카를라의 상담소에 갑자기 찾아왔을 때 전혀 좋은 느낌을 받지 못했다. 어쩌면 과거에 알던 사람을 만난다는 것에 너무 흥분했기 때문이었는지도 모른다. 하지만 이베스가 자기를 마주 보고 서서 '자기야'라고 했을 때 안나는 이상한 느낌을 받았다. 안나는 자신을 통제하지 못하고 의자에 걸려 넘어진 것이 화가 났다.

이베스는 다시 오겠다고 했다. 그때는 떨지 말고 과거에
있었던 일을 모두 물어봐야지. 안나는 기대감과 두려움을 동
시에 느꼈다. 돌아 버릴 것만 같았다!

10

다음 날 아침까지도 안나는 여전히 마음의 갈피를 잡지 못했다. 한편으로는 이베스를 다시 만나고 싶었고, 다른 한편으로는 그를 만나는 것이 두려웠다.

하지만 안나의 결정을 대신해 준 것은 이베스였다. 안나가 상담을 마치고 카를라의 상담소에서 나오자 이베스가 안나를 기다리고 있었다.

"안녕, 자기! 나 또 왔어! 약속한 대로 말이야!"

이베스의 말투와 태도를 보자마자 안나는 방어 자세를 갖췄다.

"나한테 원하는 게 뭐야?"

"몰라서 묻는 거야?"

"몰라, 젠장!"

안나는 자기가 내뱉은 거친 말투에 스스로 놀랐다.

이베스가 안나의 팔을 거칠게 붙잡았다.

안나가 소리를 질렀다.

"이거 놔. 아파!"

이베스가 안나를 노려보았다.

"내가 너한테 속을 줄 알아? 어서 불어! 너 다 알고 있지?"

"뭘?"

"빨리 말해! 어디다……."

두 사람 뒤에서 '끼익' 하고 자동차 멈춰 서는 소리가 들렸다. 곧이어 누군가가 고막이 찢어질 듯 요란하게 자동차 경적을 울려 댔다. 안나는 이베스의 손을 뿌리치고 고개를 돌렸다. 몇 걸음 떨어진 곳에 엄마의 차가 서 있었다. 운전석에 앉은 엄마는 차창 너머로 안나 앞에 서 있는 이베스를 뚫어지게 바라보고 있었다.

안나는 그토록 놀란 엄마의 얼굴을 이제껏 한 번도 본 적이 없었다.

이베스가 안나를 밀었다.

"그럼 또 보자고!"

이베스가 주차된 자동차들 사이로 사라지며 소리쳤다.

안나는 사라져 가는 이베스의 뒷모습과 엄마의 자동차 사이에서 어디로 가야 할지 몰라 잠시 머뭇거렸다. 사실은 이베스를 따라가 원하는 게 뭐냐고, 왜 자기한테 난폭하게 구냐고 따져야 마땅했다. 하지만 안나를 쳐다보던 눈길로 보아 이베스는 안나의 팔만 멍들게 할 것 같지 않았다. 마음만 먹으면 그 이상을 하고도 남을 사람이었다.

린덴탈 부인이 열린 차창으로 소리쳤다.

"안나, 어서 차에 타라! 어서!"

안나는 꿈이라도 꾸는 사람처럼 무의식적으로 엄마 말에 따랐다.

안나의 엄마는 '드득' 하는 소리가 날 만큼 거칠게 후진 기어를 넣었다. 그러고는 다짜고짜 가속 페달을 밟았다. 뒤에서 누군가가 요란스럽게 경적을 울려 댔다. 린덴탈 부인은 아랑곳하지 않고 이번에는 전진 기어를 넣은 뒤 안나의 몸이 뒤로 휘청 넘어갈 정도로 빠르게 차를 몰았다.

"왜 이렇게 서두르시는 거예요, 엄마?"

린덴탈 부인이 안나를 쳐다보았다.

"걔가 너한테 뭘 원하디?"

"엄마, 제발 앞을 좀 보세요! …… 그냥 저랑 얘기하고 싶어 했어요."

"무슨 얘기?"

"과거에 있었던 일에 대해서요."

"그런데 왜 널 몰아세웠지?"

"그러지 않았어요!"

빨간 신호등에 걸린 린덴탈 부인이 차를 세우더니 숨을 깊이 들이마셨다. 그러고는 훨씬 침착해진 목소리로 물었다.

"안나, 내가 장님인 줄 아니? 그 애가 왜 널 몰아세웠냐니까?"

안나가 주저하며 입을 열었다.

"저도 모르겠어요. 제가 자기를 기억하지 못해서 화가 났던 것 같아요."

안나는 엄마에게 모든 것을 사실대로 털어놓지 않는 편이 좋을 것 같다고 느꼈다.

엄마가 물었다.

"걔, 정말 생각 안 나니?"

"안 나요! 엄마는요? 엄마는 걔를 알아요?"

"안나, 대체 왜 그 바보 같은 텔레비전 인터뷰에 응했니? 도대체 왜?"

"그 애를 아시냐니까요?"

"잘 모르겠다. 얼굴을 정확히 못 봤어."

거짓말이었다. 그리고 안나가 엄마를 완전히 잘못 알고 있지 않은 이상, 안나의 엄마도 안나가 자신의 거짓말을 눈치 챘다는 것을 알고 있었다.

집에 다다르자 안나가 말했다.

"저, 몸이 좀 안 좋아요."

반드시 먹어야 하는 점심 식사를 피하고 자기 방에 머물 수 있는 가장 좋은 변명거리였다.

하지만 오후가 되자 안나는 배가 고파서 더 이상 참을 수 없었다. 뭔가를 먹어야만 했다!

계단을 내려오는데 엄마의 목소리가 들렸다. 린덴탈 부인은 날마다 남편과 전화 통화를 했다.

엄마는 베를린에서 알던 안나의 친구랍시고 나타난 그 젊은이에 대해 이야기하고 있을 게 분명했다. 그러면 아빠는 그 이야기를 듣고 집으로 달려올지도 모른다. 안나에게 그보다 더 바랄 일은 없었다. 아빠가 집에 오면 안나는 마음이 든든할 것 같았다.

린덴탈 부인은 아주 낮은 목소리로 말했다. 거의 속삭이다시피 하는 목소리였다. 그것이 안나의 호기심을 더욱 부채질했다. 대체 왜 속삭일까? 그럴 필요가 뭐 있다고. 어차피 카를라의 상담소 앞에서 무슨 일이 있었는지는 안나도 다 알고 있는데. 안나는 손잡이를 돌려 거실 문을 살며시 열었다.

"제가 그렇게 말하잖아요. 그 남자 아이였어요. …… 아니요. 확실해요, 여보. 제 말이 틀림없다니까요. 너무 겁이 나서 심장이 멎는 줄 알았어요. …… 아니요, 안나는 아직 아닌 것 같아요. 그래도 무슨 일이 있었던 것 같긴 해요. 그 애 얼굴을 당신도 봤어야 해요. …… 그래요, 그게 가장 좋을 것 같아요. 그럼 제 마음도 훨씬 편할 거예요. 네, 좋아요. 그럼 이따가 봐요."

안나는 움직일 수가 없었다.

도대체 무슨 일이 벌어지고 있는 걸까? 엄마가 이베스를 모른다고 했을 때 그것이 거짓말임은 당장 눈치 챘다. 지금 엄마가 아빠와 전화로 이야기한 내용이 바로 그 증거다. 하지만 왜? 엄마는 왜 이베스에 대한 것을 비밀로 하려는 걸까?

엄마가 거실 문 쪽으로 걸어오고 있었다. 안나는 그제야 정신을 차리고 발소리가 나지 않도록 조심하며 재빨리 계단을 올라가 제 방문을 닫았다.

안나는 침대에 누워 천장을 올려다보았다. 엄마, 아빠는 안나에게 뭔가를 숨기고 있었다. 그게 대체 무엇일까? 이베스와 상관있는 일임에는 틀림없었다. 그리고 안나의 과거와도! 안나의 엄마는 왜 "겁이 나서 심장이 멎는 줄 알았다."고 했을까? 증오심에 불타는 이베스의 눈빛에 안나도 겁을 먹었는데, 혹시 안나가 느꼈던 그 두려움과 관계가 있을까?

어쩌면 엄마가 옳았는지도 모른다. 안나는 케빈과 인터뷰한 것을 후회하게 될지도 모른다. 하지만 아직은 아니다. 오늘 안나는 자신의 과거를 조금이나마 되찾았다. 숨어 있기만 하던 과거의 안나를 밖으로 조금 내몰았다. 다만 안나가 발견한 제 모습은 자기가 바라던 것과는 너무나 달랐다.

뱃속이 꾸르륵거렸다. 곧 뭘 먹지 않으면 쓰러질 것만 같왔다.

안나는 부엌에서 엄마와 마주치지 않기를 바랐다. 하지만 그런 희망은 실망으로 끝나고 말았다. 린덴탈 부인은 부엌 식탁 앞에 앉아 있었다. 안나가 부엌으로 들어가자 린덴탈 부인은 딸이 얼굴을 내비치기만 기다렸던 사람처럼 얼굴빛이 환해졌다.

안나가 엄마의 눈길을 피하며 입을 열었다.

"배고파요."

"냉장고에 먹을 거 많다."

린덴탈 부인이 덧붙였다.

"아빠한테 전화했어."

안나가 눈길을 이리저리 돌리며 물었다.

"이베스에 대한 얘기도 하셨어요?"

"그 애 이름이니?"

"네. 그 애가 그랬어요. 아빠한테 얘기하셨어요?"

"그래."

"뭐라고 하세요?"

"집에 오시겠대. 오늘."

안나가 되물었다.

"오늘요? 아빠 늘 금요일에만 집에 오시잖아요. 제가 텔레비전 인터뷰를 했을 때도 집에 안 오셨는데…… 엄마랑 아

빠, 그 앨 알아요? 그 애가 그렇게 중요해요? 엄마랑 아빠도
그 애가 무서운 거예요? 그런 거예요, 엄마?"

린덴탈 부인이 물었다.

"엄마랑 아빠도라고? 안나, 너 걔가 무섭니?"

"잘은 모르겠어요. 하지만 그런 것 같아요."

린덴탈 부인이 자리에서 일어서더니 안나 쪽으로 한 걸음
다가왔다.

"안나, 더 이상 그 앨 만나면 안 돼. 절대로."

"엄마, 제발 부탁이에요! 그 애가 저한테 아주 중요하다는
걸 알아요. 아니, 중요했다는 걸요. 옛날에요, 사고가 나기
전에요."

린덴탈 부인이 소리쳤다.

"아니야, 안나! 그렇지 않아! 그 앤 너한테 불행을 가져올
뿐이야!"

안나는 냉장고 문을 열고 빵을 꺼냈다. 하지만 더 이상 견
딜 수가 없었다. 안나는 먹을 수 있을 만큼 빵을 집었다가 다
시 식기 수납장 위에 내려놓고 부엌을 뛰쳐나왔다. 그러고는
그대로 자기 방으로 올라가 버렸다. 엄마 얼굴은 돌아보지도
않았다. 린덴탈 부인도 안나를 붙잡지 않았다.

몇 시간 뒤 아빠의 차 소리가 들렸지만 안나는 한참을 망
설이다가 꽤 시간이 지나서야 아래층으로 내려갔다.

안나의 부모는 거실에 앉아 있었다. 평소와 달리 두 사람은 포도주를 마시고 있었다. 두 사람 앞에는 반쯤 빈 포도주잔 두 개가 놓여 있었다. 안나가 갑자기 나타나는 바람에 두 사람은 하던 이야기를 급히 멈춘 것 같았다. 두 사람이 무슨 이야기를 하고 있었는지는 듣지 않아도 뻔했다.

"오셨어요, 아빠."

"안나, 내려왔구나. 인터뷰를 한 건 정말 바보 같은 짓이었어. 엄마가 하지 말라고 했잖니?"

안나는 제자리에 서서 아빠를 물끄러미 바라보았다.

안나가 아무 말도 없자 린덴탈 씨가 물었다.

"대체 무슨 생각으로 그랬니?"

안나가 소리쳤다.

"아빠! 적어도 아빠는 이해해 주실 줄 알았어요! 전 제 과거를 알고 싶어요. 기억을 되찾고 싶다고요! 이베스가 도움이 될 거예요. 확실해요!"

안나의 엄마가 말했다.

"그 과거가 네가 바라는 것과 아주 다를 수도 있잖니? 어떨 때는 그냥 모르고 넘어가는 게 더 좋을 수도 있어."

"그래서 말을 안 해 주시는 거예요? 그래서 유치원 때 얘기만 해 주시는 거냐고요?"

안나의 아빠가 말했다.

"안나, 제발 내 말을 믿으렴. 난 어떤 건 차라리 너처럼 잊어버렸으면 좋겠어."

안나가 말했다.

"엄마, 아빠는 이해하지 못하세요. 저는 엄마랑 아빠의 그런 태도를 비난조차 할 수 없어요. 아침에 거울을 들여다볼 때마다 거기 서 있는 사람이 누군지 모르는 그 느낌이 어떤 건지 엄마, 아빠는 몰라요. 그래서 저를 이해 못하시는 거예요. 스무 살이지만 사실은 5개월짜리로 사는 게 어떤 건지, 사람들과 마주칠 때마다 '이 사람 혹시, 내가 전에 알던 사람은 아닐까? 혹시 나랑 싸운 걸까? 아니면 나한테 호의를 베풀었는데 내가 고맙다는 인사를 하지 않아서 나한테 화가 난 걸까?' 하고 끊임없이 물어야 하는 제 심정이 어떤 건지 모르신다고요."

안나의 엄마가 말했다.

"안나, 알고말고. 우린 널 이해해. 제발 우리를 믿으렴."

"아니요, 이해 못하세요. 하지만 상관없어요. 제가 밝혀내고야 말 테니까요. 분명히 밝혀낼 수 있을 거예요. 제 과거가 어땠든 상관없어요. 지금 이 상태보다야 나았을 테니까요."

안나의 아빠가 대꾸했다.

"글쎄, 과연 그럴까?"

안나가 소리쳤다.

"확실해요! 그리고 또 한 가지, 엄마랑 아빠는 이베스가 누군지 알고 계세요. 그것도 확실해요!"

안나의 엄마가 애원했다.

"안나, 제발 그만 하렴."

"싫어요! 이베스를 모른다면 아빠가 왜 쏜살같이 달려온 거예요? 전 알고 싶어요! 제발요! 말씀 좀 해 주세요!"

린덴탈 부인이 다시 한 번 같은 말을 되풀이했다.

"안나, 그 앤 너한테 이롭지 않아."

"왜요?"

"걘 환경이 나빠. 넌 상상도 못할 거야."

"왜요? 대체 무슨 일이었어요?"

"그 앤 너한테 벌써 한 번 해를 입혔어."

"엄마, 제발! 그 애가 무슨 일을 저질렀어요?"

린덴탈 부인이 남편에게 도와 달라는 듯한 눈빛을 던졌다. 하지만 린덴탈 씨는 또다시 입을 닫고 있었다. 하긴 린덴탈 씨가 그렇게 말을 많이 하기는 지난 5개월 동안 처음이었다.

린덴탈 부인이 재빨리 말을 이었다.

"약물 때문이야! 그 앤 약물을 취급해. 그리고 너한테도 약물을 권했어. 그래, 그랬어. 그렇죠, 여보?"

린덴탈 씨는 잠시 멈칫했지만 곧바로 고개를 끄덕였다.

안나가 물었다.

"제가 약물을 했어요?"

규율 준수, 시간 엄수, 약물 금지, 폭력 금지.

린덴탈 부인이 화제를 얼른 무마시켰다.
"아주 약한 거였어."
"떨(대마초를 가리키는 은어 : 옮긴이)이요?"
"안나! 너 말투가 그게 뭐니?"
"다들 그걸 그렇게 부른다고요. 어쨌거나 전 그 말밖에는 몰라요. 제가 떨을 했어요?"
"그래, 그거였어. 뭐라고 하더라?"
린덴탈 씨가 대꾸했다.
"해시시."
"아빠한테 증거가 있어. 그 이베스란 애가 해시시랑 더 나쁜 약물까지 취급한다는 증거. 그래서 우린 겁이 났던 거야. 네가 또다시 걔 꼬임에 넘어갈까 봐. 우린 그저……."
안나가 물었다.
"그게 다예요? 겨우 그것 때문에 그렇게 쉬쉬하고 숨기고 감추고 난리를 피우신 거냐고요? 제가 해시시를 한 번 피웠다고요? 대체 얼마나 많은 사람들이 그걸 피우는지 알기나 하세요? 얼마 전 텔레비전에 나왔다고요."

린덴탈 씨가 안나의 말을 가로챘다.

"많은 사람들이 한다고 해서 그게 옳은 건 아니지."

안나가 린덴탈 씨에게 소리를 질렀다.

"그게 제 인생을 두 분만의 비밀로 삼을 이유도 아니에요!"

안나는 소리까지 지르고 싶지는 않았다. 부모에게 소리를 지르다니. 거실에 더 오래 머물렀다가는 싸움이 커질지도, 어쩌면 부모와 자식 간의 관계에 금이 가게 될지도 몰랐다.

안나는 부모가 뭐라고 변명도 하기 전에 거실을 뛰쳐나와 문을 쾅 닫고 계단을 뛰어 올라갔다. 그리고 최근 며칠 동안 늘 도피처가 되어 주었던 자기 방으로 들어가 버렸다.

안나가 방문을 닫자마자 바깥에서 문 두드리는 소리가 들렸다.

안나가 반사적으로 물었다.

"네?"

"나다, 아빠. 들어가도 되겠니?"

믿기지 않는 일이었다. 아빠는 여태까지 안나의 방 가까이에 온 적도 없었다. 적어도 안나가 자기 방에 있는 동안에는.

안나가 대답했다.

"그럼요. 들어오세요."

린덴탈 씨가 방 안으로 들어오더니 열린 문 앞에 그대로 멈춰 섰다.

안나의 아빠는 적당한 말을 찾으려고 고민하는 모습이 역력했다.

안나가 물었다.

"왜 오셨어요?"

"엄마 때문이란다."

"엄마가 왜요?"

"엄마는 네 걱정을 하고 있어."

"이베스 때문에요?"

"아니……. 그래, 물론 그 이유도 있지. 엄마는 네가 자꾸 이런 식으로 나가다 너 스스로를 해치게 될까 봐 걱정하고 있어."

안나가 아빠의 말을 가로챘다.

"아빠는요? 아빠도 제가 걱정되세요?"

"난 엄마 걱정을 하고 있다. 나는 엄마를 아주 많이 사랑해. 그건 너도 알아야 해. 비록 집에 있는 날은 드물지만 난 엄마 없이는 살 수 없단다. 네 엄마가 불행해지는 거, 난 못 본다."

안나가 소리쳤다.

"그건 저도 마찬가지예요! 저도 엄마를 불행하게 만들고 싶지 않아요! 저도 엄마를 사랑한다고요!"

린덴탈 씨가 안나에게 한 발짝 다가왔다.

"정말 그렇다면 과거를 캐는 일은 이제 제발 그만둬. 다 널 위해서야. 그리고 엄마를 위해서."

"하지만 왜요? 적어도 그 이유만이라도 말씀해 주세요."

린덴탈 씨가 고개를 내저었다.

"과거는 제발 내버려 둬. 더 이상은 나도 말할 수 없다."

"돈이랑 관련이 있어요? 아주 많은 돈이요?"

린덴탈 씨가 안나를 물끄러미 쳐다보았다.

"그만 해라, 안나. 내게 약속하겠니? 더 이상 묻지 않겠다고. 엄마를 위해서!"

"그럴 수 있을지 모르겠어요."

린덴탈 씨는 아무 말 없이 뒤를 돌더니 안나의 방을 나갔다.

방문이 닫히는 순간 안나가 말했다.

"아빠?"

"왜 그러니?"

"전 아빠도 사랑해요."

린덴탈 씨의 등 뒤로 방문이 소리 없이 닫혔다.

안나는 침대 위에 앉아서 방문만 바라보고 있었다. 시간이 얼마나 흘렀는지 전혀 느껴지지 않았다. 안나는 그제야 확실히 깨달았다. 자신의 잃어버린 과거 속에는 부모 생각에 안나가 알아서는 절대로 안 되는 어떤 비밀이 숨겨져 있다는 것을. 안나는 절망적으로 '그게 뭘까?' 하고 고민했다. 도대체 안나의 부모는 뭐가 두려워서 안나의 20년 삶을 비밀에 부쳐 두려는 걸까? 어쨌거나 그 이유를 알 수 있을 만한 단서를 드디어 하나 찾아냈다. 이베스. 안나는 그런저런 생각으로 괴로워하다가 자기도 모르는 사이에 잠이 들었다.

11

안나는 악몽을 꾸다 소스라치게 놀라 잠에서 깼다. 침대에 일어나 앉은 안나는 온몸이 땀으로 흠뻑 젖어 있었다. 다행히 꿈은 기억나지 않았다.

'무리도 아니지. 아직 신발까지 신고 있으니.'

안나가 자명종을 바라보았다. 3시였다!

"젠장."

안나의 뱃속은 요동치고 있었다. 속이 울렁거렸다. 안나는 다시 침대에 누워 눈을 감았다. 소용없었다. 울렁거림이 몸 전체로 퍼지는 것 같았다. 화장실에 가서 토하지 않으면 못 견딜 것 같았다.

안나는 잠옷으로 갈아입었다. 토하러 가는데 굳이 엄마가 사 준 비싼 옷을 입고 있을 필요는 없었다.

안나는 간신히 욕실로 가서 변기 위로 머리를 숙이고 손가락을 목구멍에 밀어 넣었다. 몇 번 웩웩거리기는 했지만 아무 소용 없었다.

"먹은 게 너무 없어."

안나는 여전히 부엌에 놓여 있을 빵을 생각했다.

안나는 세 번쯤 더 시도했지만 여전히 헛수고였다. 신선한 공기를 쐬면 좀 나아질까? 안나는 창 쪽으로 가서 창문을 열고 몸을 앞으로 기댔다. 아래층 거실에서 불빛이 흘러나오고 있었다. 안나는 다시 한 번 자명종을 바라보았다. 이 시간에 아직도 안 주무시는 걸까?

안나는 간밤에 있었던 부모와의 싸움을 다시 한 번 떠올렸다. 이제껏 가장 격렬했던 싸움이지만 텔레비전 연속극의 주인공이 부모와 싸우는 것에 비하면 그야말로 아무것도 아니었다. 그런데도 안나는 간밤에 벌어진 장면을 계속 떠올렸다. 그리고 무엇보다도 아빠가 한 말이 자꾸 생각났다. 엄마를 사랑한다면 과거 캐는 일은 그만두라고? 그 모든 난리 법석이 겨우 해시시 몇 번 피운 탓이란 말이야? 하지만 그 말이 과연 사실일까? 안나는 담배 연기만 맡아도 어찔해지는데? 그리고 설사 과거에 그런 일이 있었더라도 지금 와서 그게 모든 것을 비밀에 부치고 걱정할 만큼 중요할까? 이베스가 안나를 다시 꼬일지도 모른다는 단지 그 걱정 때문에?

이제 어느 정도 거리를 두고 객관적으로 생각해 보니 모든 것이 도무지 말이 되지 않았다! 안나는 작은 마당으로 내비치는 거실 불빛에 눈길을 고정시켰다. 도대체 이 한밤중에 무슨 이야기를 하고 있을까? 분명 진짜 이유에 대해 이야기하고 있겠지.

보홈에서 살기 시작한 지 몇 달이 지난 지금, 안나는 발소리를 내지 않고 집 안에서 움직일 수 있었다. 한 계단, 한 계단 발걸음을 옮기는 안나의 심장 박동이 빨라졌다. 이제 곧 비밀이 밝혀진다! 안나는 그것을 분명히 느끼고 있었다. 그리고 일단 알게 되면 그것으로 끝이다. 이미 알게 된 것을 무를 수는 없을 테니까.

린덴탈 부인의 목소리가 들렸다.

"모르고 사는 편이 더 나을 때가 있어요."

엄마의 말이 옳은지도 모른다. 하지만 안나는 선택의 여지가 없었다. 과거 없이 현재를 살아가는 사람은 단 한 명도 없으니까.

거실 문은 닫혀 있었지만 안나의 부모는 비교적 큰 소리로 이야기를 나누고 있었다.

린덴탈 씨의 목소리가 들렸다.

"여보, 제발 그만 울어요! 부탁이야. 당신이 이럴수록 우린 점점 더 힘들어진다고."

간밤에 안나의 방에서 과거를 더 이상 캐지 말라고 부탁할 때와 마찬가지로 애절함이 깃든 목소리였다.

린덴탈 부인이 훌쩍거렸다.

"당신까지 그렇게 말하면."

"여보, 우리가 실수한 거예요. 오늘에서야 그걸 깨달았어.

154

처음부터 그렇게 하는 게 아니었어요."

"하지만 당신도 찬성했잖아요. 내가 당신한테 물었고, 당신이 그러라고 했잖아요."

한참 뒤에야 린덴탈 씨의 말소리가 들렸다.

"그래, 나도 알아요. 나도 찬성했지. …… 당신을 위해서였어. 당신이 하도 바라기에. 당신이 조금이라도 다시 행복해질까 싶어서 그러라고 한 거예요. 아니, 마음의 안정이라도 찾으라고. 하지만 결과는 그 반대가 되고 말았어!"

린덴탈 부인이 소리쳤다.

"아니에요, 여보! 그렇지 않아요! 당신이 착각하는 거예요! 우린 행복해질 거예요! 꼭이요! 당신도 보게 될 거예요. 우리가 생각했던 대로 될 거예요! 당신과 나 그리고 안나, 우리 안나, 이렇게 셋이서요!"

린덴탈 씨가 물었다.

"기억이 돌아오면? 무슨 일이 벌어졌는지 알면……."

린덴탈 부인이 남편의 말을 가로막았다.

"그런 일은 없을 거예요! 기억 상실증이 아주 심할 경우 과거는 영원히 어둠에 묻힐 수 있댔어요. 제가 알아봤어요."

린덴탈 씨가 물고 늘어졌다.

"그럴지도 모르지. 하지만 그렇게 안 되면?"

"그럼 우리가 모든 것을 다 말해 주면 돼요. 분명히 이해할 거예요."

안나의 심장이 미친 듯이 뛰었다. 무릎도 떨리기 시작했
다. 안나는 쓰러지지 않기 위해 문손잡이를 꼭 움켜쥐어야
했다.

린덴탈 씨가 말했다.

"여보, 제발 꿈에서 깨어나요! 저 애가 무슨 짓을 했는지
생각 좀 해 보라고!"

"그건 우리도 정확히 잘 모르잖아요. …… 아니면 당신,
혹시 그 돈 때문에 그러는 거예요?"

"아니, 돈 때문이 아니야. 물론 저 애가 한 짓을 생각하
면……."

린덴탈 부인이 소리를 질렀다.

"그 생각은 하면 안 돼요! 쟨 우리 딸이에요!"

"여보, 이러지 마! 쟨 우리 딸이 아니야!"

"저 애는 내 딸이에요!"

"그렇지 않아요! 내 이렇게 부탁하리다. 제발 이 미친 짓
좀 그만 하자고! 물론 나도 바라지는 않지만, 내가 걱정하는
게 사실이라면 위층에 있는 저 애는 범죄자야! 우리 인생을
망쳐 놓으려고 했던 괴물이라고! 그리고 우리가 지금 막지
않으면 저 앤 끝내 그렇게 하고 말 거라고!"

린덴탈 부인이 날카롭게 소리쳤다.

"그렇지 않아요!"

안나는 구역질이 났다.

소리가 나건 말건 계단을 뛰어올라 욕실로 들어갔다. 그러고는 지난 이틀 동안 먹은 음식물 가운데 위에 남아 있던 나머지를 모두 토해 냈다.

목이 아팠다. 온몸이 떨리고 입에서는 역겨운 냄새가 번졌다. 하지만 안나는 그제야 다시 생각을 할 수 있었다.

'저 사람들은 네 부모가 아니야!'

그 생각이 안나의 머릿속에 정으로 박아 넣은 것처럼 박혀 버렸다.

'넌 저 사람들 딸이 아니야!'

안나는 간신히 일어서서 세면대에 몸을 기댔다. 입 안에서 나는 냄새를 없애려고 이를 닦고 물로 여러 번 헹궈 냈다. 냄새가 어느 정도 사라지자 안나는 지난 몇 달 동안 그랬던 것처럼 거울에 비친 자신의 모습을 들여다보았다. 몰골이 말이 아니었다. 병원에서 의식이 돌아온 이래 거울에 비친 자신의 모습이 그렇게 낯설었던 것은 처음이었다.

안나는 이제까지 수도 없이 던진 질문을 다시 한 번 던졌다.

"넌 누구야?"

도대체 방금 무슨 일이 있었던 걸까? 정신이 나갔던 것은 아닐까? 아니면 또다시 기억의 섬이었나? 지난 몇 달 동안 이 모두 환상이었다고? 아빠, 엄마, 내 방, 유치원 이야기, 그 모든 것이 다 거짓말이었다고? 꾸며 낸 이야기?

린덴탈 씨의 목소리가 귀에 쟁쟁했다.

"저 애는 범죄자야! 우리 인생을 망쳐 놓으려고 했던 괴물이라고!"

안나는 집을 떠나야만 했다! 당장에! 어디든 상관없다! 집만 아니라면!

안나는 조심스럽게 욕실 문을 열었다. 린덴탈 부부는 조용한 목소리로 여전히 이야기를 나누고 있었다. 다행이다.

안나는 제 방에 가서 잠옷을 벗고 조금 전에 벗었던 옷을 다시 입었다. 그러고 나서 카를라의 상담소에 갈 때 들고 가는 스포츠 가방에 아무 옷가지나 손에 잡히는 대로 마구 집어넣었다. 방문 쪽은 살피지도 않았다.

그래, 카를라! 카를라는 안나의 구원자다! 안나는 카를라에게 가야겠다고 마음먹었다. 하지만 카를라가 어디에 사는지 몰랐다. 그럼 그냥 상담소 앞에 가서 기다리리라. 안나는 시계를 바라보았다. 새벽 4시가 조금 넘은 시각이었다! 안나는 아침 7시면 카를라가 상담소에 온다는 것을 알고 있었다. 몇 시간쯤은 추위를 견딜 수 있으리라. 안나는 겨울 외투를 입고 방문을 조심스레 열었다. 문 뒤에는 아무도 없었다. 거실도 조용했다. 안나의 부모도 곧 자러 갈 모양이었다. 부모? 아니, 그들은 안나의 부모가 아니다! 안나는 또다시 구역질이 올라오는 것을 간신히 참았다.

이제껏 계단이 그렇게 길게 느껴진 적은 없었다. 계단이 삐걱거릴 때마다, 옷이 바스락거릴 때마다 안나는 숨을 죽였다. 자신의 심장 박동이 일일이 느껴졌다. 마침내 안나는 현관문 앞에 서 있었다. 안나는 아랫입술을 지그시 깨물고 열쇠를 돌렸다. 열쇠 돌아가는 소리가 집 안을 울렸다. 부모님이 분명히 들었을 거야! 하지만 집 안은 조용했다. 안나는 안도의 숨을 내쉬고 문을 열었다. 이제 하나만 더! 안나는 현관문을 살금살금 닫았다. 문이 '찰칵' 하고 닫히기 직전, 안나는 집 안에서 발자국 소리를 들었다. 안나의 도주가 마지막 순간에 좌절되고 마는 걸까? 안나는 문을 놓고 달리기 시작했다. 뒤도 돌아보지 않았다. 이제 곧 발자국 소리가 들리면서 자기 이름을 불러 댈 거라고 생각했다. 하지만 아무 소리도 들리지 않았다. 안나는 해낸 것이다!

카를라의 상담소에는 어떻게 가지? 안나는 달리면서 생각했다. 그러고는 우뚝 멈춰 섰다.

'넌 기억력이 있잖아! 네 기억력을 믿어.' 하는 생각이 거의 동시에 떠올랐다.

안나는 눈을 감고 상담소로 가는 길을 그려 보았다. 쉬웠다. 직접 운전은 하지 않았지만 늘 다니던 길이니까. 이렇게 어두울 때 가 본 적은 없지만 그것도 큰 문제는 아니었다. 특징적인 건물과 사거리는 어둠 속에서도 알아볼 수 있었다.

안나는 여전히 린덴탈 부부의 집 근처를 벗어나지 못했다. 안나는 뒤를 돌아보았다. 아니, 이 길이 아니다. 방금 지나온 사거리로 다시 돌아가서 왼쪽으로 꺾어져야 한다. 그래, 맞아. 늘 이렇게 갔어.

5시 30분, 안나는 카를라의 상담소 앞에 서 있었다. 안나는 스스로가 자랑스러웠다. 삶을 헤쳐 나갈 수 있다는 자신감이 생겼다. 분명 지름길이 있었을 테지만 아무래도 좋았다. 안나는 해내고야 만 것이다! 젊은 여자 혼자서는 얼씬거리지 않는 편이 좋은 지역을 지나왔지만, 그것 역시 안나로서는 아무렇지도 않았다. 혼자서 해냈다는 것, 안나에게는 그것만이 중요했다!

하지만 맞바람이 몰아치는 카를라의 상담소 앞에서 안나의 자긍심은 금세 추위에 밀려나고 말았다. 세상에서 가장 두꺼운 겨울 외투도 소용이 없을 정도였다.

우리는 맞바람이 심하게 몰아치는 현관 앞에 서 있었다. 나는 어두운 곳이 싫었다. 환한 곳에 있어야 마음이 편했다. 특히 이베

160

스와 함께 있을 때는.

안나는 벽에 몸을 기댔다. 이베스와 사귀었구나. 이베스를
처음 봤을 때부터 그런 느낌이 들긴 했다. 하지만 이제 그것
은 느낌이 아니라 확신이었다. 이베스와 입을 맞추거나 심지
어 잠자리까지 같이 했을 것을 생각하니 구역질이 났다.

"내가 그 애를 차 버렸기를……."

어제 있었던 일을 생각하면 안나는 더 이상 그 아이에게
신경 쓰고 싶지 않았다. 단, 그 아이가 자신의 과거를 말해
줄 수 있을지도 모른다는 미련은 여전히 남았다.

벌벌 떨며 맞바람이 몰아치는 문 앞에 서 있자니 간밤에
일어났던 일이 천천히 현실로 다가왔다. 린덴탈 부부는 내
부모가 아니다! 몇 달 전에 알게 된 부모를 난 방금 잃어버렸
어! 엄마, 아니 린덴탈 부인이 얼마나 자주 말했던가? 날 사
랑한다고. 그게 다 거짓말이었단 말인가?

안나는 벽에 기댄 채 몸을 돌렸다. 추위는 더 이상 느껴지
지 않았다.

'눈물이 나와야 할 일인데.' 하고 안나는 생각했다. 하지만
눈물은커녕 화도 나지 않았다. 그냥 텅 비어 있었다. 병원에
서 의식을 되찾던 순간, 공허함을 피하기 위해 다시 눈을 감
아야 했던 그때 그 심정이었다. 적어도 뭔가를 느끼기 위해

안나는 손을 깨물었다. 그리고 나지막이 중얼거렸다.

"다시는 기억을 잃어버리지 않을 거야. 다시는."

"안나, 너 여기서 뭐 하는 거니? 이렇게 일찍 오다니! 꼴은 또 이게 뭐고? 무슨 일 있니? 어디 아픈 거야?"

안나는 화들짝 놀랐다.

"무슨 일이에요? 제가 잠들었던 거예요?"

카를라가 되물었다.

"서서 잠을 잤다고? 설마."

"그랬을지도 몰라요."

"그나저나 대체 무슨 일이니? 어서 말 좀 해 봐!"

"먼저 안으로 들어가면 안 돼요? 너무 추워요. 배도 고프고요."

"그래, 차부터 좀 마시자꾸나. 그럼 금방 따뜻해질 거야."

"좋아요! 혹시 먹을 것도 좀 있어요?"

카를라가 빵 봉지를 들어 보였다. 안나는 카를라의 손에서 빵 봉지를 잡아채더니 안에 든 치즈 샌드위치를 꺼내 한 입 덥석 베어 물었다.

카를라가 뾰루퉁 입을 내밀었다.

"그거, 내 두 번째 아침이었는데……."

카를라가 물을 끓이고 찬장에서 찻잔을 꺼내는 동안 안나는 입에 빵을 가득 문 채 간밤에 린덴탈 부부의 집에서 겪었던 일을, 무엇보다도 새로 알게 된 사실을 이야기했다.

날이 밝은 데다 카를라와 함께 있다는 생각에, 안나가 느끼는 충격과 당혹감은 간밤만큼 심하지는 않았다. 하지만 안나는 여전히 흥분해 있었다.

안나가 소리쳤다.

"카를라 선생님, 정말 뭐가 뭔지 모르겠어요! 그분들은 제 부모가 아니에요. 전 대체 누구죠? 서류가 있을 텐데, 딸도 아닌 애를 그렇게 간단히 자기들 딸이라고 할 수는 없잖아요! 전 그것도 모르고 여태껏 그분들을 엄마, 아빠라고 불렀어요!"

카를라가 안나의 어깨에 손을 올리더니 가볍게 눌러 안나를 의자에 앉혔다.

"자, 우선 여기 앉아서 차부터 한 잔 마시고 있으렴. 금방 올 테니까 얘기는 그때 하자."

카를라가 부엌을 나가자 안나는 차를 홀짝거리기 시작했다. 차는 몸을 데우는 데 정말 효과가 있었다. 그래도 아직 외투를 벗을 만큼은 아니었다. 찬 기운은 뼛속까지 스며들어 있었다. 배고픔도 여전했다. 카를라의 빵 봉지 속에 빵이 하나 더 들어 있지 않았던가?

안나는 의자에서 일어나 카를라의 방으로 갔다. 카를라는 문 쪽으로 등을 돌린 채 전화 통화를 하고 있었다.

"네. 여기 있어요. 아무 일도 없어요. 네. 걱정하지 마세요. …… 좋아요. 하지만 시간을 충분히 가지세요. 그때까지는 제가 돌볼게요."

카를라가 수화기를 내려놓고 뒤를 도는 순간, 안나의 손에서 찻잔이 미끄러졌다.

안나가 조용한 목소리로 물었다.

"설마 린덴탈 씨 집에 전화하신 건 아니죠? 그렇죠? 린덴탈 씨 집에 전화한 게 아니라고 말씀해 주세요!"

"안나, 조용히 얘기 좀 하자꾸나."

"린덴탈 씨 집에 전화하신 거군요?"

"그래."

안나가 카를라를 향해 소리쳤다.

"왜요? 전 선생님을 믿었는데! 이제 전 누굴 믿으란 말이에요?"

안나의 눈에서 갑자기 눈물이 솟구쳤다. 하지만 안나는 울고 싶지 않았다. 적어도 지금은 아니었다!

"안나, 날 믿어. 난 계속 믿어도 돼. 알아, 지금 네 상황에서는 그렇게 반응하는 게 당연해. 넌 네가 누군지, 어디에 속하는지 정확히 모르니까. 믿을 수 있는 사람이 누구고, 믿으면 안 되는 사람이 누군지 모르니까. 그러다 보면 아무도 믿지 못하는 게 당연해. 심지어 네 부모님까지 말이야."

"그 사람들은 내 부모가 아니에요! 날 속인 거라고요! 왜 이해 못하시는 거예요?"

안나는 있는 힘껏 소리를 지르며 카를라를 향해 찻잔을 걸어찼다.

터져 나오는 눈물을 더 이상 참을 수가 없었다. 안나는 울음을 터뜨리며 카를라의 방을 뛰쳐나갔다.

안나는 상담소 출입문에서 하마터면 이베스를 넘어뜨릴 뻔했다. 이베스를 보자 안나의 울음이 순간적으로 얼어붙었다.

"이베스? …… 왜? …… 여기서 뭐 하는 거야?"

이베스가 또다시 히죽거렸다. 안나는 그 웃음이 견딜 수 없이 싫었다.

"너 만나러 왔어. 우리 할 얘기가 아직 남았잖아? 잊어버렸어?"

안나는 뒤따라온 카를라를 돌아보며 소리쳤다.

"다들 한통속이에요?"

안나는 이베스를 밀어젖히고 바깥으로 뛰어나왔다.

등 뒤에서 이베스의 목소리가 들렸다.

"야, 기다려! 기다리라고, 젠장! 그런다고 나한테서 도망칠 수 있을 것 같아?"

안나는 뒤를 돌아보았다. 이베스는 아직 카를라의 상담소 앞에서 주춤거리고 있었다. 마침내 이베스가 안나를 쫓아오기 시작했다.

　100미터 앞에 버스가 서 있었다. 안나는 있는 힘껏 달려 버스에 뛰어올랐다. 문이 닫히고 버스가 출발했다. 어디로 가든 상관없다. 벗어나기만 한다면! 안나는 버스 맨 뒤로 가서 창문으로 바깥을 내다보았다. 이베스가 두 팔을 마구 휘저으며 버스를 따라오고 있었다. 얼핏 보건대 안나가 버스까지 뛰어오는 동안 이베스와의 간격이 더 많이 벌어진 것 같았다. 안나는 보홈에서 운동을 전혀 하지 않았지만 운동 신경이 아주 발달해 있는 것 같았다. 아마도 과거의 안나에게 고마워해야 할 일인 듯싶었다. 기분만 그렇게 비참하지 않았다면 한바탕 웃어 젖히고 싶었다.

12

안나는 버스 안을 둘러보았다. 몇 명 안 되는 승객들은 안
나에게 관심도 없는 것 같았다. 하긴 그 사람들이 안나에게
관심을 가질 이유가 없었다.

안나는 아무 빈자리에나 가서 털썩 주저앉았다. 머릿속에
는 단 하나의 질문만 자리 잡고 있었다. 이제 아무도 믿으면
안 되는 건가? 완전히 혼자란 말인가?

어느 버스 정거장이건 안나에게 아무 의미가 없기는 마찬
가지였으므로 안나는 계속 버스를 타고 달렸다.

이윽고 버스 운전사의 다소 퉁명스런 목소리가 마이크를
타고 흘러나왔다.

"이 버스의 종점, 중앙 역입니다! 다들 내려 주세요! 거기
아가씨도요!"

중앙 역! 안나는 그것을 하나의 계시로 받아들였다. 안나
는 더 이상 이 도시에 머무를 수 없었다. 아니, 머무르고 싶
지 않았다. 어차피 이 도시에는 안나가 찾아갈 만한 사람도,
믿을 수 있는 사람도 없었다. 그렇다면 굳이 이 도시에 머무
를 필요가 없었다. 게다가 다른 도시에서라면 자기를 괴물로

여기는 사람을 만날 위험도 오히려 적다.

특별한 목적지가 없었으므로 어떤 기차에 올라타든 상관 없었다.

안나는 역에 대해 잘 알고 있었다. 역은 기차를 타고 어딘 가로 떠나는 곳이었다. 안나는 텔레비전 연속극에서 헤어지 는 장면을 수없이 봐 왔고, 그런 장면은 역을 배경으로 할 때 가 많았다.

하지만 현실은 텔레비전보다 약간 더 복잡했다. 어디로 가 야 할까? 승강장은 어디 있지? 안나는 지나가는 사람들을 붙잡고 물어보려 했지만, 입을 열기도 전에 사람들은 안나 곁을 잰걸음으로 지나가 버렸다.

매점 앞에 서서 커피를 마시고 있는 남자 두 명이 안나를 빤히 쳐다보고 있었다. 멀리서도 안나의 불안한 상태가 한눈 에 드러나는 모양이었다. 하긴, 자기들의 희생양으로 삼기에 그것만큼 좋은 조건도 없을 테니까. 안나는 또다시 두려운 마음이 들면서 동시에 화가 치밀어 올랐다.

안나가 자기를 바라보고 있는 남자들을 향해 소리쳤다.

"그렇게 호락호락 당하지는 않을 거야!"

노트북 컴퓨터와 여행용 가방을 든 신사가 허겁지겁 계단 을 뛰어 올라갔다. 안나는 머뭇거리지 않고 곧장 신사의 뒤 를 쫓아갔다. 사업가처럼 보이는 그 남자는 승강장에 서 있는 기차에 올라탔다. 안나는 잠시 멈칫했지만 곧 같은 기차에 올라탔다. 어디로 가는 기차인지 따위는 보지도 않았다.

안나는 빈 객실을 찾아 걸어 들어갔다. 기차가 천천히 출발하고 있었다.

시간이 흐르면 흐를수록 안나는 생각이 정리됐다. 하지만 결과는 그다지 희망적이지 않았다. 지금 가는 곳에 도착하면 거기서 뭘 하지?

더럭 겁이 났다. 안나는 가방을 열고 안을 뒤지기 시작했다. 지갑이 나왔다! 다행이다. 지갑을 챙겨 왔다. 안나는 돈을 세기 시작했다. 200유로쯤 됐다. 린덴탈 부부는 인색하지 않았다. 안나도 그것만큼은 인정해야 했다. 안나는 마음이 놓였다. 그 정도면 며칠 동안 굶어 죽지도, 목말라 죽지도, 얼어 죽지도 않을 것 같았다.

하지만 그다음엔? 뭔가 찾을 수 있을 테지. 안나는 스스로에게 용기를 불어넣었다. 사람들이 모두 안나에게 똑똑하고, 부지런하고, 기억력이 뛰어나다고 칭찬하지 않았던가! 그러니 분명 뭔가를 시작할 수 있으리라! 도주가 시작된 이래 처음으로 긍정적인 감정이 간밤의 두려움과 충격을 덮어 버렸다. 안나는 갑자기 자유를 느꼈다. 이제 드디어 진짜 인생을 맛보게 되리라!

"차표 좀 볼까요, 아가씨?"

감색 제복을 입은 승무원이 안나 앞에 서 있었다. 안나보다 별로 나이가 많은 것 같지 않았다.

승무원이 같은 말을 되풀이했다.

"차표요."

차표! 안나는 미처 그 생각을 하지 못했다!

"차표 없는데요."

"뭐요?"

"죄송하지만 차표가 없어요. 깜빡했어요."

"지금 저랑……"

"아니요, 농담이 아니라 정말이에요. 전 기차를 처음 타요. 정말이에요."

승무원이 안나 앞으로 바짝 다가섰다. 승무원한테서 나는 땀 냄새에 안나는 구역질을 느꼈다.

"신분증 좀 볼까요?"

"왜요? 제가 그랬잖아요. 전……"

"신분증을 주세요. 차표 없이 기차를 탔으니까 벌금 40유로를 내셔야 합니다."

안나는 다시 한 번 승무원을 이해시키려고 했다.

"부탁이에요. 이해 못하시겠어요? 전……"

"신분증이요."

안나는 눈앞이 캄캄했다. 간밤의 두려움과 충격, 수면 부족 그리고 그나마 가진 돈을 이 기차 안에서 뭉텅 잃을지도 모른다는 두려움 때문이었다.

안나가 승무원에게 대들었다.

"제 얘기를 끊지 말고 끝까지 들어 보시라고요!"

그때 기차가 요란한 소리를 내며 작은 역에 멈춰 섰다.

"얘긴 무슨 얘기예요? 표가 없으면……."

안나가 소리를 질렀다.

"나한테 이래라저래라 하지 마요!"

안나는 갑자기 벌떡 일어나 승무원의 가슴을 떼밀었다. 그러고는 기차 문을 열고 뛰어내려 달리기 시작했다.

"거기 서지 못해요? 젠장! 서요, 안 그러면 경찰을 부를 거예요!"

안나는 어깨 너머로 뒤를 흘낏 돌아보았다. 카를라의 상담소 문 앞에 서서 멈칫거리던 이베스처럼 승무원도 열린 기차 문 앞에 서 있었다. 다만 이베스와는 달리 안나를 쫓아올 생각은 하지 못하는 것 같았다.

승무원이 쫓아오거나 말거나 안나는 계속해서 달렸다. 계단을 뛰어 내려와 지하도를 통과해 큰길로 나올 때까지. 안나는 그제야 건물 벽에 기대어 숨을 골랐다. 머리 위로 기차 지나가는 소리가 들렸다. 성공이다!

171

안나는 주위를 둘러보았다. 보훔과 크게 다르지 않았다. '쾰른-뮐하임'이라고 쓰여 있는 간판이 눈에 들어왔다.

기차를 탔건만 그다지 멀리 오지는 못했다. 하지만 카를라와 이베스 그리고 무엇보다도 린덴탈 부부를 만나지 않을 정도는 됐다.

안나는 자기가 가장 좋아하던 연속극의 배경이 쾰른이었던 사실을 기억해 냈다. 그래, 쾰른이라고 안 될 것도 없지!

안나는 하늘을 보았다. 구름 사이로 군데군데 파란 하늘이 보였다. 안나는 무작정 걷기 시작했다. 특별한 목적지가 없었으므로 발길 닿는 대로 아무렇게나 걸었다. 거리는 보기 좋다가 지저분해지고, 그러다 다시 예뻐졌다. 생기 넘치는 곳도 있고 조용한 곳도 있었다. 안나는 모든 것을 빨아들였다. 충격이 점점 사라지고, 낯선 도시에서 처음으로 혼자 적응하고 있다는 자유와 자긍심이 느껴졌다.

안나는 어느덧 라인 강에 와 있었다. 안나는 강변에 늘어서 있는 긴 의자에 앉아 라인 강을 오가는 배들을 바라보았다. 비록 기억할 수는 없었지만 전에 그곳에 와 본 적이 있을지도 몰랐다. 안나는 주변 경치를 바라보며 몇 시간이고 앉아 있을 수 있을 것만 같았다. 그랬다. 그곳이야말로 진짜 세상이었다. 그것이야말로 진짜 삶이었다!

몇백 미터 떨어진 곳에 고급 호텔이 보였다. 연속극에 저 호텔이 몇 번 나오지 않았던가? 안나는 호텔 건물을 또렷하게 기억했다. 건물 안도 굉장히 멋진 곳이었다. 고급스럽기 짝이 없는! 안나는 텔레비전에서 그 호텔을 봤을 때 큰 감동을 받았다. 그런데 이제 그곳을 직접 눈으로 감상할 수도 있다. 그래, 한번 가 보지, 뭐. 사람을 내쫓지야 않겠지.

호텔 로비는 텔레비전에서 본 것과 똑같이 격조와 품위가 넘쳐흘렀다. 어디선가 나지막한 피아노 연주 소리가 들렸다. 안나는 주변에 있는 사람들이 부러웠다. 그들은 호텔이 자기 집이나 되는 것처럼 아무렇지도 않게 들락날락거리고 있었다. 단 하룻밤이라도 그곳에 묵을 수 있다면 굉장할 것 같았다.

안나에게 갑자기 엉뚱한 생각이 떠올랐다. 소원을 이루지 말라는 법도 없지. 안나는 자신의 삶에서 가장 끔찍한 밤을 보냈다. 적어도 지난 다섯 달을 놓고 볼 때 그랬다. 그러니 보상을 받아 마땅하다. 돈은 충분했다.

안나는 이상한 모자를 쓰고 화려한 색깔의 제복을 입은 젊은이에게 물었다.

"방 있어요?"

젊은이는 가볍게 고개를 숙이며 대답했다.

"그건 접수계에서 물어보시죠."

젊은이는 기다란 바를 가리켰다. 그 뒤에도 모자는 쓰지 않았지만 제복을 입은 사람들이 서 있었다.

안나가 그쪽으로 가서 같은 질문을 되풀이했다.

"방 있어요?"

바 뒤에 서 있는 남자가 물었다.

"얼마나 묵으실 건가요?"

남자는 앙증맞은 콧수염을 기르고 있었다. 그 남자 앞에 서니 처음에는 콧수염밖에 눈에 들어오지 않았다.

"음…… 우선은…… 하룻밤이요."

"네, 가능합니다. 350유로입니다."

안나는 침을 꿀꺽 삼켰다. '얼마라고요?'라는 말이 불쑥 튀어나오려는 것을 간신히 삼키고 대신 이렇게 물었다.

"좀 싼 방은 없나요?"

콧수염 남자는 안나를 꿰뚫어 버릴 듯 바라보더니 곧 컴퓨터 자판을 두들겨 댔다.

이윽고 남자가 입을 열었다.

"운이 좋군요. 190유로까지는 가능할 것 같습니다. 아침 식사까지 포함해서요. 특별 요금입니다."

"빙고! …… 아니, 제 말은 그걸로 하겠다고요."

제복 차림의 콧수염 남자가 고개를 끄덕이며 안나에게 종이를 내밀었다.

"여기 숙박 카드 좀 써 주시겠어요? 이름, 주소, 생일만 쓰고 서명하시면 됩니다. 그리고 요금은 선불입니다. 카드도 좋고요."

안나는 정신 나간 사람처럼 숙박 카드를 내려다보았다.

"이걸 왜 써야 해요?"

"유감이지만, 규정이 그렇습니다."

"그리고 선불은 또 뭐예요?"

"돈을 지금 내 주시겠어요?"

안나는 지갑을 꺼내 190유로를 세어 콧수염 남자 앞으로 내밀었다. 종이돈 한 장, 한 장이 '싫어, 싫어!' 하고 비명을 지르는 것 같았다.

콧수염 남자는 유연하게 돈을 집어서 계산대에 넣었다.

안나는 콧수염 남자가 시킨 대로 린덴탈 부부의 주소를 적어 가며 열심히 숙박 카드를 적었다. 하지만 '생일란'에서 그만 막혀 버리고 말았다.

내 생일이 언제지? 안나는 당황했다. 이제껏 생일에 대한 이야기는 한 적이 없었다.

안나는 자신의 나이가 스무 살이라는 것만 알았다. 안나는 머릿속으로 급하게 계산했다. 20을 빼고, 거기다 몇 달을 더 하면……. 안나는 대충 아무 날짜나 적었다.

이제 서명만 하면 된다. 전입자 등록 종이에 했던 것처럼.

안나는 이름을 적었다. 초등학교 2학년짜리가 낙서를 해 놓은 것처럼 보였다.

콧수염 남자가 종이를 집더니 눈썹을 치켜뜨고 들여다보았다.

"스물한 살이라……. 한참 좋은 나이군요."

젠장, 잘못 계산했어!

콧수염 남자가 모자 쓴 젊은이에게 손짓하자 젊은이가 금세 다가와 안나의 스포츠 가방을 빼앗아 가려고 했다.

"아니, 대체 무슨 짓이에요?"

"피에르 군이 방까지 모실 겁니다."

안나는 두근거리는 가슴과 휘청거리는 무릎으로 피에르의 뒤를 따랐다. 피에르는 안나의 스포츠 가방을 손가락 끝에 가볍게 걸친 채 중간 중간 안나를 뒤돌아보며 친절하게 고개를 까딱거렸다.

드디어 안나의 방문 앞에 다다른 피에르는 방문을 열고 방 안으로 들어가 전등을 켜고 여행 가방을 올려놓도록 마련된 자리에 안나의 스포츠 가방을 내려놓았다. 안나의 가방은 더없이 초라해 보였다.

피에르가 또다시 고개를 숙이며 말했다.

"그럼 편히 쉬십시오."

'팁을 줘야지!' 하는 생각이 번쩍 떠올랐다.

텔레비전 연속극에 나오는 사람들은 팁을 펑펑 줬다. 안나

176

는 지갑에서 1유로를 꺼내 피에르에게 내밀었다. 피에르는
팁을 받더니 다시 한 번 고개를 숙이고 밖으로 사라졌다. 방
문이 소리 없이 닫혔다.

안나가 침대 위로 몸을 던지자 몸이 푹 꺼져 들어갔다.

안나가 한숨을 내쉬었다.

"후유! 호강하기도 힘드네."

이제 방을 구경할 차례였다. 안나는 일단 주위를 둘러보았
다. 안나의 방은 텔레비전에서 봤던 것처럼 화려하지는 않았
다. 하지만 카를라의 상담소와 견주면 천국이나 다름없었다.

안나는 방 안을 돌아다니며 욕실 구석구석과 수납장 하나
하나를 자세히 살폈다. 서랍이란 서랍도 모두 열어 보았다.
목욕 가운, 성경, 전화번호부가 나왔다.

"사람한테 필요한 건 이게 다야."

안나는 만족한 얼굴로 자기가 찾아낸 것들을 내려다보았
다.

안나는 다시 욕실로 가서 욕조 위의 큼직한 수도꼭지를 돌
렸다. 호텔 방에 있는 목욕 용품이란 목욕 용품은 다 찾아서
물속에 풀었다. 달고 강한 향기가 피어올랐다.

안나는 욕조 앞에 무릎을 꿇고 앉아서 눈을 감았다. 케빈
의 얼굴이 떠올랐다. 또다시 명치끝이 아팠다. 한 번 더 볼
수 있을까? 언제?

욕조에 떠오른 거품이 안나의 턱에 닿았다. 안나는 눈을 뜨고 급하게 수도꼭지를 잠갔다. 그 덕에 간신히 물이 넘치는 것을 막을 수 있었다.

안나는 아쉬운 마음으로 욕조의 물을 조금 뺐다. 그러고 나서 옷을 벗고 욕조 안으로 들어갔다. 천천히, 1센티미터, 2센티미터, 뜨거운 물에 몸을 담갔다. 안나는 그 순간을 즐기고 싶었다. 아니, 즐겨야만 했다. 케빈을 영원히 잊지 않기 위해서.

"아, 살 것 같아!"

안나는 물속에서 얼굴을 들어 올리며 크게 숨을 내쉬었다.

뱃속에서 신호가 왔다. 이제 음식과 약간의 음료수만 있으면 완벽할 것 같았다. 좀 전에 호텔 방을 돌아보다가 룸서비스 카드를 보지 않았던가?

안나는 욕조에서 나와 가운을 입은 뒤 룸서비스 카드를 들여다보았다. 남은 10유로로는 물 한 병 아니면 버터 바르지 않은 토스트밖에 시킬 것이 없었다. 할 수 없지. 아침 뷔페까지 기다리는 수밖에.

안나는 커튼을 열어젖히고 침대에 누워서 창밖을 내다보았다. 분명 그 호텔에는 전망이 더 좋은 방이 많을 테지만 안나는 자기 방에 충분히 만족했다.

'케빈만 있으면 완벽할 텐데.'

그것이 안나가 잠들기 전에 마지막으로 한 생각이었다.

다음 날 아침, 호화로웠던 하루가 곧 끝난다는 사실에 안나는 조금 슬펐지만, 아침 식사를 할 수 있다고 생각하니 다시 기뻐졌다. 안나는 미리 짐을 싸야 하는 것은 아닐지 잠시 망설였다. 하지만 그것은 나중에 해도 괜찮을 것 같았다. 어차피 저녁때나 되어야 다른 손님이 들 테니까.

식당으로 가는 길에 안나는 자기가 꿈 한 번 꾸지 않고 푹 잤다는 사실을 깨달았다. 그 전에 겪은 일들을 생각하면 안나의 내면은 반란을 일으켰어야 마땅하다. 하지만 안나는 쾰른-뮐하임에서 땀 냄새 나는 승무원을 따돌린 이래, 그동안 자신에게 일어났던 일을 까맣게 잊어버리고 있었다.

다시 그 기억이 떠오르자 안나는 자기가 엿들은 린덴탈 부부의 대화를 생각하지 않을 수 없었다. 하지만 안나는 애써 생각을 내몰았다. 그런 생각은 하고 싶지 않았다. 아직은 즐기고 싶었다. 적어도 오늘 하루만이라도 더. 뒷일에 대해서는 어차피 고민할 시간이 충분하니까.

아침 뷔페는 안나의 상상을 뛰어넘었다. 그야말로 없는 게 없었다. 안나는 무엇부터 먹어야 좋을지 몰라서 접시에 음식을 조금씩 모두 담았다.

안나는 음식이 가득 담긴 접시를 세 개나 들고 자리에 와서 앉았다. 다른 손님들의 따가운 눈총이 느껴졌다. 그 사람

들은 연어 한 쪽, 오믈렛 조금, 빵 4분의 1 조각 정도만 접시
에 담아 들고 안나의 곁을 지나갔다. 하지만 다른 사람들이
어떻게 보든 안나는 아무 상관 없었다.

'내가 가져온 건 다 내 거야.'

안나한테 운동선수 같은 투쟁심이 생겼다. 뷔페에서 먹을
수 있는 모든 것을 다 먹어 보고 싶었다. 결과는 뷔페의 승리
였다. 배가 터지지 않으려면 안나는 그만 포기할 수밖에 없
었다.

'그래도 오늘 하루 종일 음식 값은 안 들겠어.'

안나는 무거운 몸으로 식당을 뒤뚱뒤뚱 걸어 나오면서 그
렇게 생각했다.

날씨는 전날만큼 화창하지 않았다. 하지만 낯선 도시에서
도 문제없다는 안나의 자긍심과 모험심만은 전날과 다름없
었다. 출발하자! 인구 100만 명의 도시 쾰른이 호텔 앞을 흐
르고 있는 강 건너편에서 안나를 기다리고 있었다.

쾰른은 안나를 실망시키지 않았다! 안나는 시내 구석구석
에서 신기하고 재미있는 것들을 찾아냈다. 어떤 것은 몇 시
간이고 서서 구경하고 싶은 마음이 간절했다. 쾰른은 어디를
가나 사람들로 넘쳐났다. 그리고 안나는 그들 가운데 한 명
이었다! 사람들은 안나에게 관심조차 없었다. 안나에게 흘깃
눈길이라도 던지는 사람은 몇 명에 그쳤다. 그래 봤자 안나

는 길을 가는 사람 가운데 한 명일 뿐이었다. 안나는 살아 있음을 느꼈다! 과거는 영원히 잃어버렸을지 모르지만 현재는 안나의 몫이었다!

안나는 우연히 시계 앞을 지나다가 깜짝 놀라고 말았다. 벌써 3시가 지나 있었다! 안나의 물건은 여전히 호텔 방에 있었다. 다음 손님을 위해 제 시간에 방을 비우자면 서둘러 돌아가야 할 시간이었다. 다만, 호텔이 어디였더라? 그래, 라인 강 쪽으로 가야 해! 일단 강변으로 가면 호텔이 눈에 띌 거야. 봐! 다 할 수 있잖아! 안나는 라인 강 쪽이라고 생각되는 방향으로 성큼성큼 걸어갔다.

지나가는 사람들한테 몇 번 물어본 끝에 안나는 드디어 강변에 닿았다. 하지만 이제 어느 쪽으로 가야 할까? 안나는 한쪽 방향을 선택했다. 유감스럽게도 잘못된 선택이었다.

안나가 마침내 멀리서 호텔 건물을 발견했을 때는 이미 5시가 다 되어 가고 있었다. 어느새 비까지 내리고 있었다. 안나는 속옷까지 완전히 젖은 채 호텔 로비로 들어섰다.

빨리 방에 가서 짐을 챙겨 나와야지. 안나는 걸음을 재촉했다.

방은 안나가 머문 적도 없는 것처럼 말끔히 치워져 있었다. 심지어 욕실에는 새 수건이 걸려 있었다. 온몸이 비에 젖은 안나는 추위를 느꼈다. 괜찮을까?

안나는 재빨리 옷을 벗고 샤워를 했다. 살 것 같았다!

그날 내내 옆으로 제쳐 두었던 생각이 다시 떠올랐다. 더이상은 피할 수 없었다. 이제 어쩐다? 어디로 가야 하지? 오늘 밤은 어디서 지내지? 그리고 또 다른 밤들은?

나중에 생각하자. 먼저 여기서 얼른 나가야 해! 안나는 물건을 챙겨서 될 수 있는 대로 빨리 방을 빠져나왔다.

다행히 콧수염 남자가 오늘도 일하고 있었다. '이 사람은 날 아니까.' 하고 안나는 안심하며 열쇠를 내밀었다.

"고마웠어요. 아주 즐거웠어요. 안녕히 계세요."

콧수염 남자가 상냥한 목소리로 대꾸했다.

"잠깐만요, 아가씨. 하룻밤 요금밖에 안 내셨지요? 이틀째 요금도 내 주시겠습니까?"

안나는 무슨 말인지 알아듣지 못했다.

"전 여기 하룻밤밖에 안 묵었어요."

콧수염 남자가 이해한다는 듯이 웃음을 지었다.

"저희 호텔에서 하룻밤은 오전 열한 시부터 다음 날 오전 열한 시까지입니다. 그때까지 체크아웃을 하지 않으면 자동적으로 다음 날 요금을 계산하셔야 합니다. 객실 문마다 그렇게 적혀 있을 텐데요."

안나는 문에 걸려 있던 쪽지를 떠올렸다. 하필이면 그 쪽지는 읽지 않았다.

안나가 소리쳤다.

"하지만 전 하루 종일 방에 있지 않았어요!"

콧수염 남자가 한숨을 쉬었다.

"오늘 방을 이용하셨나요?"

안나가 머뭇거리면서 대답했다.

"아니요. 뭐 그냥…… 얼른 샤워만 했어요."

"그럼 안 되겠군요. 죄송합니다. 190유로입니다."

안나가 소리를 질렀다.

"전 이제 돈이 없어요!"

처음에는 그저 놀라기만 했던 것이 시간이 갈수록 공포심으로 바뀌었다.

콧수염 남자가 아까보다 훨씬 사무적인 목소리로 말했다.

"해결 방법이 있겠죠. 잠깐 사무실로 가실까요?"

안나가 아까보다 더 큰 소리로 외쳤다.

"싫어요!"

로비의 다른 손님과 직원들이 흘깃거리는 것 따위는 안나에게 아무런 문제도 아니었다.

"난 아무 데도 안 갈 거예요! 저한테 뭘 원하시는 거예요? 난 돈이 없다고요. 그리고 여기서 하룻밤밖에 안 잤어요!"

"아가씨, 제발 목소리 좀 낮추세요!"

안나가 여전히 '꽥' 하고 소리를 질렀다.

"왜요?"

어느새 제복을 입은 다른 남자가 안나 옆에 서 있었다. 새로 나타난 남자는 콧수염을 기르지도, 모자를 쓰지도 않았다. 대신 황소처럼 두툼한 목덜미가 문제의 심각성을 말해주고 있었다.

"무슨 일이죠?"

"아, 별것 아니에요. 곧 해결될 겁니다. 이 아가씨한테 잠깐 사무실로 가자고 했어요. 거기 가서 해결하면 돼요."

안나가 물었다.

"뭘 해결하신다는 거예요?"

안나는 갑자기 옴짝달싹 못하게 된 듯한 기분이 들었다.

황소 목덜미 사내의 손이 안나의 어깨에 놓여 있었다.

"자, 가실까요?"

이베스가 내 어깨를 움켜쥐더니 마구 흔들어 댔다. 그날 저녁, 맞바람이 몰아치던 현관 앞에서 그랬던 것처럼.

"제기랄, 돈 어딨어? 어디?"

아무도 날 그런 식으로 다룰 순 없어! 이베스건, 이 황소 목덜미건, 아무도!

안나가 소리를 지르며 황소 목덜미를 걷어찼다.

"이거 놔, 이 나쁜 놈!"

황소 목덜미는 신음 소리를 내며 정강이를 움켜잡았다. 또 다른 황소 목덜미가 나타나더니 안나의 팔을 부여잡고 호텔 뒷방으로 통하는 문 쪽으로 안나를 밀어붙였다. 호텔 로비에서 풍기던 화려함은 더 이상 없었다. 두 번째 황소 목덜미는 안나를 창문 하나 없는 썰렁한 사무실로 데리고 가더니 의자에 앉힌 뒤 바깥에서 문을 걸어 잠갔다.

안나는 더 이상 반항하지 않았다. 잠긴 문을 바라보며 그저 멍하니 앉아 있었다. 다시 문이 열리고 경찰 두 사람이 들어왔다.

화려함은 끝났다. 안나의 혀끝에서 다시 인생의 쓴맛이 느껴졌다.

13

안나는 경찰 책상 옆 의자에 앉아 있었다. 벌써 몇 시간째 인지 몰랐다. 경찰관은 수없이 많은 질문을 던졌다. 경우에 따라 안나는 대답을 하기도 하고, 대답을 하지 않기도 했다. 옆 책상에 앉아 있는 동료 경찰관이 말없이 안나를 관찰했 다. 두 경찰관은 이따금씩 눈짓을 나누었다.

안나는 계속 호텔 로비에서 떠올랐던 장면을 생각했다. 분 노로 일그러져 있던 이베스의 얼굴. 그 얼굴은 증오심으로 가득 차 있었다. 이베스는 안나한테 '돈'을 원했다. 그래, 역 시 돈 문제였다! 하지만 무슨 돈일까? 사고 하루 전 린덴탈 씨가 계좌에서 빼낸 그 돈을 말하는 걸까?

경찰관은 두 손으로 머리를 넘기며 큰 소리로 한숨을 내쉬 었다.

"자, 그럼 지금까지 얘기된 걸 제가 한번 요약해 보죠. 아 가씨는 지금 스무 살이고, 사고로 기억을 잃었습니다. 아가 씨는 자기 이름을 알고 있지만 그건 말하고 싶지 않고요, 상 담 치료를 받고 있지만 어디서 누구한테 받는지도 말하고 싶 지 않다고 했어요. 어디서 왔는지, 여기 쾰른에서 뭘 하는지

186

도 마찬가지고요. 내 말이 맞나요?"

안나가 대답했다.

"네. 그런 것 같아요."

경찰관이 더 큰 소리로 한숨을 내쉬었다.

"아가씨, 내가 무슨 생각 하는지 알아요? 아가씬 곤경에 빠져 있는 것 같아요. 내가 도와주고 싶은데, 그러자면 뭘 좀 알아야 해요. 내 말 무슨 뜻인지 알아들어요?"

"네. 하지만 말씀드리기가 힘들어요."

"한번 해 봐요. 내 말을 믿어요. 경찰은 사람들이 일반적으로 생각하는 것보다 더 많은 도움을 줄 수 있어요. 또 그러고 싶고요. 사람들이 경찰을 좀 더 믿는다면 여러모로 훨씬 나아질 거예요. 아가씨가 날 믿는다면 말이에요!"

안나는 침묵을 지켰다. 거기다 무슨 대답을 어떻게 할 수 있단 말인가?

경찰관이 다시 물었다.

"그러니까 돈은 없다는 거죠? 혹시 누구, 돈을 꿔 줄 만한 사람도 없어요?"

안나는 고개를 저었다.

"호텔 요금만 내면 문제가 해결되는데. 호텔 보안 요원이랑은 얘기가 됐어요. 상해로 고소하지 않기로."

안나가 되물었다.

"그 사람이 절 상해로 고소하겠대요? 그 거물이 절요?"

"뭐 운동하는 거 있어요? 합기도나 뭐 그런 거?"

"모르겠어요. 왜요?"

"그 사람 정강이가 난리도 아니던데."

경찰관이 손으로 얼른 입을 가렸다. 하지만 안나는 경찰관의 웃음을 놓치지 않았다. 그 웃음은…… 케빈! 케빈의 웃음과 비슷했다.

안나가 자리에서 벌떡 일어섰다.

"케빈이요! 케빈 슈나이더!"

경찰관은 하도 놀라서 그게 누구냐고 묻지도 못했다.

안나는 덜덜 떨리는 손으로 호주머니를 뒤졌다. 그날도 이 옷을 입었는데…… 그래, 여기 있다! 이 명함은 복덩어리야! 안나는 명함을 받아 들던 순간부터 그 사실을 알고 있었다!

안나가 경찰관에게 명함을 내밀었다. 경찰관은 눈썹을 치켜 올리고 명함을 자세히 들여다보았다.

"방송국? 이봐요, 아가씨……."

안나가 소리쳤다.

"아니에요, 정말이에요! 케빈 슈나이더요! 전 그 사람을 알아요. 저를 도와줄 거예요. 적어도 그러길 바라요."

경찰관의 표정이 다시 부드러워졌다.

"흠, 좋아요. 드디어 지푸라기라도 하나 생겼으니까 한번 해 보죠."

경찰관은 안나 앞으로 전화기를 밀어 주며 케빈의 명함을 되돌려 주었다. 그리고 한쪽 눈을 찡긋 해 보이며 한마디 덧붙였다.

"외선 연결은 앞에 0을 눌러야 해요."

"제발 있어야 할 텐데……."

안나가 케빈의 전화번호를 누르면서 중얼거렸다. 신호가 갔다.

"슈나이더입니다."

안나는 작은 소리로나마 기쁨의 함성을 지르지 않을 수 없었다.

"여보세요? 케빈 슈나이더입니다."

안나가 수화기에 대고 소리를 질렀다.

"안나야! 나 안나라고!"

케빈이 물었다.

"안나 린덴탈?"

"응!"

"아니, 이게 웬일이야? 전화를 다 하고. 반가워! 그래, 어떻게 지내? 상담은 잘 되어 가고 있어?"

"케빈, 나 지금 곤란한 상황에 빠졌어. 좀 도와줄 수 있어?"

"무슨 일인데?"

"여기 경찰선데, 호텔 요금을 낼 돈이 없어. 그리고 호텔 보안 요원 정강이를 걷어찼어. 좀 다쳤나 봐."

경찰이 이번에는 대놓고 웃음을 터뜨렸다.

케빈이 천천히 말했다.

"정말 곤란하긴 곤란하네."

"나 좀 도와줘. 부탁이야!"

"정확히 거기 어디야?"

안나가 경찰에게 물었다.

"지금 여기가 어디예요?"

경찰관이 자기 명함을 안나에게 내밀었다.

안나가 주소를 불렀다.

케빈이 말했다.

"좋아. 지금 갈게. 하지만 시간이 좀 걸릴 거야. 우선 쾰른으로 가야 하니까."

"고마워."

안나가 얼떨결에 인사하고 수화기를 내려놓았다.

경찰관이 환하게 웃으며 물었다.

"커피 한 잔 할래요?"

"네, 좋아요!"

케빈은 정말로 와 주었다. 언제 들어왔는지 벌써 경찰서 안에 서 있었다. 케빈은 안나를 바라보고 있었지만 웃지는 않았다.

케빈이 심각하게 물었다.

"아무 일 없니? 경찰이…… 너 괜찮은 거야?"

케빈이 무슨 말을 하는지 알아들으려면 안나는 정신을 바짝 차려야 했다.

케빈이 다시 한 번 물었다.

"안나? 아무 일 없냐고?"

안나가 대답했다.

"응, 나 괜찮아. 이분들, 나한테 굉장히 잘해 주셨어."

경찰관이 케빈에게 말을 걸었다.

"댁이 이 아가씨 숙박비를 내 주실 건가요?"

"당연히 그래야죠. 얼마나 되죠?"

당연하다고? 안나는 제 귀를 믿을 수 없었다. 케빈이 다시 나타났다!

케빈은 돈을 내고, 안나는 경찰 조서에 서명을 했다. 카를라의 충고를 무시하고 경찰 조서는 읽지도 않았다.

케빈과 나란히 경찰서를 빠져나가는 안나의 등 뒤에서 경찰관이 마지막 질문을 던졌다.

"그건 그렇고, 난 윱 샤츠예요. 이제 아가씨도 이름이 뭔지 말해 줄 수 있어요?"

안나가 한 번 더 경찰을 뒤돌아보며 말했다.

"어제까지는 안나 린덴탈이었어요. 오늘부터는 아직 잘 모르겠어요."

"잘 가요, 안나 린덴탈 양."

경찰서를 빠져나온 안나는 인도에 서서 양팔을 좍 벌리고 밤공기를 한껏 들이마셨다.

"자유다!"

안나가 케빈을 보며 말을 이었다.

"고마워, 케빈! 정말 고마워! 이 은혜, 절대 잊지 않을 거야. 그리고 돈은 꼭 갚을게. 언젠가."

케빈은 말없이 안나를 그저 바라만 보았다. 이윽고 케빈의 얼굴에 웃음이 떠올랐다.

"고급 호텔에, 그다음은 경찰서 신세라. 넌 정말 이상한 애야."

"미안. 다 갚을게. 정말이야!"

케빈이 손사래를 쳤다.

"됐어. 그건 그렇고 어디 말 좀 해 봐. 대체 무슨 일이 있었던 거야? 쾰른에서 혼자 뭐 하는 거냐고? 왜 부모님한테 전화를 하지 않았어?"

"케빈."

"응?"

"다 얘기해 줄게. 하지만 먼저 카페부터 가면 안 될까? 카페에서는 얘기가 잘되거든. 커피는 내가 살게."

케빈이 조금 황당하다는 얼굴로 안나를 쳐다보았다.

"나 아직 10유로 있어."

케빈이 웃음을 터뜨렸다.

"좋아, 그럼 가자. 예쁜 아가씨한테 커피 얻어먹는 게 흔한 일도 아닌데! 그런데 아직까지 문을 연 카페가 있는지 모르겠네."

안나는 감히 케빈의 얼굴을 들여다볼 수조차 없었다. 방금 한 말이 정말일까? 안나는 살며시 코끝을 만져 보았다. 여드름은 사라지고 없었다.

다행히 아직 문을 연 카페가 있었다. 안나는 커피가 나오기도 전에 그동안 있었던 일을 설명하기 시작했다.

안나의 이야기가 끝났을 때 카페 종업원은 어느덧 의자들을 탁자 위에 올리고 있었다.

케빈은 간단히 한마디만 했다.

"문제구나."

"누가 아니래. 이제 난 어쩌면 좋지?"

케빈이 시계를 들여다보았다.

"먼저 잠부터 자자. 여기서도 어차피 곧 나가라고 할 거야. 그리고 난 너무 피곤해서 앞도 잘 보이지 않아. 오늘 밤엔 우리 집에서 자."

안나는 하마터면 의자에서 떨어질 뻔했다.

"너, 너희 집에서?"

안나는 자기가 떠는 것을 케빈이 보지 못하도록 두 손을 꼭 잡았다.

"응. 난 방송국에서 자면 돼. 거기 잠자리가 있거든."

안나가 얼른 대꾸했다.

"그럴 필요 없어. 한 사람은 소파에서 자면 되잖아. 텔레비전에서 보면 늘 그러던걸."

"텔레비전에서야 뭐든 다 가능하지. 하지만 현실은 달라. 내 방엔 소파가 없단 말이야. 난 원룸에 살아. 간단히 요리할 수 있는 조리대랑 한번 누우면 돌아눕기도 힘든 작은 침대가 전부야. 어찌나 좁은지 화장실에 가려면 돌아서지도 못하고 그냥 뒷걸음쳐서 가야 한다니까."

"아, 그렇구나."

안나는 목소리에 실망감을 드러내지 않으려고 애썼다.

안나는 차 안에서 아무 말도 하지 않을 생각이었다. 말을 하기에는 너무 지친 데다, 케빈이 운전하는 데 방해가 되고 싶지 않았다. 그런데도 안나는 입을 열고 말았다.

"여러모로 다시 한 번 고마워. …… 내가 과연 해낼 수 있을까?"

"뭘?"

"내가 누군지 밝혀내는 일 말이야."

"넌 해낼 수 있어. 확실해. 하지만 자세한 이야기는 내일 아침에 계속하도록 하자."

그래, 케빈의 말이 맞다. 이야기는 내일 나누리라, 케빈과 함께!

케빈의 방에 들어선 안나가 외쳤다.

"정리 정돈이 아주 잘되어 있는걸!"

"작은 방에 정리 정돈이라도 안 되어 있으면 견디지 못할 거야. 그리고 사실 집에 잘 없어."

케빈이 안나에게 집 열쇠를 쥐여 주었다.

"네 집처럼 생각하고 편히 쉬어."

"싫어!"

"뭐? …… 아, 그렇지! 그럼 네 집처럼 생각하지는 말고 그냥 편히 쉬기만 해."

케빈이 웃으며 말을 이었다.

"필요한 건 다 꺼내 써. 침대 시트랑 수건은 저기 옷장에 있고, 나머지는 눈에 다 보이지?"

안나가 물었다.

"언제 올 거야?"

"음…… 열 시쯤. 빵을 사 올게. 같이 아침 먹자. 아침 먹으면서 얘기를 해 보자고. 알았지?"

케빈이 가 버리고 난 뒤 안나는 케빈의 방을 걸어 다녔다. 여기 사는구나! 안나는 케빈의 물건을 하나하나 만지며, 거기 닿았을 케빈의 손길을 상상했다.

안나는 침대 시트를 갈지 않았다. 케빈의 체취를 맡으며 잠이 들었다.

빵은 신선했고, 커피는 꾸르륵 꾸르륵 소리를 내며 커피 메이커 필터에서 걸러지고 있었다. 안나는 꿈같은 환상을 접고 케빈이 앉아 있는 작은 식탁으로 와서 앉았다.

"여긴 정말 아늑해."

케빈이 자기 방을 둘러보며 말했다.

"난 솔직히 이 방에서 자주 자지 않아서 좋은데? 비좁은데서 오래 살다 보면 짜증 나."

"난 이런 집 하나만 있으면 좋을 것 같아."

케빈이 얼른 사과했다.

"미안해. 난 그런 뜻으로……."

안나가 케빈의 말을 가로챘다.

"아니야. 나야말로 더 이상 불평하지 않으려고 했는데. 하지만 이놈의 생각을 떨쳐 버릴 수가 없어."

"네 부모님, 아니 린덴탈 부부 집에서 있었던 일 말이야?"

"응. 그것도 그거지만, 자꾸만 떠오르는 기억의 조각들 말이야. 서로 연결도 되지 않고……. 모든 게 확실했으면 좋겠어! 도대체 사고 전에 무슨 일이 있었는지 알고 싶다고. 그리고 내가 누군지도. 난 어디에 속한 거지? 누가 내 부모님이지? 내 진짜 부모 말이야! 왜 날 찾지 않는 걸까?"

케빈이 아주 조심스럽게 입을 열었다.

"어쩌면 내가 널 도와줄 수 있을지도 몰라."

"무슨 말이야?"

"아침에 국장님한테 네 이야기를 했어. 물론 이름은 말 안 하고."

"그래서?"

"우리가 네 과거를 찾도록 도와주자는 데 국장님도 찬성하셨어. 그걸 다큐멘터리로 찍어서 찾는 과정이랑 결과를 방송으로 내보내는 거지."

안나의 뱃속에서 빵이 꿈틀거렸다. 물론 이번에는 다른 이유에서였다.

"날 카메라로 찍겠다고?"

"응. 물론 일거수일투족을 다 찍는 건 아니야. 나중에 상황을 다시 재연해서 찍을 수도 있어."

"설마 진담은 아닐 테지, 케빈! 농담이었다고 말해, 어서!"

"왜 이렇게 흥분하고 그래?"

"그걸 지금 질문이라고 하는 거야? 이건 내 삶에 대한 문제야. 내 인생! 알아들어? 그런데 지금 나더러 무슨…… 무슨 서커스 동물처럼 쇼를 하라고?"

"너무 그렇게 좁게 생각하지 마, 안나. 이건 그냥……."

"좁게 생각한다고? 그러는 네 생각은 어떤데? 대체 날 뭐로 보는 거야? 네 국장한테 잘 보이기 위한 기삿거리에 불과한 거야? 아니면 국장이 너한테 돈이라도 주겠대?"

"그만 해! 너무 지나치잖아? 내가 언제 돈 달라고 했어?"

안나가 벌떡 일어섰다.

"아, 그랬군! 어제 그게 방송을 위한 선불이었군. 난 어제 진심으로 고마워했어, 케빈. 하지만 이젠 아니야. 난 날 팔아먹지는 않아!"

"그런 뜻은 아니었어."

안나는 그만 하자는 식으로 두 손을 들었다.

"됐어, 됐다고! 충분해. 난 혼자서도 할 수 있어! 얼른 내 짐만 챙겨서 갈게. 돈은 생기는 대로 갚고."

"그 바보 같은 돈 얘기는 그만 해!"

안나는 아무 말 없이 자기 물건들을 모아서 스포츠 가방 안에 쑤셔 넣었다.

"미안해, 케빈. 난 네가…… 아니, 됐어. 상관없지, 뭐. 잘
지내. 어쨌거나 어제는 고마웠어."

안나는 얼른 현관문을 닫고 계단을 뛰어 내려갔다.

'울면 안 돼! 지금은 울면 안 돼!'

건물 밖으로 나온 안나는 제자리에 서서 잠시 머뭇거렸다.
어디로 가야 하지? 어느 방향으로? 어차피 다 마찬가지잖
아!

"안나?"

안나의 등 뒤에서 지직거리는 소리와 함께 케빈의 목소리
가 들렸다.

"아직 거기 있니?"

안나는 주위를 두리번거렸다.

"안나? 내 말 들려?"

안나는 건물 출입문 옆에 달린 인터폰을 발견했다.

"거기 녹색 버튼 있지? 그걸 눌러. 그럼 말할 수 있어. 제
발 부탁이야."

안나는 시키는 대로 했다.

"왜?"

"제발 다시 올라와."

"왜?"

"부탁이야."

'삐' 하고 문 열리는 소리가 들렸다. 안나는 힘껏 문을 밀었다. 그리고 마음을 단단히 먹으며 한 계단, 한 계단 올라갔다.

케빈은 자기 방 문 앞에 나와 서 있었다. 안나가 올라오자 몸을 비켜 길을 터 주었다. 안나는 아무 말 없이 케빈을 지나쳐 방 안으로 들어갔다. 그러고는 스포츠 가방을 바닥에 털썩 내려놓았다.

케빈이 헛기침을 했다.

"미안해. 어제 그 돈 얘기를 꺼낸 건 내 잘못이야. 나도 내가 왜 그런 말을 했는지 모르겠어. 사과할게."

안나는 케빈을 바라보았다. 미안해하는 케빈의 얼굴을 잠시 들여다보는 것만으로도 분노가 물거품 사라지듯 사라지고 말았다. 안나는 큰 소리로 웃음이 터져 나오려는 것을 간신히 참았다.

안나가 입을 열었다.

"나도 짜증 낸 걸, 뭐. 용서해 줘."

케빈이 손을 내밀었다. 안나는 그 손을 잡았다. 이번에는 안나가 필요 이상으로 케빈의 손을 꼭 잡고 놓아주지 않았다.

케빈이 물었다.

"새로 시작할까?"

"좋아. 근데 나 또 배가 고파."

케빈은 얼굴에 웃음을 띠고 안나가 네 번째 빵을 먹어 치우는 모습을 지켜보았다.

안나가 입에 빵을 가득 문 채 말을 꺼냈다.

"어쨌거나 방송은 안 찍을 거야."

케빈이 고개를 끄덕였다.

"벌써 알아들었어. 그래서 말인데, 내가 한 가지 제안을 할까 해."

"뭔데?"

"다큐멘터리는 안 찍을게. 네가 누구였는지, 사고 전에 무슨 일이 있었는지 알아낼 수 있도록 도와주겠지만 카메라도, 마이크도, 아무것도 없을 거야. 너하고 나, 단둘이서 알아보는 거야. 그 밖에 다른 사람은 없어. 물론 정보를 모으기 위해 동료들의 도움은 좀 받겠지만."

"너하고 나, 단둘이서……."

안나는 케빈의 말을 되풀이하면서 낱말 하나 하나를 음미했다.

"그래, 바로 그거야."

"하지만 조건이 뭐지? 분명히 함정이 있을 테지?"

"함정은 없어. 단, 일이 마무리되거나 아니면 네가 그만두고 싶어 중간에서 일을 마무리 지을 때, 그때 가서 한 번만 더 생각해 줘. 우리가 네 이야기를 방송 프로그램으로 만들어도 되는지 안 되는지 말이야. 네가 싫다고 하면 그걸로 끝이야. 너한테는 아무런 의무도 없어."

"날 도와주는 조건이 뭐냐니까? 조건 말이야!"

"네가 방송을 해도 좋다고 결정할 경우, 그 권리를 우리가 가지는 거야. 넌 네 이야기를 절대 다른 데다 팔면 안 돼. 그게 우리 조건이야."

안나가 되물었다.

"판다고? 그런 걸로 돈을 벌 수도 있어?"

"당연하지."

"얼마나?"

케빈은 눈을 동그랗게 뜨고 안나를 바라보더니, 이윽고 의자 등받이에 몸을 기대며 웃음을 터뜨렸다.

"하여튼 감당이 안 된다니까!"

안나는 케빈의 목에 와락 달려들어 입을 맞추고 싶은 마음을 간신히 참았다.

"케빈?"

케빈이 너무 웃어서 나온 눈물을 훔치며 대답했다.

"왜?"

"우리가 캐내게 될 일은 별로 유쾌하지 않을지도 몰라. 돈이랑 상관이 있는 것 같아. 아주 많은 돈. 정확히 말하면 200

만 유로! 지저분한 얘기가 많이 나올지도 몰라. 내 이야기일 수도 있고, 심지어 위험할 수도 있어. 그런데도 나를 도와줄 거야?"

케빈이 다시 심각한 표정을 지으며 말했다.

"그건 네 스스로에게 물어야 하는 질문이야, 안나. 너 그걸 다 견딜 수 있겠어?"

"그러길 바라."

"좋아. 그럼 편집국으로 가서 형식적인 일부터 처리하자. 어떻게 하는지는 벌써 알고 있지? 그리고 곧장 취재를 시작하는 거야. 어디, 린덴탈 부부가 어떤 사람들인지 한번 볼까?"

"먼저 국장님 허락부터 받아야 하는 거 아니야? 네가 다른 조건을 제시했는데 미리 허락도 받지 않고 네 마음대로 시작해도 되겠냐고."

"벌써 허락하셨어. 오늘 아침에 이야기가 다 됐거든."

"이런 거짓말쟁이……."

"안나, 이 바닥에서 일하려면 가장 먼저 배워야만 하는 규칙이 있어."

"그게 뭔데?"

"늘 차선책을 준비해라!"

14

편집국으로 가는 길에 안나는 케빈을 만난 이후 내내 궁금
해하던 질문을 던졌다.

"그런데 대체 몇 살이나 됐어?"

"스물셋. 왜?"

"그렇게 젊어?"

케빈이 깜짝 놀란 표정으로 되물었다.

"내가 그렇게 늙어 보여?"

"아니, 그렇지는 않아. 하지만 방송국에서 일하는 사람치
고 너무 젊은 거 아니야?"

"방송국에서 일하는 데는 여러 가지 방법이 있어. 난 열여
덟 살 때 전문대학 입학시험만 보고 학교를 그만뒀어. 그러
고 나서 방송국에서 자원 봉사랑 뭐 다른 자질구레한 일을
좀 하다가 지금 이 지방 방송국에 일자리를 얻은 거야. 하지
만 네 말이 맞아. 다른 동료들은 나보다 나이가 훨씬 더 많
아. 그리고 솔직히 말하면 난 아직 수습사원이야. 운이 좋은
편이지. 우리 국장님은 내가 앞으로 크게 될 거라고 생각하
시거든."

"수습인데도 나에 대한 프로그램을 만들 수 있어?"

"혼자서 하는 건 아니야. 난 이야기랑 취재 뭐 그런 걸 맡을 거야. 프로그램을 만드는 일은 나보다 나이 많은 동료 혼자서 하거나 아니면 나랑 같이 할 거야."

"만든 거 많아?"

케빈이 우물거렸다.

"아니, 뭐…… 별로 없어. 그때 너에 대한 게 첫 번째……아, 아니다, 두 번째 프로그램이었어. 하지만 첫 번째는 완전히 망쳤지. 그때 너나 네 부모님이 안 하겠다고 하면 어쩌나 싶어서 내가 얼마나 가슴 졸이고 떨었는지 아마 넌 모를 거야."

안나가 장난을 쳤다.

"떨었다고? 정말? …… 난 하나도 안 떨렸는데."

케빈이 형식적인 일이라고 부르는 일은 이번에도 간단히 끝났다. 안나는 케빈의 얼굴만 한 번 들여다보았을 뿐, 케빈이 내미는 계약서는 읽지도 않고 서명해 버렸다.

케빈은 굳이 국장에게 안나를 소개시키고 싶어 했다. 하지만 국장은 안나에게 별로 관심을 보이지 않았다. 그냥 지나가면서 케빈의 어깨를 두드린 게 고작이었다.

"행운을 빌어, 새내기. 한번 잘해 보라고!"

국장은 말이 끝나기 무섭게 사무실로 사라져 버렸다.

질문을 던지는 듯한 안나의 눈길에 케빈이 대답했다.

"방송국 사람들은 다 저래. 늘 바쁘고 긴장 속에서 살지."

안나가 물었다.

"정말?"

안나는 케빈의 사무실이 훨씬 더 부산스러울 거라고 상상했다. 하지만 케빈은 크게 시끄럽지도, 부산스럽지도 않은 아주 평범한 대형 사무실에서 일했다. 텔레비전 수상기와 몇몇 장비마저 없었다면 보험 회사 사무실이라고 해도 믿었을 것이다.

케빈의 책상은 사무실 한가운데, 다른 책상들에 둘러싸여 있었다.

케빈이 변명하다시피 말했다.

"창가는 경험이 많은 사람들 차지야. 여긴 근무 연수를 아주 엄격히 따지거든. 그리고 국장님은 혼자 사무실을 쓰고."

안나는 삐걱거리는 손님용 의자에 최대한 편안히 앉아서 케빈에게 물었다.

"이제 어떡해?"

"지금 우리가 알고 있는 가장 확실한 단서는 린덴탈 부부야. 그러니까 거기서부터 시작하도록 하자."

"어떻게?"

"두 번째 규칙. 쉬운 것부터 시작하라! 이 경우엔 동사무소지!"

케빈은 전화번호부를 뒤적이더니 전화를 해 댔다. 안나는 케빈을 그저 바라보기만 했을 뿐, 케빈의 말소리는 듣지 않았다. 지난 며칠 동안 안나의 삶은 널뛰기였다. 린덴탈 부부의 집에서 받은 충격과 가출. 안나는 그날 저녁에 있었던 일이 아직도 믿기지 않았다. 린덴탈 부부는 남이라고 몇 번이나 상상해 보았지만 도무지 실감이 나지 않았다. 안나는 자기 방에서 린덴탈 씨와 마지막으로 나눈 이야기를 생각했다. 전형적인 아빠와 딸의 대화였다! 안나는 달리 생각할 수가 없었다. 하지만 두 귀로 분명히 듣지 않았던가! "저 애는 우리 딸이 아니야!"라는 외침을. 그러고 나서 경험했던 호텔의 호화로움, 경찰서로 넘겨지는 추락. 그리고 지금은 눈빛과 웃음만으로도 자기를 아찔하게 만드는 케빈의 옆 자리에 앉아 그가 일하는 모습을 지켜보고 있다. 안나는 케빈도 자기와 비슷한 감정을 조금이라도 느끼는지, 아니면 그에게는 방송 프로그램을 만드는 일만 중요한지 알지 못했다. 하지만 안나는 케빈과 함께였고, 케빈은 안나를 도와주고 싶어 했다! 이 순간에는 오로지 그 사실만 중요했다.

안나는 금방 다시 추락해 버리는 일이 없기를 마음속으로 간절히 빌었다. 언젠가 다시 추락해야 한다면 가능한 한 먼

훗날의 일이기를 바랐다.

케빈이 기뻐했다.

"어때? 이만하면 성공적이지 않아? …… 안나, 무슨 일 있어?"

"뭐…… 음…… 응…… 아니, 그러니까…… 뭐 좀 알아냈어?"

"너 내가 전화할 때 안 들었니?"

"응…… 다른 생각 좀 하고 있었어."

"미안. 지난 며칠, 너한테 많이 무리가 됐구나?"

"응, 좀 그랬나 봐. 그건 그렇고 뭘 알아냈어?"

"너 린덴탈 부부가 언제 보훔으로 이사했는지 알아?"

"글쎄, 잘은 모르지만 오래됐을 것 같은데. 내가 학교를 다녔을 정도니까."

"5개월 전이야!"

"거짓말!"

"정말이야! 하지만 더 재미있는 사실이 있어. 그 두 사람은 원래 보훔에서 살았어. 이사를 간 건 서독과 동독이 통일된 뒤야. 슈타인베르크로. 베를린 근처야."

안나가 생각에 잠긴 목소리로 중얼거렸다.

"이베스는 베를린에서 왔댔어. 그리고 나도 베를린에서 일년 동안 학교를 다녔다던데. …… 잠깐! 통독 뒤라고? 그렇다면 아주 오래전 일이잖아!"

　"정확히 말하면 거의 15년 전에 보훔을 떠난 거지."

　"15년. 그럼 내가…… 다섯 살 때? 도대체 나한테 무슨 얘기 한 거야? 다 거짓말이었단 말이야?"

　케빈이 수염이 까칠한 턱을 문질렀다.

　"썩는 냄새가 하늘을 찔러. 우리가 제대로 들어서긴 한 것 같은데……."

　"그 말은?"

　"슈타인베르크로 가는 거지!"

　슈타인베르크라고 쓰인 표지판이 보이자 린덴탈 부인은 자기가 사는 작은 도시에 대해 설명하기 시작했다. 나는 눈곱만큼도 관심이 없었다.

　케빈이 안나를 불렀다.

　"안나! 뭐야? 또 무슨 생각 하는 거야?"

　"린덴탈 부부가 거기 살았어? 슈타인베르크에?"

　"응. 내가 벌써 말했잖아."

　"나도 거기 갔었어. 린덴탈 부인이랑. 아주 또렷했어."

　"너 또 그 기억…… 뭘 본 거야?"

　안나가 고개를 끄덕였다.

"응. 기억의 섬."

"당연히 거기 살았겠지. 그 사람들이랑……."

안나가 케빈의 말을 가로챘다.

"린덴탈 부인이 나한테 그 도시에 대해 설명해 줬어. 내가 다섯 살 때부터 슈타인베르크에서 살았다면 왜 나한테 그 도시에 대해 설명해 줬을까? 결국 사실이었어. 난 그 사람들의 딸이 아니야."

케빈이 안나를 진정시켰다.

"두고 보면 알겠지. 좀 더 알아보고 난 뒤에 단정을 내려도 늦지 않아."

안나가 질문을 던졌다.

"그런데 보훔에서 슈타인베르크로 이사 간 건 어떻게 그렇게 빨리 알아냈어?"

케빈이 한쪽 입 꼬리를 말아 올리며 싱긋 웃었다.

"그거야 간단하지. 제대로 된 연줄만 있으면."

안나가 우스갯소리를 했다.

"아, 연줄! 그래, 뭐. 여기서 워낙 오래 일을 했으니 연줄이 쟁쟁하겠지. …… 그건 그렇고 슈타인베르크는 어떻게 갈 거야? 네 차로?"

"베를린까지? 말도 안 돼. 비행기로 가자."

"정말? 돈은 누가 내고? 나한테 얼마가 있는지는 너도 알잖아."

케빈이 안나 쪽으로 몸을 기울이며 속삭였다.

"돈은 방송국에서 내 줄 거야. 계약서에 다 쓰여 있는데, 설마 안 읽은 건 아니겠지?"

"아…… 물론 읽었지. 잠깐 깜빡했어. 지금 당장 출발할 거야?"

케빈이 시계를 들여다보았다.

"오늘 저녁 비행기를 예약하라고 할게. 그럼 베를린에 가서 하룻밤 자고, 차를 한 대 빌려 내일 아침 일찍 슈타인베르크로 가면 돼."

안나가 케빈의 말을 그대로 되풀이했다.

"비행기를 예약하라고 하고, 베를린에서 하룻밤 자고, 차를 한 대 빌린다? 믿을 수가 없어."

케빈이 조금 쑥스러운 듯이 대꾸했다.

"그래, 네가 그렇게 반응하는 것도 무리가 아니지. 방송국은 사실 좀 호화로운 편이야. 나도 너무 금방 익숙해져 버렸어."

케빈은 비행기 표와 호텔, 렌터카 등을 예약하기 위해 전화를 해 대는 것이 심지어 조금 불편한 것처럼 보였다.

케빈이 수화기를 내려놓은 뒤 입을 열었다.

"다 됐어. 공항에 가기 전에 우리 자료실에 좀 물어보자.

혹시 린덴탈 부부에 대한 게 있을지도 모르니까."

자료실에는 안나에 대한 방송 프로그램 말고 다른 것은 없었다.

안나가 물었다.

"신문은?"

"좋은 생각이야!"

케빈이 소리를 지르며 벌떡 일어섰다. 그러고는 커다란 사무실에 대고 큰 소리로 외쳤다.

"여기 혹시 브란덴부르크 주(독일 중앙부, 베를린을 에워싸고 있는 주 : 옮긴이)에 있는 신문사랑 줄 닿는 사람 있어요?"

창가 책상에 앉아 일하던 누군가가 손을 들었다.

"어, 나!"

안나가 속삭였다.

"경험 많은 동료?"

"그렇지."

케빈도 낮은 목소리로 속삭인 뒤 창가에 있는 동료 쪽으로 걸어갔다.

안나는 자기 자리에 그대로 머물면서 두 사람을 관찰했다. 케빈의 동료는 케빈과 잠시 이야기를 나누더니 어딘가에 전화를 걸었다. 잠시 뒤 케빈이 돌아왔다.

212

케빈은 다시 자기 자리에 앉더니 두 손을 비볐다.

"브란덴부르크에 있는 신문사 동료가 우릴 도와줄 거야. 잘되길 바라면서 조금만 기다리자."

케빈이 커피 두 잔을 뽑아 왔다. 잠시 뒤 창가에 앉은 동료가 케빈에게 소리를 질렀다.

"뭐 하나 찾았대! 많지는 않은가 봐. 어쨌든 지금 메일로 보내겠대!"

케빈이 소리쳤다.

"고맙습니다!"

"자네, 나한테 빚졌어!"

안나가 말했다.

"굉장해. 나라면 이런 거 절대 못 알아냈을 거야. 여기서는 이렇게 간단한데 말이야."

케빈이 짧게 대꾸했다.

"우리 직업인걸, 뭐."

케빈은 또다시 두 손을 문지르며 컴퓨터 모니터 앞으로 허리를 굽혔다.

화면에 떠오른 신문 기사는 언뜻 보기에 아주 실망스러웠다. 사진 한 장과 그 밑에 기사 몇 줄이 고작이었다. 안나도 사진과 기사를 보려고 윗몸을 앞으로 굽혔다.

"아니야! 이럴 리가 없어! 젠장! 젠장! 젠장!"

안나가 소리를 지르며 자리에서 벌떡 일어섰다.

케빈의 동료들이 무슨 일인가 싶어 거의 동시에 자리에서 일어났다. 한 동료가 물었다.

"무슨 일이야, 케빈?"

"아무것도 아니에요. 좀 흥분했나 봐요."

케빈은 안나의 어깨를 가볍게 누르며 속삭였다.

"진정해, 안나. 대체 왜 그래?"

"사진."

안나는 대답하기 위해 입을 열었지만 또다시 터져 나오려는 소리를 막기 위해 안간힘을 써야 했다.

"나한테 보여 준 사진이야! 내가 어렸을 때 어떻게 생겼는지 가르쳐 준다며. 저 사진을 들고 거울 앞에 서서 나랑 비교해 봤기 때문에 생생히 기억 나."

케빈이 다시 컴퓨터 모니터를 들여다보며 신문 기사를 큰 소리로 읽어 내려가기 시작했다.

"팽팽한 협상 끝에 벤첼 가문의 재산 분배를 둘러싼 분쟁은 법정 밖에서 해결을 보게 되었다. 린덴탈 가족은 옛 벤첼 공장에 속한 대지와 건물을 포함해 회사 창립자 하인리히 벤첼 씨의 저택도 갖게 된다. 린덴탈 가족은 그 대가로 앞으로 5년 동안 적어도 새 일자리 300여 개를 새로 만들어 내야 한다. 벤첼 씨의 손녀인 린덴탈 부인과 그 남편은 어린 딸 안나와 함께 조만간 보훔에서 슈타인베르크로 이사할 계획이다."

케빈은 의자에서 굴러 떨어질 뻔했다.

"믿을 수 없어! 어린 딸 안나라니!"

케빈은 다시 한 번 컴퓨터 모니터에 얼굴을 바짝 갖다 대더니 실눈을 뜨고 사진을 들여다보았다.

"이건 너야, 안나! 어린애 얼굴이긴 하지만 알아보겠는걸……."

"알아! 하지만 바로 그거라고! 같이 이사 갔다는 애가 15년 뒤 자동차에 앉아서 그 도시에 대한 설명을 듣겠어? 게다가 린덴탈 씨가 분명히 그랬다고. 난 자기들 딸이 아니라고! 제정신이라면 아빠라는 사람이 그런 말을 할 리가 없지."

케빈이 물었다.

"혹시 옛날 일이라서 잘못 기억한 거……?"

"아니야! 나랑 린덴탈 부인 그리고 자동차를 확실히 봤어! 아주 오래전 일은 아닌 것 같았다고."

안나는 책상 위에 엎드려 두 팔 사이에 고개를 묻어 버렸다.

"미칠 것 같아!"

안나는 케빈의 손이 자기 손 위에 와 닿는 것을 느꼈다. 하지만 이번에는 그것마저 큰 위로가 되지 못했다. 추락은 안나가 겁냈던 것보다 훨씬 더 빨리 찾아오고 말았다.

베를린행 비행기는 만원이었다. 하지만 안나는 아무렇지도 않았다. 아니, 오히려 좋았다. 케빈은 안나 옆에 앉아 있었다. 좌석은 넓었지만 안나는 팔과 팔이 닿을 만큼 케빈 곁에 바싹 다가가 앉았다. 그런 식이라면 몇 시간이고 견딜 수 있을 것 같았다.

케빈이 입을 열었다.

"한 시간 정도밖에 안 걸려서 다행이야."

안나는 그 말에 아무런 대꾸도 하지 않았지만 속으로는 전혀 기쁘지 않았다. 겨우 한 시간이라니. 비행기! 새로운 삶이 시작된 이후 처음 타 보는 비행기였다!

비행기가 활주로를 달리기 시작했다.

안나는 눈을 감고 케빈의 팔에 닿는 감촉을 즐기며 비행기가 떠오르기를 기다렸다.

케빈의 목소리가 들렸다.

"무섭니?"

안나는 눈을 감은 채 고개를 저었다.

"전혀. 아주 좋아."

"그럼 왜 창밖을 안 봐? 창가에 앉고 싶다고 했잖아."

"난 그냥 느끼고만 싶어. 보고 싶지는 않아."

엔진에서 요란한 소리가 들리면서 활주로를 달리는 속도가 빨라지기 시작했다. 빨리, 점점 더 빨리. 그리고 드디어

'붕' 하고 날아오르는 순간, 안나는 기분 좋은 전율이 다리에서부터 올라와 뱃속 깊은 곳에 자리 잡는 것을 느꼈다.

케빈이 말했다.

"우리 지금 날고 있어."

안나는 여전히 눈을 감은 채 짧게 대답했다.

"알아."

이윽고 안나는 눈을 뜨고 창밖을 내다보았다. 바깥은 뿌옜다.

안나가 물었다.

"이게 뭐야?"

"구름."

"아."

순간 비행기가 구름을 벗어났다. 햇살이 안나의 눈을 찔렀다. 안나는 눈을 몇 번 깜빡인 뒤에야 비행기가 어디로 올라왔는지 알아볼 수 있었다. 뱃속에 담겨 있던 전율이 몸 전체로 퍼졌다.

"하늘이야!"

안나가 어찌나 큰 소리로 외쳤던지 옆 자리에 앉은 케빈이 몸을 움찔했다.

"봐, 하늘이야!"

케빈이 옆 자리에 앉은 사람에게 겸연쩍은 웃음을 지으며 대답했다.

"알아."

안나가 물었다.

"여름에 하늘은 늘 저래?"

케빈이 되물었다.

"여름?"

"응. 하늘이 저러냐고?"

케빈이 침을 꿀꺽 삼켰다.

"아, 그렇지. 넌 아직 못 봤지."

케빈이 머뭇거리며 말을 이었다.

"미안해. 그 생각은 미처 못했어. 유난히 비가 많은 여름이
아니면, 구름 한 점 없는 날이 꽤 있지. 특히 8월에. 하지만
무지 더워. 우리 사무실에 에어컨이 없었다면……."

안나가 케빈의 말을 잘랐다.

"에어컨 얘기는 하지 마. 하늘 이야기를 해 줘. 정말 저렇
게 새파래?"

"응, 어떨 땐."

안나는 뚫어져라 창밖을 내다보았다. 케빈의 팔 따위는 잊
은 지 오래였다. 안나는 부모와 함께 베를린에서 보훔으로
오던 차 안을 생각했다.

안나가 조용히 속삭였다.

"날 수 있냐고 물었어."

"누구한테? 누구더러 날 수 있냐고 물은 거야?"

"아빠. 처음 새를 봤을 때, 진짜 새 말이야. 그때 난 아빠도 날 수 있을 거라고 생각했어. 아빠는 모든 걸 다 할 수 있다고 믿었으니까."

케빈이 조심스럽게 물었다.

"네…… 아빠?"

안나가 케빈을 돌아보았다.

"그래! 난 마틴 린덴탈이라는 사람을 생각할 수 없어. 나한텐 늘 아빠가 떠오를 뿐이야. 난 내 목숨까지도 맡겼을 거야, 케빈! 맹목적으로!"

케빈이 한참 뒤에 입을 열었다.

"진짜 그렇게 했잖아."

안나가 다시 소리쳤다.

"그거 알아? 난 가끔 이게 다 무슨 오해가 아닐까 하는 생각을 해. 어쩌면 내가 잘못 들었는지도 모른다는 생각!"

이번에는 케빈도 옆 자리에 있는 사람을 신경 쓰지 않았다. 케빈은 안나만 뚫어져라 쳐다보았다. 안나는 케빈의 표정이 변하는 것을 지켜보았다.

케빈이 물었다.

"정말 그렇게 생각해?"

안나는 다시 창밖으로 눈길을 돌렸다.

"그랬으면 좋겠어. 정말 그랬으면 좋겠어."

비행기가 다시 구름 속으로 들어가자 안나는 등받이에 몸을 기대며 눈을 감았다.

케빈이 속삭였다.

"가끔 난 네가 정말 부러워."

안나가 눈을 번쩍 떴다.

"무슨 소리야?"

"너한텐 모든 게 다 새롭잖아. 넌 세상을 다시 발견하고 있어. 어린아이처럼 말이야. 다만 넌 그 모든 것을 훨씬 더 강렬하게 의식할 수 있지."

"네 생각이 그렇다면……."

안나는 다시 눈을 감았다.

15

케빈과 안나를 위해 방송국에서 잡아 준 호텔은 쾰른에서
안나가 묵었던 호텔만큼 화려하지 않았다. 하지만 케빈과 함
께라면 안나로서는 어떤 호텔이든 다 마음에 들 것 같았다.

케빈이 접수계에 가서 말했다.

"슈나이더라고 하는데요, 아마 제 이름으로 싱글 룸 두 개
가 예약되어 있을 겁니다."

'싱글 룸?' 하는 생각이 안나의 머릿속에 총알처럼 떠올랐
다. 당연하지. 싱글 룸이 아님 뭐겠어? 너, 소망과 현실을 헷
갈리지 않도록 조심해야 해.

안나가 방 열쇠를 넘겨받았을 때 케빈이 물었다.

"뭐 좀 마시러 갈까?"

안나는 잠시 멈칫했다. 케빈과 함께 있고 싶었지만 피곤한
감도 없지 않았다. 멋진 비행을 한 뒤였지만 어린 안나와 찍
은 린덴탈 부부의 가족사진을 머릿속에서 내몰 수는 없었다.

"미안. 그냥 내 방에서 쉴래. 피곤하거든. 그리고 내일은
분명 쉽지 않은 하루가 될 테니까."

케빈이 한숨을 쉬었다.

"할 수 없지. 하지만 네 말이 맞아."

다음 날 아침 안나가 아침을 먹으러 식당으로 내려왔을 때 케빈은 벌써 식탁에 앉아 환한 얼굴로 안나를 반겼다.

"잘 잤니?"

안나가 대답했다.

"적어도 린덴탈 부부 생각에 괴로워하며 잠들지는 않았어."

"그럼 무슨 생각을 했는데?"

안나가 얼른 화제를 돌렸다.

"나, 먹을 것부터 가져올게."

안나는 간밤에 케빈에 대한 생각을 하다가 잠이 들었다. 그 가운데에는 '아침에 같이 한 식탁에 앉아서 이야기를 나누면 얼마나 행복할까.' 하는 생각도 들어 있었다. 그러나 정작 아침이 되니 한마디도 할 수 없었다. 이제 곧 슈타인베르크에서 알게 될, 아니 어쩌면 아무것도 알지 못한 채 넘어가 버릴 사실들에 대한 두려움이 안나의 마음속에 너무 깊이 자리 잡고 있었다.

날씨는 안나의 기분에 딱 어울렸다. 굵은 빗방울이 어찌나 세게 자동차 유리창을 두드려 대던지 와이퍼를 미친 듯이 돌려야 간신히 도로가 조금 보였다.

베를린을 벗어나자 안나는 몇 시간 내내 머릿속을 떠나지 않던 생각을 입 밖으로 꺼냈다.

"내 과거에 가까이 다가갈수록 점점 더 이해가 안 돼."

케빈이 대꾸했다.

"다 무슨 이유가 있을 거야."

"빨리 밝혀지길 바랄 뿐이야."

"알아서 그다지…… 유쾌한 이유가 아니라면?"

"상관없어. 뭐든 지금보다는 나을 거야."

슈타인베르크에 있는 린덴탈 씨의 공장을 찾는 일은 아주 쉬웠다. 도시 입구부터 벤첼 공장으로 가는 길이 표시되어 있었다.

안나가 소리쳤다.

"벤첼 공장이야! 저기 있어!"

"네 아빠, 아니 린덴탈 씨는 여기서 무척 유명한 사람 같은데?"

"적어도 공장은 아주 잘 알려져 있는 것 같아."

케빈이 손으로 핸들을 툭 치며 외쳤다.

"자, 그럼 뭔가 찾아보자고!"

순간 안나는 '케빈은 무엇에 관심이 있을까?' 하는 생각이 들었다. 안나일까, 아니면 자기의 방송거리일까? 하지만 안나는 그런 생각을 금세 지워 버렸다. 어차피 지금 이 순간에는 둘 다 마찬가지였다.

벤첼 공장이 보이자 안나가 놀라서 소리쳤다.

"이렇게 커?"

케빈도 놀라워했다.

"엄청나군! 돈 속에서 헤엄쳐도 되겠는걸?"

"그럼 대체 보훔에 있는 작은 서민 주택은 뭐야? 말이 안 되잖아. 대체 어떻게 된 거지?"

케빈이 어깨를 으쓱했다.

"글쎄, 하지만 이제 곧 밝혀질 거야. 느낌이 와. 차에서 내려 가까이 가 보자."

케빈은 공장 건물을 에워싸고 있는 담 가까이에 차를 세운 뒤 조수석 앞 박스에서 우산을 꺼냈다.

두 사람은 차에서 내린 뒤 담을 따라 걸었다. 안나는 케빈 옆에 바짝 붙어서 걸었지만 이번에는 아무 느낌도 없었다.

케빈이 입을 열었다.

"굉장해. 적어도 린덴탈 씨의 공로 하나는 인정해 줘야겠어. 동독의 계획 경제 아래에서 망해 가던 공장을 아주 잘 살려 냈다는 거."

"다른 일은 전혀 돌보지 않으니까."

"어때? 무슨 느낌이 좀 오니?"

"내 기억 말이야? 아니, 전혀. 그건 내 마음대로 할 수 있는 게 아니야. 누가 전기 스위치를 켰다가 끄는 것처럼 예상하지 못했던 순간에 갑자기 찾아온단 말이야. 그게 짜증나는 거지. 안 그러면 문제가 훨씬 더 간단했을 텐데 말이야."

두 사람이 본관 건물 쪽으로 다가가고 있을 때 안나가 갑자기 멈춰 서더니 케빈의 팔을 잡아당겼다.

"이리 와! 빨리 다시 차 안으로 들어가!"

케빈이 미처 무슨 반응을 보이기도 전에 안나는 벌써 렌터카에 올라타 자리에 바짝 엎드렸다.

케빈이 차에 올라타며 물었다.

"무슨 일이야?"

"린덴탈 씨의 차! 린덴탈 씨의 차가 저기 서 있어!"

"왜 아니겠어? 이게 다 그 사람 건데."

"케빈, 그냥 가. 부탁이야. 만나고 싶지 않아!"

"그럼 적어도 집이라도 보고 가자. 난 그 집이 더 궁금해."

"좋아. 거기야 린덴탈 씨가 없을 테니까. 주소는 알아?"

"아니. 안 그래도 오늘 아침 호텔에서 '주소 안내'에 전화를 걸어 물어봤는데 등록이 안 되어 있대. 보안 때문에 그랬나 봐. 하지만 큰 문제는 아니야. 신문에 무슨 저택이라고 적혀 있었잖아. 여기 사람이면 누구든 다 알 거야."

케빈과 안나는 도시 경계 표지판을 지나치자마자 슈타인

베르크에서 오래 산 주민으로 보이는 남자 앞에서 차를 멈추고 질문을 던졌다.

"린덴탈 저택? 글쎄, 난 잘 모르겠는데."

조수석에 앉아 있던 안나가 앞으로 몸을 굽히며 물었다.

"그럼 벤첼 저택은요?"

"아, 벤첼 저택! 그거야 당연히 알지. 아주 간단해. 이 길로 죽 가서 세 번째 교차로에서 왼쪽으로. 그럼 보여!"

케빈이 가속 페달을 밟았다.

"아, 난 왜 그 생각을 못했지?"

안나가 빙긋 웃었다.

"글쎄."

두 사람의 눈앞에 커다란 집이 나타났다.

케빈의 입에서 자기도 모르게 탄성이 흘러나왔다.

"우아! 정말 눈에 띄지 않으려야 띄지 않을 수가 없겠군."

케빈은 삼각형 탑과 퇴창(건물 벽에서 밖으로 불룩 나온 창 : 옮긴이)들로 화려하게 꾸며진 건물 쪽으로 차를 천천히 몰았다.

케빈이 물었다.

"지금은 어때?"

"케빈, 부탁이야. 자꾸 묻지 좀 말아 줘. 무슨 생각이 나면 내가 알아서 말해 줄게."

"미안."

안나는 저택으로 가까이 가면 갈수록 그 웅장함에 놀랐다.

안나가 다시 한 번 같은 말을 되풀이했다.

"보홈의 서민 주택이랑은 너무 안 어울려."

케빈이 말했다.

"이 저택은 팔아 버렸거나 아니면 세를 놨을 수도 있지, 뭐. 내가 한번 물어볼게."

안나가 외쳤다.

"미쳤어? 그러다 날 발견하면 어떡하라고?"

"누가? 린덴탈 부인이? 장담하건대 린덴탈 부인은 여전히 보홈에 있을 거야. 네가 돌아오길 기다리면서."

"정말 그럴까?"

"안나, 왜 날 그런 눈으로 보니? 너도 저 뒤에 뭐가 숨겨져 있는지 알고 싶잖아. 안 그래?"

"그야 그렇지. 하지만 가끔 린덴탈 부부의 말이 옳은 게 아닐까 하는 생각이 들어. 사고 전에 무슨 일이 있었는지 그냥 모르고 넘어가는 게 낫지 않을까 하는 생각."

"그럼 다시 돌아갈까? 아직은 늦지 않았어. 말만 해."

안나가 고개를 저었다.

"아니야. 마음을 단단히 먹어야지. 과거를 모른 채 살아갈 순 없어. 그건 확실해. 하지만 막상 저택과 공장을 직접 보고 나니 기분이 이상해. 생각했던 거랑 너무 달라."

케빈은 아무 말도 하지 않고 안나의 손을 한 번 꼭 눌렀다. 그러고는 담 옆에 차를 세운 뒤 밖으로 나갔다. 케빈이 커다란 철문 옆에 달린 초인종을 눌렀다. 안나는 유리창을 내렸다.

잠시 뒤 인터폰에서 어떤 여자의 목소리가 흘러나왔다.

"누구세요?"

케빈이 물었다.

"린덴탈 부인이신가요?"

안나는 고개를 저었다. 린덴탈 부인의 목소리라면 안나가 당장 알아차렸을 것이다.

"아니요. 사모님은 지금 집에 안 계세요. 잠시 여행 가셨어요."

"린덴탈 씨는요?"

"사장님도 집에 안 계세요. 무슨 전할 말씀이라도 있나요?"

"언제 오시나요?"

"늦게요. 무슨 일로 그러시죠?"

"아…… 음…… 보험 회사에서 나온 사람인데요."

안나는 자기가 웃을 수 있으리라고는 생각도 못했지만 막상 그 순간에는 웃지 않을 수 없었다.

"그렇다면 린덴탈 씨랑 직접 이야기하시는 게 좋겠어요."

"네, 그러죠. 다시 연락 드리죠. 고맙습니다."

케빈이 다시 차에 올라탔다.

안나가 지친 목소리로 말했다.

"우리 이제 어디 가서 커피나 좀 마셔."

"좋은 생각이야. 여기 어디에 분명히 카페가 있을 거야. 누가 알아? 거기서 뭔가 정보를 얻을 수 있을지. 카페에서는 워낙 말이 많이 오가니까."

두 사람은 오래된 건물로 둘러싸인 시장 광장에서 정말로 카페 하나를 발견했다. 케빈은 차를 세운 뒤 안나를 데리고 카페 안으로 들어갔다. 안은 어찌나 구식인지 좀 고쳐야 할 것 같았다. 하지만 안나는 고를 수 있는 케이크 종류가 많다며 아주 만족해했다. 안나는 커피를 큰 잔에 주문했고, 케이크도 두 조각이나 골랐다.

나는 시장 광장에 있는 작은 카페의 문을 열었다.

케이크 진열장 뒤에 서 있던 종업원이 나를 뚫어져라 쳐다보았다. 당장에 진열장을 뛰어넘기라도 할 기세였다.

종업원이 소리쳤다.

"이럴 수가! 다시 돌아온 거야?"

안나가 케빈의 팔을 꼭 잡았다.

"여기 있는 사람이 날 알아봤었어!"

"누가?"

"나이 든 종업원."

케빈이 카페를 둘러보았다.

"누구지? 여기서 일하는 사람들은 다 젊어 보이는데."

"아니야, 확실해! 기억이 났어! 전에 이 카페에 온 적이 있어. 나이 든 종업원이 깜짝 놀라서 나를 바라보더니 다시 돌아왔냐고 물었어."

"그렇다면 넌 여기 살다가 어디로 갔었나 봐. 대체 어디로 갔던 걸까? 보훔?"

"베를린일 수도 있어. 거기서 이베스를 사귀었으니까. 어쨌든 그 나이 든 종업원을 꼭 만나야 해."

그때 주문을 받아 갔던 종업원이 커피와 케이크를 들고 왔다.

케빈이 물었다.

"저, 여기 종업원 가운데 혹시 나이가 좀 많은 사람도 있나요?"

젊은 종업원이 눈썹을 치켜 올렸다.

"뭐가 마음에 안 드시죠? 젊은 종업원들도 일을 잘하는데요."

"아, 그런 게 아니라 개인적으로 뭐 좀 물어볼 게 있어서 그래요."

케빈과 안나의 시중을 들던 종업원이 케이크 진열장 뒤에 서 있는 동료에게 소리쳐 물었다.

"리타 어디 있는지 알아?"

"휴가야! 마요르카 섬에 있을걸! 2주 뒤에 온댔어! 누구는 정말 팔자 좋다니까!"

"들으셨죠?"

젊은 종업원이 사라지자 안나가 중얼거렸다.

"꼭 과거를 찾지 말라는 계시 같아."

케빈이 반발했다.

"아직 본격적으로 시작도 안 했는데 무슨 소리야? 그리고 이곳 종업원이 널 알아봤다면, 슈타인베르크에서 널 알아보는 사람이 더 있을 거야. 어쩌면 그래서 린덴탈 부부가 널 데리고 보홈으로 갔는지도 모르지. 널 알아보는 사람들과 널 못 만나게 하려고."

"그 사람들을 만나면 안 되는 이유가 뭘까?"

"그것만 알면 문제는 해결된 거나 마찬가지야. 확실해."

안나가 외쳤다.

"학교에 가 보자! 내가 여기서 어린 시절을 보냈다면 분명히 학교도 여기서 다녔을 거야. 그렇다면 초등학교 담임보다 아이들을 더 잘 기억하는 사람이 어디 있겠어?"

케빈이 이맛살을 찌푸렸다.

"다음엔 나한테도 제발 좋은 생각이 떠올라야 할 텐데."

케빈은 그렇게 말하면서 웃음을 터뜨렸다.

케빈이 계산서를 가지고 온 종업원에게 물었다.

"여기 학교가 있나요?"

"당연하죠. 여기 애들은 뭐 나무 위에서 자라는 줄 아세요?"

케빈이 숨을 한 번 깊이 들이마신 뒤 다시 물었다.

"죄송해요. 질문이 잘못됐군요. 여기 초등학교가 어디 있어요?"

종업원이 어깨를 한 번 으쓱하더니 입을 열었다.

"몰라요."

그로써 종업원은 자신의 팁을 완전히 날려 보내고 말았다.

카페 바로 맞은편에는 시청이 있었다.

케빈이 말했다.

"저기서 일하는 사람들은 친절하면 좋겠군."

잠시 뒤 케빈과 안나는 슈타인베르크에 초등학교가 두 개 있다는 사실을 알았다. 두 사람은 주소와 지도를 들고 시청을 나섰다.

"두드리니까 열리긴 하는군."

케빈의 말에 안나가 시청 건물에 달린 시계를 올려다보았다.

"벌써 열한 시가 넘었어. 서둘러야 해. 지금까지 우리가 누려 왔던 행운으로 미루어 보건대, 분명 두 번째 학교일 거야."

시내 지도 덕분에 안나와 케빈은 첫 번째 학교를 비교적 쉽게 찾았다.

케빈이 건물을 올려다보며 말했다.

"100년은 됐겠는걸."

안나가 혼잣말처럼 중얼거렸다.

"이 정도 되는 건물은 기억이 나야 할 거 아니야."

"안으로 들어가자. 그럼 뭔가 기억날지도 모르잖아."

선생들은 아직 수업을 하고 있었기 때문에 보이지 않았지만 서무실 직원은 자리에 있었다.

책상 앞에 앉아 있는 서무실 여자 직원 얼굴에 잡힌 쭈글쭈글한 주름은 수많은 졸업생이 남겨 놓고 간 흔적인 듯싶었다.

케빈이 말문을 열었다.

"안녕하세요. 슈나이더라고 합니다. 혹시 저희를 도와주실
수 있을지 모르겠네요."

나이 지긋한 여자 직원이 안경을 벗고 눈을 깜빡이며 케빈
을 친절하게 올려다보았다.

"무슨 일이죠?"

"혹시 린덴탈이란 이름 아시나요?"

"알고말고요! 옛 벤첼 공장을 갖고 있는 분이잖아요. 남편
이 거기서 일해요. 게다가 그 딸이 아마……."

여자 직원은 말을 하다 말고 안나를 들여다보았다.

"어머, 이럴 수가! 안나! 정말 안나구나! 다시 돌아왔구나!
이럴 수가!"

여자 직원은 책상을 돌아 나오더니 안경을 다시 쓰고 안나
를 위아래로 훑었다.

"많이 컸구나. 어른이 다 됐어."

안나가 우물거렸다.

"네. …… 아니, 잘 모르겠어요."

케빈이 물었다.

"확실히 알아보시겠어요?"

"당연하죠! 벌써…… 가만 있자…… 그래요, 벌써 10년
가까이 지났군요. 하지만 얼굴은 하나도 변하지 않았어요."

안나가 말했다.

"10년이면 4학년. 대충 맞는 것 같아."

"아유, 네 부모님이 네가 다시 돌아와서 얼마나 좋아하실까. 안 그러니?"

안나가 물었다.

"왜요? 무슨 말씀이세요?"

여자 직원은 누가 자기 말을 들을까 봐 겁내는 사람처럼 사방을 둘러본 뒤 낮은 목소리로 속삭였다.

"그래, 무리도 아니지. 네가 더 이상 거기에 대해 얘기하고 싶지 않아 하는 거, 이해한다."

안나가 소리쳤다.

"말해 주세요! 부탁이에요! 전 정말 무슨 말인지 모르겠어요! 말해 주세요!"

여자 직원이 안나를 시험하는 듯한 눈초리로 쳐다보았다.

"너 안나 린덴탈 맞지? 그렇지?"

"그런 것 같아요."

"그렇다면 3년 전에 자취도 없이 사라져 버린 걸 본인이 알아야지, 누구한테 물어?"

안나가 앉을 만한 의자를 찾았다.

"어, 어디로요?"

"자취도 없이 사라졌대도! 어디로 갔는지는 네가 가장 잘 알아야 하는 거 아니니?"

케빈이 끼어들었다.

"사고로 기억을 잃었어요."

여자 직원이 손으로 입을 가렸다.

"오, 저런! 불쌍한 아이 같으니라고!"

"오, 저런! 불쌍한 아이 같으니라고."

내 이야기가 끝나자 여자가 미간을 찌푸리며 말했다.

나는 치를 떨었다. 나는 '불쌍한 아이'가 아니다. 더욱이 이 돈 많고 멍청한 여자한테는 절대 그런 말을 듣고 싶지 않았다.

케빈이 계속해서 물었다.

"혹시 안나가 왜 사라졌는지 알 만한 사람을 알고 계세요? 그것도 기억하지 못하거든요."

안나는 그 순간 케빈의 냉혹함에 놀라지 않을 수 없었다. 하지만 케빈은 자기의 과거를 찾는 게 아니니까, 그리고 방금 전 안나가 본 장면을 보지 못했으니까 그런 식으로 말할 수 있는 게 당연한지도 몰랐다.

여자 직원이 말했다.

"글쎄요. 아무래도 부모님이 알지 않겠어요? 하긴 부모님 한테야 벌써 물어보았을 테지, 안 그러니?"

안나가 짧게 대답했다.

"물론이죠."

여자 직원의 얼굴이 갑자기 환해졌다.

"친구가 한 명 있었어요! 둘이서 꼭 실과 바늘처럼 붙어 다녔죠. 아이, 참…… 그 애 이름이 뭐더라? 이제 점점 기억력이 없어져요. 전 같으면 이런 일이 없었을 텐데."

케빈이 초조해서 발을 동동 구르는 동안 안나가 소리쳤다.

"일로나요?"

"그래, 일로나! 일로나 자바츠키! 그게 걔 이름이야. 아직 여기 슈타인베르크에 사는 걸로 아는데. 어쨌거나 걔네 아빠가 네 아빠의 공장에서 일한단다."

케빈이 물었다.

"주소가 있나요? 그 애 주소요."

"주소야 당연히 전……. 아니, 그럴 게 아니라 잠깐 기다려 보세요. 제가 생활 기록부를 찾아볼게요."

나이 든 여자 직원이 사무실을 나가자 케빈이 물었다.

"친구 이름은 어떻게 알았어?"

"엄마…… 아니, 린덴탈 부인이 말해 줬어. 내가 졸라 대는 통에 말 안 해 줄 수가 없었지. 난 당연히 보홈에서 사귄 친구일 거라고 생각했는데……. 그건 그렇고 또 무슨 생각이 났어."

"무슨 생각?"

안나가 미처 대답하기도 전에 여자 직원이 얼굴에 의기양양한 웃음을 머금은 채 손에 쪽지 한 장을 들고 들어왔다.

"여기, 이게 주소예요. 여긴 제가 워낙 정돈을 잘해 놔서 뭐가 없어지는 법이 없죠."

케빈이 쪽지를 받아 들며 인사했다.

"고맙습니다."

여자 직원이 물었다.

"이제 어떻게 할 거니?"

안나가 아무 대답도 하지 않자 케빈이 대신 입을 열었다.

"일로나 자바츠키 양을 찾아가야죠."

케빈이 안나의 손을 잡고 의자에서 일으켜 세웠다.

두 사람의 등 뒤에서 나이 든 여자 직원의 목소리가 들려왔다.

"행운을 빈다!"

16

케빈이 운동장을 걸어 나오면서 물었다.

"무슨 생각이 났던 거야?"

안나는 대답 대신 엉뚱한 말을 했다.

"난 도망쳤던 거야. 그래서 린덴탈 부부가 날 창피해했던 거라고. 아마 다시 돌아왔다가……."

"그다음엔?"

안나는 어깨를 축 늘어뜨렸다.

"몰라, 잘 모르겠어. 나한텐 너무 어려워."

"무슨 말이야?"

"조금 전에 린덴탈 부인을 봤어. 린덴탈 부인이 내 앞에 앉아서 서무실 아줌마처럼 나더러 '불쌍한 아이'라고 했어. 나는 그 말을 듣고 화가 치밀어 오르면서 '이 돈 많고 멍청한 여자한테 그런 말을 듣고 싶지 않다.'고 생각했어. 정말 돈 많고 멍청한 여자라고 생각했다니까."

"그럴 수도 있지. 넌 부모가 돈이 많은 게 싫어서 도망갔을지도 모르니까. 3년 전이라면 열일곱 살 때니까 그런 생각은 아주 정상적인 거야."

"그걸 네가 어떻게 알아?"

"나도 열일곱 살인 적이 있었다고. 그리고 자기 엄마를 돈 많고 멍청한 여자라고 생각하는 딸은 네가 처음이 아닐 거야."

안나가 천천히 대답했다.

"그럴지도 모르지. 하지만 아무래도 뭔가 맞지 않아. 린덴탈 부인이 나한테 왜 이 도시에 대해 설명했을까?"

"네가 오랫동안 여길 떠나 있었으니까."

"그럼 난 왜 린덴탈 부인을 딸이 엄마를 대하는 식으로 대하지 않은 거야?"

"무슨 말이야?"

안나가 세차게 머리를 흔들었다.

"넌 이해하지 못할 거야. 나도 설명하지 못하겠어. 그냥 느낌이 그래. 기억이 떠올랐을 때 내가 받은 느낌이."

케빈이 쪽지를 들여다보며 화제를 바꾸었다.

"그럼 이제 그만 네 단짝 친구한테나 가 보자."

안나가 한숨을 내쉬었다.

"그러는 수밖에. 내가 끝까지 견뎌 낼 수 있기를 바랄 뿐이야."

서무실 여자 직원이 적어 준 쪽지와 시내 지도를 보며 안

240

나와 케빈이 찾아간 곳은 허름한 연립 주택이었다.

케빈이 입을 열었다.

"흠, 너희 집이랑은 좀 안 어울리는데? 린덴탈 부부가 좋아했을지 모르겠다."

케빈이 문 옆으로 가서 명패를 살폈다.

"여기 있어! 아직 여기 살아!"

케빈이 기뻐하며 안나를 돌아보았다.

"누를까?"

안나는 말없이 고개만 끄덕였다. 기운이 완전히 바닥났지만 자기가 안나 린덴탈인지 아닌지를 반드시 알아내고 싶었다. 그것만 알아내면 당장 그곳을 떠나리라. 안나가 정말로 안나 린덴탈이라면 슈타인베르크는 안나에게 제2의 고향이나 다름없는 도시였다. 하지만 안나는 한시라도 빨리 그 도시를 떠나고 싶은 마음밖에 없었다. 과거의 안나가 그곳에서 사라진 이유는 몰랐지만 왠지 그 마음만큼은 이해할 수 있을 것 같았다.

케빈이 초인종을 누르자 누구냐고 묻지도 않고 '삐' 하는 버저 소리와 함께 문이 열렸다. 두 사람은 망설이면서 천천히 계단을 올라갔다.

건물 안은 낡았고, 복도는 칠이 많이 벗겨져 있었다.

케빈이 속삭였다.

"3층 아니면 4층일 거야."

4층으로 올라가자 어떤 여자가 문 앞에 나와 서 있었다. 일로나의 엄마였다.

케빈이 뭔가 말을 꺼내려고 했지만 미처 그럴 틈이 없었다. 일로나의 엄마는 케빈과 안나를 차례로 보더니 눈이 휘둥그레지며 집 안으로 들어가 문을 닫아 버렸다. 눈 깜짝할 사이에 벌어진 일이었다.

케빈과 안나가 어리둥절한 표정으로 서로를 바라보았다.

케빈이 물었다.

"뭐야? 우리가 그렇게 무서워 보이나?"

안나가 말했다.

"아닐 거야. 날 보더니 놀라는 것 같았어."

케빈이 문을 두드리며 중얼거렸다.

"제정신이 아닌가 봐. 이보세요, 아주머니! 문 좀 열어 보세요. 해코지를 하려는 게 아니에요! 뭐 좀 물어볼 게 있단 말이에요! 안나 린덴탈에 대한 거예요. 방금 알아보셨잖아요!"

안에서 여자 목소리가 들렸다.

"제발 돌아가 주세요. 난 아무것도 몰라요."

케빈이 물고 늘어졌다.

"자바츠키 아주머니, 그러지 마시고 문 좀 여세요. 우리가

242

뭘 알고 싶은지도 모르면서 왜 이러세요?"

계단 아래에서 누군가가 소리쳤다.

"거기 위에 조용히 좀 해요!"

안나가 케빈의 팔을 잡아당겼다.

"그냥 가. 다 소용없어."

길거리로 나온 케빈은 혹시라도 자바츠키 부인이 창밖을 내다보고 있을까 싶어 일로나의 집을 다시 한 번 올려다보았다.

하지만 건물 밖으로 얼굴을 내민 사람은 자바츠키 부인이 아니라 1층에 사는, 나이가 조금 들어 보이는 부인이었다. 아예 쿠션으로 팔꿈치를 받친 채 조그만 창문 밖으로 몸을 내밀고 있던 부인이 물었다.

"자바츠키네 아무도 없어요?"

케빈이 신음 소리를 냈다.

"맙소사. 남의 일에 끼어들기 좋아하는 수다쟁이 아줌마한테 걸렸어."

안나가 케빈에게 속삭였다.

"하지만 저런 여자들은 아는 게 많잖아."

안나는 텔레비전 연속극에서 그런 여자를 본 적 있었다.

안나가 큰 소리로 대꾸했다.

"저흰 일로나 자바츠키를 만나러 왔어요."

"그 앤 여기 안 산 지 오래됐는데?"

케빈이 물었다.

"그럼 지금 어디 살아요?"

"그거야 나도 모르지."

안나가 케빈에게 귀엣말을 했다.

"그냥 가자. 어차피 우리한테 아무 말도 안 해 줄 것 같아."

케빈이 고개를 저으며 역시 귀엣말로 대답했다.

"두고 봐."

케빈은 창가 쪽으로 다가가더니 여자에게 말을 걸었다.

"급하게 할 얘기가 있는데 참 큰일이네요."

"그거야 댁네 사정이죠."

"저흰 방송국에서 나왔거든요."

여자가 어찌나 앞으로 몸을 내밀던지 금방이라도 창문에서 떨어질 것만 같았다.

"텔레비전이라고요? 일로나가 텔레비전에 나와요?"

여자는 금방이라도 숨이 넘어갈 것 같았다.

"어쩌면요."

케빈이 명함을 들이밀며 말을 이었다.

"잘하면 아주머니도 나오실 수 있어요."

여자는 할 말을 잃고 케빈을 바라보았다.

"곧 새 드라마를 촬영할 건데요, 조연 배우를 찾고 있어요. 누가 일로나를 추천해서요."

여자가 외쳤다.

"맞아요! 걔가 재능이 좀 있죠. 얼굴도 예쁘고!"

"아직 출연할 사람이 정해지지 않은 역할도 많아요. 혹시 아주머니도 관심 있으세요?"

"물론이죠! 아니, 내 말은 시도야 한번 해 볼 수 있다는 거죠."

케빈이 기뻐하는 척했다.

"잘됐군요. 오디션 날짜를 잡아 봐야겠어요. 그건 그렇고 일로나부터 꼭 만나 봐야 할 텐데……."

"그러게요. 그런데 나도 일로나가 지금 어디에 사는지 모르니 이를 어쩐다……. 하지만 슈파카세 은행에서 일하는 건 알아요. 여기 슈타인베르크 지점에서."

안나가 한마디 했다.

"슈타인베르크에도 린덴탈 공장에서 일하지 않는 사람이 있네요."

창밖으로 몸을 내민 여자가 말했다.

"린덴탈? 벤첼 공장을 말하는 거예요? 거기선 그 애 아빠가 일하지. 하지만 일로나랑 할 말이 있다고 하지 않았나?"

안나가 뭐라고 하기 전에 케빈이 얼른 마무리를 지었다.

"도와주셔서 고맙습니다!"

여자가 물었다.

"내 오디션 날짜는 어떻게 되는 거예요?"

"제가 따로 연락 드릴게요."

"그래요! 그럼 난 그동안 연습 좀 하고 있을게요."

"네, 그렇게 하세요."

안나와 케빈은 최대한 빨리 그 자리를 떠났다.

등 뒤에서 여자의 목소리가 들렸다.

"어렸을 때 난 연극도 좀 했어요."

안나가 케빈의 옆구리를 쿡 찔렀다.

"너, 정말 사기꾼 같아……."

"맞는 말이야. 하지만 그 덕에 우리가 원하는 걸 알아냈잖
아."

슈타인베르크처럼 작은 시에서 슈파카세 은행을 찾아내는
것은 그리 어려운 일이 아니었다.

케빈이 은행 앞 공터에 차를 세우며 입을 열었다.

"점심시간이 아니어야 할 텐데."

케빈이 막 시동을 끄려는 순간 자동차 한 대가 공터에 와
서 섰다.

안나는 그 차가 누구 차인지 대번에 알아차렸다.

마틴 린덴탈이 차에서 내렸다. 안나는 1초 동안 린덴탈 씨

와 눈이 마주쳤다.

린덴탈 씨가 외쳤다.

"안나!"

지난 며칠 동안 안나는 '린덴탈 부부의 집을 도망쳐 나온 게 실수가 아니었을까?' 하는 생각을 머릿속에서 지운 적이 없었다. 계속해서 린덴탈 부부의 딸로 살아갈 수도 있었을 텐데. 시간이 지나면 린덴탈 부부가 부모라고 스스로 믿게 됐을지도 모르는데. 하지만 린덴탈 씨의 얼굴을 바라보고 목소리를 듣는 순간, 안나는 그날 밤 거실 문 앞에서 엿들었던 말이 생각나면서 그때 그 감정이 되살아났다. 안나는 그 순간 자기가 누군지 밝혀내기 전까지는 절대로 마음의 평화를 누릴 수 없다는 사실을 분명히 깨달았다. 그리고 자신의 정체는 린덴탈 부부의 집 밖에서만 밝혀낼 수 있었다.

안나가 소리를 질렀다.

"빨리 출발해!"

"진정해, 안나. 저 사람이 여기서 너한테 뭘 어쩌겠어?"

안나가 케빈의 얼굴에 대고 소리를 질렀다.

"하지만 저 사람을 만나고 싶지 않아!"

"만약 저 사람이……."

"어서 가, 케빈! 부탁이야!"

린덴탈 씨가 안나 쪽으로 와서 차 문을 열려는 순간, 안나가 잠금장치 단추를 눌러 버렸다.

린덴탈 씨가 문을 잡아당기며 외쳤다.

"안나, 문을 열어! 너랑 할 얘기가 있어! 중요한 이야기야!"

"어서 출발해애애애애!"

안나가 미친 사람처럼 소리쳤다.

린덴탈 씨가 주먹으로 차창을 두드렸다. 안나는 눈을 꼭 감고 손으로 귀를 막아 버렸다. 아무것도 보면 안 돼! 아무것도 들으면 안 돼! 돌아가면 안 돼! 그리운 마음이 남아 있어도 절대 돌아가면 안 돼!

케빈이 차를 뒤로 빼기 시작했다. 린덴탈 씨는 끝까지 차 문의 손잡이를 붙잡고 버텼지만 넘어지지 않으려면 결국 손을 뗄 수밖에 없었다.

차를 몰던 케빈이 백미러를 들여다보더니 말했다.

"젠장. 우리를 쫓아오고 있어!"

"뭐? 그럼 속력을 내 봐."

안나가 뒤를 돌아보았다.

"소용없어. 우리 차가 훨씬 느리단 말이야. 따돌리려면 다른 방법을 쓰는 수밖에 없어."

케빈은 핸들을 급하게 꺾더니 좁은 골목으로 차를 몰았다. 그리고는 교차로가 나올 때마다 속도도 줄이지 않고 급커브

도는 위험한 짓을 두 번이나 더 한 뒤, 마지막으로 빨간 신호 등을 무시무시한 속력으로 그대로 지나가 버렸다.

안나가 비명을 지르며 의자를 꽉 붙들었다.

"빨간 불이야, 빨간 불!"

하지만 그때는 이미 길을 건넌 뒤였다.

케빈이 도로에 눈길을 고정시킨 채 싱긋 웃으며 물었다.

"어때, 꼭 영화 같지?"

안나가 중얼거렸다.

"재미도 있겠다."

안나는 다시 한 번 뒤를 돌아보았다.

"없어. 따돌렸나 봐. 그랬길 바라."

케빈은 차의 속도를 다시 늦추고 있었다.

안나는 계속해서 뒤를 흘깃거렸다. 차가 고속도로로 나온 뒤에야 린덴탈 씨가 더 이상 쫓아오지 않는다는 사실을 믿을 수 있었다.

"대체 나한테 뭘 원했을까?"

케빈이 대답했다.

"겁내는 것 같던데? 겁난 사람 같았어. 너도 그 사람 얼굴을 봤잖아. 그건 겁난 얼굴이었어."

"내가 밝혀내서는 안 되는 뭔가를 밝혀낼까 봐? 대체 왜? 난 그 사람한테 아무런 해코지도 할 수 없는데…… 아님 혹시?"

"도망치지 않았다면 그 이유를 들었을지도 모르지."

안나가 고개를 저었다.

"절대 그렇지 않았을 거야. 그리고 난 그곳에 머물 수가 없었어."

"왜?"

"왜냐면……."

안나가 말을 잇지 못하자 케빈이 물었다.

"겁이 나서?"

"응. 하지만 린덴탈 씨가 겁났다기보다는 나 스스로가 겁났어."

"무슨 말인지 모르겠어."

안나는 창밖으로 눈길을 돌렸다. 다시 비가 내리고 있었다.

"꼭 알 필요도 없어. 나도 이해가 잘 안 되는걸, 뭐."

케빈이 화제를 돌렸다.

"그런데 우리가 거기 있는 걸 린덴탈 씨가 어떻게 알았을까?"

"일로나 엄마! 아마 일로나 엄마가 린덴탈 씨한테 전화해서 우리가 왔다는 얘길 했을 거야."

케빈이 고개를 끄덕였다.

"남편이 그 공장에서 일하니까. 린덴탈이란 사람, 그 도시 전체를 아주 꽉 쥐고 있나 본데? 자바츠키 부인은 우리랑 얘기하면 남편이 일자리를 잃을까 봐 겁이 났나 봐. 그래서 우리를 보자마자 문을 닫아 버린 거라고."

안나가 물었다.

"그리고 그렇게 겁이 났으니 당장 회사에 전화해서 우리가 찾아와 일로나를 찾더라는 얘기를 한 거고?"

"그렇지. 그러니 우리가 언젠가 슈파카세 은행에 나타나리라는 걸 짐작했을 거야."

안나가 외쳤다.

"이럴 수가! 모든 게 우리가 말한 대로라면 린덴탈 씨는 내가 언젠가 슈타인베르크로 오리라는 걸 이미 알고 있었거나 적어도 예상은 했을 거야."

케빈이 어깨를 으쓱했다.

"조심은 하고 있었겠지. 네가 도망친 다음 과거에 살았던 장소쯤은 찾아내리라고 짐작했을 거야. 그리고 그렇게 되면 네 옛 친구를 찾는 것은 시간문제라는 것도 알았겠지."

"그 앤 내 친구가 아니야!"

"확실해?"

안나가 도리질을 쳤다.

"몰라. 모르겠어. 이제 무슨 생각을 어떻게 해야 할지 정말 모르겠다고. 모든 게 서로 맞지 않아."

그날 저녁 안나는 호텔의 작은 식당에 앉아 방송국이 대
주는 식사를 즐겼다.

'과거의 안나만 없다면 얼마나 행복할까.' 하고 안나는 생
각했다. 하지만 과거의 안나가 없다면 분명히 케빈도 만나지
못했을 거야. 그리고 내 인생은 완전히 다른 식으로 펼쳐졌
을 테지. 다른 식? 그게 어떤 식이었는지 알 수만 있다면!

케빈이 불쑥 말을 꺼냈다.

"내일 아침 일찍 내가 가서 그 애를 만나 볼게."

"누구 얘길 하는 거야?"

"일로나. 넌 푹 자고 호텔에서 기다리고 있어. 일이 끝나는
대로 데리러 올 테니까."

안나는 케빈의 말을 이해하기까지 잠시 시간이 필요했다.

"네가 그 애를 만나고, 나는 여기서 잠이나 자라고? 너 혼
자서 슈타인베르크에 가겠다고?"

케빈이 안나를 쳐다보았다.

"그 편이 안전해. 린덴탈 씨가 다시 나타나면……."

안나가 케빈의 말을 끊었다.

"말도 안 되는 소리 하지 마! 나도 같이 갈 거야. 어쨌거나
이건 내 인생에 대한 문제잖아."

케빈이 한숨을 쉬었다.

"그건 나도 알아. 그 말은 벌써 귀가 아플 만큼 들었다고."

"무슨 뜻이야?"

"아무 뜻도 아니야. 왜 그렇게 예민해?"

"예민? 내 과거를 숨기는 건 내 부모, 아니 그게 누가 됐든 그 두 사람으로 충분해. 그러니 너까지 그런 식으로 굴지 말아 줘. 난 무슨 일이 있어도 슈타인베르크에 갈 거야. 네가 뭐라고 하든!"

케빈이 고개를 저었다.

"하지만 난 네가……."

안나가 자기도 모르게 목소리를 높였다.

"네가 날 린덴탈 부부처럼 대하지 말아 줬으면 좋겠어! 난 어린애가 아니란 말이야!"

케빈도 물러서지 않았다.

"내가 언제 너더러 어린애랬어? 그리고 어린애가 아니면 말만 그렇게 하지 말고 어른처럼 행동해 봐."

안나가 의자를 박차고 일어섰다.

"난…… 난 널 정말 이해 못하겠어, 케빈. 정말이야. 네가 어떻게……. 됐어, 그만두자. 어차피 다 상관없으니까!"

안나는 그대로 식당을 빠져나가 자기 방으로 올라가 버렸다. 그러고는 '쾅' 소리가 날 정도로 방문을 세게 닫은 뒤 안

락의자에 몸을 던졌다.

"어른처럼 행동해 봐!"

안나의 머릿속에서는 그 말이 떠나지 않았다. 케빈은 안나를 앞가림도 못하는 멍청한 어린아이라고 생각하는 걸까? 물론 안나가 어린아이처럼 군 적이 가끔 있었는지도 모른다. 하지만 그건 다 안나가 이제 증오하다시피까지 하는 과거의 안나 탓이었다.

모든 것은 안나의 착각이었다. 케빈은 안나에게 관심이 없다. 안나는 그 사실을 비로소 확실히 깨달았다. 하지만 안나도 케빈이 꼭 필요한 것은 아니다! 케빈이 없어도 자신의 길을 끝까지 갈 수 있으리라. 일로나를 혼자 만날 사람은 케빈이 아니라 안나여야 한다! 다큐멘터리는 이미 물 건너간 것이나 다름없다!

안나는 수화기를 집어 들고 다음 날 아침 6시에 모닝콜을 해 달라고 부탁했다. 그 정도면 슈파카세 은행이 문 여는 시간에 슈타인베르크에 도착할 테지.

안나는 침대에 누워서 혹시 전화벨이 울리거나 문 두드리는 소리가 들리지 않을까 하는 희망을 품었다. 그런 생각을 하지 않으려고 애썼지만 안나로서도 어쩔 수 없었다.

하지만 안나가 잠들기까지 아무 소리도 들리지 않았다.

다음 날 아침, 안나는 오랫동안 샤워하며 어느 정도 잠에서 깨기를 기다렸다. 케빈에 대한 분노가 완전히 사라지지 않았지만, 일부분은 어느새 슬픔으로 바뀌어 있었다.

'정말 행복할 수 있었는데.'

이런 생각이 안나의 머릿속을 스치고 지나갔다.

안나는 7시가 조금 못 돼 접수계로 내려왔다. 직원의 얼굴색과 눈 주위를 보니 그리 편안한 밤 근무는 아니었던 것 같았다.

그런데도 접수계 직원은 안나에게 친절하게 웃어 보이며 물었다.

"뭘 도와 드릴까요?"

"여기서 어떻게 하면 가장 빨리 슈타인베르크에 갈 수 있어요? 기차로요."

접수계 직원은 안경을 걸치더니 두꺼운 열차 시간표 책을 꺼내 책장을 넘기기 시작했다.

"간단해요. 금방 알려 드릴게요."

방법은 정말 간단했다. 호텔 가까이에서 국철을 타고, 중간에 한 번만 갈아타면 끝이었다. 안나가 정중하게 인사한 뒤 막 돌아서려는 순간, 머릿속에 보홈에서 쾰른으로 올 때 일이 생각났다.

"전 차표가 없어요!"

접수계 직원이 한쪽 입 꼬리를 말아 올렸다.

"그건 저도 어떻게 도와 드릴 수가 없군요. 하지만 역에 가면 차표를 사실 수 있을 거예요. 최소한 티켓 발매기에서라도요."

안나는 그저 고개만 끄덕였다. 주머니에 동전 한 푼 없다는 이야기를 굳이 호텔 직원한테까지 할 필요는 없었다.

안나는 국철을 타고 역까지 가서 슈타인베르크행 기차를 탔다. 돈이 없었기 때문에 또다시 무임승차를 할 수밖에 없었다. 기차에 앉아 가는 내내 마음이 불안했지만 다행히 승무원이 표를 검사하러 오지 않았다.

17

　안나가 슈타인베르크 역에 도착했을 때는 아직 이른 아침
이었다. 안나는 본능적으로 케빈이 있을까 싶어 주위를 살폈
다. 하지만 당연히 케빈은 없었고, 그제야 안나는 자신의 어
리석음에 고개를 절레절레 흔들었다. 분명 베를린 호텔에서
곤히 자고 있을 테지.

　안나는 슈타인베르크 역을 빠져나왔다. 며칠 전 퀼른의 길
거리를 혼자서 걸어 다닐 때 느꼈던 자긍심이 또다시 느껴졌
다. 하지만 슈타인베르크는 퀼른처럼 화려하고 생기가 넘치
지 않았다.

　안나는 자기가 가야 할 곳이 어디인지 확실히 알고 있었
다. 서둘러야 했다. 안나는 은행 문을 열기 전에 일로나를 만
나고 싶었다. 일단 은행 업무가 시작되면 자칫 손님이 많이
몰려들 수 있었고, 그렇게 되면 일로나와 조용히 이야기하기
가 어려울 게 뻔했다.

　안나는 문을 열기 30분 전에 은행 앞에 도착했다. 늦느니
차라리 이른 편이 나았다. 안나는 은행 앞에서 한 시간이라
도 기다릴 자신이 있었다.

하지만 몇 분 지나지 않아 여자 직원인 듯한 사람이 오더니 열쇠로 옆문을 열고 은행 안으로 들어가려고 했다. 아직 젊었지만 스무 살은 훨씬 넘은 것으로 보아 일로나는 아닌 것 같았다.

안나는 문이 닫히기 전에 재빨리 손으로 문을 잡았다. 여자가 소스라치게 놀라며 주위를 두리번거렸다.

안나가 얼른 말을 꺼냈다.

"죄송해요. 놀라게 하려던 건 아니에요. 하나 물어볼 게 있어요."

여자가 안나를 위에서 아래로 훑었다.

"원하는 게 뭐예요?"

"일로나 자바츠키 씨가 여기서 일하죠? 그분이랑 얘기 좀 할 수 있을까요?"

여자가 한숨을 내쉬더니 눈을 크게 뜨고 물었다.

"댁이 안나 린덴탈이라는 사람이군요? 그렇죠?"

"네! 아니요! 실은 저도 잘 몰라요!"

"지금 저랑 장난하자는 거예요?"

"아니요, 그런 게 아니에요. 정말이에요. 댁은 성함이 어떻게 되죠?"

"뮐러예요. 전 시간이 없어요. 안 그래도 늦었단 말이에요. 제발 돌아가 주세요."

여자가 문을 닫으려고 했지만 안나는 문을 꽉 잡고 놓아주지 않았다.

"제발 부탁이에요. 그냥 일로나랑 얘기만 잠깐 하면 돼요. 저한텐 아주 중요한 일이에요!"

"어차피 소용없어요. 일로나는 지금 없단 말이에요."

"왜요? 어딜 갔는데요?"

"휴가예요."

"휴가요? 그럴 리가! 언제 다시 나오죠?"

"저도 정확히는 몰라요. 2주쯤 뒤에?"

"어디 여행을 간 거예요?"

"아마 그럴 거예요."

"어디요?"

"그건 저도 몰라요. 저한테 이러지 마시고 아가씨 아버지한테 물어보면 되잖아요. 그리고 제발 이 문 좀 놓으세요!"

뮐러라는 여자는 있는 힘껏 문을 밀어 닫아 버렸다.

안나가 문에 대고 소리를 질렀다.

"빌어먹을!"

안나는 문을 발로 차 버리고 싶은 것을 가까스로 참았다.

갑자기 은행 여자 직원의 불친절한 말이 떠올랐다.

"아가씨 아버지한테 물어보면 되잖아요!"

린덴탈! 일로나가 어디로 여행 갔는지 마틴 린덴탈이 알고 있다고? 그렇다면 린덴탈 씨가 일로나를 어디론가 보내 버린 걸까, 아니면 일로나가 린덴탈 씨를 피해 도망간 걸까?

안나로서는 더 이상 은행 앞에 서 있을 필요가 없었다. 은행 문이야 곧 열리겠지만 일로나가 어디로 여행을 떠났는지는 알아내지 못할 게 뻔했다.

안나는 발 가는 대로 걷기 시작했다. 슈타인베르크는 작은 도시였다. 이 작은 도시에 누구 하나쯤은 일로나 자바츠키가 어디로 여행을 떠났는지 알 법도 한데! 그렇다. 여행사! 사람들은 보통 여행사에 가서 예약하잖아! 한번 알아볼 가치는 충분히 있어!

안나는 무거운 장바구니를 들고 걸어가는 여자를 붙잡고 물어보았다.

"저, 여기 슈타인베르크에 여행사가 몇 개나 되나요?"

여자가 웃음을 터뜨렸다.

"여행사가 몇 개냐고요? 아가씨, 여긴 슈타인베르크예요! 여기 사람들은 여행 같은 거 안 해요. 여행사가 한 개 있긴 한데, 거기 가면 로또 복권도 팔고 그래요. 안 그러면 운영이 되지 않을 거예요."

"거기가 어디예요?"

"바로 저기 모퉁이를 돌면 있어요. 약국 옆이에요."

여자가 가르쳐 준 여행사는 정말 여행사라기보다는 로또

복권을 취급하는 잡화상 같은 곳이었다. 그나마 여행 카탈로 그 몇 권이 과자, 잡지, 담배 등과 나란히 진열장 한쪽 구석에 꽂혀 있었다. 가게 문은 아직 닫혀 있었다. 하지만 김이 서린 유리창으로 판매대 뒤에 서 있는 나이 든 여자가 보였다. 여자의 표정으로 보아 그리 호락호락할 것 같지 않았다. 그런데도 안나는 문을 두드렸다.

안나가 손가락뼈가 으스러져라 문을 두드리고 난 뒤에야 여자의 고함 소리가 들렸다.

"문 열려면 아직 10분 남았어요!"

안나가 외쳤다.

"그러지 말고 문 좀 열어 주세요! 그냥 뭐 하나만 여쭤 보고 싶어서 그래요!"

여자가 못마땅한 표정으로 판매대를 돌아 나오더니 신발을 질질 끌며 문 쪽으로 다가와 열쇠를 구멍 속에 집어넣었다. 순간 여자가 안나의 얼굴을 보더니 열쇠를 돌리다 말고 소리를 내질렀다.

"어서 꺼져! 내 가게에 얼굴도 들이밀지 말라고!"

여자의 표정은 아까보다 더 어두워져 있었다.

"하지만 제가 누군지 모르시잖아요!"

"오, 알고말고! 슈타인베르크에 너 같은 날라리는 필요 없어!"

"무슨 말씀이세요? 그러지 말고 제발 제 말 좀 들어 주세요!"

그때 누군가가 안나의 어깨를 두드렸다. 안나가 뒤를 돌아보니 변성기를 막 지났을 것 같아 보이는 남자 아이가 안나를 바라보며 웃고 있었다.

"뭐야?"

"우리 엄만 절대 가게 문 미리 안 열어."

가게 안에 있는 여자가 소리를 질렀다.

"걔랑 얘기하지 마라! 그 앤 안나 린덴탈이야! 난 네가 걔랑 얘기하는 거, 용서 못해!"

남자 아이가 가게 문을 향해 그만 하라는 식으로 손을 젓더니 자기 엄마의 욕지거리에는 아랑곳하지 않고 안나에게 물었다.

"네가 안나 린덴탈이니?"

안나가 이번에는 혼란을 불러일으키지 않을 셈으로 그렇다고 대답했다.

"응. 여기 사람들은 날 별로 안 좋아하는 것 같은데? 특히 네 엄마는."

"별로 심각하게 생각할 필요 없어. 우리 엄만 늘 저래."

안나는 남자 아이가 가엾다는 생각이 들었다.

"난 네 엄마한테 그냥 뭐 하나만 물어보려고 했어. 내 친구에 대해서인데, 일로나 자바츠키라고."

"아, 일로나! 그래, 너희 둘이 친구였지!"

"너도 일로나를 아니?"

"당연하지. 슈파카세 은행에서 일하잖아. 나도 거기 통장이 있는걸."

"그런데 나는 몰라?"

"응. 기억이 가물가물해. 난 세 살 어리거든. 내가 아는 건 몇 년 전에 네가 사라졌다는 것 정도야. 우리 아빠는 린덴탈 씨 공장에서 일하는데, 네가 사라졌을 때 사람들이 입방아를 엄청 찧어 댔지. 우리 집에서도 만날 그 얘기밖에 안 했어. 여기처럼 작은 도시에서는 그런 일이 흔하지 않거든. 게다가 개나 소나 말이나 이름만 들으면 다 아는 사람 얘기였으니까."

"일로나가 여행을 갔다던데, 혹시 어디로 갔는지 아니? 일로나를 꼭 한 번 만나 보고 싶어서 그래."

"당연하지. 사실 난 아직 학생이지만 가끔 엄마 일을 도와드리고 있어. 아니, 정확히 말하면 여행 업무는 모두 내가 처리해. 별로 어렵지 않거든. 여기야 어차피 여행하는 사람도 많지 않고, 요즘엔 인터넷까지 생겨서 말이야. 이렇게 계속 나가다가는 우리 가게도 곧 문을 닫아야 할 것 같아."

안나는 수다스런 남자 아이가 제 생활을 구구절절 늘어놓기 전에 얼른 다시 한 번 물었다.

"그래서 일로나가 어디로 갔냐니까?"

"어, 내가 아직 그 얘길 안 했나? 테네리페 섬으로 갔어. 호텔은 안탈리아 파크 호텔. 특별히 싸게 나온 패키지였지. 잠깐 기다려 봐. 카탈로그를 갖다 줄게."

남자 아이는 엄마의 가게로 들어가더니 잠시 뒤 손에 여행 카탈로그를 들고 다시 나타났다.

남자 아이가 안나에게 카탈로그를 내밀었다.

"120쪽을 펼쳐 봐."

안나는 남자 아이에게 뽀뽀라도 해 주고 싶은 심정이었다. 하지만 남자 아이 얼굴에 가득한 여드름 때문에 참았다. 안나는 거듭 고맙다는 인사를 한 뒤 얼른 그 자리를 떴다.

남자 아이가 안나의 등 뒤에 대고 물었다.

"여기 자주 올 거야? 그럼 우리 만날 수도 있어!"

"글쎄, 두고 봐야지."

안나는 그렇게 대답했지만 억지로 끌려오지 않는 이상, 슈타인베르크에는 절대 다시 발을 디디지 않으리라는 사실을 알고 있었다.

어느덧 출근하는 사람들로 붐빌 시간이었지만 슈타인베르크 역은 안나가 도착했을 때처럼 한산하기만 했다. 안나는 승강장에 서서 베를린으로 돌아가는 기차를 기다리며 '이곳 사람들은 대부분 마틴 린덴탈의 공장에서 일하는구나.' 하고 생각했다. 안나는 여행 카탈로그를 무슨 대단한 보물이라도 되는 것처럼 가슴에 꼭 껴안고 있었다.

슈타인베르크에 혼자 다다랐을 때도 자신이 무척 자랑스러웠던 안나인 만큼, 바로 그 순간 안나가 느끼는 자긍심은 그야말로 하늘을 찌를 듯했다. 일로나와 직접 이야기를 나누지 못했지만 일로나가 있는 곳을 알아냈다. 좋든 나쁘든 진짜 인생을 경험해야 한다던 카를라의 말은 바로 이런 것을 뜻했을까?

안나는 뿌듯함에 잠겨 자동차 경적 소리도 듣지 못했다. 빵빵대는 소리가 점점 더 요란해졌다. 안나가 뒤를 돌았다. 케빈이었다!

안나는 심장이 뛰었지만 금세 어두운 생각이 밀려들었다. 케빈은 어떤 반응을 보일까? 화를 낼까? 케빈이 화를 내면 그것으로 끝이야. 더 이상 케빈을 보지 않겠어.

케빈이 차에서 내리더니 역 쪽으로 걸어왔다. 케빈이 안나의 초점에서 잠시 사라지는가 싶더니 어느새 승강장에 서 있었다.

안나는 케빈의 얼굴에서 무엇인가를 읽어 내려고 애썼다. 하지만 케빈이 바로 앞에 와서 멈춰 설 때까지 아무것도 읽어 낼 수 없었다.

안나가 간신히 한마디를 내뱉었다.

"뭐?"

케빈이 숨을 한껏 들이마시더니 천천히 입을 열었다.

"내가 널 너무 얕잡아 봤어. 그리고 내가 또 한 번 잘못한 것 같고."

그것으로 충분했다. 안나는 그 말 한마디로 모든 것을 잊어버릴 수 있었다.

"난 그저……."

안나가 손으로 케빈의 입을 막았다.

"난 또 마구 짜증을 부렸고."

두 사람은 서로를 마주 보았다.

케빈의 눈길이 안나에게 뭔가를 말하고 있었다. 지금이야!

안나의 얼굴이 천천히 케빈 쪽으로 다가갔다. 케빈은 피하지 않았다. 이제 몇 센티미터만 더, 그러면 두 사람의 입술이 닿으리라. 안나는 지금이 기회라는 것을 알았다. 지금 이 순간을 놓치면 다시는 그런 기회가 오지 않을 수 있다는 것도 알았다. 하지만 안나가 절대 있을 수 없다고 생각하던 일이 벌어지고 말았다. 안나가 그토록 바라던 소망이, 몇십 가지 모습으로 꿈꾸며 그토록 바라던 일이 현실로 일어나려는 순간 안나는 두려움을 느꼈다. 안나는 지금이 그 순간이라고 느끼면서도 동시에 잘못된 순간이라는 사실을 깨달았다. 과거의 안나가 피부에 와 닿다시피 하는 슈타인베르크에서 케빈과 입을 맞출 수는 없었다. 슈타인베르크는 안나의 꿈을 이루기에는 알맞은 곳이 아니었다.

케빈도 안나의 생각을 읽은 것 같았다. 아니, 어쩌면 안나와 같은 생각을 했는지도 모른다. 케빈이 안나의 손을 잡으며 입을 열었다.

"그만 가자. 이 도시는 왠지 우울해."

케빈은 자동차로 갈 때까지 안나의 손을 놓지 않았다.

케빈은 10킬로미터 넘게 차를 몬 뒤에야 첫마디를 꺼냈다.

"얘기해 봤어?"

"못 만났어. 휴가 갔대."

케빈이 신음 소리를 냈다.

"이 도시 사람들은 죄다 휴가래?"

안나가 여행 카탈로그를 내보였다.

"하지만 일로나가 여행 간 곳을 알아냈어. 호텔도 알아."

케빈의 눈이 휘둥그레졌다.

"내가 널 얕잡아 봐도 한참 얕잡아 봤다니까! 미안. 다시는 그런 일 없을 거야."

안나가 짧게 대답했다.

"그래, 그래야지."

"이제 그럼 당장 테네리페 섬으로 가자. 국장님한테 영수증 결재가 올라갈 때 제발 내가 자리에 없어야 할 텐데……."

"정말 테네리페 섬으로 갈 거야?"

"그거 말고 뭐 다른 수라도 있어? 네가 안나 린덴탈인지 아닌지를 말해 줄 수 있는 사람은 일로나 자바츠키뿐이야. 둘은 아주 친한 친구 사이였으니까. 서무실 아주머니가 무엇처럼이라고 했잖아. 뭐더라?"

"실과 바늘처럼."

"그래, 바로 그거. 일로나가 너를 보고 안나라고 하면 넌 안나인 거야. 그럼 일로나한테 네 과거에 대해서도 들을 수 있을 거야."

얼마 안 가 두 사람은 테네리페 섬으로 가는 여행 예약을 끝냈다.

케빈이 휴대폰을 끊으며 말했다.

"여기 베를린 테겔 공항에서 내일 새벽 출발하는 비행기가 가장 빠른 비행기야. 이 호텔에서 하룻밤 더 묵으면 되니까 문제 될 건 없어."

안나가 물었다.

"테네리페 섬에 가서는? 호텔은 있어?"

"그건 거기 가서 찾아봐야 할 것 같아. 비수기니까 어렵지는 않을 거야."

안나가 계속 질문을 던졌다.

"먼저 집에 가서 뭐 좀 챙겨야 하는 거 아니야?"

"필요한 것은 이따 같이 베를린 시내에 나가서 사면 돼. 어차피 시간이 좀 있으니까."

"같이?"

"당연하지. 왜, 싫어?"

"싫긴! 이 옷이 벌써 며칠째인지 모르겠어. 그것도 다 방송국에서 내 주는 거야?"

케빈이 입을 삐죽거렸다.

"사실은 아니야. 하지만 우리 영수증을 보면 국장님은 어차피 길길이 뛰실 거야. 그러니 몇 푼 더 쓰고 덜 쓰고는 별차이 없어."

"지금 그 말, 희생양 협박용이지?"

"무슨 말이야?"

"방송국에서 비행기 표, 호텔, 렌터카는 물론이요, 심지어 옷까지 사 줬으니까 결국에 가서는 미안해서라도 방송을 허락하게끔 만들려는 작전 아니냐고?"

케빈이 순진한 표정을 지으려고 애쓰면서 소리쳤다.

"중상모략이야!"

18

　린덴탈 부인이 가장 즐겨 하는 일은 의심할 여지없이 쇼핑
이었다. 린덴탈 부인이 얼마나 쇼핑광이었는지는 안나가 그
집에 사는 동안 여러 번 확인할 수 있었다. 물론 안나도 옷과
신발을 비롯해 꼭 필요하지도 않은 여러 가지 물건을 사는
일을 즐겼다. 하지만 케빈과의 쇼핑은 왠지 더욱 특별했다.

　쇼핑하는 순간순간 안나는 새로운 몽상에 젖어 들었다.

　안나는 케빈을 더 큰 곤란에 빠뜨리지 않으려고 옷의 가짓
수와 가격에 세심하게 신경 썼다. 케빈이 자기 물건은 훨씬
더 싼 것을 골랐기 때문에 안나는 그나마 자기가 고른 물건
을 살 수 있는 것이 다행이라고 생각했다.

　케빈이 말했다.

　"이제 바닷가나 수영장에서 입을 거만 사면 되겠다."

　안나가 물었다.

　"바닷가? 거긴 벌써 그렇게 더워?"

　"테네리페 섬? 한 25도쯤 될걸? 거긴 기온이 그보다 더 내
려가는 법이 없어. 바닷가는 일 년 내내 그 정도쯤 될 거야."

　안나가 다시 한 번 물었다.

"언제나 여름처럼 덥단 말이야? 그럼 내가 생각했던 것보다 여름을 빨리 경험할 수 있게 됐네."

케빈이 안나를 보며 웃었다.

"분명히 네 마음에 들 거야."

안나가 물었다.

"하늘은?"

"파랗지!"

"비행기 안에서 본 하늘처럼 그렇게 파랄까?"

케빈은 한참 동안 안나를 물끄러미 쳐다보다가 잠시 뒤 고개를 끄덕거렸다.

가게 점원이 물었다.

"비키니를 보여 드릴까요, 아니면 원피스를 원하세요?"

케빈의 입에서 총알처럼 대답이 튀어나왔다.

"원피스요."

케빈은 그렇게 말해 놓고는 무안했는지 손으로 얼른 입을 막으며 사과했다.

"미안."

점원이 빙그레 웃으며 케빈과 안나를 번갈아 쳐다보더니, 이번에는 안나를 보며 다시 물었다.

"어떻게 할까요?"

안나가 대답했다.

"원피스로 보여 주세요."

점원이 옷걸이에 걸려 있던 원피스 수영복 가운데에서 몇 개를 고르더니 위로 들어 보였다. 안나는 어떤 것이 더 나은지 감이 오지 않았다.

안나가 케빈을 바라보며 물었다.

"어떤 게 좋아?"

케빈은 조금도 머뭇거리지 않고 점원의 손에 들린 수영복 가운데 하나를 가리켰다.

점원이 더 크게 웃음을 지었다.

"그럼 한번 입어 보세요."

마침내 탈의실 안에서 수영복으로 갈아입은 안나가 소리쳤다.

"갈아입었어요!"

안나는 왠지 원피스 수영복이 마음에 들지 않았다. '혹시 옛날에 비키니를 더 즐겨 입었던 게 아닐까?' 하는 생각이 들었다. 아니, 어쩌면 수영을 해 본 적이 없었는지도 모른다.

점원이 탈의실 밖에서 대꾸했다.

"그럼 밖으로 나오세요."

안나는 숨을 한 번 깊이 들이마신 뒤 눈을 감고 탈의실 밖으로 나왔다. 안나가 눈을 뜨자 케빈의 얼굴이 보였다.

케빈은 또다시 필요 이상으로 안나를 오랫동안 바라보았다. 안나를 바라보는 케빈의 눈빛이 왠지 달라져 있었다.

점원이 케빈에게 물었다.

"정말 잘 어울려요! 안 그래요?"

케빈이 안나에게 눈길을 고정시킨 채 고개만 끄덕였다.

"그럼 다시 갈아입을게요."

안나는 얼른 탈의실 안으로 들어갔다.

점원이 커튼 안으로 고개를 들이밀더니 속삭였다.

"그 수영복, 정말 잘 어울려요. 아가씨 남자 친구도 마음에 든 것 같아요. 아주 멋진 휴가가 되겠어요."

점원은 안나에게 한쪽 눈을 찡긋 한 뒤 사라졌다.

안나가 조용히 속삭였다.

"제 남자 친구가 아니에요. 휴가도 아니고요."

테네리페 섬으로 가는 비행기 여행은 베를린으로 갈 때만큼이나 즐거웠다.

안나는 이미 비행기를 한 번 타 보았기 때문에 첫 비행에서 경험한 짜릿함을 두 번째 비행에서는 느끼지 못할 것이라고 생각했다. 하지만 그것은 안나의 착각이었다. 심지어 안나는 두 번째 여행에서 비행의 즐거움을 조금 더 강렬하게 맛보았다. 비행기가 베를린 하늘을 뒤덮고 있는 두꺼운 구름을 뚫고 올라가자마자 안나는 또다시 하늘에 마음을 빼앗겼다.

잠시 뒤 바다가 내려다보이자 안나는 창에 머리를 박은 채 창문에서 떨어질 생각조차 하지 않았다.

승무원이 기내식을 가지고 오자 케빈이 안나에게 말을 걸었다.

"뭐 좀 먹어야지. 음료도 마시고. 비행기 안에서는 금방 건조해진단 말이야."

안나는 까마득한 아래에서 햇빛을 받아 반짝이는 바다에 눈길을 고정하고 건성으로 대꾸했다.

"먹고 마시는 건 내려서도 할 수 있잖아."

안나는 공항 건물을 떠나는 순간 말로 다 표현할 수 없는 아쉬움을 느꼈다.

사실 하늘에서 바라본 테네리페 섬은 조금 실망스러웠다. 푸름이라고는 거의 찾아볼 수 없는, 불타 버린 듯 메마른 풍경이었다.

케빈이 말했다.

"북쪽은 푸르러. 하지만 일로나가 있는 호텔은 이곳 남쪽이야. 대신 여긴 해가 좋지."

안나는 케빈이 말한 태양을 직접 느꼈다. 햇빛이 살갗을 태우는 것만 같았다. 믿기지 않았다! 햇볕은 아무리 많이 쬐도 모자랄 것 같았다. 안나는 두 팔을 좍 벌리고 공항 입구에 서서 눈을 감은 채 태양을 향해 얼굴을 들어 올렸다.

안나가 여전히 눈을 감고 케빈에게 물었다.

"이 냄새, 너한테도 나?"

케빈이 코를 킁킁댔다.

"휘발유 냄새?"

"바보! 그거 말고 다른 냄새가 나잖아. 꽃! 꽃향기가 틀림없어! 꽃향기가 이런 거야, 케빈?"

안나가 눈을 떴다.

"왜 그래? 왜 그렇게 슬픈 얼굴로 날 보는 거야?"

"안나, 네 말이 맞아. 우린 반드시 네 기억을 되찾아야만 해."

안탈리아 파크 호텔 로비에 들어선 안나는 놀라움을 감추지 못했다.

"와! 굉장한걸? 여기에 비하면 쾰른에 있는 호텔은 여관이야!"

케빈이 머리를 긁적였다.

"글쎄, 꼭 그렇다고 볼 수는 없어. 적어도 가격으로 따지면 말이야."

케빈은 곧장 접수계로 갔다. 안나는 거리를 조금 두고 케빈 뒤에 서 있었다. 쾰른에서 호텔 직원에게 당한 수모가 아직도 머릿속에 생생히 남아 있었다.

접수계에서 일하는 남자는 안나가 상상하는 전형적인 스페인 남자였다.

접수계 직원이 억양까지도 완벽한 독일어로 물었다.

"뭘 도와 드릴까요?"

케빈이 놀라서 말을 더듬었다.

"네? 아, 저 그러니까…… 싱글 룸 두 개가 필요한데요. 그런데 저희가……."

접수계 직원이 상냥하게 웃으며 케빈의 질문을 마무리 지어 주었다.

"독일 사람인지 어떻게 알았냐고요? 그게 저희 직업인걸요. 그리고 전 독일에 오래 살았어요."

"아, 그랬군요. 그거 참 잘됐네요."

방을 구하는 데 문제가 없을 거라던 케빈의 추측은 옳았다. 얼마 안 가 안나와 케빈의 손에는 호텔 방 열쇠가 들려 있었다.

케빈이 접수계 직원에게 물었다.

"저, 여기 손님 가운데 일로나 자바츠키 양이라고 있나요?"

접수계 직원이 컴퓨터를 조회하는 동안 안나의 심장이 쿵쿵거렸다.

"네, 계십니다."

안나가 너무 크다 싶을 정도로 소리를 질렀다.

"지금 방에 있나요?"

접수계 직원이 몸을 움찔했다.

"네? 아, 무슨 말씀인지 알겠어요. 죄송하지만 그것까지는 잘 모르겠군요. …… 저, 잠깐만요. 방에 안 계신 것 같은데요? 여기 컴퓨터를 보니까 어제 렌터카를 한 대 예약하셨네요. 아마 섬을 구경하실 생각이었나 봐요. 저희 섬은 정말 아름답거든요."

안나가 물었다.

"벌써 나간 거예요?"

접수계 직원은 대답 대신 전화 수화기를 집어 들었다.

"차를 벌써 가지고 가셨는지 물어봐 드릴게요."

안나가 케빈을 바라보았다. 접수계 직원의 전화 통화를 듣고 있는 케빈의 표정은 아주 고요했다. 케빈도 안나와 마찬가지로 아무 말도 알아듣지 못하는 것이리라. 아니면 케빈은 정말 마음이 편한 걸까? 그것도 아니라면 케빈은 긴장감을 잘 감추고 있는지도 몰랐다. 안나는 조마조마한 마음을 떨쳐버리기 위해 할 수만 있다면 있는 대로 소리를 지르고 싶었다. 일로나는 과거의 안나를 바깥으로 끌어 낼 수 있는 유일한 희망인지도 몰랐다.

접수계 직원이 수화기를 내려놓더니 다시 안나와 케빈을 바라보며 말했다.

"아직 차를 가지고 가지 않으셨답니다."

케빈이 물었다.

"그럼 그분 방에 전화 좀 걸어 주시겠어요?"

친절한 접수계 직원이 케빈을 물끄러미 바라보더니 한숨을 쉬며 전화번호를 눌렀다. 그러고는 케빈에게 수화기를 넘겨주었다.

신호가 가는 소리가 안나의 귀에까지 들렸다. 신호가 열 번 넘게 울린 뒤에야 케빈은 호텔 직원에게 수화기를 돌려주며 대신 이렇게 물었다.

"렌터카 대리점이 어디죠?"

"여기서 가깝습니다. 100미터만 가시면 있어요. 여기 정문으로 나가셔서 왼쪽입니다."

안나가 무턱대고 말했다.

"우리도 차부터 빌려. 방에는 나중에 가도 되잖아."

두 사람은 접수계 직원에게 짐을 맡겼다. 접수계 직원은 드디어 두 사람의 등쌀에서 벗어나게 돼 마음을 놓는 기색이었다.

케빈과 안나가 생각했던 것보다 렌터카를 빌리려는 사람

이 많았다.

그래도 두둑한 팁을 주면서 사정하자 렌터카 대리점 직원이 차 한 대를 빌려 주었다.

케빈이 낡은 소형차에 올라타며 투덜댔다.

"날강도 같은 놈들! 이놈의 똥차, 가다가 멈추지나 말아야 할 텐데."

케빈과 안나는 호텔 정문과 렌터카 대리점 입구가 모두 보이는 곳에 차를 세웠다.

두 사람은 '날강도 같은' 렌터카 대리점이 돈을 얼마나 잘 버는지 곧 확인할 수 있었다. 렌터카들이 꼬리에 꼬리를 물고 대리점 주차장을 나섰다.

안나가 시계를 들여다보았다. 거기서 그렇게 허탕 치며 앉아 있은 지 벌써 한 시간째였다. 소형차의 불편한 좌석과 이글거리는 태양 때문에 차 안에 앉아 있기란 여간 힘든 일이 아니었다. 가까이 보이는 작은 가게에 가서 마실 거라도 사 오고 싶었다. 하지만 운이 없으면 바로 그 순간에 일로나가 나타날지도 몰랐다.

안나가 입을 열었다.

"호텔 직원 말이 꼭 맞으란 법도 없잖아. 어쩌면 벌써 차를 빌려서 가 버렸는지도 몰라."

안나는 케빈이 자기 말을 듣고, 호텔에 가서 짐이나 풀자고 말하기를 바랐다.

순간 케빈이 몸을 움칫하며 외쳤다.

"저기 나타났어!"

호텔 입구에는 사람들이 여러 명 있었지만 안나는 제 나이 또래의 젊은 여자를 찾을 수 없었다.

"어디? 난 안……."

케빈이 안나의 말을 가로챘다.

"호텔 말고. 지금 막 우리 차 뒤를 지나서 렌터카 대리점으로 들어갔어. 못 봤어? 슈퍼마켓 봉투를 잔뜩 들고 있었는데!"

안나는 호텔 입구만 감시하느라 누가 자기들이 앉아 있는 차 곁을 지나가는지 신경 쓸 겨를이 없었다.

안나가 케빈에게 물었다.

"방금 그 여자가 일로나였는지 어떻게 확신해?"

"지금까지 저 날강도 대리점에 들어간 사람들 가운데 유일한 젊은 여자니까. 다른 사람들은 모두 가족들이거나 나이 많은 사람들이었단 말이야."

안나가 덧붙였다.

"아니면 남자거나."

"맞아! 하지만 방금 들어간 여자는 네 나이였어. 일로나가 틀림없어. 내기해도 좋아."

안나가 곰곰이 생각하는 투로 케빈의 말을 되풀이했다.

"슈퍼마켓 봉투라……. 그래서 방에 없었나 봐."

그 순간 안나와 케빈이 빌린 차와 별반 다르지 않은 소형 차가 렌터카 대리점을 나섰다.

케빈이 소리쳤다.

"저기 있다! 이번엔 봤어?"

"아니, 잘은 못 봤어. 그냥 여자라는 것만 알아봤어."

케빈이 시동을 걸자 안나가 다급히 물었다.

"아니면 어쩌려고?"

케빈이 어깨를 한 번 으쓱해 보였다.

"위험을 무릅쓰는 수밖에."

여자가 차를 천천히 몰았는데도 호텔이 빽빽이 들어선 관광단지에서 누군가를 뒤쫓는다는 것은 쉽지 않았다.

케빈이 욕을 퍼부었다.

"이놈의 똥차! 파워 스티어링 장치라도 달려 있으면 좋을 텐데."

시간이 지나자 도로가 점점 한산해지면서 건물도 드문드문 나타났다.

안나가 말했다.

"너무 그렇게 바짝 쫓아가지 마. 미행당하는 걸 눈치 챌지 모르잖아."

"눈치 못 챌 거야. 어차피 우리 말고도 차가 많은걸, 뭐."

하지만 상황은 금세 변했다. 도로가 점점 더 좁아지고 가팔라지는가 싶더니, 그곳에는 케빈과 안나가 탄 차와 두 사람이 쫓아가는 차, 단 두 대밖에 남지 않았다.

케빈이 말했다.

"산으로 올라가고 있어. 슬슬 드라이브나 하려고 차를 빌린 게 아니야. 분명한 목적지가 있다고."

어느새 두 차는 간격이 많이 벌어져 급한 커브 길에서는 앞차를 놓치기 일쑤였다. 어떨 때는 몇 분 동안이나 앞차가 보이지 않았다.

안나는 자기들도 모르는 사이에 앞차가 다른 길로 들어가 버리지 않았기를, 또는 미행당하는 것을 눈치 채고 옆길로 숨지 않았기를 간절히 바랐다. 안나는 케빈에게 그만 돌아가자고 말해야 하는 게 아닐까 하고 마음속으로 갈등했다. 순간 케빈이 화들짝 놀라며 급브레이크를 밟았다. 좁은 커브 길을 도는 순간 케빈과 안나가 쫓던 소형차가 도로 한가운데서 있었던 것이다. 케빈이 커브를 천천히 돌지 않았더라면 부딪쳤을 게 분명했다. 급브레이크를 밟았는데도 케빈은 한 뼘쯤의 간격을 두고 간신히 차를 세울 수 있었다.

안나가 소리쳤다.

"길 한가운데서 갑자기 왜 차를 세웠을까?"

"난들 알아? 차가 고장 났나 보지."

앞차 운전자는 여전히 차 안에 앉아 있었다. 안나는 앞차에 탄 여자가 백미러로 자기들을 바라보는 것을 느꼈다.

안나가 속삭였다.

"우리, 차에서 내려야 하는 거 아니야?"

그때 앞차 문이 열렸다. 하지만 운전자는 여전히 자리에 앉은 채 윗몸만 바깥으로 내밀었다.

여자의 목소리가 들렸다.

"당신들 대체 누구예요? 뭘 원하는 거예요? 왜 날 따라오죠?"

케빈이 대꾸했다.

"일로나 자바츠키 양인가요?"

앞차 운전자는 아무 대답도 하지 않고 차에서 내리더니 안나와 케빈 쪽으로 한 걸음 다가오며 소리쳤다.

"그건 왜 묻죠?"

안나는 그 여자가 일로나라는 것을 대번에 알아차렸다. 이유는 설명할 수 없었다. 그냥 직감이었다. 안나도 안전벨트를 풀고 차에서 내렸다.

안나는 이제 곧 보홈에 있는 카를라의 상담실에서 이베스를 처음 만났을 때와 비슷한 경험을 하게 되리라 예상하며 마음을 단단히 먹었다. 기억의 조각과 혼미한 감정이 요동치리라. 하지만 그것은 안나의 착각이었다. 안나에게는 아무 일도 일어나지 않았다. 그 순간 안나는 자신이 안나 린덴탈이 아니라는 것을 확실히 깨달았다.

19

일로나는 안나를 보자 말 그대로 제자리에 굳어 버렸다. 얼마 동안 자기 차 옆에 꼼짝 않고 서 있던 일로나가 머뭇머뭇 안나 쪽으로 걸어왔다. 안나와 똑바로 마주 보는 것을 두려워하는 것 같았다.

케빈이 다시 한 번 같은 질문을 되풀이했다.

"아가씨가 일로나 자바츠키 양 맞아요?"

일로나는 케빈을 돌아보지도 않고 그저 고개만 끄덕였다.

케빈이 다음 질문을 던졌다.

"그리고 이쪽이 안나 린덴탈인가요?"

안나도 일로나에게 눈길을 돌리지 않고 소리쳤다.

"아니야! 난 안나 린덴탈이 아니야!"

"뭐? 대체 무슨 소리야? 이해하지 못하겠어. 그걸 네가 어떻게 알아? 기억이 돌아온 거야?"

"아니."

"그럼 어떻게……."

안나가 케빈의 말을 잘랐다.

"질문 좀 그만 해, 케빈. 먼저 일로나랑 얘기를 좀 해야겠어."

일로나가 혼잣말처럼 속삭였다.

"너무 닮았어. 내가 안나를 속속들이 알지 못했다면…….
대체 넌 누구니?"

"난 안나가 아니야. 더 이상은 나도 몰라."

"무슨 말인지……."

케빈이 끼어들었다.

"계속 길 한가운데 서서 이럴 게 아니라 먼저 차부터 저쪽
에 대죠. 뒤차가 우리를 낭떠러지 아래로 밀어 버리기 전에
말이에요."

일로나는 열려 있는 자동차 문에 닿을 때까지 계속 안나만
바라보며 뒷걸음쳤다. 그러고는 차에 올라타 케빈이 말한 대
로 도로 가장자리에 차를 세웠다.

안나는 차마 떨어지지 않는 발걸음을 돌려 가까스로 차에
다시 올라탔다.

케빈이 물었다.

"어떻게 알았어?"

"아무 일도 일어나지 않았어. 아무런 기억도 떠오르지 않
았다고."

"무슨 말이야?"

"저쪽에 차를 대. 지금은 나도 뭐가 뭔지 잘 모르겠으니

까."

안나는 케빈의 질문에 대답하지 않고 그렇게만 말했다.

케빈이 한숨을 쉬며 시동을 걸더니 도로를 벗어나 일로나의 차 뒤에 차를 세웠다. 안나가 문을 박차고 뛰어나왔다. 일로나도 어느새 다시 바깥에 나와 서 있었다.

일로나가 먼저 입을 열었다.

"도무지 무슨 영문인지 모르겠어. 너희들 대체 누구니? 왜 이곳에 있지? 무슨 이유로 날 따라오는 거냐고?"

안나가 되물었다.

"마실 것 좀 있니? 목말라 죽을 것 같아."

일로나가 트렁크를 열더니 물 한 병을 꺼냈다. 안나는 뚜껑을 열고 단숨에 반병을 비웠다.

안나가 숨을 토하며 말했다.

"이제 좀 살 것 같아. 좋아, 내 이야기부터 하지."

안나는 자기가 아는 것을 모두 말했다. 일로나는 안나의 말을 단 한 번도 중간에서 끊지 않고 끝까지 들었다.

마침내 일로나가 입을 열었다.

"기억 상실이라. 그런 건 텔레비전에서만 나오는 이야긴 줄 알았는데. 네 말, 정말이니?"

안나가 짧게 대답했다.

"유감스럽게도."

일로나가 뜬금없는 말을 내뱉었다.

"그 사람들이 널 속였어! 널 완전히 속였다고! 린덴탈 부부는 네가 안나가 아니라는 것을 알고 있었어. 부모가 돼 가지고 몰랐을 리 없지. 나도 알아봤는데……. 하지만 그러고도 남아. 그게 린덴탈 부부지."

안나가 물었다.

"무슨 소리야?"

일로나가 미처 대답하기 전에 케빈이 새로운 질문을 던졌다.

"안나는 어떻게 된 거예요? 진짜 안나 말이에요. 우리가 슈타인베르크에서 알아낸 건 3년 전에 사라졌다는 것뿐이에요."

일로나가 말했다.

"슈타인베르크에서 몇 년을 살아도 그것 말고는 더 이상 알아내기 힘들 거예요. 슈타인베르크 사람들은 모르는 사람한테 남의 얘길 잘 하지 않거든요. 특히 안 좋은 얘기는요. 게다가 그 이야기의 주인공이 자기들 시를 위해 그토록 많은 공을 세운 린덴탈 씨 부부라면 더더욱 쉬쉬했을 거예요."

케빈이 물었다.

"린덴탈 부부를 좋아하지 않으시는군요? 가장 친한 친구의 부모님인데도요."

일로나가 머리를 흔들었다.

"가장 친한 친구의 부모님인데도 좋아하지 않는 게 아니라, 가장 친한 친구의 부모님이기 때문에 좋아하지 않는 거예요."

안나가 말했다.

"무슨 말인지 모르겠어."

"그렇겠지. 처음부터 듣지 않으면 이해하기 힘들 거야. 린덴탈 부부는 통일이 되자마자 슈타인베르크로 왔어. 벤첼 공장이 린덴탈 부인의 할아버지가 세운 거였거든. 그래서 린덴탈 부부는 그 공장을 되찾으려고 했던 거야."

케빈이 일로나의 말을 가로챘다.

"그래서 그렇게 됐잖아요."

"그래요! 슈타인베르크 사람들은 처음에는 실망하고 심지어 분노하기까지 했죠. 우리들의 공장이 거만한 서독 사람에게 넘어갔다고! 하지만 분위기는 금방 달라졌어요. 마틴 린덴탈 씨가 새 일자리를 많이 만들어 냈거든요. 그건 사실이에요. 그 공로는 인정해 줘야죠."

안나가 물었다.

"안나는?"

"우리는 초등학교 때 만났어. 첫날부터 단짝이 되었지. 초등학교 내내 우린 늘 옆 자리에 앉았고, 거의 날마다 수업이 끝난 뒤에 만나서 같이 놀았어. 초등학교를 졸업한 뒤에는 서로 다른 학교에 갔기 때문에 그렇게까지 자주 볼 수는 없었지. 안나는 당연히 김나지움에 가야만 했고 나는 실업학교로 만족했거든."

"가야만 했다고?"

"바로 그거야! 그 사람들, 돈 좀 있다고 몹시 기고만장했어. 특히 린덴탈 부인이 남편보다 더 난리였지. 보훔에 살 때 린덴탈 씨는 그저 그런 회사의 과장이었다더군. 안나가 그랬어. 그런데 하루아침에 공장, 저택, 돈 그리고 거기에 딸려 오는 명예, 지위 등 모든 게 생긴 거야. 그러자 린덴탈 부인은 안나를…… 글쎄, 뭐로 만들려고 했는지는 잘 모르겠지만 어쨌거나 뭔가 특별한 사람으로 만들려고 했어. 피아노, 성악, 발레, 외국어 학원 등 안 보내는 데가 없었다니까. 정말 빡빡한 일정이었지. 내가 같이 다녀서 알아. 물론 나야 구경꾼으로 따라다닌 거지만. 그렇게라도 하지 않았으면 우리는 서로 얼굴도 보지 못했을 거야. 안나도 더 일찍 돌아 버렸을지도 모르고. 안나는 정말 친구가 한 명도 없었거든."

케빈이 단정적으로 말했다.

"린덴탈 부부가 안나를 전혀 돌보지 않았단 말이군요."

일로나가 거칠게 숨을 몰아쉬었다.

"그건 너무 좋은 표현이에요! 린덴탈 부부는 안나를 여기

저기 보내기만 했지, 전혀 보살피지 않았어요! 두 사람한텐
공장하고 돈밖에 중요한 게 없었어요. 돈, 돈, 돈, 돈밖에 몰
랐다고요! 안나가 눈물을 펑펑 쏟으며 '망할 놈의 돈, 거지
같은 공장'이라고 얼마나 자주 욕을 퍼부었는지 몰라요."

안나가 물었다.

"돌아 버렸다는 건 무슨 말이야?"

"열네 살 때 안나는 갑자기 담배를 피우기 시작했어. 그러
더니 얼마 안 가 더 심한 것에도 손을 대더군."

"마약?"

"응."

"린덴탈 부인 말로는 내가…… 내 말은 안나가 해시시를
피웠다던데?"

일로나가 웃음을 터뜨렸다.

"해시시? 물론 다른 게 없을 땐 해시시도 피웠지. 헤로인
빼놓고는 안 한 게 없어."

케빈이 물었다.

"린덴탈 부부도 그걸 알고 있었어요?"

"처음엔 몰랐거나, 알았어도 사실로 인정하지 않으려고 했
던 것 같아요. 하지만 급기야 안나가 병원에 실려 갔어요. 죽
을 뻔했죠. 일이 그 지경이 되자 더 이상은 모른 척할 수 없
었어요."

291

케빈이 계속해서 물었다.

"그래서 그 사람들이 어떻게 했나요?"

일로나가 되물었다.

"댁이라면 어떻게 했을 것 같아요?"

"안나를 약물 치료 하는 전문 병원에 보냈겠죠."

"바로 그거예요! 나나 다른 사람들도 다 그렇게 했을 거예요. 하지만 린덴탈 부부는 그렇지 않았어요. 그 사람들은 안나가 너무 한가해서 그렇다며 숨통을 더 조이기 시작했어요. 그때부터는 정말 자유 시간이 눈곱만큼도 없었어요. 학원, 공부, 학원, 공부, 그게 다였어요! 심지어 개인 교사까지 붙여 줬으니까 말 다 했죠. 하지만 린덴탈 부부는 정작 자기 딸이랑 조용히 앉아서 딸한테 무슨 문제가 있는지 차근차근 이야기를 나눌 시간은 없었어요."

케빈이 중간에 다시 끼어들었다.

"그래서 안나가 도망간 거군요?"

"그때 도망간 건 아니에요. 안나는 마약으로 문제를 해결할 수 없다는 사실을 스스로 깨달았어요. 그래서 혼자 힘으로 마약을 끊었죠. 못 견딜 정도로 괴로우면 나를 찾아와서 울고불고, 불평하고, 애걸복걸해 댔죠. 그래도 안나는 결국에 해냈어요. 그 애 부모는 그런 내막을 하나도 몰라요."

케빈이 다시 한 번 물었다.

"그럼 대체 언제 도망친 거예요?"

일로나가 도리질을 쳤다.

"안나의 상태가 다시 좀 좋아지고, 부모와의 관계도 어느 정도 회복되었을 때였어요. 어느 날 안나가 미술관에 간다며 베를린에 가더군요. 카나리아 제도에 사는 예술가들이 베를린에서 작품 전시회를 했거든요. 거기 갔다가 어떤 조각가랑 아주 가까워진 모양이에요."

케빈이 대뜸 말했다.

"임신을 했군요."

일로나가 고개를 끄덕였다.

안나가 물었다.

"그래서 도망간 거야?"

"처음엔 아니었어. 그 애 부모가 낙태를 강요하며 모든 걸 감추려고 했기 때문에 도망친 거야. 고매한 린덴탈 가문에 삼류 예술가의 자식은 말도 안 된다고 말했다더군. 그래서 도망쳤지. 그 예술가와 함께 테네리페 섬으로."

안나가 어리둥절한 표정으로 물었다.

"테네리페 섬? 여기?"

일로나가 고개를 끄덕였다.

케빈이 물었다.

"린덴탈 부부가 딸을 찾지 않았어요?"

일로나가 어깨를 으쓱했다.

"잘 모르겠어요. 어쨌거나 린덴탈 부부와 안나는 그 뒤 서로 본 적이 없어요. 그건 내가 장담할 수 있어요. 린덴탈 부부의 생활은 그 뒤에도 변함이 없었어요. 마치 아무 일도 없었던 것처럼 굴었죠. …… 어쨌거나 겉으로 드러나는 모습은 거의 그랬어요."

안나가 물었다.

"거의라니? 무슨 변화가 있긴 있었던 거야?"

"안나의 엄마가 갑자기 사회 자선 사업에 뛰어든 게 변화라면 변화지. 자선 사업치고 린덴탈 부인이 끼어들지 않은 데가 없었으니까. 자기 잘못을 만회해 보려고 그랬던 것 같아."

케빈이 중얼거렸다.

"그럴 만도 하지."

안나가 물었다.

"그럼 안나 린덴탈이 지금 여기 살고 있어?"

일로나가 안나를 바라보았다.

"그건 왜 묻지?"

케빈이 소리쳤다.

"왜냐고요? 그분이 여기 살고 계시면 우리를 도와줄 수 있을 거예요. 내 말은 그분이 안나를, 아니, 그 안나가 여기 이 아이를 도와줄 수 있을 거라고요."

294

순간 안나는 미처 알지 못했던 사실을 깨달았다. 케빈의 말이 옳았다.

진짜 안나는 정말로 자기를 도와줄 수 있으리라. 진짜 안나라면 린덴탈 부부가 왜 자기를 딸로, 진짜 안나 린덴탈로 둔갑시켰는지 설명해 줄 수 있으리라. 안나는 진짜 자기 이름조차 모르고 있으니 케빈이 안나를 '여기 이 아이'라고 부르는 것도 무리는 아니었다.

안나가 혼잣말처럼 중얼거렸다.

"난 내 이름도 몰라."

케빈이 말했다.

"곧 알게 될 거야. 안나가, 내 말은 진짜 안나가 우리랑 같이 독일로 가서 자기 부모 앞에 서면, 린덴탈 부부도 어쩔 수 없이……."

일로나가 소리를 질렀다.

"안 돼요! 안나를 괴롭히지 말아요! 조용히 살게 내버려 두라고요!"

"무슨 소리예요? 댁은 여기 이 사람 심정이 어떨지 상상이 안 돼요? 이 사람은 자기 이름도 모른단 말이에요."

케빈이 말하자 안나가 소리를 질렀다.

"차라리 그냥 계속해서 안나라고 불러! 여기 이 사람, 여기 이 사람, 그렇게 불리는 것보단 백 배, 천 배 나으니까."

"미안해."

케빈이 작은 목소리로 사과하더니 일로나에게 사정하기 시작했다.

"일로나, 제발 부탁이에요. 댁의 안나가 내 안나를 도와줄 수 있단 말입니다."

안나가 물었다.

"지금 안나한테 가는 길이었어?"

일로나가 마지못해 고개를 끄덕였다.

"조심하라는 말을 전할 참이었어."

안나가 또 다른 질문을 던졌다.

"조심하라고? 누구를? 우리를?"

"아니. 몇 분 전까지만 해도 너희 같은 사람들은 있는 줄도 몰랐는걸. 내가 경고하려고 했던 사람은 린덴탈 씨야."

케빈이 단정을 지었다.

"그렇다면 린덴탈 씨가 일로나 양을 찾아갔던 게 분명하군요. 안 그래도 갑자기 휴가를 내서 테네리페 섬으로 여행을 떠났다기에 그럴 거라고는 생각하고 있었어요."

"꽤 많이 알아냈군요."

안나가 말했다.

"은행에 있는 뮐러라는 여자 직원한테 그런 암시를 받았어. 하지만 그거 말고 다른 말은 없었어. 통 말을 하려 들지 않던걸?"

일로나가 웃으면서 대꾸했다.

"그랬을 거야. 내가 갑자기 휴가를 내는 바람에 나한테 화가 났거든. 어쨌거나 여기 이분이 말한 대로야. 마틴 린덴탈 씨가 날 찾아왔어. 대단히 영광스러운 일이지. 난 그 자리에서 돌려보내고 싶었지만 린덴탈 씨가 할 얘기가 있다며 물러서지 않더군. 그러면서 하는 말이 안나가 나한테 연락하면 절대 이야기를 나누지 말고 당장 자기한테 전화를 하라는 거야. 그때 난 그게 진짜 자기 딸을 말하는 게 아니라 네 얘기를 하고 있다는 걸 당연히 몰랐지."

안나가 물었다.

"이유는? 안나랑 왜 말을 하면 안 되는지 그 이유도 말했어?"

"그냥 안나를 위해서라고만 했어."

"설마 그 말을 믿은 건 아닐 테지?"

일로나가 외쳤다.

"당연히 아니지! 그래도 린덴탈 씨를 떨쳐 버릴 생각에 그러겠다고 약속은 했어. 하지만 그것 말고도 이상한 게 또 하나 있었어."

일로나의 부연 설명에 케빈이 물어보았다.

"무슨 말이에요?"

"난 솔직히 안나의 아빠를 자주 본 적이 없었어요. 가끔 봤을 때도 말이 거의 없었죠. 그래서 린덴탈 씨 하면 냉정한 사업가 이미지밖에 기억에 남아 있지 않았어요. 그런데 그날 은행에 찾아온 린덴탈 씨한테는 그런 차가운 모습이 전혀 보이지 않았어요. 뭐랄까, 슬퍼 보였다고나 할까? 심지어 조금은 동정심이 들 정도였다니까요."

케빈이 말했다.

"자신의 실수를 그제야 깨달은 모양이죠."

안나가 물었다.

"그렇다면 왜 자기 딸을 찾지 않지? 안나는 죽은 게 아니잖아. 돈이 그렇게 많은데 딸 찾는 데 그 돈을 쓰면……."

일로나가 안나의 말을 중간에서 가로막았다.

"다 소용없어. 린덴탈 씨도 그걸 알아. 안나와 부모님과의 관계는 더 이상 회복될 수 없을 만큼 망가져 버렸어. 안나를 찾는다고 해도 안나는 또다시 도망치고 말 거야."

케빈이 물었다.

"그럼 일로나 양은 왜 여기 오신 거죠?"

"전 린덴탈 씨의 슬픈 얼굴을 잊을 수 없었어요. 왠지 불안해서 잠시도 마음 편한 순간이 없었죠. 그래서 안나가 잘 있는지 직접 확인하고 싶었어요. 이제 린덴탈 씨가 날 찾아왔던 이유가 당신들 때문이라는 걸 알았으니 문제는 해결됐지

만, 기왕 여기까지 왔으니 안나를 꼭 한 번 만나 보고 싶어
요."

안나가 소리쳤다.

"하지만 이유가 뭐냐고? 린덴탈 씨가 갑자기 왜 그렇게 슬
퍼 보였지? 들으면 들을수록 점점 더 이해가 안 돼! 자기 딸
을 내쫓다시피 한 사람들이 나를 딸이라 속이고 데려가지 않
나, 그러고 나서는 나더러 또 괴물이라고 하지 않나, 도대체
말이 안 되잖아!"

케빈이 말했다.

"진짜 안나 린덴탈이라면 그 모든 것을 설명해 줄 수 있을
지도 몰라. 그러니까 일로나 양이랑 같이 가서……."

일로나가 케빈의 말을 또다시 잘랐다.

"제발 부탁이에요. 안나를 괴롭히지 마세요. 그 앤 지금 아
주 행복해요. 정말이에요! 안나는 새 삶을 찾았어요. 자신의
과거에는 완전히 종지부를 찍었다고요. 안나는 과거에 있었
던 일을 모두 잊어버리고 싶어 해요. 난 이제 출발할 거예요.
날 따라오든 말든 그건 댁들 마음이에요. 내가 말릴 수 있는
일은 아니니까요. 댁들이 정 따라오겠다면 내가 내일 떠나
든, 모레 떠나든 결과는 마찬가지겠죠. 그러니 난 지금 댁들
이 보는 앞에서 그냥 떠날 거예요. 하지만 한 번만 더 부탁하
죠. 제발 따라오지 마세요! 과거를 잊기로 한 안나의 결정을

존중해 주세요."

일로나는 안나의 손을 꼭 잡고 말을 이었다.

"나도 네가 진짜 과거를 찾도록 도와주고 싶어. 하지만 안나 린덴탈의 과거는 아니야."

일로나는 안나의 손을 놓고 자동차로 돌아갔다.

케빈이 외쳤다.

"안나, 우리도 어서 타자! 우리를 따돌리기 전에!"

"일로나를 쫓아갈 거야?"

"당연하지! 넌 아니야? 린덴탈 가족이 너한테 한 걸 생각해 봐. 결자해지라고, 문제를 일으킨 사람이 문제를 해결해야 하는 것 아니야? 그리고 그게 안나 린덴탈이라면 그 애가 나서야 해. 일이 해결되면 다시 이 섬으로 돌아오면 되잖아."

일로나가 차에 시동을 거는 소리가 들렸다.

"안나, 어서 타자! 결정해. 너야, 아니면 걔야?"

'바로 그거야. 나는 결정을 내려야만 해.' 하고 안나는 생각했다.

안나는 케빈이 자기를 도와주고 싶어서 그런다는 것을 믿었다. 하지만 진짜 안나 린덴탈이 나타나면 자신의 다큐멘터리가 훨씬 더 흥미진진해지리라는 계산도 케빈의 머릿속에 분명히 들어 있을 것이다. 하지만 그것은 케빈의 삶이 아니라 안나 자신의, 그리고 진짜 안나 린덴탈의 삶이었다. 케빈의 말대로 진짜 안나 린덴탈은 안나의 잃어버린 삶을 되찾도록 도와줄 수 있을지도 모른다. 적어도 진짜 딸이 린덴탈 부부 앞에 나타난다면 무슨 변화가 생길 것이다. 어쩌면 진짜 안나는 200만 유로의 행방을 알고 있을지도 모른다. 현금 인출증은 안나의 어렸을 적 사진과 한 봉투에 들어 있었으니까. 그것은 결코 우연일 리가 없었다. 하지만 자신들이 지금 일로나를 쫓아간다면, 그래서 안나 린덴탈을 찾아낸다면 그것은 곧 안나 린덴탈이 과거로 남겨 둔 채 잊어버리고 싶어 하는 삶 속으로 그녀를 다시 끄집어내는 격이다.

안나가 차에 올라타는 케빈에게 말했다.

"참 이상해. 나는 기억해 내고 싶어 안달인데, 안나 린덴탈은 내가 그토록 기억해 내고 싶어 하는 바로 그 과거를 잊어버리고 싶어 하니 말이야."

케빈이 차에서 소리쳤다.

"어쨌거나 그건 이제 네 삶이 아니야! 넌 안나 린덴탈이 아니니까!"

안나가 차에 올라타며 말했다.

"호텔로 돌아가."

"뭐? 일로나는 출발한 지 얼마 안 됐어. 기껏해야 몇백 미터밖에 가지 못했을 거라고……."

"돌아가. 난 안나가 조용히 살도록 내버려 둘래."

"안나, 부탁이야. 걘 널 도와줄 수 있다고!"

"그럴지도 모르지. 하지만 난 그 앨 이해할 수 있어. 한 번도 보지 못했지만 왠지 그 애가 좋아. 분명히 괴로운 날이 많을 거야. 잊을 수가 없을 테니까. 기억할 수 없어서 내가 괴로운 것처럼."

"이해 못하겠어."

안나는 등받이에 몸을 기댄 채 눈을 감았다.

"이해할 필요 없어. 돌아가기나 해."

20

　좁은 도로에서 차를 돌리는 일은 쉽지 않았다. 케빈이 혼
잣말로 구시렁거렸다. 안나는 케빈의 행동이 차를 돌리는 일
이 어려워서만은 아니라는 것을 알았다. 실망감이 어느 정도
사라지면 케빈도 이해하리라. 적어도 안나가 알고 있는 케빈
이라면.

　차를 몬 지 시간이 꽤 흘렀을 때 케빈이 먼저 입을 열었다.

　"네가 안나 린덴탈이 아니라는 거 어떻게 알았어? 그게 이
해가 안 돼."

　"그런 일이 있을 때마다 기억의 섬이 떠오르니까. 이베스
를 처음 만났을 때는 기억과 감정들이 미친 듯이 불꽃을 쏘
아 댔어. 내가 안나 린덴탈이었다면 조금 전에도 그런 일이
일어났을 거야. 그때처럼 격렬하지는 않더라도 비슷하긴 했
겠지. 안나와 일로나 자바츠키는 아주 친한 친구 사이였으니
까."

　"그랬구나."

　안나는 그게 어떤 느낌인지 케빈이 정말 이해했을까 싶었
다.

이번에는 안나가 물었다.

"아까 네가 한 말은 무슨 뜻이었어?"

케빈이 잠시 안나를 돌아보았다.

안나가 말을 이었다.

"일로나한테 그랬잖아. 진짜 안나 린덴탈은 그 애의 안나라고."

"응. 그런데?"

"그러고 나서 나를 네 안나라고 했어."

케빈의 귀가 순간적으로 새빨개졌다. 하지만 케빈은 아무 대답도 하지 않았다. 안나도 더 이상 묻지 않았다. 안나는 잠시나마 조금 전에 있었던 일을 잊고, 지금 느끼는 감정을 최대한 오래 간직하려고 애썼다.

친절한 호텔 접수계 직원은 케빈과 안나가 아무런 질문도 던지지 않고 맡겼던 짐만 찾아가자 상당히 마음을 놓는 모습이었다.

호텔은 건물 여러 개로 이루어져 있었다. 그리고 각각의 건물은 아치형 지붕을 덮은 통로로 이어져 있어 방을 찾는 일이 여간 힘들지 않았다.

안나가 갑자기 발걸음을 멈추었다. 통로 하나가 꽃과 선인장을 심어 놓은 테라스 정원으로 이어져 있었다. 테라스 정원은 바다 쪽으로 나 있었다.

안나가 조심조심 테라스 정원 쪽으로 발걸음을 옮기더니 눈을 감고 물었다.

"느껴져?"

케빈이 테라스 정원 입구에 서서 말했다.

"아니, 뭐 말이야?"

"이리로 나와 봐. 이제 느껴져?"

케빈이 곁에 오자 안나는 같은 질문을 다시 한 번 던졌다.

"바람 말이야? 그거야 누구든 느끼지. 덕분에 더위도 식힐 수 있고. 그래도 햇볕이 강하니까 화상을 입지 않으려면……."

안나가 케빈의 말을 가로막았다.

"여기보다 더 아름다운 곳도 있어?"

"그, 글쎄, 잘은 모르겠지만…… 당연히 있겠지."

케빈이 말을 더듬거렸다.

안나가 케빈을 돌아보았다.

"안나 린덴탈 말이야, 그 애의 과거는 부럽지 않은데, 이곳에 살고 있다는 건 참 부러워."

"그만 가자, 안나. 이제 그 생각은 그만 해. 얼른 짐 풀고 뭐 좀 먹자. 그러면 다른 생각이 날 거야."

방은 호텔 로비에서 받은 인상만큼이나 좋았다. 게다가 바다까지 내다보였다. 안나는 새로 산 여행 가방을 풀면서도 열린 발코니 문 너머로 보이는 광경에서 잠시도 눈을 뗄 수 없었다. 케빈이 안나의 방문을 계속 두드려 대는 통에 안나는 마지못해 눈길을 돌렸다.

케빈은 식당으로 가면서 군데군데 나누어져 있는 수영장을 눈여겨보았다.

"흠, 시설이 꽤 좋은데? 이걸 이용하지 않으면 바보야."

안나가 수영장 풀 옆에 누워서 어린 딸과 독일어로 이야기를 나누고 있는 아주머니에게 물었다.

"물이 어때요? 따뜻해요?"

아주머니가 대답했다.

"따뜻한 편이에요. 어쨌거나 바다보단 훨씬 따뜻하죠. 심지어 물을 너무 데운 게 아닌가 싶을 정도예요. 아이들은 좋아해요."

안나가 중얼거렸다.

"아이들만 좋아하는 건 아니죠."

케빈이 안나에게 물었다.

"우리도 지금 당장 들어갈까?"

"아니, 지금은 싫어. 아직은 일로나랑 안나 생각으로 머리가 꽉 차 있어. 배도 고프고."

음식은 나쁘지 않았다. 하지만 안나에게는 식당이 너무 붐비고 시끄러웠다.

케빈이 말했다.

"큰 호텔이라서 그래. 지금도 이 모양인데 성수기 때는 어떨지 상상도 하고 싶지 않아. 하지만 여기 오다 보니까 저쪽에 테라스 카페가 하나 있더라. 약간 후미진 곳에 있어서 사람이 많지 않을 거야. 우리 밥 먹고 거기나 갈까?"

안나가 좋아서 소리쳤다.

"카페? 당연하지! 지금 그걸 질문이라고 하는 거야?"

케빈의 말은 옳았다. 카페는, 적어도 그 시간에는 사람들의 관심을 끌지 못했다. 덕분에 두 사람은 바다가 내려다보이는 자리를 차지할 수 있었다.

안나가 한숨을 쉬었다.

"여긴 어딜 가나 바다가 있어."

케빈이 맞장구를 쳤다.

"응, 정말 아름다워."

하지만 안나의 시야에는 바다가 보이는 게 아니라 자기를 바라보고 있는 케빈의 모습이 비스듬히 잡혔다.

어느새 종업원이 안나와 케빈 주위를 돌아다니며 의자를 탁자 위에 올리기 시작했지만 두 사람은 여전히 바다를 내려다보며 테라스에 앉아 있었다. 바람이 차가워지자 케빈이 안나에게 겉옷을 내주었고, 안나는 케빈의 겉옷에 몸을 파묻었다. 이런 자세라면 안나는 몇 시간이라도 그곳에 앉아 있을 수 있을 것 같았다.

케빈은 안나를 실망시키지 않았다. 일로나를 따라가지 않기로 한 안나의 결정을 이해한다는 말은 하지 않았지만, 그렇다고 일로나를 따라가지 않은 것을 아쉬워하는 말 또한 한마디도 입 밖에 내지 않았다. 안나는 그것으로 충분했다.

"이제 확실해졌어. 난 안나 린덴탈이 아니야."

안나가 케빈을 쳐다보며 말을 이었다.

"그럼 난 대체 누굴까? 앞으로 어쩌면 좋지?"

케빈이 안나를 위로했다.

"일로나의 말대로라면 네가 안나 린덴탈이 아닌 게 다행이야."

"그것도 이해가 안 돼. 나한테는 그런 식으로 하지 않으셨어. 비록 내 과거는 숨겼지만 대화는 언제나 할 수 있었다고. 그리고 엄마는…… 아니, 린덴탈 부인은 공장 따위에는 관심도 없었어. 거기에 간 적도 없는걸."

"일로나가 거짓말을 한 것 같니?"

안나가 머리를 흔들며 소리쳤다.

"그런 것 같지는 않아. 그래서 더 미칠 것 같아! 뭐가 뭔지 정말 모르겠어."

잠시 뒤 안나가 조용히 덧붙였다.

"내가 누군지, 어디서 왔는지 아무것도 몰라. 내 진짜 부모는 누굴까? 누구든 부모는 있잖아. 안 그래, 케빈?"

케빈이 안나의 손을 쓰다듬으며 말했다.

"그만 일어나자. 오늘은 이걸로 충분해. 결국에는 다 밝혀질 거야. 꼭 오늘일 필요는 없어."

안나는 자신의 손을 쓰다듬는 케빈의 손길이 영원하길 바랐다. 하지만 케빈은 안나를 부드럽게 의자에서 일으켜 세웠다.

안나가 방문을 닫으려는 순간 케빈이 인사를 건넸다.

"잘 자."

"너도."

케빈이 복도를 걸어가다 말고 제자리에 멈추더니 다시 안나의 방 쪽으로 되돌아왔다.

"저, 안나. 나……."

"나도 마찬가지야."

안나는 케빈의 손을 잡고 방 안으로 끌어당겼다.

안나가 발끝으로 가볍게 문을 찼다. 케빈의 등 뒤로 문이 닫혔다. 안나는 케빈의 손을 꼭 잡고 아무 말도 하지 않았다.

그 순간 머릿속에 떠오르는 말을 해 봤자 어차피 모두 바보 같은 소리로 들릴 게 뻔했다. 두 사람을 가르고 있는 몇 발자국을 안나가 케빈 쪽으로 다가갔다. 케빈의 얼굴이 가까이 다가왔다. 안나는 눈을 감았다. 자기가 누구인지, 어디서 왔는지, 부모가 어디에 있는지 따위는 더 이상 중요하지 않았다. 그 순간 중요한 것은 오로지 첫 번째 입맞춤뿐이었다.

아침에 눈을 뜬 케빈은 쏟아져 들어오는 햇살에 눈을 깜빡거렸다.

벌써 깨어 있던 안나가 케빈에게 입을 맞추었다.

"잘 잤어?"

"응. 너도? 그런데 왜 그런 식으로 쳐다보는 거야?"

"널 카를라의 상담소 앞에서 처음 봤을 때 생각을 하고 있었어. 그때 내 감정이 어땠는지."

케빈이 안나의 얼굴을 쓰다듬으며 물었다.

"어땠는데?"

"첫눈에 너한테 반했어. 정말이야! 넌? 넌 그때 무슨 생각을 했어?"

"나도 비슷했어."

안나가 침대에서 일어나 앉았다.

"비슷했다고?"

케빈이 웃음을 터뜨렸다.

"아니, 아니, 거짓말이야. 나도 꼭 그랬어. 하지만 내 감정과 맞서 싸웠지. 적어도 처음에는."

안나가 눈을 동그랗게 뜨고 케빈을 바라보았다.

"왜?"

"넌 내 인터뷰 상대였잖아. 제대로 된 내 첫 방송에서 말이야. 최대한 프로답게 행동하고 싶었다고. 그 말은 곧 내 방송에 출연하는 사람에게 개인적인 감정을 가지면 안 된다는 거지. 그리고……"

케빈이 말꼬리를 흐리자 안나가 다그쳤다.

"그리고 또 뭐?"

"그리고 내가 네 상황을 이용하고 있다는 인상을 풍기고 싶지 않았어. 넌……"

안나가 케빈에게 입을 맞추며 말을 막았다.

"그런 말도 안 되는 소리 하지 마! 어쨌거나 방송이 끝난 다음에는 다시 만날 수도 있었잖아."

"맞아. 우리가 헤어질 때 내가 얼마나 갈등했는지 넌 아마 상상도 못할 거야. 하지만 차마 용기가 없었어. 그리고 나서 나 자신한테 얼마나 화가 났는지 알아? 정말이야. 난 우리가 다시는 못 만날 거라고 생각했어."

"그렇다면 내가 호텔 요금을 못 낸 게 다행이었군."

"물론이지. 난 널 풀어 주러 아마 홍콩까지도 갔을 거야."

안나가 케빈의 머리를 쓰다듬으며 몸을 앞으로 숙였다.

두 사람이 아침을 먹으러 가기까지는 아주 오랜 시간이 걸렸다.

식당은 전날과 마찬가지로 사람들로 붐비고 시끄러웠다. 하지만 안나는 더 이상 아무렇지도 않았다. 안나는 배가 별로 고프지 않았고, 케빈도 과일만 조금 가져와서 안나를 먹였다.

케빈이 마지막 포도 알을 안나의 입속에 넣어 주며 물었다.

"새로 산 수영복 시험해 보지 않을래?"

안나가 입속에 포도 알을 문 채 대답했다.

"좋아! 수영복 파는 아줌마가 나한테 뭐라고 했는지 알아? 너더러 내 남자 친구래."

케빈이 싱긋 웃으며 대꾸했다.

"점쟁인가 본데?"

"그러면서 수영복이 네 마음에 드는 것 같다며 여행 가서 즐겁게 지내라더군."

"거 봐, 내가 점쟁이라고 했잖아. 하지만 네 수영복은 내 마음에 그냥 들기만 한 게 아니야. 아주 섹시해! 물론 그냥 볼 땐 아니고 네가 입었을 때 말이야!"

안나가 외쳤다.

"어서 가! 어제 수영장에 누워 있던 아줌마가 물이 따뜻하다고 했으니까 괜찮을 거야. 우리, 오늘 하루 동안은 린덴탈 부부도, 내 과거도 다 잊어버려!"

풀 주위에 세워 놓은 긴 의자는 다른 사람들이 벌써 다 차지하고 하나도 남아 있지 않았다. 전날 만난 아주머니도 한 자리를 차지하고 앉아, 좋아서 소리 지르며 물속에서 첨벙대는 딸을 바라보고 있었다.

케빈이 점령당해 버린 의자들을 바라보며 말했다.

"상관없어. 어차피 우린 수영을 할 생각이었으니까. 네 수영복도 개시를 해야지."

안나가 케빈의 마음을 떠보며 생긋 웃었다.

"아니면 먼저 뭐라도 한 잔 마실까?"

"무슨 소리야! 어서 물속으로 들어가자."

케빈이 그렇게 말하면서 안나를 슬쩍 밀었다.

"너무해!"

안나가 큰 소리로 웃으면서 균형을 잃지 않으려고 팔을 휘저었다.

어제 이야기를 나누었던 아주머니가 안나를 향해 소리쳤다.

"아가씨, 찬물로 샤워부터 해요! 어제저녁에 물을 갈아서 물이 차요!"

안나는 더 이상 팔을 휘젓지 않았다. 웃지도 않았다.

"물이 차다고요?"

안나는 아주머니가 한 말을 되풀이했다.

그리고 그만 물속으로 빠지고 말았다.

"그 여자를 납치하는 거야! 이번이 좋은 기회라고, 킴!"

이베스가 내 어깨를 움켜잡더니 마구 흔들어 댔다. 마치 린덴탈 부인이 아닌 나를 납치하려는 것처럼.

우리는 맞바람이 심하게 몰아치는 현관 앞에 서 있었다. 이베스는 나를 언제나 음침한 곳으로 꾀어내는 데 성공했다. 나는 어두운 곳이 싫었다. 환한 곳에 있어야 마음이 편했다. 특히 이베스와 함께 있을 때는. 하지만 이베스는 사람들이 몇백 명 보는 앞에서는 나와 '껴안고' 싶지 않다고 했다.

납치! 이베스가 린덴탈 부인을 납치하고 싶어 한다! 대체 왜? 텔레비전을 보면 돈 많은 사람이 자주 납치되곤 했다. 나야 어차피 관심도 없었지만 그래도 조금은 납치범을 이해하는 쪽이었다. 돈 자루들이야 어차피 잘 먹고 잘 사는데, 그들이 가진 것을 조금 나눠 가진들 그게 뭐 그리 잘못된 일이란 말인가? 하지만 내가 누군가를 직접 납치한다고? 사람을 납치한 뒤 협박한다고? 그것은 텔레비전 드라마를 보는 것과는 달랐다.

나는 이베스를 밀쳤다.

"너 정신 나갔어? 린덴탈 부부를 협박하겠다고?"

이베스가 놀란 눈으로 나를 잠시 바라보더니 곧 웃음을 터뜨리며 말했다.

"당연하지. 아님 내가 무슨 생각을 하고 있는 것 같아? 내가 그 여자랑 체스라도 한판 두려고 이러는 것 같아?"

나는 손가락을 머리에 갖다 대고 빙빙 돌렸다.

"정신 나갔군. 우린 지금 텔레비전 범죄물을 찍고 있는 게 아니야."

이베스가 입 꼬리를 말아 올렸다.

"그런지 아닌지는 네가 더 잘 알아야 하는 거 아니야? 아니면 넌 평생을 그런 굴 같은 데서 살래?"

"내년이면 나도 열여덟 살이야. 그럼 어차피 거기서 나올 거야."

이베스가 소리쳤다.

"오, 굉장하군! 거기서 나온다? 그다음엔? 나오면 뭐가 달라질 것 같아? 날 봐! 난 그 거지 같은 고아원을 나온 지 벌써 오래됐어. 그래서 어떻게 됐지? 돈 몇 푼 벌려고 별의별 개자식 같은 놈들이 이래라저래라 하는 꼴을 참아 가며 일해야 해! 너도 별수 없어. 마찬가지일 거라고."

이베스의 말이 맞다. 이베스는 언제나 옳았다. 물론 이베스의 말이나 행동이 늘 옳지 않다는 것쯤은 나도 알고 있었다. 하지만 이베스의 설명을 들으면 갑자기 모든 것이 논리적이고 정말 그런 것처럼 느껴졌다. 이번에도 마찬가지였다.

나는 열여덟 살 생일을 얼마나 간절히 기다려 왔는지 모른다. 내가 자유를 얻는 날. 나는 허구한 날 머릿속에서 그날만 그리고 있었다. 갖가지 색깔로! 내 상상은 날이 갈수록 점점 더 화려해지고 자유로워졌다. 하지만 정작 그날이 오면 뭘 하지? 운이 좋으면 학교야 간신히 마칠 테지만, 내 성적에 직업 훈련 자리를 받기는 글렀다. 적어도 내가 흥미를 가질 수 있는 자리는 나한테까지 돌아올 리가 없었다. 그렇다면 아무도 하기 싫어하는 끔찍한 일을 하든지 아니면 기초 생활 수당이나 받아먹으며 실업자로 살아가는 수밖에 없었다.

물론 돈 많고 편한 생활이 싫은 것은 아니다. 하지만 납치라고? 설마, 얘가 지금 진심으로 이런 말을 하는 것은 아닐 테지?

내가 소리쳤다.

"이베스, 너 미쳤어? 생각을 좀 해 봐. 납치라니! 그건 가게에서 물건을 슬쩍 들고 나오는 거랑 차원이 달라. 진짜 범죄라고! 넌 몇 년 동안 감방에 가야 한다고!"

이베스가 날 보고 웃었다.

"첫째, 감방은 붙잡힐 경우에만 가는 거야. 둘째, 감방은 나만 가는 게 아니라 우리 둘 다 가야 해."

"그래, 굉장하군! 미안하지만 난 사양하겠어. 혼자 해!"

이베스가 또다시 내 어깨를 움켜잡았다.

"킴, 이건 아주 확실한 거야! 너도 그 여자가 제정신이 아니라고 했잖아."

"그건 그래. 무슨 자선 사업 병에 걸린 사람 같아. 게다가 나한테 완전히 미쳤어. 나도 그 여자가 왜 그러는지 모르겠어."

"거 봐, 내가 뭐랬어? 그러니까 이 일은 식은 죽 먹기라고! 특히 네가 그 집에 들어가 살 경우엔."

이베스가 웃음을 터뜨리며 말을 이었다.

"위탁 가정! 널 보호한다고? 놀고들 자빠졌네. 누가 누구를 보호한다는 건지."

나는 이베스의 손을 뿌리치며 등을 돌렸다.

"잊어버려. 난 그 집에 안 들어가."

그러자 이베스가 내 등 뒤에 대고 소리를 질렀다.

"왜 안 들어간다는 거야? 이번은 지난번이랑 사정이 완전히 다르잖아! 아니면 그 집 남자가 너한테 손이라도 댈까 봐 겁이 나서 그러는 거야?"

나는 다시 이베스를 돌아보았다.

"말도 안 되는 소리 하지 마! 그 사람은 그런 사람이 아니야. 심지어 자기 부인의 제안을 별로 달가워하지 않는 것 같았어. 어쨌거나 난 그 집에 안 들어갈 거야."

317

"왜?"

"네 그 말도 안 되는 생각 때문에! 납치라니. 끝이 좋을 리가 없어!"

이베스가 갑자기 히죽거리며 나를 바라보았다.

"내 그냥 한마디만 하지. 뉴질랜드!"

나는 이베스를 똑바로 쳐다보며 물었다.

"이번엔 또 무슨 개수작이야?"

"뉴질랜드에 가고 싶어, 안 가고 싶어?"

나는 굳이 대답할 필요도 없었다. 내가 텔레비전에서 뉴질랜드에 대한 방송을 처음 본 것은 초등학생 때였다. 나는 그때부터 뉴질랜드에 가서 다시는 돌아오지 않을 것을 꿈꿔 왔다. 아마도 당시 내 처지 때문이었을 것이다. 나는 그때 첫 위탁 가정에서 살고 있었는데, 당시로서는 그 집을 나오는 것 말고 다른 소망이 없었다. 그 사람들이 나를 못살게 굴어서가 아니었다. 아니, 오히려 그 반대였다. 위탁 가정의 부모는 진짜 부모가 아니었는데도 꼭 진짜 부모처럼 굴었다. 나는 그것을 참을 수가 없었다. 그때부터 뉴질랜드에 대한 책이나 방송을 보며 점점 더 그곳을 열망하게 되었다. 하고 많은 나라 가운데에서 왜 하필 뉴질랜드였는지 그 이유는 알 수 없다. 하지만 분명히 기억나는 것은, 텔레비전에서 뉴질랜드가 유럽에서 가장 멀리 떨어진 나라라고 했다는 것이다.

이베스와 사귄 뒤 내가 뉴질랜드에 가고 싶다고 하자 이베스는 나와 뉴질랜드로 이민 가겠다고 그 자리에서 결정해 버렸다. 아마도 그래서 나는 여전히 이베스와 사귀고 있는 것이리라. 물론 이베스보다 잘생긴 남자 아이들은 많았다. 그리고 무엇보다도 다른 남자 아이들은 이베스보다 나한테 잘해 줄 게 분명했다. 하지만 그 아이들이 나와 함께 뉴질랜드로 이민 가려고 할까? 이베스는 이민을 가겠다고 했다. 나한테 중요한 것은 바로 그 점이었다.

내가 맞섰다.

"우린 그냥도 뉴질랜드에 갈 수 있어. 납치 같은 거 안 하고도 말이야."

"흥, 그래? 어떻게? 착한 요정이 와서 너한테 돈이라도 줄 것 같아? 아님 스타트랙의 커크 제독이 엔터프라이즈호를 타고 나타나서 널 그곳으로 데려가 줄 것 같아?"

이베스는 돈 세는 흉내를 내려는 듯 엄지와 검지를 비벼 가며 말을 이었다.

"뉴질랜드에 가서 살려면 돈이 필요하단 말이야, 돈이! 그것도 꽤 많이! 그러니까 그걸 그 자선 사업 병에 걸린 여자한테 얻자, 이 말이야. 뭐가 어떻게 된 건지 사람들이 눈치 채기도 전에 우린 뉴질랜드로 가는 비행기 안에 앉아 있을 거야. 그리고 뉴질랜드에 가면 멋진 카페를 여는 거야. 우리가 천 번도 넘게 얘기한 그런 카페를. 어때, 설마 마음이 바뀐 건 아닐 테지?"

"아니야, 젠장!"

그것으로 이야기는 끝났다. 이베스는 나를 또다시 설득시키고야 말았다. 아직 인정하고 싶지 않았지만, 이베스는 내가 커튼 색깔까지 미리 다 정해 놓은 그 카페 이야기를 꺼냄으로써 나를 손아귀에 쥐고 만 것이다.

그런데도 나는 마지막 호기를 부렸다.

"생각 좀 해 봐야겠어. 그리고 이제 집에 들어갈 시간이야."

이베스의 얼굴에 웃음이 번졌다.

"집이라! 네 집은 그 거지 같은 고아원이 아니라 뉴질랜드야, 뉴질랜드!"

21

이베스의 말만 들으면 사람들은 내가 사는 고아원을 무슨 지옥쯤으로 여길 것이다. 《올리버 트위스트》에 나오는 고아원처럼. 나는 어렸을 때 그 책을 읽으면서 얼마나 울었는지 모른다. 그때 우리 고아원도 《올리버 트위스트》에 묘사된 고아원처럼 끔찍하기를 바랐다. 그러면 내 자신을 불쌍하게 여길 수 있었을 테니까.

하지만 우리 고아원은 그렇지 않았다. 그냥 평범한 고아원이었다. 좋지도, 나쁘지도 않은. 그 말은 곧, 뭐든 해도 상관없다. 눈에만 띄지 않으면 된다. 규율 준수, 시간 엄수, 약물 금지, 폭력 금지. 나는 그것을 이해하기까지 오랜 시간이 걸렸다.

나는 고아원에서 아주 오래 살았다. 드문드문 위탁 가정에 가 있던 시간만 빼고. 초등학교에 들어가기 직전에 어떤 여자가 나를 그곳에 맡겼다. 그 여자의 이름은 잊어버렸지만 얼굴만은 평생 잊지 못할 것이다. 내 부모에 대해서는 아는 것이 없었다. 누군지, 어디에 사는지, 아니 살아 있기나 한지, 아무것도 몰랐다. 고아원에 들어가자마자 선생 하나가 말을 해 주었지만 다 잊어버리고 말았다. 나는 부모가 와서 나를 데려가 주기를 바랐다. 하지만 얼마쯤 시간이 지나 그런 일은 절대 일어나지 않으리라는 것

321

을 깨닫자 돌아 버릴 것만 같았다. 나는 나쁜 짓만 골라서 했다. 사람들이 나를 싫어해서 부모에게 되돌려 보내기를 바라면서. 하지만 나는 부모가 아닌 위탁 가정에 보내졌다.

고아원 선생이 위탁 부모에게 말하는 것을 들었다.

"킴은 다루기가 아주 힘들어요. 하지만 두 분은 이미 경험이 있으니까요."

나는 그날 밤 태어나서 처음으로 도망쳤다. 다시 고아원으로 보내질 때까지 끊임없이 그 집에서 도망쳤다. 계속 그런 식이었다. 반항하면 할수록 상황은 좋아지지 않았다. 고아원 선생과 보모들은 더 이상 나를 믿지 않았다. 그런데도 그들은 또 다른 위탁 가정을 찾아내는 데 성공했다. 그때 나는 열세 살이었고, 막 마음을 잡으려던 참이었다. 위탁 가정집 사람들은 나한테 아주 친절했다. 하지만 그들도 내 부모처럼 굴었다. 나는 그게 싫어 또다시 엇나가기 시작했고, 6개월 뒤 내 여행 가방을 마주한 채 고아원 침대 위에 앉아 있는 신세로 돌아왔다.

고아원 원장이 들어와 내 옆에 앉더니 나를 한참 동안 물끄러미 바라보았다.

"네가 열여덟 살이 될 때까지는 서로 견뎌 내는 수밖에 없을 것 같구나. 앞으로 어떤 시간이 될지는 다 네게 달렸다."

원장은 그렇게 말한 뒤 침대에서 일어나 밖으로 나가 버렸다.

그 순간 나는 깨달았다. 내게는 부모가 없으며, 앞으로도 없으리라는 것을. 그리고 열여덟 번째 생일을 얌전히 맞으려면 나 자신을 바꿔야 한다는 것을. 나는 고아원의 모든 사람들, 특히 선생들의 일상에 걸림돌이 되지 않게 행동하기 시작했다. 나는 더 이상 눈에 띄지 않았다. 규율 준수, 시간 엄수, 약물 금지, 폭력 금지.

하지만 고아원 원장이 내 방을 나가는 순간 내게 또 다른 변화가 일어났다. 바로 열여덟 번째 생일을 꿈꾸는 일이었다.

율리가 내 침대에 앉아 있었다. 나는 방문을 잠그지 않는 일에 어렵사리 익숙해진 상태였다. 막 열한 살이 된 율리는 6개월 전 우리 고아원으로 왔고, 그때부터 나한테 찰거머리처럼 들러붙었다.

율리가 말했다.

"나탈리 언니가 또 토했어."

"율리, 나 좀 건드리지 마! 나탈리야 어차피 늘 그 모양이잖아. 불리미아 몰라? 먹고 토하고, 먹고 토하고. 그게 걔 인생이라고."

율리가 까르르 웃었다.

"알렉스 선생님이 화를 냈어. 나탈리 언니가 토한 걸 알렉스 선생님이 치워야 했거든."

"곧 익숙해질 거야. 다른 선생들이 익숙해졌듯이."

"알렉스 선생님은 아니야! 알렉스 선생님은 알짤없어! 다음번

에는 자기가 토한 건 자기가 치우라고 나탈리 언니한테 그러시던
걸."

내가 신음 소리를 냈다.

"너, 그런 얘기 들어줄 사람이 그렇게 없니? 나 좀 제발 내버려
둬. 혼자 있고 싶단 말이야."

율리가 일어서더니 문 쪽으로 건들건들 걸어가며 입가에 웃음
을 지었다. 그러고는 방을 나가면서 물었다.

"이베스 오빠랑 또 같이 있었어?"

"있었으면?"

"잔 적 있어?"

"꺼져!"

나는 소리를 지르며 율리에게 베개를 던졌다. 베개는 문을 맞
고 바닥으로 떨어졌다.

그때 또다시 문 두드리는 소리가 들렸다.

"꺼지라고 했잖아!"

문이 열리면서 알렉스 선생이 들어왔다.

나는 말을 더듬었다.

"죄, 죄송해요. 율리가 또 장난치는 줄 알았어요."

이번에는 알렉스 선생의 입가에 웃음이 떠올랐다.

"알아. 율리가 하는 말 들었어. 내가 한바탕 야단쳐서 제 방에
보냈으니까 이제 괜찮을 거야."

알렉스 선생은 내가 미처 얼굴을 붉히기도 전에 한마디 덧붙였다.

"손님이 찾아오셨어."

나는 그게 누군지 뻔히 알면서도 물었다.

"누구요?"

"린덴탈 부인."

"그럴 줄 알았어요."

나는 신음 소리를 내며 알렉스 선생 옆을 지나치려고 했다. 알렉스 선생이 내 팔을 붙들었다.

"킴."

"왜요?"

"이건 너한테 아주 좋은 기회야. 린덴탈 부부는 엄청난 부자야. 넌 대학에 갈 수도 있어. 돕겠다고 했단 말이야. 두 사람한테는 그게 가장 중요한 거 같아. 특히 린덴탈 부인한테는."

"대학이요? 제 성적에요?"

알렉스 선생이 좀 더 가까이 다가왔다. 나탈리의 구토물 냄새가 확 풍겼다.

"돈만 많으면 성적 따위는 크게 문제 될 것 없어. 그리고 넌 조금만 노력하면 성적이 아주 좋아질 거야. 게다가 체육은 늘 수잖니."

내가 콧방귀를 뀌었다.

"그깟 체육이요! 그나마 그것도 체육 선생이 핸드볼광이라서 그런 거예요. 핸드볼은 비교적 잘하니까요."

알렉스 선생이 웃음을 터뜨렸다.

"비교적이라고? 핸드볼 팀들이 다 널 못 데려가서 난리인데!"

내가 비아냥거렸다.

"핸드볼 팀이라고요? 전 싫어요. 관심 없어요!"

알렉스 선생은 아무 말 없이 눈만 동그랗게 치켜떴다. 알렉스 선생은 우리 고아원에 온 지 얼마 안 됐지만 말투나 행동이 벌써 다른 선생들과 똑같아져 있었다.

어쩌면 알렉스 선생 말이 맞을지도 몰랐다. 하지만 나는 노력하고 싶은 마음이 없었다. 학교는 내게 지옥이었다. 체육 시간만 빼놓고. 어쨌거나 대부분의 시간은 끔찍했다. 그런데도 나는 문제를 일으키지 않으려고 비교적 꼬박꼬박 학교에 갔다. 이베스를 만나려고 가끔씩 결석할 때도 있었다. 하지만 그건 내 사정이니까 알렉스 선생이나 다른 선생들이 상관할 필요가 없다. 나는 이야기의 주제를 바꿨다.

"열일곱 살에 위탁 가정에 들어가라고요? 겨우 몇 달 있으려고요?"

"열여덟 살이 됐다고 당장 그 집을 나올 필요는 없어."

"대체 왜 저한테 관심을 가지는 거래요?"

"우리도 같은 질문을 던지긴 했단다. 여기 사는 사람도 아닌데 말이야. 물론 린덴탈 부인 이름이야 많이 들었지. 그분이 불우한 청소년을 위해 물심양면으로 애쓰는 건 정말 존경스러워."

내가 질문을 되풀이했다.

"왜 하필 저냐고요?"

"그냥 네가 눈에 띄었다고 하시더라."

맞는 말이다. 나는 린덴탈 부인을 처음 보던 순간을 생생히 기억하고 있었다.

고아원 원장은 놀란 닭처럼 하루 종일 이 방, 저 방을 뛰어다니고 있었다. 린덴탈 부인이 재정을 지원할 생각을 비쳤기 때문에 우리 고아원에 좋은 인상을 받도록 모든 것이 '완벽'해야만 했다. 여기도 린덴탈 부인, 저기도 린덴탈 부인. 나는 린덴탈 부인의 얼굴도 보기 전에 벌써 그 여자한테 완전히 질려 있었다. 도대체 뭐야? 돈 좀 많다고 사람이 더 나은 것도 아닌데.

마침내 린덴탈 부인이 고아원에 다다랐을 때 나는 방에 처박혀 바깥을 내다보지도 않았다. 그런 여자의 얼굴은 보고 싶지도 않았다. 그런데 얼마 뒤 방문 두드리는 소리가 들리더니 고아원 원장이 들어왔다. 얼굴색으로 보아 원장은 쓰러지기 일보 직전 같았다. 원장의 뚱뚱한 엉덩이가 방 안으로 완전히 들어왔을 때 나는 린덴탈 부인을 처음 보았다. 돈 많은 여자였다. 장신구를 달거나 밍크코트를 입지 않았는데도 나는 그것을 한눈에 알아보았다.

327

사실 린덴탈 부인의 옷차림은 아주 평범했다. 하지만 부자들은 돈 많은 티가 났다.

린덴탈 부인은 나를 보더니 내가 무슨 동물원의 희귀한 동물이라도 되는 것처럼 입을 다물지 못했다.

'불쌍한 고아원 아이 처음 봐요?' 하고 묻고 싶었다.

하지만 나는 이를 악물고 참았다. 규율 준수, 시간 엄수, 약물 금지, 폭력 금지.

원장이 입을 열었다.

"이 아이는 킴이라고 합니다. 우리 고아원에서 아주 오래 살았죠."

"11년하고 3개월이죠."

"벌써 그렇게 오래됐니? 아이고, 세월이 얼마나 빠른지!"

원장이 그렇게 말하더니 정신 나간 여자처럼 킥킥거렸다.

린덴탈 부인이 여전히 내게 눈길을 고정시키고 물었다.

"이름이 뭐라고요?"

나한테 직접 물어보면 안 되나?

원장이 어리둥절한 표정으로 린덴탈 부인을 바라보았다.

"킴이요."

"킴! 그래, 지금 몇 살이나 됐니?"

"열일곱이요."

"열일곱. 좋은 나이구나."

"그래요?"

린덴탈 부인이 열심히 고개를 끄덕였다.

"그럼, 인생의 가능성이 아직 다 눈앞에 있잖니. 넌 뭐든 할 수 있단다. 그래, 앞으로 뭐가 되고 싶니?"

"모르겠어요."

나는 건성으로 대답했지만, 내 작은 카페 창문으로 뉴질랜드의 바닷가를 내다보았다.

"그래, 됐다."

린덴탈 부인은 별다른 말 없이 발길을 돌려 내 방을 나갔다.

우리 고아원을 처음 방문한 지 이틀 뒤 린덴탈 부인은 또다시 원장과 함께 내 방 문 앞에 서 있었다.

"린덴탈 부인이 또 오셨단다. 너를 청소년 육성 프로그램 혜택을 받을 사람으로 뽑고 싶으신데, 그러자면 몇 가지 아셔야 할 게 있다는구나."

원장은 그렇게 말한 뒤 나와 린덴탈 부인만 남겨 두고 나가 버렸다. 린덴탈 부인이 내 앞에 있는 의자 끝에 걸터앉았다.

"너에 대해 자세히 알고 싶단다. 지금까지 어떻게 살았는지 말 좀 해 주겠니?"

나는 이야기하기 시작했다. 그 여자가 확 질려서 떨어져 나가도록 나쁜 이야기라면 아무리 사소한 것이라도 남겨 놓지 않고

시시콜콜 다 말했다.

"오, 저런! 불쌍한 아이 같으니라고."

내 이야기가 끝나자 여자가 미간을 찌푸리며 말했다.

나는 치를 떨었다. 나는 '불쌍한 아이'가 아니다. 더욱이 이 돈 많고 멍청한 여자한테는 절대 그런 말을 듣고 싶지 않았다. 다행히 린덴탈 부인은 그러고 나서 금방 돌아갔다. 안 그랬다면 나는 규율이야 어찌 됐건 내 손으로 그 여자를 내쫓고 말았을 것이다.

끔찍한 과거 이야기로 그 여자를 떨쳐 버리고자 했던 내 소원은 이루어지지 않았다. 린덴탈 부인은 그때부터 일주일에 두 번씩 나를 찾아왔다. 어느 정도나마 예의 바르게 행동하기 위해 나는 이를 악물지 않으면 안 됐다. 소란을 피우고 싶지 않았다. 그곳에서 남은 몇 달을 조용히 보내고 싶었기 때문이다. 따라서 나는 꾹 참고 그 여자가 수다를 떨도록 내버려 두었다.

그러던 어느 날 알렉스 선생이 내 방으로 찾아왔다.

"원장님이 찾으셔."

한동안 그 말을 들으면 바짝 긴장해야 했던 때가 있었다. 하지만 사정이 달라진 지 오래였다. 나는 그저 궁금할 뿐이었다.

"무슨 일인데요?"

알렉스 선생이 환하게 웃었다.

"깜짝 놀랄걸!"

"린덴탈 부인이랑 상관있는 거죠, 그렇죠?"

알렉스 선생이 손을 들어 복도를 가리켰다.

"내가 미리 말해 주면 재미없잖아. 어서 가자."

내 생각이 옳았다. 린덴탈 부인이 원장실에 앉아 있었다. 게다가 이번에는 혼자가 아니었다.

린덴탈 부인은 자기가 무슨 유명한 할리우드 배우라도 데리고 온 사람처럼 나를 보더니 의기양양하게 웃었다.

"내 남편이야, 킴."

알렉스 선생이 옆에서 소곤댔다.

"어때, 놀랐지? 굉장하지 않니?"

알렉스 선생은 얼른 돌아서서 원장실을 나갔다. 곧 문이 닫혔지만 나는 알렉스 선생이 웃는 소리를 들었다.

원장이 다정하게 말했다.

"린덴탈 부부가 네 위탁 부모가 되겠다고 하셨단다."

"미쳤…… 아니, 도대체 왜요?"

나는 의자에 앉아야만 했다.

"내가 우리 이이한테 벌써 다 얘기했어. 안 그래요, 여보?"

린덴탈 씨는 계속해서 내게 눈길을 고정시킨 채 그저 고개만 끄덕였다. 나는 그 모습이 린덴탈 부인이 나를 처음 보았을 때와 비슷하다고 생각했다.

이윽고 린덴탈 씨가 입을 열었다.

"그래, 우린 널 우리 집에 데려가고 싶단다."

원장이 물었다.

"네 생각은 어떠니?"

"전…… 잘 모르겠어요."

린덴탈 부인이 말했다.

"너무 갑작스러울 테지."

"그런 것 같아요."

그러자 원장이 한마디 덧붙였다.

"잘 생각해 보렴. 지금은 그냥 제안일 뿐이니까. 일이 정말 이루어질 수 있을지는 우리도 잘 모른단다."

린덴탈 부인이 웃으며 말했다.

"분명 무슨 방법이 있을 거예요. 안 그래요, 여보?"

린덴탈 씨가 다시 고개를 끄덕였다.

"그렇겠지."

나는 원장실을 나오면서 린덴탈 부인과 그 남편이 제정신이 아닌 게 분명하다고 생각했다. 그리고 두 사람의 제안을 절대 받아들이지 않으리라는 것도 확신했다. 이베스한테 그 이야기를 하기 전까지는.

한 달 뒤 나는 린덴탈 부부의 집으로 들어갔다.

새로 위탁 부모가 된 사람들은 새벽부터 나를 데리러 왔다. 그럴 필요가 전혀 없었는데도. 린덴탈 부부가 사는 작은 도시 슈타인베르크는 내가 자란 베를린에서 40킬로미터 정도밖에 떨어져 있지 않았다. 아마도 두 사람은 다른 사람들의 눈과 귀를 최대한 피하고, 다른 원생들이 깨기 전에 가 버릴 생각이었던 것 같다.

율리는 내가 떠나기 한 시간 전부터 내 방에 와서 목 놓아 울었다.

율리가 훌쩍거리며 물었다.

"왜 가는 거야? 아주 이상한 사람들이야. 언니 새 위탁 부모란 사람들!"

내가 대꾸했다.

"그럴지도 모르지. 그래도 난 가기로 했어. 그러니까 그만 울어. 울어도 소용없어. 이제 너도 곧 위탁 가정에 들어가게 될 거야. 늘 그런 식이니까."

율리가 소리를 질렀다.

"싫어! 엿 먹으라고 해."

나는 침대에 앉아서 율리를 내 쪽으로 바짝 잡아당겼다.

"말썽 부리지 마, 율리. 위탁 부모만 괜찮은 사람들이면 들어가서 그냥 살아. 도망가지 말고, 부엌에 똥 싸지 말고, 문제 일으키지 마. 그게 좋아. 내 말을 믿어. 내가 다 알고 하는 말이니까."

율리가 눈을 동그랗게 뜨고 나를 쳐다보았다.

"부엌에 똥 싸지 말라고? 언니가 그랬어?"

나는 고개를 끄덕였다.

"날 다시 돌려보내라고."

"멋진데!"

"하나도 멋지지 않아. 좋은 위탁 부모를 만나면 받아들여. 그리고 이제 그만 가 봐. 안 그러면 나도 울지 모르니까!"

율리는 숨이 막힐 정도로 내 목을 꼭 끌어안더니 또 다시 울기 시작했다. 그러더니 갑자기 팔을 풀고 벌떡 일어서서 문을 쾅 닫고 나가 버렸다.

"잘 있어, 꼬마 악당."

나는 자리에서 일어서며 조용히 속삭였다.

가방 두 개를 집어 들고 마지막으로 한 번 더 방 안을 둘러보았다. 이제 가면 다시는 돌아오지 않겠지. 그것은 내가 상상했던 고아원에서의 마지막 날과는 아주 달랐다. 하지만 아직은 열여덟 살 생일도 아니었다.

린덴탈 부부는 원장실에 앉아 있었다. 내가 들어가자 두 사람은 자리에서 일어섰다. 다른 때도 마찬가지였다. 나는 두 사람이 왜 늘 자리에서 일어서는지 궁금했지만 그냥 이렇게만 말했다.

"저 왔어요. 이제 가도 돼요."

원장이 물었다.

"다른 애들하고 작별 인사도 안 하고? 린덴탈 부부에게 너무 일찍 와서 기다리셔야 할 거라고 내가 말했는데."

"율리하고는 벌써 인사했어요. 그걸로 충분해요."

그러자 원장도 자리에서 일어섰다.

"우리 독불장군 고집이야 누가 꺾겠니. 킴, 부디 사회에서 네 자리를 찾길 바란다. 이제 가장 좋은 조건이 갖춰졌으니까."

원장 선생이 팔을 벌리고 내 쪽으로 다가오며 말을 이었다.

"어디 마지막으로 한 번 안아 보자. 말썽꾸러기일수록 헤어지기가 힘들구나."

"칭찬 고맙습니다."

나는 그렇게 대꾸하며 마지못해 원장 품에 안겼다.

린덴탈 부인이 내 손에서 가방을 낚아채며 남편에게 말했다.

"여보, 이것 좀 들어요."

"됐어요. 린덴탈 씨가 도와주지 않으셔도 돼요."

린덴탈 부인이 가방을 놓더니 나무라듯 내 뺨을 톡톡 두드렸다.

"린덴탈 씨? 우리 지난번에 그런 말은 쓰지 않기로 했잖니. 이제 우린 한 식구나 마찬가지야. 그냥 아줌마나 아저씨라고 불러. 도로테 아줌마, 마틴 아저씨. 그게 우리 이름이니까. 아니면 아예 엄마, 아빠라고 할래?"

설상가상이군!

내가 황당해하고 있을 때 린덴탈 씨가 끼어들었다.

"그건 좀 지나친 것 같군, 여보."

린덴탈 씨는 고아원에 온 적이 거의 없었다. 많아야 두세 번? 게다가 말수도 적었다. 어쩌면 그래서 나는 린덴탈 부인보다 린덴탈 씨가 더 좋은지도 몰랐다. 린덴탈 씨를 처음 봤을 때 부자들의 외모에 대해 가지고 있던 내 편견은 여지없이 무너지고 말았다. 린덴탈 씨는 도무지 돈 많은 사람처럼 보이지 않았다. 옷차림 탓이 아니었다. 린덴탈 씨가 제아무리 비싼 양복을 입고 있었더라도 사람들은 그를 별 볼일 없는 사무실에 앉아 엉덩이가 짓무를 때까지 일하는 월급쟁이로 취급했을 것이다.

"도로테 아줌마, 마틴 아저씨로 할게요."

나는 말은 그렇게 했지만 두 사람은 내게 영원히 린덴탈 부인과 린덴탈 씨로 남을 거라고 속으로 맹세했다. 그래도 '돈 자루'라고 부르는 이베스보다는 내가 훨씬 나았다.

린덴탈 부인이 기뻐했다.

"그래, 좋아! 그럼 이만 가 보자. 집에 아침 식사를 준비해 놨어. 널 환영하는 뜻에서. 게다가 이이도 오늘은 회사에 가지 않겠다고 약속했어. 그건 아주 굉장한 일이야. 자랑스럽게 생각하려무나."

주차장으로 가는 길에 나는 다시 한 번 뒤를 돌아보았다. 원장이 건물 입구에 서서 우리한테 손을 흔들고 있었다. 애써 웃어 보이려는 모습이었다.

'저 여자가 널 팔았어.' 하는 생각이 머리를 스치고 지나갔다.

린덴탈 부부가 고아원에 큰돈을 기부하는 대가로 원장이 손을 쓴 것이 분명했다. 그러지 않고서야 이런 일이 그렇게 빨리 이루어질 리 없었다. 위탁받는 고아를 '환영'한답시고 아침 식사나 준비할 줄 알았지, 어차피 다시 회사로 사라져 버릴 이런 종류의 사람들한테는.

린덴탈 부인이 고급 승용차에 올라타며 말했다.

"이제 널 만나러 여기까지 오지 않아도 돼서 얼마나 좋은지 모르겠다. 여기보단 집이 훨씬 더 좋단다."

내가 대꾸했다.

"여기가 제 집이에요."

린덴탈 부인이 재미있다는 듯이 웃음을 터뜨렸다.

"네 집이었지. 하지만 지금부터 네 집은 따로 있어. 보면 눈이 휘둥그레질 거다. 안 그래요, 여보?"

"그렇겠지."

린덴탈 씨가 가속 페달을 밟았다.

린덴탈 부인이 몸을 돌려 안나를 바라보았다.

"이제부터 우린 날마다 볼 수 있어."

'지금까지도 거의 그랬는걸요, 뭐.' 하고 나는 속으로 생각했다.

22

그 뒤로는 나도, 린덴탈 부부도 차 안에서 말이 없었다. 슈타인
베르크라고 쓰인 표지판이 보이자 린덴탈 부인은 자기가 사는 작
은 도시에 대해 설명하기 시작했다. 나는 눈곱만큼도 관심이 없
었다.

이제부터 살게 될 그 도시에 대해 내가 아는 거라고는 이름밖
에 없었다. 고아원에서 소풍을 많이 다니긴 했지만 슈타인베르크
에는 한 번도 와 본 적이 없었다. 슈타인베르크는 사실 볼거리가
별로 없는 도시였다. 그곳은 서로가 서로를 알고, 서로가 서로를
감시하는 전형적인 작은 도시였다. 나는 얼마 안 가 그곳을 떠날
수 있다는 사실이 기뻤다.

시장 광장을 지나칠 때는 그나마 마음의 위로가 됐다. 하지만
오래된 집이나 교회 때문만은 아니었다. 내 관심을 끈 것은 오래
된 건물 안에 자리 잡은 카페였다.

나는 어려서부터 카페를 좋아했다. 하굣길이나 고아원 선생과
소풍 가는 길에 카페 앞을 지날 때면 참새가 방앗간을 그냥 지나
치지 못하듯 어김없이 그 안을 들여다보아야 직성이 풀렸다. 좀
더 커서는 용돈의 거의 전부를 커피나 코코아 그리고 케이크를

주문하는 데 쏟아 부었다. 내가 가장 좋아하는 것은 구식 카페였다. 과거 좋았던 시절을 추억하는 할머니들과 사업 이야기를 나누는 양복 입은 신사들 그리고 아이들을 데리고 와서 함께 아침 식사를 하는 부부들의 모습이 보이는 곳. 그것은 너무나도 평범한 삶의 모습이었다. 나는 영원히 맛볼 수 없는 평범한 삶. 아마도 그런 까닭에 나는 카페를 그토록 좋아하지 않았나 싶다.

린덴탈 씨가 마침내 진입로인 듯한 길로 차를 돌리더니 어떤 집 앞에 차를 세웠다. 아니, 그것은 집이 아니었다. 저택, 아니 차라리 궁전이라고 해야 옳을 것 같았다. 나는 이제껏 그보다 더 화려한 집을 본 적이 없었다. 작은 탑과 퇴창과 어마어마하게 큰 현관을 갖춘 고색창연한 집이었다.

린덴탈 부인이 자랑스러운 목소리로 말했다.

"우리 외할아버지가 지은 집이야. 그분이 지금 이이가 운영하는 공장도 지으셨고. 동독 정부 아래에서는 당연히 나라 재산이었지."

린덴탈 부인이 킥킥대며 말을 이었다.

"우리는 통일이 되자마자 서독에서 이리로 건너왔어. 그리고 우리의 옛 재산권을 인정받았지. 생산성이라고는 없던 공장이 짧은 시간 동안 얼마나 변했는지 몰라. 우린 그 점을 아주 자랑스럽게 생각한다."

린덴탈 씨가 덧붙였다.

"일이 여간 많은 게 아니었단다."

내가 물었다.

"무슨 일을 하시는데요? 제 말은 무슨 공장인데요?"

린덴탈 씨가 대답했다.

"자동차 부품을 만들지."

린덴탈 부인이 웃으면서 끼어들었다.

"별로 재미없지? 하지만 우리는 그걸로 먹고 산단다."

"그래 보여요."

나는 짧게 대답했다. 린덴탈 부인의 웃음소리가 점점 더 신경에 거슬렸다.

새 위탁모가 된 린덴탈 부인은 나더러 내 방 구경부터 하라고 고집을 부렸다.

"보면 놀랄 거다!"

나는 린덴탈 씨가 현관문을 여는 순간부터 벌써 놀라고 있었다. 호화로움 그 자체였다! 정말로 대단했다! 안에 있는 물건이 꼭 내 마음에 든다고 할 수는 없지만 어마어마하게 비싼 것들임에는 틀림없었다. 심지어 나 같은 아이도 알아볼 정도였으니까.

린덴탈 부인이 넓은 계단으로 나를 잡아끌더니 2층으로 올라가 방문 하나를 열어 보였다.

"먼저 들어가. 이제부터 여긴 네 영역이니까."

린덴탈 부인의 예언이 들어맞았다. 나는 놀라고 말았다. 그 방은 청소년용으로 완벽하게 꾸며져 있었다. 하지만 내 취향은 아니었다. 모든 게 너무…… 분홍빛이었다.

나는 방 안을 둘러보았다. 없는 게 없었다. 심지어 책꽂이에는 책까지 촘촘히 꽂혀 있었다. 나는 동물 인형 두 개를 보았다.

내가 린덴탈 부인을 돌아보며 물었다.

"이게 뭐예요? 설마 저를 위한 건 아닐 테죠?"

린덴탈 부인의 얼굴이 새빨개졌다.

"아니, 물론 아니지. 그냥 우린…… 우리 생각에…… 네가 오자마자 집처럼 느끼라고. 늘 여기서 살았던 것처럼 보일 것 같아서……."

"아, 네."

나는 무슨 말인지 이해하지 못했지만 그냥 그렇게 대답했다.

차라리 이 쓸데없는 물건 대신 그 돈을 현금으로 주면서 나더러 직접 고르라고 했더라면 훨씬 더 좋았을 텐데.

나는 옷장을 열어 보며 물었다.

"그런데 옷은 안 사셨네요?"

옷장은 다행히 비어 있었다.

린덴탈 부인이 얼른 대답했다.

"물론이지! 옷은 안 샀어. 하지만 내일 당장 사러 가자. 어떠니?"

"좋아요!"

나는 린덴탈 부인을 보며 웃었다. 이번만큼은 진심이었다.

내가 예상했던 대로 린덴탈 씨는 내 '환영 아침 식사'를 한 뒤 회사로 사라졌고, 나는 내 방으로 사라졌다.

실망의 빛이 가득한 린덴탈 부인에게 내가 변명을 늘어놓았다.

"짐부터 풀어야겠어요. 피곤하기도 하고요."

"그래, 그래. 이해한다. 갑자기 너무 많은 경험을 했으니!"

"맞아요."

저녁때가 되자 나는 다시 식당으로 내려와 린덴탈 부부와 함께 식사를 해야 했다. 앞으로 이 상황을 어떻게 견뎌 낼 수 있을지 눈앞이 깜깜했다. 게다가 이베스도 볼 수 없으니. 우리는 내가 린덴탈 부부의 집으로 들어갈 경우 당분간 만나지 않기로 약속했다. 정확히 말하면 이베스의 일방적인 결정이었다.

걱정했던 것과는 달리 며칠이 지나자 나는 새집과 위탁 부모에게 어느 정도 익숙해져 있었다. 무엇보다도 린덴탈 부인과 함께 쇼핑을 엄청나게 하면서 그 집에 손쉽게 적응하게 되었다.

린덴탈 부인은 불평 한마디 없이 아침마다 40킬로미터를 달려 나를 베를린에 있는 학교까지 데려다 주었다. 그리고 수업이 끝난 뒤에는 나를 데리고 베를린 시내에서 쇼핑하다가 저녁때나 돼서야 집에 왔다. 린덴탈 부부는 내가 웬만하면 슈타인베르크 시내에서 어정대지 않기를 바라는 것 같았다. 나는 그 이유가 궁금했다. 나 같은 고아원데기를 데려온 것이 이웃 사람들 보기에 창피해서인지도 몰랐다.

어쨌거나 나로서도 그 편이 더 좋았다. 어차피 쇼핑은 베를린에서 해야 제 맛이 났으니까. 나는 슈타인베르크에 있을 때는 새로 산 CD를 듣거나 새로 산 옷을 입어 보며 주로 집에서 시간을 보냈다. 그 옷들이 뉴질랜드에서도 유용할 거라고 생각하면 아주 흐뭇했다.

그런데도 슈타인베르크 시장 광장에 있는 카페만큼은 한 번 가보지 않을 수 없었다. 나는 시장 광장에 있는 작은 카페의 문을 열었다.

케이크 진열장 뒤에 서 있던 종업원이 나를 뚫어져라 쳐다보았다. 당장에 진열장을 뛰어넘기라도 할 기세였다.

종업원이 소리쳤다.

"이럴 수가! 다시 돌아온 거야?"

나는 뒤에 누가 서 있나 싶어 뒤를 돌아보았다. 아무도 없었다.

내가 쭈뼛거리며 대답했다.

"저…… 사람을 잘못 보신 것 같은데요."

종업원이 안경을 쓰더니 나를 위에서 아래로 천천히 훑어보았다. 그러고는 망설이는 태도로 중얼거렸다.

"글쎄, 세월이 꽤 흐르긴 했지만, 맞는 것 같은데……."

내가 물었다.

"지금 절 누구랑 헷갈리시는 거예요?"

종업원이 고개를 저었다.

"아니에요. 별로 중요한 건 아니니까 신경 쓰지 마세요. 미안하게 됐어요."

나는 자리를 잡고 앉아서 시장 광장을 오가는 '평범한' 사람들의 일상을 지켜보며 커피를 마셨다. 하지만 기분은 영 별로였다. 아까 그 종업원이 구석에 서서 계속 나를 흘깃거리며 다른 동료 종업원들과 수군댔기 때문이다. 나는 얼른 잔을 비우고 돈을 낸 뒤 그 집을 나와 버렸다. '역시 다음에는 베를린에 있는 카페로 가야겠어.' 하고 생각했다.

린덴탈 씨는 얼굴도 보기 힘들었다. 새벽같이 출근했다가 한밤중이나 되어야 돌아오는 날이 허다했다. 자기 부인과 내가 써 대는 돈을 벌려면 무리도 아니지.

일주일 뒤 이베스가 내게 문자를 보냈다. 나를 꼭 만나야겠다며. 드디어 이베스에게서 연락을 받아 얼마나 기뻤는지 모른다. 이베스와 만나기로 약속한 날, 나는 체육 수업을 빼먹고 베를린에 있는 카페로 갔다. 이베스는 먼저 와서 기다리고 있었다.

이베스가 주위를 두리번거리며 투덜댔다.

"꼭 이렇게 속물스런 곳에서 만나야겠어?"

나는 이베스에게 입을 맞추었다.

"내가 뉴질랜드에서 갖고 싶은 것도 이런 속물스런 카페야. 너도 알잖아. 지금 너 때문에 수업도 빼먹고 오는 길이야. 그것도 체육 수업을. 내가 유일하게 잘하는 과목인데 말이야."

이베스가 구시렁댔다.

"만날 그놈의 체육 타령."

내가 버럭 화를 냈다.

"대체 왜 이래? 네가 나랑 할 얘기가 있다고 했잖아. 서로 못 본 지 벌써 2주째야. 그런데 기뻐하기는커녕 보자마자 투덜대기만 하고."

이베스가 고개를 저었다.

"미안, 미안. 내가 좀 긴장한 것 같아."

"긴장했다고? 정말 새로운 면인걸!"

"계획은 다 세워졌어. 이제 시작하면 돼."

나는 놀라서 주위를 둘러보았다.

이베스가 이죽거렸다.

"놀라긴. 어차피 여긴 다 귀머거리들뿐이야."

"지금 그걸 농담이라고 하는 거야? 조심해도 모자랄 판에. 지금 우린……."

내가 더 이상 말을 잇지 못하자 이베스가 내 말을 받았다.

"우리가 뭘 하려는지는 나도 알아. 너도 잘 알고 있을 테지?"

그날 저녁, 맞바람이 심하게 부는 현관 입구에서 이베스가 나를 설득한 이후, 우리는 린덴탈 부인의 납치에 대해 두 번 다시 이야기한 적이 없었다. 나는 이베스가 시키는 대로 린덴탈 부부의 집으로 들어갔고, 이베스는 그로써 만족하는 것 같았다. 나로서는 잘된 일이었다. 거기에 대해서는 더 이상 이야기하고 싶지 않았다. 아니, 생각조차 하기 싫었고, 심지어 거의 잊고 있던 참이었다. 솔직히 우리의 계획은 시간이 좀 걸려도 상관없었다. 나는 호화로운 생활에 막 입맛을 들여 가고 있었으니까.

"왜 이렇게 서둘러? 시간이 없는 것도 아닌데."

이베스가 외쳤다.

"시간이 없는 게 아니라고? 우린 시간이 없어! 난 빈털터리가 되기 일보 직전이라고! 이게 돈이 얼마나 많이 드는지 알아?"

"돈이 든다고? 무슨 말이야?"

이베스가 큰 소리로 웃음을 터뜨렸다.

"너, 그 여자 아주 끝내 주게 우려먹던데? 진짜 놀랍더군. 옷에 CD에, 굉장해!"

나는 머리를 망치로 얻어맞은 듯했다.

"우리를 쭉 엿보고 있었구나!"

이베스가 두 손으로 내 얼굴을 감쌌다.

"자기는 눈치 하나는 빠르다니까!"

나는 이베스의 손을 치웠다.

"나한테 왜 그런 얘기 미리 안 했어?"

"네가 계속 뒤를 돌아보는 통에 나까지 탄로 나라고?"

"하지만 그 시간에 우릴 어떻게 따라다닌 거야? 일은 어떡하고? …… 잠깐! 너 혹시 또 때려치운 건 아니겠지?"

이베스가 의자 등받이에 몸을 기댔다.

"때려치웠으면? 어차피 처음부터 지긋지긋했어. 그리고 한몫 단단히 잡으려면 몇 가지는 희생해야 한다고."

이베스는 나보다 세 살 많았다. 우리는 고아원에서 만났다.

처음에 우리는 몰래 만났다. 하지만 고아원에서는 남자 친구를 비밀에 부치기가 어려웠다. 특히 그 남자 친구가 같은 고아원에 사는 경우에는.

우리의 관계가 드러났을 때 사람들은 별로 반기는 기색이 아니었다. 원장이 특히 심했다.

원장이 물었다.

"너, 걔가 너한테 정말 어울린다고 생각하니?"

이베스는 열여덟 번째 생일을 맞은 날 고아원을 나갔다. 직업 훈련은 3개월 만에 때려치웠다. 돈을 더 많이 벌고 싶어서라고 했다. 하지만 그것은 말처럼 쉽지 않았다. 그래도 운이 좋았던지 얼마 뒤 괜찮은 일자리가 났다. 이베스가 바라는 만큼 큰돈은 아니었지만 월세를 내고 생활을 꾸려 나갈 만큼의 월급은 받았다. 이베스는 하필 그런 자리를 내팽개쳐 버린 것이다. 나는 어이가 없었다!

내가 이베스 쪽으로 허리를 굽히며 말했다.

"대체 무슨 생각으로 그런 거야? 일자리 구하기가 얼마나 힘든데?"

이베스는 주변 사람들이 돌아볼 정도로 내게 버럭 소리를 질렀다.

"너 지금 나한테 말버릇이 그게 뭐야? 그 돈 자루한테 간 지 얼마나 됐다고 벌써 물든 거야?"

나는 벌떡 일어서서 바깥으로 나갔다. 아무도 나를 그런 식으로 다룰 수는 없다. 제아무리 이베스라도. 그런데도 나는 카페 문 앞에서 이베스를 기다렸다. 몇 분 뒤 이베스가 쫓아 나왔다. 나는 걷기 시작했다.

우리는 얼마 동안 아무 말 없이 나란히 걸었다. 나는 이베스가 사과하기를 기다렸고, 이베스는 미안하다는 말을 어떻게 해야 할지 생각하는 것 같았다.

이윽고 이베스가 입을 열었다.

"내가 긴장했다고 그랬잖아. 진심은 아니었어. 너, 설마 이런 일로 마음을 바꾼 건 아니겠지, 그렇지?"

나는 아무런 대답도 하지 않았다. 나도 내가 뭘 원하는지 몰랐다.

이베스의 말이 전혀 틀린 것은 아니었다. 나는 새 위탁 가정이 점점 더 좋아지고 있었다. 린덴탈 부부가 아니라, 그들의 생활 방

식이 좋았다. 좀 더 정확히 말하면 그들이 가진 돈이, 그 돈으로 살 수 있는 물질적 풍요로움이 좋았다. 그리고 이베스가 원하는 것도 바로 그 돈이었다. 내 꿈을 이루게 해 줄 돈. 뉴질랜드 어딘가에 있을 내 카페.

"아니야. 나도 하고 싶어. 하지만 겁이 나."

나는 정말로 겁이 났다. 돈은 바랐지만 납치는 하고 싶지 않았다. 다만 하나를 하지 않으면 다른 하나를 얻을 수 없었다.

"그래, 이래야 예쁘지."

이베스가 나를 껴안으며 말을 이었다.

"겁먹을 필요 없어. 정말 식은 죽 먹기라고. 게다가 네 새엄마는 너한테 홀딱 빠져 있으니까."

"그 여잔 내 새엄마가 아니야!"

이베스가 두 손을 쳐들었다.

"알았어, 알았다고! 어쨌거나 그 여잔 네가 자기를 함정으로 유인해도 전혀 의심하지 않을 거야."

"무슨 말이야?"

이베스가 설명했다.

"이미 말한 것처럼 난 너랑 그 여자를 관찰했어. 아주 자세히 관찰했지. 네가 가게에서 뭘 사 가지고 나올 때마다 그 여자 얼굴에서는 빛이 나더군. 네가 자기를 위해 뭐 대단한 일이라도 한 것처럼 말이야. 네가 행복하면 그 여자도 행복해. 그 여자의 행복은 너한테 달려 있다, 이 말이야."

내가 소리쳤다.

"말도 안 되는 소리 하지 마!"

이베스가 입 꼬리를 말아 올렸다.

"물론 너야 인정하고 싶지 않겠지. 하지만 사실이야. 내 말을 믿으라고."

"좋아, 그렇다 치고 그게 네 계획이랑 무슨 상관이야?"

"당연히 상관있고말고. 그 여자한테 어디 가고 싶다고 말을 해야 하니까. 그 여잔 그곳이 어디든 널 데려다 줄 거야."

"내가 어디로 가자고 해야 하는데?"

이베스가 되물었다.

"어딘지 모르겠어?"

23

누군가 내 뺨을 쳤다. 나는 기침을 하며 물을 토해 내야 했다. 역한 소독약 맛이 올라왔다.

케빈이 소리쳤다.

"안나, 정신이 들어? 천만다행이야! 얼마나 걱정했는지 몰라. 처음엔 네가 장난치는 줄 알았어. 그런데 네가 올라오지를 않기에……"

나는 케빈에게 화를 냈다.

"젠장! 왜 날 물에서 끌어 올렸어? 방금 내가 유인해야 할 곳을 말할 참이었단 말이야!"

케빈이 다시 내 이름을 불렀다.

"안나, 무슨 말이야? 누가 뭘 말하려고 했다는 거야?"

"난 안나가 아니야. 내 이름은 킴이야."

"무슨 소리냐니까? 하나도 못 알아듣겠어!"

"젠장. 토해야겠어!"

나는 케빈을 옆으로 밀친 뒤 물을 바꾼 지 하루밖에 안 된 수영장에 아침 먹은 것을 게워 내고 말았다.

당황해서 어쩔 줄 모르는 케빈의 목소리가 머리 위에서 들렸다.

"죄, 죄송합니다. 속이 안 좋은가 봐요."

이번에는 다른 목소리가 말했다.

"괜찮습니다, 손님. 저희가 치우도록 하죠. 해가 뜨거운데 방에 들어가서 쉬세요."

"아, 네."

케빈이 급하게 대답하며 나를 일으켜 세웠다.

"걸을 수 있겠어?"

나는 결코 깨끗하다고 할 수 없는 수영장 물속을 들여다보며 다시 한 번 뛰어들어야 할까 망설였다. 어쩌면 나머지 일까지 모두 기억날지 모르니까. 하지만 뛰어들지 못했다. 다시 한 번 견뎌 낼 자신이 없었다. 게다가 이번에는 내가 물에 뛰어들자마자 케빈이 금방 건져 올릴 테니까.

내가 대답했다.

"응, 괜찮아. 방으로 가."

나는 아직도 다리가 후들후들 떨렸다. 케빈의 부축을 받으며 내 방으로 갔다. 케빈이 나를 조심스럽게 침대에 눕혔다.

내가 손으로 눈을 가리며 말했다.

"커튼 좀 쳐 줄래? 그리고 마실 것도. 소독약 맛 때문에 자꾸 구역질이 나."

케빈은 커튼을 쳤고, 이어서 미니바 뒤지는 소리가 났다.

케빈이 콜라를 가지고 왔다. 그것으로 충분했다.

케빈이 콜라를 따라 주며 내 말을 흉내 냈다.

"'젠장, 토해야겠어!' 하더니 수영장에다 그냥 토해? 나 원 참!"

나는 콜라 잔을 받아 들고 단숨에 들이켰다.

"고아원에 있으면 욕을 배워."

"뭐? 대체 아까부터 무슨 말을 하고 있는 거야, 안나?"

"킴."

나는 케빈의 말을 바로잡아 주었다.

"이제 난 내가 누군지 알아."

케빈의 벌어진 입은 다물어질 줄 몰랐다.

케빈이 침대 위에 털썩 주저앉으며 물었다.

"그래서? 네가 누군데?"

"내 말을 듣기 전에 침대에 눕는 편이 좋을 거야."

케빈은 이야기를 듣는 동안 나를 그저 뚫어져라 바라볼 뿐 아무 말도 하지 않았다. 내가 '메롱! 속았지? 다 거짓말이야!' 하고 말해 주기를 바라는 듯한 표정으로.

하지만 나는 케빈의 소원을 들어줄 수 없었다.

케빈이 갑자기 소리를 질렀다.

"말도 안 돼! 그럴 리가 없어!"

내가 집게손가락으로 내 머리를 두드리며 말했다.

"케빈, 그건 내 기억이야. 다 여기 들어 있다고. 내 개 같은 인생이 이제 다 기억나. 적어도 이베스와 길을 걸은 데까지는. 이베스는 나더러 린덴탈 부인을 어디로 유인하라고 말할 참이었어. 그때 네가 나를 물에서 건져 올렸다고."

케빈은 흥분을 가라앉히지 못했다.

"아니야, 그럴 리가 없어! 네가 린덴탈 부인을 유인했을 리가 없어. 있을 수 없는 일이야. 난 믿을 수가 없어. 넌 아니야!"

"하지만 난 계획을 세웠어, 이베스와 함께! 린덴탈 씨가 자기 계좌에서 찾은 200만 유로는 분명히 몸값이었을 거야."

"아직은 몰라."

"아니면 그 많은 돈을 왜 찾았겠어? 우연은 그렇게 자주 일어나는 게 아니야, 케빈."

"어쩌면 넌 중간에서 그만뒀을 수도 있어. 그건 정말 모르겠어? 어쩌면 그…… 이베스라는 애 혼자서 린덴탈 부인을 납치했을 수도 있다고!"

내가 소리를 질렀다.

"어쩌면, 어쩌면! 내가 원하는 건 어쩌면이 아니야. 난 사실을 알고 싶어! 어쩌면은 이제 지긋지긋하다고!"

나는 베개로 얼굴을 가려 버렸다. 나는 안나가 아니다. 평생을 거의 고아원에서만 살아온 킴이라는 아이다. 벌써 두 번씩이나 위탁 부모들을 절망에 빠뜨렸고, 세 번째는 심지어 위탁모를 납치한 뒤 그 남편을 협박하려고 했다. 끔찍하다. 내가 두려워했던 것보다 훨씬 더 끔찍하다. 어제만 해도 나는 진짜 안나 린덴탈의 과거가 부럽지 않다고 확신했다. 그러나 이제는 그 아이의 과거가 부러웠다.

케빈이 내 말을 받아들이기까지는 오랜 시간이 걸렸다. 나는 미친 소리처럼 들리는 그 이야기가 결코 꾸며 낸 것이 아니라고, 나도 케빈 못지않게 그것이 사실이 아니기를 바라지만 내 과거가 틀림없다고 오후 늦게까지 케빈을 설득해야 했다.

케빈은 발코니 문 앞에 서서 바깥을 내다보았다. 내 과거는 나보다 케빈에게 더 큰 충격을 안겨 준 것 같았다. 케빈이 불쌍했다. 하지만 나도 어쩔 수 없었다. 나는 케빈을 잃을까 봐 두려웠다.

내가 조심스럽게 물었다.

"이제 내가 싫어졌지? 이해할 수 있어. 정말이야!"

케빈이 내 쪽으로 오더니 나를 바라보았다.

"그런 바보 같은 소리 마."

케빈의 목소리는 부드러웠다. 우리는 오랫동안 입을 맞추었다.

내게 절실한 것은 바로 그 입맞춤이었다. 케빈이 없었더라면 그 모든 것을 어떻게 견뎌 냈을지 상상조차 할 수 없었다.

내가 물었다.

"그럼 발코니 문 앞에 서서 무슨 생각을 했던 거야?"

"린덴탈 부부가 왜 널 딸이라고 속였을까 하는 생각. 넌 린덴탈 부인의…… 납치범일 수도 있는데 말이야."

"나도 그 생각을 하지 않은 건 아니야. 도대체 말이 안 돼."

"말이 될 수도 있지. 두 사람 모두 그 사실을 몰랐거나 두 사람한테 아무 상관도 없다면."

내가 소리쳤다.

"아무 상관도 없다고? 지금 제정신이야? 납치를 당하고 협박을 받는데, 대체 어느 누가 그렇게 초연할 수 있어?"

"난 두 사람 기분이 어땠을까, 그걸 생각해 봤어."

"날 자기들 딸로 속이고 살 때?"

"아니, 그 전에. 그 두 사람, 자취도 없이 사라져 버린 딸 때문에 괴로웠을 거야. 난 두 사람이 딸을 사랑했다고 생각해. 적어도 린덴탈 부인은. 너한테 한 걸 보면 알 수 있어."

내가 짧게 대꾸했다.

"그게 사랑이라니."

"물론 자기 방식으로 사랑한 거지. 다 린덴탈 부인의 생각이었던 것 같아. 분명히 남편을 설득했을 거야. 네가 들었다던 두 사람의 대화 내용을 생각해 보면……."

나는 케빈의 말을 한마디도 이해할 수 없었다.

"린덴탈 부인이 남편한테 뭘 설득했다는 거야?"

"생각해 봐. 무슨 사고가 있었는지는 잘 모르겠지만 어떤 사고가 일어난 직후, 린덴탈 부인은 네가 기억을 완전히 잃은 채 병원에 누워 있는 걸 봤어. 딸은 아니지만 딸과 똑같이 생긴 아이. 넌 린덴탈 부인을 납치했을 수도 있지만 아닐 수도 있다는 걸 명심해. 중요한 건 린덴탈 부인은 아무런 해도 입지 않았다는 거야. 목숨을 잃은 것도 아니고, 납치당한 상태도 아니었으니까."

내가 케빈의 말을 끊었다.

"하지만 돈이 없어졌잖아. …… 그랬구나! 돈! 그래서 이 베스가 날 찾아다닌 거였어! 나한테 늘 뭘 내놓으라고 했어! 분명히 그 돈이었을 거야!"

"네 생각에 그 돈이 너한테 있을 것 같아?"

"어디다 숨겨 놨을지도 모르지."

"그 말은 결국……."

케빈이 말꼬리를 흐렸다.

"결국 내가 납치를 도왔다는 거지."

케빈은 그런 생각을 떨쳐 버리려는 듯 세차게 도리질을 쳤다.

"그건 아직 증명되지 않았잖아."

나는 케빈이 희망을 품도록 내버려 두었다. 하지만 이제 내 안에는 희망이 별로 남아 있지 않았다.

케빈은 아랑곳하지 않고 아까 하던 말을 이어 나갔다.

"네가 무슨 일을 저질렀건 사고로 인한 기억 상실 덕분에 그 모든 일은 더 이상 존재하지 않게 되었어. 말끔히 지워져 버렸다고. 린덴탈 부인 앞에는 새로 태어난 아이가 누워 있었던 거야. 자기 딸과 똑같이 생긴 아이가 말이야. 적어도 린덴탈 부인은 그렇게 생각했을 거야."

나는 케빈이 무슨 이야기를 하려는지 그제야 알 것 같았다.

내가 소리쳤다.

"믿을 수 없어! 그건…… 제정신이 아니야!"

"그래, 제정신이 아니었을지도 모르지. 어쨌든 린덴탈 부인에게는 그것이야말로 딸을 되찾을 수 있는 가장 좋은 기회였어. 그보다 더 좋은 조건은 없었을 거야. 서류상으로 안나는 여전히 자기들 딸이었으니까. 어쩌면 딸의 신분증도 린덴탈 부인한테 있었을지 몰라."

"아니, 신분증은 보홈에서 새로 받았어."

"그래, 보홈! 거기로 갈 수밖에 없었겠지. 슈타인베르크에서는 더 이상 살 수 없었을 거야. 네가 진짜 안나랑 비슷한 건 사실이지만 그래도 그곳엔 네가 다른 사람이란 걸 한눈에 알아볼 수 있는 사람이 꽤 있었을 테니까. 보홈이야 안나가 어려서 살았던 곳이니 그런 걱정을 할 필요가 없었겠지. 남편과는 주말 부부로 살아야 했지만 그것도 별 문제 아니었을 거야. 대신 딸을 다시 얻었으니까."

순간 나는 보홈 집의 내 방이 아까 수영장에서 기억해 낸 슈타인베르크 저택의 내 방과 비슷하다는 사실을 깨달았다.

"내 방! 그 사람들이 날 안나의 방에서 살게 했어. 가구, 책, CD, 심지어 그 동물 인형들까지. 모두 안나 거였다고! 젠장, 젠장, 젠장! 끔찍해!"

케빈이 조용히 말했다.

"네 말이 맞아. 제정신으로는 할 수 없는 일이야. 하지만 이렇게 말고는 달리 설명할 방법이 없어."

케빈의 설명은 무척이나 논리적이었다. 하지만 이베스도 모든 일에 늘 설명을 달았다. 그 아이의 말도 논리적으로 들렸지만 옳지는 않았다.

내가 입을 열었다.

"못 믿겠어. 상상이 안 돼. 날 어떻게 그렇게 감쪽같이 속일 수 있지? 난 자기들이랑 아무 상관도 없는 사람인데!"

케빈이 반박했다.

"상관있고말고. 넌 자기들 딸이랑 똑같이 생겼으니까. 게다가 넌 부모도 없고. 아니, 적어도 자기 부모가 누군지는 모르니까. 한마디로 네가 운이 없었던 거야."

내가 소리를 질렀다.

"하지만 난 아니야! 난 그 사람들 딸도 아니고, 절대 그 애처럼 되지도 않았을 거야! 그 사람들도 그걸 알았을 거야! 세상에 그렇게 바보 같은 사람은 없어!"

"내 말이 사실인지 아닌지 말해 줄 수 있는 사람이 있어."

내 입에서 이름 하나가 툭 튀어나왔다.

"린덴탈 부인."

"맞아. 린덴탈 부인은 아마 지금도 보훔 집이나 슈타인베르크 저택에 앉아서 네가 돌아오기만을, 여전히 자기 딸 안나 린덴탈이기를 기도하고 있을 거야. 틀림없어! 이제 네 위탁모를 찾아가 확인하는 수밖에 별 도리가 없을 것 같아."

내게 선택의 여지가 있다면 다시는 그 집 가까이에 가고 싶지 않았다. 하지만 내게는 선택의 여지가 없는 듯했다.

"그게 정말이면, 네 추측이 맞는다면, 그럼 린덴탈 부인이 내 앞에서 직접 말해야 해!"

남부 테네리페 섬 위로 펼쳐진 하늘은 여전히 파랗고, 꽃 향기는 이틀 전이나 다름없이 달콤하고, 바다에서는 그때처럼 따뜻한 바람이 불어왔다. 그러나 모든 것이 우리가 도착할 때와는 달라져 있었다. 나는 테네리페 섬에서 내 과거를 둘러싼 수수께끼를 풀 수 있기를 바랐다. 내 소망은 비록 전부는 아니지만 많이 이루어져 있었다. 나는 내 안에 숨어 있던 과거의 안나를 보고야 말았다. 그 아이 이름은 킴. 킴은 그 어떤 악몽에서 볼 수 있는 모습보다 훨씬 더 추하고 끔찍했다.

나는 다른 비행에서 그랬던 것처럼 이륙의 짜릿함을 맛보고 싶었지만 그럴 수가 없었다. 내가 사고가 일어나기 전에도 비행기를 타 본 적이 없는 아이라는 사실을 알게 된 탓이 아니었다.

나는 케빈을 바라보았다. 케빈은 괴로워하고 있었다. 나는 그것을 이륙하기 전부터 눈치 채고 있었다.

비행기 안에서 내내 침묵을 지키던 케빈이 착륙 직전에 드디어 자신의 괴로움을 토해 냈다.

"그럼 넌 열일곱 살인 거야?"

아, 그거였군.

"응. 사람들이 다 스무 살짜리치고는 너무 어려 보인다고 한 것도 무리가 아니었어."

"이럴 수가! 그럼 넌 아직 미성년이잖아!"

나는 웃을 기분이 아니었지만 그 순간에는 웃음이 터지고 말았다.

"걱정 마. 널 고발하지는 않을 테니까. 그리고 어차피 두 달 뒤면 열여덟 살이야."

"그래도 우린 나이 차이가 다섯 살이나 나잖아."

"그래서? 무슨 문제라도 있어?"

"난 아니지. 혹시 네가 나를 너무 늙었다고 생각할까 봐."

"그런 바보 같은 말 하지도 마."

나는 몸을 기울여 케빈에게 입을 맞추었다.

짐이 나오기까지는 아주 오랜 시간이 걸렸다. 검게 그을렸지만 피곤해 보이는 휴가객들 사이에 케빈과 나는 어색하게 서 있었다.

드디어 내 여행 가방이 보였다. 하지만 케빈의 가방은 나올 생각을 하지 않았다.

내가 말했다.

"나 먼저 나가고 있을게."

"좋아. 하지만 다른 젊은 녀석이랑 도망가면 안 돼!"

"꼭 그걸 바라는 사람 같아. 하지만 어림없어!"

내 등 뒤로 자동문이 미처 닫히기도 전이었다. 어떤 여자 한 명이 내 쪽으로 다가왔다. 나이가 꽤 들어 보이는, 인상 좋은 여자였다.

"안나 린덴탈 양인가요?"

나는 내가 여전히 안나의 여권을 쓰고 있다는 사실을 떠올렸다.

내가 떨떠름한 태도로 대답했다.

"네."

여자가 자신의 신분증을 내 얼굴 앞으로 바싹 들이밀었다. 여자의 사진과 경찰이라는 단어가 희미하게 눈에 들어왔다.

"바이덴바하라고 해요. 경감이죠. 잠깐 같이 가실까요?"

나는 영문을 몰라 횡설수설했다.

"같이 가자고요? 어디로요? 내가 뭘 어쨌다고요?"

"린덴탈 양, 저항하지 마세요. 자꾸 이러면 동료에게 수갑을 채우라고 하는 수밖에 없어요. 저는 그렇게 하기를 바라지 않아요."

어느새 남자 두 명이 유령처럼 쓱 나타나 내 뒤에 서 있었다.

나는 짐 찾는 곳으로 통하는 자동문을 바라보았다. 케빈은 도대체 어디 있는 걸까?

그 순간 나는 마틴 린덴탈을 발견했다. 린덴탈 씨는 몇 미터 떨어진 곳에서 내가 붙잡히는 모습을 보고 있었다.

나는 린덴탈 씨를 향해 악을 썼다.

"절 신고하셨어요?"

린덴탈 씨는 내가 자기한테 말하고 있다는 것을 알아차렸지만 꼼짝도 하지 않고 제자리에 서서 나를 바라보았다.

"아빠! 절 신고하신 거예요?"

나는 내 목소리를 들은 뒤에야 그 사람을 아빠라고 불렀다
는 사실을 깨달았다. 린덴탈 씨가 천천히 발걸음을 떼었다.
아마도 같은 이유에서였으리라. 한 걸음, 한 걸음, 내 쪽으로
다가오던 린덴탈 씨가 나와 몇 발자국 떨어진 곳에 멈춰 섰
다. 왜 저렇게 슬퍼 보이는 걸까?

린덴탈 씨가 입을 열었다.

"다른 방법이 없었단다."

내가 외쳤다.

"제가 납치를 한 거예요? 정말 제가 그랬어요?"

"그걸 나한테 묻는 거니? 본인이 알 텐데? 아니면 아직도
기억을 못하는 거니? 그럼 대체 왜 도망친 거야?"

내가 버럭 소리를 질렀다.

"제가 딸이 아니니까요!"

나는 울지 않으려고 했지만 저절로 뺨을 타고 흘러내리는
눈물을 주체할 길이 없었다.

"아빠가 엄마한테 그러셨잖아요! 다 들었어요. 저를 범죄
자에 괴물이라고 하시는 것까지 다요!"

짧으나마 한때 아빠였던 남자의 눈이 놀라서 휘둥그레졌
다. 린덴탈 씨는 내가 무슨 말을 하는지 분명히 기억했다. 린
덴탈 씨도 터져 나오려는 울음을 가까스로 참고 있었다.

"왜 내 말을 듣지 않았니, 안나? 왜 과거를 내버려 두지 않았던 거야? 우린 기꺼이 그렇게 할 준비가 되어 있었는데."

나는 고래고래 악을 썼다.

"왜요? 왜냐고요?"

"엄마를 위해서. 그리고 날 위해서."

바이덴바하 경감이 끼어들었다.

"린덴탈 씨, 이제 그만 하시죠. 제가 끼어들지 말라고 미리 말씀드렸지 않습니까? 이제 그만 물러나 주세요."

그때 케빈의 목소리가 들렸다.

"무슨 일이에요? 그 손 놓으세요!"

바이덴바하 경감과 동료 경찰 두 명이 케빈을 돌아보는 순간, 나는 또다시 무의식적인 행동을 하고 말았다. 언젠가 린덴탈 씨의 책상 서랍을 뒤지다가 들킬 뻔했을 때처럼.

나는 잠시 느슨해진 경찰의 손길을 뿌리치고 내달리기 시작했다.

24

계단이 나왔다! 위로 올라가야 한다! 나는 눈물을 대충 훔
치고 한 번에 서너 계단씩 껑충껑충 뛰어오르기 시작했다.
눈앞에 바깥으로 통하는 출입문이 나타났다. 나는 재빨리 문
을 밀고 나와 주위를 두리번거렸다. 내가 아는 곳이다! 와 본
적이 있는 공항이었다. 나는 과거를 기억함으로써 누릴 수
있는 혜택을 처음으로 맛보았다. 아직 새벽의 어둠이 가시지
않았지만 출근길 교통 체증이 서서히 시작되고 있었다. 나한
테는 둘 다 잘된 일이었다.

케빈이 린덴탈 씨를 뿌리치던 모습이 떠올랐다. 나는 샛길
로 방향을 꺾은 뒤 너무 오래 한쪽 방향으로만 가지 않도록
조심하면서 공항 건물 주변을 지그재그로 달렸다.

핸드볼! '핸드볼을 할 때도 늘 이런 식으로 상대 팀 선수
들을 피해 달렸지.' 하는 생각이 머릿속에 갑자기 떠올랐다.

공항 건물에서 조금 떨어진 곳에 버스 정류장이 보였다.
나는 가까이에 있는 담벼락 뒤에 숨어서 빨리 버스가 오기만
을 기도했다. 물론 그 와중에도 주위에 대한 경계는 늦추지
않았다. 하지만 경찰은 물론, 나를 찾아다니는 사람들의 모

습은 눈에 띄지 않았다.

드디어 내 기도가 하늘에 닿은 모양이었다. 나는 버스 문이 다 열리기도 전에 안으로 뛰어 들어가 가장 구석진 자리에 앉았다. 마음 같아서는 '이제 그만 좀 가자고요!' 하고 버스 운전사에게 소리라도 지르고 싶었다.

드디어 '덜컹' 하고 문 닫히는 소리가 아름답게 울려 퍼지더니 버스가 출발했다. 나를 찾아다니는 사람은 여전히 보이지 않았다. 이상하다는 생각이 들었다. 공항은 별로 크지 않았다. 바이덴바하 경감이 자기가 데려온 동료 두 명 말고는 더 이상 경찰력을 지원받지 못했든지, 아니면 나를 붙잡는 것이 별로 중요하지 않든지 둘 가운데 하나인 듯싶었다. 하지만 두 번째 가능성은 상상하기 힘들었다. 나는 린덴탈 부인의 납치범으로 의심받고 있는 사람이 아닌가!

물론 그것은 내 추측이었다. 바이덴바하 경감한테 그런 말을 들은 것도 아니었고, 린덴탈 씨도 나를 경찰에 신고했다고는 말하지 않았다. 하지만 납치 사건 때문이 아니라면 린덴탈 씨가 왜 경찰을 데리고 공항에 나와 나를 체포하려고 했을까?

이제부터 내가 할 일은 분명했다. 이미 공항에서 도망칠 때부터 계획이 서 있었다. 슈타인베르크로 가서 린덴탈 부인을 만나야 한다. 나는 린덴탈 씨가 슈타인베르크에서 나를 맞닥뜨린 이후, 린덴탈 부인도 슈타인베르크 저택에 와 있을 거라고 확신했다. 그리고 린덴탈 부인이야말로 내가 자기를 납치했는지 아닌지, 정말로 무슨 일이 있었는지를 말해 줄 수 있는 사람이었다! 또한 린덴탈 부인은 나를 왜 자기 딸로 둔갑시켰는지 설명해야 할 의무도 있었다.

나는 버스를 타고 서너 정거장을 가다 내렸다. 또다시 무임승차로 걸려서 경찰의 손에 넘겨지는 일은 피하고 싶었다.

나는 얼마 동안 정처 없이 걸어 다녔다. 길을 잃을 걱정은 없었다. 나는 그곳 지리를 훤히 알고 있었다. 쾰른에 갔을 때 일이 생각났다. 낯선 도시를 혼자 발견해 가는 일이 얼마나 자랑스러웠던가! 그런 느낌은 이제 더 이상 남아 있지 않았다. 나는 내가 누구인지, 어디에서 왔는지 분명히 알고 있었다.

케빈의 말이 떠올랐다.

"가끔 난 네가 정말 부러워. 너한텐 모든 게 다 새롭잖아. 넌 세상을 다시 발견하고 있어. 어린아이처럼 말이야."

이제 그 말이 무슨 뜻인지 알 것 같았다.

그래, 케빈! 나는 어떻게 해서든지 케빈과 연락을 해야 했다. 케빈 없이 혼자서는 저택 안에 발을 들여놓을 엄두가 나지 않았다. 게다가 린덴탈 씨가 언제 불쑥 나타날지도 몰랐다. 공항에서 겪은 일을 생각하면 혼자서는 두 번 다시 린덴탈 씨를 만나고 싶지 않았다.

경찰이 붙잡지 않았다면 케빈은 지금쯤 다시 호텔로 돌아
가 있을 것 같았다. 나는 케빈이 호텔로 갔기를 간절히 바랐
다. 호텔 말고는 케빈에게 연락할 수 있는 다른 방법이 없었
다. 하지만 호텔로 직접 찾아갈 용기는 나지 않았다. 어쩌면
경찰들이 호텔 가까이에 숨어 있으면서 케빈을 관찰하고 있
을지도 몰랐다. 결국 전화가 가장 좋은 방법인 듯싶었다.

나는 공중전화 부스를 찾아 전화번호부에서 호텔 전화번
호를 찾았다.

하지만 호텔에 어떻게 전화를 건다? 전화는 눈앞에 있었
지만 내게는 전화 카드도, 돈도 없었다.

그때 내 나이쯤 되어 보이는 남자 아이가 잠시도 쉬지 않
고 휴대폰으로 장난 치며 내 쪽으로 걸어왔다. 그래, 안 될
것도 없지! 밑져야 본전이니까.

내가 말을 걸었다.

"안녕!"

남자 아이가 깜짝 놀라 휴대폰에서 고개를 들더니 나를 보
고는 이내 웃음 지었다.

내가 휴대폰을 가리키며 물었다.

"나 전화 한 통만 해도 될까? 아주 짧게 할게. 여기 베를린
으로 할 거야."

남자 아이가 내 얼굴과 자기 휴대폰을 번갈아 보더니 마지
못해 휴대폰을 내밀었다.

"고마워!"

나는 호텔 전화번호를 누른 뒤 케빈의 방에 연결해 달라고
부탁했다. 신호가 울리는 동안 케빈이 방에 있기를 간절히
기도했다.

"슈나이더입니다!"

내가 소리를 질렀다.

"케빈! 나야! 킴!"

케빈이 잠시 머뭇거리더니 대답했다.

"아, 뮐러 부인이시군요. 안녕하세요? 서류 준비는 다 끝
났습니다. 다시 사무실에 들어가면 곧 보내도록 하겠습니
다."

"무슨 뚱딴지같은 소리야?"

"아니, 지금은 좀 어려워요. 손님들이 와 계셔서요."

나는 그제야 케빈의 말을 알아들었다.

"경찰이 와 있군. 그렇지? 그 사람들이 린덴탈 부인 납치
때문에 공항에서 날 체포하려고 할 때 우리 사이를 눈치 챈
거야."

휴대폰을 빌려 준 남자 아이가 내 말을 듣더니 눈이 휘둥
그레졌다. 당장에라도 자기 전화기를 빼앗아 줄행랑치고 싶

어 하는 것 같았다. 하지만 다행히 그런 일은 일어나지 않았다.

케빈의 목소리가 들렸다.

"네, 그래요."

"젠장! 어쨌거나 케빈, 난 슈타인베르크로 가야 해. 자초지종을 알아야 하니까. 그리고 내가 린덴탈 부인을 정말로 납치했는지도. 그걸 나한테 말해 줄 수 있는 사람은 린덴탈 부인밖에 없어. 그 여자를 윽박지르든 어떻게 하든 조금 무리를 해서라도 알아내고야 말 거야."

그러자 내 앞에 서 있던 남자 아이가 덜덜 떨리는 손을 앞으로 내밀었다. 휴대폰을 달라는 소리 같았다.

케빈이 불안한 목소리로 대답했다.

"글쎄요, 잘 모르겠군요. 그러지 마시고 제가 갈 때까지 좀 기다리시는 편이 좋지 않을까요?"

"아니, 나 그냥 기차 타고 갈게. 경찰이 널 얼마나 붙잡고 늘어질지 모르잖아. 그리고 나도 언제까지 경찰을 피해 다닐 수 있을지 모르고. 하지만 경찰이 가면 곧장 저택으로 와 줘."

나는 불쌍한 남자 아이한테 휴대폰을 내밀었다. 남자 아이는 휴대폰을 받아 들더니 당장에 그 자리를 떠났다.

내가 남자 아이의 등 뒤에 대고 소리를 질렀다.

"정말 고마웠어!"

바라지 않았는데도 나는 어느새 기차로 슈타인베르크에 가는 방법을 훤히 꿰고 있었다. 그리고 무임승차에도 익숙해져 갔다.

나는 슈타인베르크에 다다르자마자 곧장 벤첼 저택으로 달려갔다.

저택이 눈앞에 나타나자 두려움이 다시 스멀스멀 올라왔다. 벌건 대낮에 날씨까지 화창했건만 벤첼 저택은 으스스하고 무섭게 느껴졌다. 그러나 내가 위탁모의 납치와 어떤 관련이 있는지 분명히 밝혀내기 위해서는 그 안으로 들어가야만 했다.

나는 혹시나 하고 주위를 둘러보았지만 케빈의 자동차는 역시 없었다. 린덴탈 씨의 자동차도 보이지 않았다. 마음이 조금 놓였다.

케빈을 기다려야 할까? 그러나 그 생각도 금세 포기하고 말았다. 곧 린덴탈 씨나 경찰이 나타날 위험성이 너무 컸다. 어쩌면 경찰의 압력 때문에 케빈은 본의 아니게 더 많은 것을 털어놓아야 했을지도 몰랐다.

혼자서 해야 해. 지금 아니면 영원히 기회가 없을지도 몰라!

나는 대문 옆 초인종으로 손을 뻗었다. 초인종에 손이 닿는 순간 누군가 나를 확 낚아챘다.

"다시 만나서 반가워, 자기야!"

내 입에서 신음 소리가 튀어나왔다.

"이베스!"

이베스가 내 입을 틀어막는 바람에 더 이상은 한마디도 할 수 없었다. 나는 이베스의 손을 깨물려고 했지만 이베스의 힘이 너무 셌다.

이베스가 내 귀에 입을 바싹 갖다 대고 속삭였다.

"몇 날 며칠을 여기서 기다리며 얼어 죽을 뻔한 보람이 있었군그래. 네가 엄마, 아빠한테 돌아올 줄 알았어. 시간문제였다고."

나는 '원하는 게 뭐야?'라고 묻고 싶었지만 이베스가 여전히 내 턱을 꽉 조이고 있는 통에 아무 말도 할 수 없었다.

순간 '철컥' 하는 소리와 함께 대문이 열렸다. 이베스가 나를 낚아채기 전에 내가 초인종을 누른 모양이었다.

이베스의 목소리가 귓구멍을 파고들었다. 소름이 돋았다!

"엄마가 널 기다리고 있는 모양이군. 하지만 내가 실망 좀 시켜야겠는데? 너랑 소풍 가려고 차 한 대를 빌려 놨거든. 어디로 갈 건지 알고 싶지 않아? 분명 네 마음에 들 거야."

순간 언젠가 이베스가 한 말이 떠올랐다.

"누가 너한테 찝쩍대면 무릎으로 불알을 팍 까 주라고!"

나는 그대로 했다.

이베스의 눈이 까뒤집히며 입에서 소리가 터져 나왔다. 그것은 비명이 아니라 신음 소리에 가까웠다. 나는 이베스를 밀어 버린 뒤 저택 안으로 달렸다.

내가 현관문을 두드리며 소리 질렀다.

"문 열어요! 어서 이 문 좀 열어요!"

나는 주먹을 쥐고 팔을 뒤로 젖혔다가 있는 힘껏 현관문 쪽으로 뻗었다. 이번에는 주먹이 허공을 갈랐다. 문이 열리면서 린덴탈 부인이 나타났다. 린덴탈 부인의 얼굴에는 놀라움, 기쁨, 경악의 감정이 1초도 안 되는 사이에 순서대로 나타났다.

"어서 들어가요. 문을 닫아야 해……."

순간 이베스가 내 뒤에서 문을 '쾅' 하고 밀었다. 나는 문이 내 쪽으로 닫히는 것을 보았고, 곧 문에 세게 부딪쳤다는 것을 느꼈다. 전혀 아프지 않은 게 이상했다.

린덴탈 부인의 얼굴이 눈앞에서 희미해졌다. 다른 모든 것들도.

나는 말을 하고 싶었지만 할 수가 없었다.

눈을 뜨자 이베스의 얼굴이 보였다. 순간 정신이 번쩍 들었다.

내가 이베스를 향해 소리 질렀다.

"나쁜 새끼! 당장 꺼져!"

하지만 입에서는 끙끙대는 신음 소리만 나올 뿐이었다. 나는 그제야 상황을 이해했다. 이베스가 나를 린덴탈 부부의 거실 의자에 앉힌 뒤 접착테이프로 입을 막아 놓았던 것이다.

뒤에서도 신음 소리가 들렸다. 나는 고개를 돌렸다. 머리가 깨어질 것처럼 아팠다. 린덴탈 부인도 의자에 앉혀 있었다. 린덴탈 부인은 입만 테이프로 막아 놓은 것이 아니라 몸까지 의자에 묶여 있었다.

이베스가 웃음을 지으며 말했다.

"전혀 반항하지 않더군. 그때처럼 말이야."

의자에 묶인 채 어린아이처럼 흐느끼고 있는 린덴탈 부인의 처량한 모습을 보자 이루 말로 다 표현할 수 없는 분노가 치밀어 올랐다. 다만 내 상황이 여의치 못한 데다, 그나마 약간 남아 있는 분별력이 이베스한테 덤벼 봤자 소용없다고 타이르는 바람에 이베스의 허리춤으로 달려드는 것을 간신히 참을 수 있었다. 하지만 그 두 가지 이유 말고도 다른 이유가 하나 더 있었다. 나는 그 순간 상상조차 할 수 없었던 어떤 감정을 느끼고 있었다. 바로 린덴탈 부인에 대한 걱정이었

다! 나는 린덴탈 부인이 친엄마이기나 한 것처럼 걱정스러웠
다. 내가 어떻게 그런 감정을 느낄 수 있지? 린덴탈 부인은
내 과거를 빼앗고, 내가 자기 딸인 것처럼 사기를 친 사람인
데. 왜 화가 나지 않을까? 함께했던 짧은 시간이 이토록 깊
은 감정을 만들어 내기에 충분했을까? 이런 내가 린덴탈 부
인을 납치했다고? 난 절대 그럴 수 없었을 거야!

　나는 가엾은 린덴탈 부인을 보는 것이 이베스 쪽으로 고개
를 돌릴 때 머리에서 느껴지는 통증보다 훨씬 더 아팠다.

　이베스는 의자 등받이를 가슴에 대고 다리를 벌린 채 내
바로 맞은편에 앉아 있었다.

　나는 접착테이프가 붙여진 입으로 다시 한 번 끙끙댔다.

　"이 나쁜 새끼!"

　이베스가 자리에서 일어서더니 내 입에 붙인 테이프를 한
번에 떼어 버렸다.

　"아얏! …… 나쁜 놈 같으니라고! 네가 린덴탈 부인을 납
치했어, 납치했다고!"

　이베스의 입 꼬리가 위로 좀 더 말려 올라갔다.

　"너, 좀 전에 꽤 고약하게 굴었어. 변했어. 옛날엔 이러지
않았는데 말이야."

　내가 소리를 질렀다.

　"옛날 생각을 하면 구역질이 나!"

"하, 이것 보라지. 이제 기억이 나나 본데? 그럼 돈이 어디 있는지도 말할 수 있겠군."

"그걸 내가 어떻게 알아?"

이베스의 얼굴에서 웃음이 단번에 사라졌다. 나는 날아오는 주먹을 보고 눈을 감아 버렸다. 하지만 이베스의 주먹은 내 얼굴 앞에서 멈추었다.

이베스가 입을 열었다.

"아까 한 번이면 충분하지. 문으로 친 건 정말 미안하게 됐어. 하지만 어쩔 수 없었다고. 보아하니 소풍 갈 생각이 없는 것 같기에 말이야. 안 그래?"

"네가……. 제길, 다 상관없어. 엿이나 먹어!"

이베스가 팔짱을 끼더니 머리를 삐딱하게 젖히며 입을 열었다.

"완전히 옛날 킴으로 돌아왔군. 네 백만장자 부모한테 배운 예의범절은 하나도 남아 있지 않아."

나는 뻔히 알면서도 다시 한 번 소리를 질렀다.

"대체 원하는 게 뭐야?"

이베스가 내 쪽으로 허리를 굽혔다.

"네가 보홈에서 날 따돌린 이후 난 죽 여기 이 빌어먹을 저택 앞에서 널 기다렸어. 단 하루도 빼먹지 않고. 거의 돌아 버릴 뻔했지. 하지만 난 네가 기억을 되찾을 줄 알았어. 그리고 기억을 되찾으면 여기로 오리라는 것도 알고 있었다고."

내가 이베스를 쏘아보며 말했다.

"쓸데없는 소리 집어치우고 어서 린덴탈 부인이나 풀어 줘!"

"물론! 돈이 어디 있는지만 불면 당장 사라져 주지. 그러면 사랑하는 엄마는 네 손으로 직접 풀어 줄 수 있어. 그럼 엄마가 고마워서 네게 또 멋진 선물을 사 줄걸."

"난 모-른-다고 했잖아! 몇 번을 말해야 하는 거야? 정말 기억이 나지 않아. 내가 아는 건 우리가 납치를 계획했다는 것뿐이야. 우리가 정말로 납치를 했는지 안 했는지 기억조차 나지 않는다고!"

이베스가 한 걸음 뒤로 물러서더니 잠시 뒤에 입을 열었다.

"좋아. 네가 정 원한다면 소원대로 해 주지."

"무슨 말이야?"

이베스가 조용히 속삭였다.

"돈이 어디 있는지 빨리 말하지 않으면 이 여자 차례야. 어떻게 하는 건지는 너도 알고 있겠지?"

이베스는 고갯짓으로 린덴탈 부인을 가리켰다. 린덴탈 부인은 더 이상 흐느끼지 않았지만 의자에서 몸을 가누지 못할 만큼 기진맥진해 있었다.

내가 있는 대로 악을 썼다.

"몰라! 모른다고! 그리고 난 그 빌어먹을 돈도 어디 있는지 몰라! 기억이 나지 않는다고!"

"기억을 못하는 거야, 아니면 그 돈을 너 혼자 먹고 싶은 거야? 그것도 아니라면 그새 이 돈 자루 아저씨, 아줌마한테 홀딱 빠져서 도와주고 싶기라도 한 거야?"

"대체 무슨 말을 하는 거야? 난 돈 같은 거 필요 없어! 너나 다 가져!"

"그럼 어디 있는지 어서 말해!"

"정말 몰라!"

"좋아, 더 이상은 못 참아! 얼른 말해, 돈을 어디다 뒀는지 어서 말하라고! 지금 당장! 더 이상은 날 속일 수 없어!"

이베스가 두 손으로 내 목을 움켜잡더니 조르기 시작했다.

나는 소리를 지르고 싶었지만 그럴 수가 없었다. 숨을 들이마시려고 해 보았지만 그것도 불가능했다. 그저 이베스의 얼굴만 눈에 들어왔다. 증오심에 가득 찬 얼굴. 나는 이제껏 그토록 증오심에 이글거리는 얼굴을 본 적이 없었다. 이베스의 두 손이 내 목을 조였다. 점점 더, 점점 더 세게.

이베스의 고함 소리가 들렸다.

"돈 어디 있냐고, 어디? 어서 불어! 내 돈, 어-디-다 숨겼어?"

25

"호숫가로 유인해. 우리 오두막으로."

내가 소리쳤다.

"우리 오두막? 정신 나갔어?"

"물론 아니지. 지금처럼 머리가 맑았던 적도 드물어."

이베스가 말한 오두막은 아주 특별한 곳이었다. 적어도 내게는 그랬다. 그 오두막은 이베스가 아직 집을 구하지 못했을 때 그와 내가 함께 발견한 곳이었다. 오두막에 닿으려면 국철 마지막 정거장에서도 숲과 늪지로 된 몇 킬로미터를 더 걸어 들어가야 했다. 오두막은 커다란 호숫가에 자리 잡고 있었다. 그 호수는 교외로 놀러 가려는 사람들이 즐겨 찾는 곳이었지만, 오두막 건너편 호숫가만 사람들로 북적댔다. 오두막이 서 있는 쪽은 늪지대인 데다 모기까지 들끓어서 사람들이 거의 드나들지 않았다.

따라서 오두막의 상태도 아주 좋지 않았다. 이베스와 나는 급한 대로 대충 지낼 수 있을 정도만 손본 뒤, 그곳에서 많은 시간을 보냈다. 이제 와 생각해 보면 이베스와는 그 오두막에서 함께 지냈을 때가 가장 좋았다. 그런데 하필 그곳이 납치의 현장이 되어야 한다니!

내가 소리를 질렀다.

"이베스! 우리 오두막만은 안 돼!"

"거기 말고 더 나은 곳이 있어?"

"하지만 그건 우리 오두막이야! 우리 오두막! 린덴탈 부인을 거기 가두면, 그러면…… 그러면……."

이베스가 내 팔을 잡았다.

"네가 무슨 말을 하려는지 나도 알아. 하지만 이번 일만 끝나면 어차피 다시는 거기 갈 필요도 없어. 우리는 뉴질랜드에 가 있을 테니까. 네가 그토록 꿈꿔 오던 네 카페 말이야!"

더 이상 설득해 봐야 아무 소용 없었다. 이미 엎질러진 물. 이제 내게 남은 수라고는 단 한 가지, 최대한 빨리 일을 해치우는 것뿐이었다.

"좋아. 내가 뭘 어떻게 해야 하는 거야?"

"전화를 걸어."

"어떤 식으로?"

"내일 아침 친구 집에 간다고 말해. 국철로."

"나 혼자 어디를 간다고 하면 린덴탈 부인이 싫어해."

이베스가 어이없다는 식으로 입을 쩍 벌리고 나를 바라보았다.

"지금 무슨 소리 하는 거야? 린덴탈 부인이 싫어한다고? 너 대체 몇 살이야? 여덟 살? 아니면 벌써 그네들 손에서 꼭두각시 인형처럼 놀아나……."

내가 이베스의 말을 가로막았다.

"됐어. 그만 해. 친구네 집에 간다고 말하란 말이지? 그러고 나서는?"

"그러고 나서 아무 데로나 가 있어. 어디로 가든 상관없어. 중요한 건 그 집으로 돌아가지만 않으면 돼. 그리고 저녁 여섯 시에 네 휴대폰으로 전화를 걸어서 데리러 와 달라고 부탁해. 어두워서 혼자 가기 싫다고 시작해서 어쩌고저쩌고 아무 말이나 늘어놓으라고. 그러고 나서 곧장 그 돈 자루 저택으로 돌아가는 거야. 그렇게 하면 너한테 알리바이가 생기니까."

"알리바이? 그게 뭐야?"

"내 계획부터 끝까지 들어. 그 여자가 어디로 데리러 갈까 하고 물으면 이 주소를 불러 주고 꼭 초인종을 누르라고 해."

이베스가 주머니에서 쪽지를 꺼내더니 내 앞으로 내밀었다.

"외워. 외운 뒤 쪽지는 없애 버리라고."

나는 소리 내어 주소를 읽었다. 모르는 주소였다.

"여기가 어디야?"

"묻지 마. 모르면 모를수록 너한테는 유리해. 어쨌든 거기서 일이 벌어질 거야. 정신을 좀 잃게 해서 오두막으로 데리고 갈 거야."

소름이 등줄기를 타고 내려갔다.

"혹시라도 린덴탈 부인이 나중에 이 주소를 기억하면 어떡할 거야? 널 알아보기라도 하면? 혹시 다른 사람이 네 목소리를 듣거나 널 보기라도 하면 어떡할 거냐고?"

"혹시, 혹시, 혹시! 제발 그 걱정 좀 붙들어 매! 너, 대체 날 어떻게 생각하는 거야? 내가 말했잖아, 계획이 다 서 있다고. 안 그래? 이 일은 확실해. 아주 확실하다고!"

이베스의 얼굴에 웃음이 번졌다.

나는 그 웃음이 마음에 들지 않았다.

"린덴탈 부인은 나중에 풀어 줄 거지?"

이베스가 걸음을 멈추더니 화난 얼굴로 나를 쳐다보았다.

"너 미쳤어? 내가 무슨 살인범인 줄 알아?"

나는 깜짝 놀라서 주위를 둘러보았다. 사람들 몇 명이 우리 곁을 지나치고 있었지만 우리가 무슨 이야기를 하는지 관심을 보이는 사람은 아무도 없었다. 믿을 수 없는 노릇이었다. 벌건 대낮에 시내 한가운데에서 범죄를 계획하건만, 거기에 관심을 가지는 사람이 단 한 명도 없다니!

이베스가 말을 이었다.

"내 계획은 완벽해. 중요한 건 속전속결로 해치워야 한다는 거야. 돈이 손에 들어오는 즉시 빨리 뉴질랜드로 떠야 꼬리가 잡히지 않을 거야."

"그럼 린덴탈 부인도 오두막에 오래 갇혀 있을 필요가 없겠네."

"바로 그거지! 우리 손에 돈이 들어오는 즉시 그 여자는 자기 남편한테 돌아갈 수 있어. 그렇게 하려고 오늘 벌써 편지도 다 써 놨어. 린덴탈 회사 주소로. 그치가 한시라도 빨리 편지를 받을 수 있도록 말이야. 어차피 만날 사무실에만 앉아 있는 사람이니까 내일 아침 일찍 편지를 부치면 모레면 받아 볼 테지."

내가 넋 나간 사람처럼 되물었다.

"협박 편지?"

"그럼 내가 무슨 연애편지를 썼겠어?"

이베스가 집게손가락으로 내 이마를 두드리며 말했다.

"킴, 대체 무슨 일이야. 너 자꾸 왜 이래? 머리가 더 이상 안 도는 거야?"

"긴장했나 봐. 얼른 끝났으면 좋겠어. 그나저나 네가 바라는 액수가 얼만데?"

이베스가 웃음을 띠었다.

"내가 바라는? 넌 한 푼도 필요 없어? 200만 유론데."

나는 하마터면 침을 기도로 삼킬 뻔했다.

"2-0-0만 유로라고?"

"그럼 유로지, 리라(이탈리아의 옛날 화폐 단위. 화폐 가치가 낮기로 유명했음 : 옮긴이)겠어? 기왕 하는 건데 확실히 한몫 잡아야지. 얼마 동안 놀고먹으려면 말이야. 게다가 일등석 비행기 표도 사야 하고, 네 카페랑……."

나는 다시 한 번 중얼거렸다.

"200만 유로."

생각만 해도 아찔한 액수였다. 그 정도라면 카페를 차리고도 많이 남을 게 분명했다. 사실 나는 이 일에 별로 깊이 관여하지도 않는데. 손을 더럽히는 것은 이베스다. 손을 더럽힌다고? 나는 내 생각에 놀라고 말았다. 진짜 범죄 같다는 생각이 들었다.

이베스가 생각에 잠긴 나를 끄집어냈다.

"괜찮은 거야?"

나는 고개를 끄덕였다. 어서 모든 일이 다 끝나 버렸으면 하는 마음뿐이었다.

"그럼 그렇게 해."

이베스가 고개를 저었다.

"그게 다가 아니야. 어떻게 돈을 받을지에 대해서는 아직 한마디도 안 했잖아. 물론 그 계획도 다 세워져 있어. 돈은 네가 가져오는 거야. 난 그동안 오두막에서 기다리고 있을 테니까. 일이 끝나면 나한테 전화를……."

내가 이베스의 말을 막았다.

"나더러 돈을 가져오라고? 미쳤어?"

"그럼 누가 해? 차라리 네 엄마를 감시하고 있을 테야?"

"아니, 싫어. 그나저나 린덴탈 부인이 널 알아볼까 봐 겁 안 나?"

이베스가 되물었다.

"마스크란 말 들어 본 적 있어? 자, 쓸데없는 말 그만 하고 이 제부터 잘 들어. 우리가 오두막을 발견하기 전에 자주 가던 공동 묘지 안, 긴 의자. 기억나?"

"물론이지."

"그 긴 의자 옆에 쓰레기통이 하나 있어. 네 시 정각에 돈이 든 비닐 봉투를 그 쓰레기통 안에 넣으라고 했어. 돈을 준비해야 할 테니 하루쯤은 시간을 줘야지. 하지만 하루면 충분해. 내가 공장 에 대해 알아낸 정보가 사실이라면 그 사람, 200만 유로쯤은 쉽 게 구할 수 있어. 가까이에 숨어 있다가 주변이 조용해지면 비닐 봉투를 집어서 그 자리를 떠. 하지만 그 작자가 우리를 속이지 않 았는지 잘 확인해야 해."

"그 자리에서 돈을 세어 보란 말이야? 그 사람이 경찰에 신고 하지 않았다고 어떻게 장담하지?"

"감히 그렇게는 못할 거야. 내가 편지에 공동묘지로 돈을 가져 오라고, 부인을 다시 만나고 싶으면 반드시 혼자 와야 한다고 분 명하게 썼거든."

나는 속이 울렁거렸다.

"사람들이 날 지켜보면?"

이베스가 비웃는 얼굴로 나를 바라보았다.

"이봐, 걱정 많은 애인 아가씨! 거기는 기껏해야 잡초 뽑으러 오는 할머니 몇 명밖에 없는 거 너도 잘 알잖아. 그래서 우리도 늘 거기로 갔던 거고. 아니면 벌써 다 잊어버린 거야?"

내가 버럭 화를 냈다.

"그만 해! 우리 오두막도 모자라서 이제는 공동묘지에 있는 우리 의자까지 이용해 먹다니."

이베스가 나를 껴안으며 말했다.

"진정해, 자기야. 뉴질랜드에 가면 우리만의 새로운 보금자리를 찾아낼 수 있을 테니까."

"돈을 집은 다음에는 뭘 하지? 오두막으로 가야 해?"

나는 이베스가 고개를 가로젓자 안도의 숨을 내쉬었다.

"내 휴대폰으로 전화를 걸어. 그러고는 그냥 '됐어.'라고만 하고 전화를 끊어. 그때 딱 한 번 말고는 절대 전화하지 마. 그 전에도, 그 뒤에도. 알았어?"

"알았어. 그러고 나서는?"

"돈을 가지고 테겔 공항으로 가. 거기서 만나 뜨는 거야! 그러니까 뉴질랜드에서 당장 입을 옷가지 몇 벌 정도 챙겨 오는 거 잊지 마. 하지만 너무 많이 가져오지는 말고."

"테겔 공항으로 오라고? 그렇게 빨리 가는 거야?"

"당연하지. 내가 다 알아봤어. 테겔에서 프랑크푸르트로 간 뒤 거기서 뉴질랜드로 가는 거야. 빨리 뜰수록 우리한테는 유리해."

"하지만 우리를 뒤쫓지 않을까? 내 말은 승객 명단이나 뭐 그런 걸로?"

이베스가 신음 소리를 냈다.

"그만 좀 해! 첫째, 그 사람들한테는 우리가 그 일과 상관있다는 증거가 없어. 그리고 둘째, 설사 우리를 의심한다 치더라도, 그들이 우리를 찾기 시작했을 때 우린 벌써 뉴질랜드로 잠적하고 없을 거다, 이 말이야. 위조 신분증은 우리가 가진 돈으로 뉴질랜드에서 만들면 돼."

"내가 전화하자마자 린덴탈 부인을 놔주는 거지?"

"그렇다니까. 나오면서 밖에서 문만 잠글 거야. 그 여자, 오두막에서 빠져나올 때까지 시간은 좀 걸리겠지. 하지만 어차피 나무가 다 썩은 문이니까 확실히 빠져나올 수는 있을 거야. 그렇게 하면 우리도 시간을 좀 벌 수 있고. 그 여자가 누군가를 만나서 납치당했다는 이야기를 할 때쯤이면 우린 벌써 프랑크푸르트로 가는 비행기 안에 앉아 있을 테니까."

이베스는 모든 것을 너무나 쉽게 말하고 있었다. 너무나 쉽게. 하지만 나는 아무 말도 하지 않았다.

그날 현관문을 열고 들어서는데 린덴탈 부인이 내 앞에 서 있었다. 나는 너무 놀라 소리를 질렀다.

린덴탈 부인이 걱정스러운 표정으로 물었다.

"나 때문에 놀랐니? 그러려고 한 게 아닌데. 널 기다리고 있었단다. 대체 어디 갔었니?"

나는 망설이지 않고 얼른 대답했다.

"도서실이요. 발표 준비할 게 있어서요."

내 대답이 린덴탈 부인의 마음에 든 것 같았다.

"아, 그랬구나. 그래, 준비는 잘했니?"

기회였다!

"아니요, 별로요. 하지만 내일 오후에 친구랑 약속했어요. 같이 준비하려고요. 그 친구는 도서실에서 자료를 꽤 많이 복사했대요."

린덴탈 부인이 조금 실망스러운 목소리로 물었다.

"그럼 내일 쇼핑은 못 가는 거니?"

"내일은 안 될 것 같아요. 저기, 혹시 내일 저녁때 저 좀 데리러 와 주실 수 있으세요?"

"그럼! 몇 시쯤에?"

"시간은 아직 잘 모르겠어요. 제가 전화 드릴게요."

린덴탈 부인이 열심히 고개를 끄덕였다.

"그래, 그러렴. 나도 네가 혼자 집에 오는 거 싫다. 요즘 날도 일찍 저무는 데다 여기 베를린 대중교통은 영……."

그날 밤 나는 잠을 이룰 수 없었다. 눈만 감으면 우리 오두막이 떠올랐다. 이베스와 내가 조금 꾸며 놓기는 했지만 그곳은 며칠을 살 만한, 아니, 갇혀 있을 만한 곳이 아니었다. 숭숭 뚫린 구멍에서 바람이 들어오는 데다 쥐도 다녔다. 나는 이베스의 약속대로 일이 어서 끝나기만을 바라고 또 바랐다.

다음 날 아침 나는 어찌나 피곤하던지 입도 뻥긋하고 싶지 않았다. 다행히 린덴탈 씨는 이미 회사에 나가고 집에 없었다. 린덴탈 부인은 유난히 즐거워하며, 나와 나의 미래에 대해 자기와 남편이 어떤 계획을 세우고 있는지에 대해 잠시도 쉬지 않고 수다를 떨었다. 부인은 나더러 장래 희망이 뭔지, 인생을 어떻게 살고 싶은지 등에 대해 물었다.

나는 짧게 대답했다.

"아직 잘 모르겠어요."

"잘 생각해 보렴. 지금 단추를 어떻게 꿰느냐가 전 인생을 좌우한단다."

왜 저런 말을 하지? 저런 말을 하필이면 왜 지금 하는 거냐고?

다행히 베를린으로 가는 동안 린덴탈 부인은 별로 말이 없었다. 다른 날과 마찬가지로 교통 체증에 대해서만 조금 구시렁거렸을 뿐이다. 린덴탈 부인은 학교 가까이에서 나를 내려 주고 곧장 차를 몰고 가 버렸다. 나는 드디어 혼자 남게 돼 얼마나 기뻤는지 모른다. 이베스의 계획이 성공한다면 린덴탈 부인을 다시는 보지 못하게 되리라는 생각이 들었다.

수업이 끝난 뒤 나는 아무 곳이나 정처 없이 걸어 다니며 5분마다 한 번씩 시계를 들여다보았다. 6시까지 뭘 한담? 미칠 것만 같았다. 심지어 한번은 린덴탈 부인에게 전화를 걸까, 그냥 저택으로 돌아갈까 하는 생각까지 했다. 하지만 그렇게 했다간 이베스의 계획은 물거품이 될 테고 200만 유로도, 뉴질랜드의 내 카페도 다 사라져 버리고 말 것이다.

나는 결국 우리의 긴 의자가 있는 공동묘지에 가 보기로 마음 먹었다. 그곳에 가 본 지도 벌써 꽤 오래전 일이었다. 나는 의자 주위를 정확히 관찰한 뒤 숨을 만한 곳을 미리 찾아 놓아야겠다고 생각했다. 그렇게 하는 동안 시간이 갈 테지.

공동묘지는 옛날 모습 그대로였다. 아무것도 변한 게 없었다. 긴 의자에 앉자 이베스와 이곳에 왔던 것이 마치 어제인 것 같은 착각이 들었다.

날이 차가웠다. 아니, 나는 떨고 있었다. 묘지 길가에 늘어선 나무들은 어느새 낙엽을 털어 내고 있었다. 안개를 머금은 공기 속에서 가을과 죽음 냄새가 났다. 대부분의 묘비들이 바람을 맞아 비스듬히 기울어진 채 방치되고 있는 것으로 보아 공동묘지는 이제 찾아와 돌보는 사람이 거의 없다는 것을 알 수 있었다. 주변에 사람의 발자취라고는 없었다. 이베스의 말이 맞았다. 방해받지 않고 돈을 전달받을 수 있는 곳으로 그보다 좋은 곳은 드물었다.

나는 덤불 사이에서 숨을 만한 장소를 찾아냈다. 그곳에 앉아 있으면 벤치와 쓰레기통이 모두 보였다. 그런데도 흥분과 불안감으로 몸이 좋지 않았다.

시계를 보니 어느새 6시 10분이었다. 나는 화들짝 놀랐다. 생각에 잠긴 채 숨을 만한 곳을 찾느라 미처 시간 가는 줄 몰랐던 것이다.

서둘러 휴대폰을 꺼내 린덴탈 집의 전화번호를 눌렀다.

신호 소리가 들렸다. '마틴 린덴탈이 받으면 뭐라고 하지?' 하는 생각이 불현듯 머릿속을 스치고 지나갔다. 린덴탈 씨가 집에 있을 시간은 아니지만 반드시 없으란 법도 없었다.

린덴탈 부인의 목소리가 들렸다.

"킴이니? 지금 데리러 갈까?"

나는 침을 잘못 삼키는 바람에 기침부터 해야 했다. 여전히 기침을 해 대며 간신히 물었다.

"전 줄 어떻게 아셨어요?"

"네 번호가 여기 전화기에 뜨잖니? 몸이 안 좋은 거니? 감기라도 걸린 거야?"

"아니요, 아니에요. 아무 일 없어요! 지금 데리러 오실래요?"

"그래, 어디로 갈까?"

나는 주소를 말한 뒤 얼른 전화를 끊었다. 젠장! 초인종 누르라는 말을 잊었다. 별로 중요한 실수는 아닐 거야. 내가 문 앞에 나와 서 있지 않으면 알아서 초인종을 누를 테지. 어쨌거나 나는 린덴탈 부인이 그렇게 하기를 바랐다. 그보다 더 걱정되는 것은 내 전화번호였다. 내 번호가 전화기에 남았다. 경찰은 린덴탈 부인이 납치되기 직전에 나와 통화한 사실을 밝혀낼 게 틀림없다. 하지만 이제 그것도 상관없다. 이베스의 계획만 성공한다면.

나는 일어서서 가까운 국철 정거장으로 달려갔다.

국철을 타고 린덴탈 부부의 저택으로 가는 동안 초인종을 누르라는 말을 하지 않았다는 생각이 머릿속에서 지워지지 않았다. 린덴탈 부인이 초인종을 누르지 않고 그냥 집으로 돌아와 버리면 어떡하지? 분명히 자기를 왜 엉뚱한 집으로 보냈냐고 물어볼 텐데. 그럼 주소를 잘못 알았다고, 한참을 기다려도 오지 않기에 그냥 국철을 타고 집에 왔다고 말해야지. 아니야! 안 돼! 그럼 내가 린덴탈 부인보다 한참 뒤에 집에 들어와야 한단 말이야. 내려야 해. 내려서 기다려야 해. 하지만 지금 가지 않으면 난 알리바이가 없어! 알리바이가 필요할까? 당연히 필요하고말고. 아직 린덴탈 부부의 저택에서 이틀은 더 지내야 하는걸. 끔찍해. 생각조차 하고 싶지 않아. 어쨌거나 린덴탈 씨가 나를 의심하면 안 돼. 하지만 린덴탈 씨는 어차피 만날 늦게 들어오는걸. 그렇다고 오늘도 꼭 늦으라는 법은 없어.

나는 국철이 정거장에 멈춰 설 때마다 내려야 하는 게 아닐까, 몇 시간을 기다렸다 집에 가야 하는 게 아닐까 하고 고민했다. 하지만 결국에는 이베스의 계획이 성공하리라는 확신이, 아니 희망이 승리를 거두었다. 나는 국철에 그대로 앉아 있었다.

나는 저택 현관문 앞에서 소리부터 질렀다.

"저기요! 집에 아무도 없어요?"

조용했다. 나는 스스로에게 화가 났다. 린덴탈 씨가 오늘 밤에도 어김없이 늦을 거라는 것쯤은 알았어야지. 다시 나가서 몇 시간쯤 숨어 있다가 올까? 하지만 방금 이웃집 사람과 마주치지 않았던가?

나는 혼란스러운 생각들을 떨쳐 버리고 집 안으로 들어가 문을 닫고 곧장 계단을 뛰어 올라갔다. 그러고는 방에 들어가자마자 침대에 몸을 던졌다.

나는 베개에 머리를 처박고 소리를 질렀다.

"계획이 성공해야 해! 무조건 성공해야만 한다고!"

나는 누워서 바깥에서 무슨 소리가 들리기만을 기다렸다. 집 안으로 차 들어오는 소리, 저택 현관에 열쇠 꽂히는 소리. 하지만 아무 소리도 들리지 않았다. 그러다 나도 모르는 사이에 그만 잠이 들어 버렸다.

26

무엇이 나를 깨웠는지는 알 수 없었다. 눈을 떠 보니 처음 침대에 몸을 던졌을 때와 똑같은 모습으로 여전히 누워 있었다. 하지만 바깥이 훤했다! 얼른 자명종을 바라보았다. 9시였다!

침대에서 벌떡 일어나 문을 열고 계단을 뛰어 내려갔다.

내가 다시 소리를 질렀다.

"저기요! 아무도 없어요?"

린덴탈 부인의 대답이 들리기를 바라는 내 자신이 느껴졌다. 하지만 어제저녁과 마찬가지로 집 안은 조용했다.

부엌으로 뛰어 들어가자 식탁 위에 놓인 쪽지가 눈에 띄었다.

'도로테, 간밤에 어디 갔던 게요? 집에 오자마자 내게 전화 주구려. 마틴.'

일이 벌어졌어. 정말로 일이 벌어졌어! 이베스의 계획대로 된 거야. 이베스가 린덴탈 부인을 납치했어! 위가 경련을 일으켰다. 구토가 나오려는 것을 가까스로 참았다. 이제 뭘 어떻게 해야 하지? 이베스한테 전화를 해야 하나? 안 돼! 절대 전화하지 말라고 이베스가 단단히 주의를 주었잖아.

다시 한 번 쪽지를 읽었다. 믿을 수가 없었다. 부인이 밤새 집에 들어오지 않았는데 남편이란 사람이 전화 달라는 쪽지만 한 장 달랑 써 놓고 나가다니. 걱정도 안 되나? 어쩌면 린덴탈 부인이 종종 외박했을 수도 있지. 혹시 린덴탈 부인에게 애인이라도 있는 걸까? 하긴, 남편이 워낙 집을 잘 비우니 부인한테 애인이 있다 해도 그리 놀랄 일은 아니지. 아니야, 린덴탈 부인한테 애인 따위가 있을 리 없어. 그러기에는 사람이 너무 고지식해.

지금쯤 린덴탈 씨는 사무실에 앉아서 자기 부인이 전화하기를 기다릴 테지. 하지만 린덴탈 부인은 전화하지 않을 거야. 대신 린덴탈 씨는 협박 편지를 받겠지. 협박 편지! 이베스가 어제 편지를 보낼 거라고 했잖아. 그렇다면 린덴탈 씨는 오늘 편지를 받겠군. 나는 회사에 우편물이 몇 시에 도착하는지 몰랐다. 9시가 조금 넘어가고 있었다. 편지가 배달되기에는 너무 이른 시간이었다. 하지만 얼마 안 가 편지가 도착될 게 분명했다. 린덴탈 씨가 편지를 읽으면 집으로 달려올 게 뻔했다. 그 전에 나가야만 해! 나는 눈에 띄는 행동을 하면 안 된다는 것을 알면서도 린덴탈 씨와는 절대 마주치고 싶지 않았다. 학교에 가기에는 이미 늦은 시간이었다. 어쨌거나 어서 이곳을 떠나야 해.

나는 다시 내 방으로 올라가 옷을 갈아입었다. 마음 같아서는 샤워를 하고 전날의 더러움을 모두 씻어 내고 싶었지만 그럴 엄두가 나지 않았다. 린덴탈 씨가 오기 전에 집에서 나가야만 했다.

현관문을 나서려다 말고 또다시 걸음을 멈추었다. 뭐 잊은 게 없나? 아차, 가방을 싸야지! 아니야, 그건 내일 할 일이야. 이제 하루 남았어! 하루를 꼬박 견뎌 내야만 하다니! 과연 할 수 있을까?

국철에 몸을 싣자 마음이 조금 놓였다. 주변은 여느 때와 다름없었다. 다른 사람에게 관심을 보이는 이는 아무도 없었다. 사람들은 창밖을 내다보거나 신문을 읽었다. 며칠 뒤면 신문에 날 테지. 신문 머리기사가 벌써 눈에 선했다. 공장주 부인 납치! 나는 그 기사에 린덴탈 씨가 몸값을 낸 덕에 부인이 아무 탈 없이 집으로 돌아왔으며, 경찰의 수사는 미궁을 헤매고 있다는 내용이 실리기를 바랐다.

이베스가 늘 입버릇처럼 하는 말이 있었다.

"경찰들은 멍청해. 그러니 짭새라고 불리지."

이베스의 말이 맞았으면.

국철이 멈춰 섰다. 린덴탈 부인이 나를 학교까지 바래다주지 못하는 날, 내가 늘 내리던 정거장이다. 하지만 굳이 여기서 내려야 할까? 학교에 가고 싶은 마음은 눈곱만큼도 없었다. 순간 학교에는 더 이상 갈 필요도 없다는 생각이 들었다. 나도 모르게 웃음이 떠올랐다.

나는 다시 자리에 앉아 베를린 시내를 달렸다.

학교에 더 이상 가지 않아도 된다는 기쁨은 금방 사그라지고 말았다. 일이 이베스의 계획대로 되었는지 알 수만 있다면. 그런데 대체 이베스는 뭘 계획했던 걸까?

"정신을 좀 잃게 해서."라고 이베스가 말했다. 그게 과연 무슨 뜻이었을까? 머리를 내려치겠다는 말이었을까? 아니면 마취제를 쓰겠다는 말이었을까? 바보. 왜 그 자리에서 이베스한테 정확히 물어보지 않았지? 린덴탈 부인은 분명히 저항했을 테고, 어쩌면 정신을 조금 잃게 하는 정도에 머물지 않았을지도 몰라. 이베스는 자기가 계획했던 것보다 더 세게 나갔어야 할지도 모른다고. 그렇다면 린덴탈 부인은 지금……. 그 이상은 상상조차 할 수 없었다. 더는 못 참겠어. 알아야만 해! 나는 다음 정거장에서 내려 호숫가, 우리 오두막으로 가는 국철로 갈아탔다.

하지만 종점에 다다르자 또다시 회의감이 밀려들었다. 이베스가 분명 화를 낼 텐데. 이베스의 화를 돋우면 아주 위험할 수도 있는데. 그러나 나한테도 린덴탈 부인이 어떤 상태인지 알 권리가 있다. 린덴탈 부인 못지않게 이베스도 궁금하기는 마찬가지였다!

국철에서 내려 처음 절반쯤은 숲길을 빠르게 달렸다. 하지만 땅이 질어지면서 앞으로 나가는 속도가 점점 떨어지더니 결국에 가서는 조금이라도 마른땅에 발을 내딛기 위해 한 발짝, 한 발짝 아주 조심하지 않으면 안 됐다. 이베스와 나는 그 길을 수없이 걸었다. 진창길이었지만 이베스와 나는 전혀 신경 쓰지 않았다. 우리는 '우리의' 오두막으로 간다는 사실이 마냥 좋았고, 우리만의 공간을 찾아내서 얼마나 자랑스러웠는지 모른다. 그랬던 과거를 생각하니 가슴이 미어졌다.

오두막이 눈에 들어오자 가슴이 덜컹 내려앉았다. 이제 곧 어제 무슨 일이 벌어졌는지 알게 되리라. 나는 조심스럽게 오두막 쪽으로 다가갔다. 이제 어떻게 하지? 무작정 안으로 들어갈 수는 없었다. 그랬다가는 린덴탈 부인이 당장 날 알아볼 테니까. 오두막에 있는 유일한 창문의 바깥 덧문은 닫혀 있지 않았지만 커튼이 쳐져 있었다. 잠깐, 커튼이 방금 움직인 것 같은데?

문이 열리면서 이베스가 튀어나왔다.

이베스가 낮은 목소리로 윽박질렀다.

"너 미쳤어? 내가 말했잖아……."

"궁금해서 견딜 수가 없었어! 네가 잘 있는지 보고 싶었어."

"난 괜찮아. 보다시피!"

"일은 다 잘된 거야?"

"그래, 젠장! 이제 빨리 꺼져. 누구한테 들키기 전에!"

"알았어. 근데…… 부인은? 안에 있어?"

"아님 어디 있겠어? 너 자꾸 내 신경 건드릴래? 모든 게 계획한 대로 됐단 말이야, 킴! 그러니까 어서 꺼져. 너 때문에 일이 다 틀어지기 전에!"

내가 소리를 질렀다.

"네 마스크! 마스크는 어디 있는 거야?"

이베스는 주먹을 불끈 쥐고 하늘을 올려다보았다.

"여자는 지금 졸고 있어. 깨기 전에 다시 쓸 거야."

"잔다고? 그럼 내가 잠깐 봐도 될까?"

내가 막 이베스 앞을 지나치려는 순간 이베스가 내 팔을 거칠
게 잡아당겼다.

"아야! 아프잖아!"

"그럼 내가 하라는 대로 해. 어서 꺼지라고!"

"하지만 나도 잠깐 볼 수는 있잖아. 아주 잠깐이면 돼."

"여자가 바로 그 순간에 잠에서 깨면 어떡할래? 그럼 모두 도
루아미타불이 되는 거라고!"

"네 마스크 좀 이리 내 봐."

이베스가 내 나머지 팔마저 거칠게 움켜잡더니 내 입에서 낮은
신음 소리가 나올 정도로 두 팔을 꽉 조였다.

이베스가 나직한 목소리로 위협했다.

"그래도 널 알아볼지 몰라. 넌 워낙 자주 봤으니까. 하지만 난
본 적이 없어. 이제 어서 집으로 가. 가서 얘기된 대로 하라고."

나는 포기하지 않을 수 없었다.

"좋아, 갈게. 하지만 부인을 어떻게 여기까지 데리고 왔는지
그것만 말해 줘."

이베스가 한숨을 내쉬며 내 팔을 놓았다.

"배로."

"뭐?"

이베스가 호숫가를 가리키며 입을 열었다.

"저기 노 젓는 배 말이야. 기억 안 나? 늘 저 자리에 묶여 있었잖아. 그저께 밤에 저 배를 호수 건너편에 가져다 놨지. 도로에서 보면 오솔길이 하나 있어. 저쪽 호숫가로 나오는. 오솔길 입구까지는 저 여자 차로 왔고, 차는 여자를 배에 태운 다음 호수 속에 밀어뜨렸어. 물론 좀 아깝기는 했지만 말이야."

"저 낡은 배로 호수를 건넜다고? 10분도 안 돼서 가라앉을 줄 알았는데?"

"보다시피 멀쩡해. 이제 됐어? 여자가 깨서 우리 목소리를 들으면 곤란해. 그랬다간 나중에 두 명이었다고 증언할지도 모르니까. 게다가 재수가 없으면 네 목소리를 알아들을지도 모른단 말이야."

나는 가슴이 철렁 내려앉았다. 미처 그 생각은 하지 못했다.

"알았어. 그만 갈게."

불현듯 내 자신이 바보 천치처럼 느껴졌다.

그런데도 나는 몇 발짝 못 가 다시 한 번 뒤를 돌았다. 내 조용한 외침이 허공에 울렸다.

"이베스!"

"또 뭐야?"

"부인한테 잘하고 있는 거지, 그렇지?"

"염병할! 어서 꺼져!"

돌아가는 길은 신발이 젖든 말든 상관없었다. 아직 시간이 많았지만 나는 진 땅, 마른땅을 가리지 않고 마구 달렸다. 내가 바라는 것은 단 한 가지, 그곳을 벗어나는 것이었다! 나는 오두막 가까이에서 최대한 빨리 멀어지고 싶었다. 그곳은 더 이상 우리의 오두막이 아니었다. 이제부터 그 오두막은 도로테 린덴탈 부인이 갇혀 있던 장소일 뿐.

나도 내가 왜 그렇게 갑자기 겁이 나는지 그 이유를 알 수 없었다. 린덴탈 부인의 얼굴을 직접 본 것도 아닌데. 하지만 달리는 동안 이유가 점점 더 확실해졌다. 바로 그것 때문이야, 틀림없어. 그것은 다름 아닌 이베스의 말투였다. 특히 나를 바라보던 눈빛. 나는 전에도 이베스 때문에 화를 낸 적이 많았고, 그와 수없이 싸웠다. 하지만 이베스에게 두려움을 느꼈던 적은 단 한 번도 없었다. 적어도 오늘까지는.

점차 오두막이 멀어지고, 대신 린덴탈 부부의 저택이 점점 더 가까이 다가올수록 마음속에는 이제 곧 마틴 린덴탈을 만나야 한다는 새로운 두려움이 일었다. 당황해서 꼬리가 밟히는 일은 없어야 할 텐데. 그나저나 린덴탈 씨가 나한테 과연 얘기를 할까? 만약 한다면 난 어떤 반응을 보여야 하지? 그냥 내 감정을 있는 그대로 내보이면 될 거야. 어차피 난 지금 눈물이 나오기 일보직전이니까.

현관에 열쇠를 꽂는 순간 심장이 목구멍으로 튀어나올 것만 같앉다. 하지만 현관문은 여전히 바깥에서 잠겨 있었다! 린덴탈 씨는 아직 집에 오지 않았어! 어떻게 이럴 수가 있지? 보통 사람이라면 자기 부인이 납치되었다는 사실을 알자마자 집으로 달려올 텐데. 아니면 혹시 협박 편지를 아직 받지 못한 게 아닐까? 우편 배달 시간이 늘 정확한 건 아니니까. 안 돼. 그런 일은 생각하고 싶지도 않아. 그럼 난 이 집에서 하루를 더 견뎌야 한단 말이야. 오두막에 있는 린덴탈 부인도 마찬가지고. 잠깐, 어쩌면 린덴탈 씨는 벌써 집에 다녀갔을지도 몰라. 혹시 경찰서에 가려고 나간 건 아닐까? 나는 마구잡이로 떠오르는 생각들을 몰아내고 현관문을 열었다.

"저기요! 집에 아무도 없어요?"

나는 어제와 똑같이 외쳤다.

역시 아무런 대답도 들리지 않았다.

나는 내가 집을 나선 뒤 린덴탈 씨가 다녀갔다는 흔적을 찾기 시작했다. 하지만 아무것도 찾을 수 없었다. 심지어 린덴탈 씨의 쪽지마저 부엌 식탁에 그대로 놓여 있었다. 물론 그것이 꼭 뭔가를 뜻하지는 않았다. 이제 나로서는 기다리는 수밖에 없었다. 나는 내 방으로 올라갔다. 이른바 위탁부라는 린덴탈 씨는 내 방에 단 한 번도 발을 디딘 적이 없었다.

나는 침대에 앉아 방을 둘러보았다. 날이 벌써 어둑어둑했지만 불은 켜지 않았다. 그 방은 내 방이 아니었다. 린덴탈 부인은 그 방이 이제부터 내 '영역'이라고 했지만 사실은 그렇지 않았다. 유치한 동물 인형은 물론이거니와 가구도, 벽에 붙은 포스터도, 제목조차 거들떠보지 않은 책들도 모두 내 것이 아니었다. 나는 이제까지 서랍장의 서랍도, 책상 서랍도 열어 볼 엄두를 내지 못했다. 자칫 서랍을 열었다가 소름 끼칠 뭔가를 보게 될까 봐 두려웠다. 하지만 그게 과연 뭘까? 그게 뭔지도 모르면서 겁이 났다.

날이 완전히 어두워지지 않았더라면 자칫 린덴탈 씨가 들어오는 것을 놓칠 뻔했다. 다행히 바깥이 캄캄했기에 내 방 창문에 비치는 자동차 헤드라이트 불빛이 눈에 띄었다. 나는 일어서서 창밖을 내려다보았다.

내가 이 집에 올 때 타고 온 자동차가 멈추더니 린덴탈 씨가 내렸다.

나는 린덴탈 씨의 표정이나 발걸음에서 그의 심정을 읽어 보려고 했다. 하지만 너무 어두워서 린덴탈 씨의 얼굴은 보이지 않았고, 걸음걸이에서는 특이한 점을 발견할 수 없었다.

내가 이 집에 산 지도 벌써 일주일이 넘었지만 린덴탈 씨와는 채 열 마디도 나누지 않았다. 린덴탈 씨는 내게 여전히 낯선 존재였다. 길에서 우연히 마주친다면 나는 아마 아는 척도 하지 않고 그냥 지나치리라. 그런데도 왠지 린덴탈 씨가 좋았다. 지금 내가 그토록 걱정하는 린덴탈 부인보다 린덴탈 씨가 차라리 더 좋았다. 린덴탈 부인은 잠시도 나를 혼자 내버려 두지 않는 반면, 린덴탈 씨는 얼굴조차 보기 힘들었기 때문인지도 몰랐다.

나는 문에 귀를 갖다 댔다. 린덴탈 씨는 내가 집에 있는 것을 알까? 린덴탈 씨가 제발 나한테 올라오지 않기를 바라면서도, 동시에 린덴탈 씨가 내게 와 주기를 바랐다. 그러면 모든 것이 분명해질 테니까.

내 귀에는 아무 소리도 들리지 않았다. 나는 다시 창가로 갔다. 차는 여전히 현관 앞에 서 있었다. 아래에서 뭘 하는 걸까? 린덴탈 부인이 있을 때는 늘 발소리나 물건 부딪치는 소리, 심지어 어떨 때는 콧노래까지 들렸는데. 린덴탈 씨한테서는 아주 작은 소리조차 들을 수 없었다.

나는 조심스럽게 방문을 열고 아래를 내려다보았다. 현관에 걸려 있는 린덴탈 씨의 외투가 눈에 들어왔다. 나는 눈을 감고 다시 귀를 기울였다. 저거야! 방금 린덴탈 씨의 목소리가 들렸어. 누구랑 이야기하고 있는 걸까? 경찰일까? 혹시 린덴탈 부인이 돌아온 걸까?

직접 눈으로 확인하지 않으면 미쳐 버릴 것만 같았다!

한 계단, 한 계단 내려가는 동안 린덴탈 씨의 목소리가 점점 더 확실히 들려왔다. 하지만 누구와 무슨 이야기를 하는 건지 알아들을 수 없었다. 그러기에는 린덴탈 씨가 너무 낮은 목소리로 이야기하고 있었다. 나는 목소리를 따라 서재 앞까지 갔다. 그러고는 숨을 한 번 깊이 들이마신 뒤 문에 귀를 갖다 댔다. 린덴탈 씨는 서재 안에 있었다. 의심의 여지가 없었다. 하지만 말소리는 여전히 알아들을 수 없었다. 왜 저렇게 조용히 말하는 걸까? 알아내야만 해! 지금! 나는 모든 용기를 긁어모아 서재 문을 두드린 뒤 손잡이를 돌렸다. 하지만 문은 잠겨 있었다!

린덴탈 씨의 목소리가 들렸다.

"누구요?"

나는 놀라서 한 발짝 뒤로 물러서며 간신히 입을 열었다.

"저예요!"

"킴?"

"네!"

닫힌 문 뒤에서 린덴탈 씨가 물었다.

"무슨 일이니?"

지금이야! 지금 물어봐야 해.

나는 숨을 들이마셨다.

"도로테 아줌마는 어디 계세요? 어제부터 안 보이셔서서!"

한참 뒤에야 린덴탈 씨의 대답 소리가 흘러나왔다. 아주 한참 뒤에야.

"어디 좀 가셨다. 갑자기 급한 볼일이 생겨서. …… 자기 어머니한테 갔어. 어머니가 편찮으시다는구나. 너한테 미리 말 못해서 미안하다."

린덴탈 씨는 알고 있다! 알지만 나한테는 숨기려는 거야. 하긴 뭣 때문에 나한테 모든 걸 털어놓겠어? 나를 위탁아로 받아들이기는 했지만 그 사람이 나한테 낯설듯, 나도 그 사람한테는 남이나 마찬가진데. 그럼 대체 왜 나를 위탁아로 받아들였을까? 부인이 하도 졸라 대는 바람에?

하지만 그런 건 이제 아무래도 좋았다. 린덴탈 씨는 부인이 납치된 사실을 알고 있었다. 아니면 나한테 거짓말을 하는 대신, 자기 부인이 어디 있는지 모르냐고 오히려 되물어봤겠지. 그렇다면 이베스의 편지도 받은 게 틀림없어. 그리고 지금 저 전화는 돈을 구하기 위한 전화일 거야.

나는 짐짓 아무렇지도 않은 목소리를 내려고 애썼다.

"아, 그랬군요. 전 그것도 모르고 걱정하고 있었어요."

"걱정하지 않아도 된다. 냉장고에 가서 뭘 좀 꺼내 먹으려무나. 아니면 피자를 배달해 먹든지. 난 아직 할 일이 좀 있단다."

피자! 그날 하루 종일 거의 굶다시피 한 나로서는 기름이 니글거리는 피자를 한 입 베어 물 생각만 해도 속이 울렁거렸다.

"네."

나는 그럴 필요가 없었는데도 아래층으로 내려올 때처럼 발소리를 죽여 살금살금 내 방으로 올라갔다.

이제 모든 게 확실했다. 이베스는 린덴탈 부인을 오두막에 가두고 있고, 린덴탈 씨는 내일까지 200만 유로를 몸값으로 준비해야 한다는 사실을 안다.

그런데도 기분은 나아지지 않았다. 아니, 오히려 그 반대였다. 시간이 가면 갈수록 내가 무슨 미친 짓에 가담했는지가 점점 더 분명해졌다. 납치! 협박! 그런 죄를 저지를 경우 정확히 몇 년형에 처해지는지는 몰랐지만, 감옥에서 풀려날 때쯤이면 머리가 희끗희끗한 노인네가 되어 있을 게 분명했다.

"장래 희망이 뭐니?" 하고 린덴탈 부인이 물었었지.

잘 모르겠다고 대답했는데.

겁이 나서 돌아 버릴 것 같지만 않았다면 나는 웃음을 터뜨리고 말았을 것이다.

생각을 다른 데로 돌려야만 했다. 나는 한쪽 구석에 서 있는 CD꽂이를 바라보았다. 그 방의 다른 물건들과 마찬가지로 거기 꽂힌 CD도 내가 오기 전부터 그 방에 원래 있었다. 나는 용기를 내어 CD를 한 장씩 꺼내 들었다. 내가 린덴탈 부인과 함께 산 CD들은 듣고 싶지 않았다. 아니, 들을 수가 없었다.

내 마음에 웬만큼 드는 음악을 고르기까지 시간이 한참 걸렸다. 린덴탈 부인은 점원의 추천을 받았던 걸까? 그렇다면 린덴탈 부인이 완전히 속은 거다. 거기 있는 CD는 모두 3년쯤 된 것들이었다.

침대에 누워 헤드폰을 썼다. CD를 연달아 세 번이나 들은 뒤에야 간신히 잠이 들었다.

27

자명종 맞춰 두는 것을 잊어버렸는데도 다음 날 아침 일찍 눈이 떠졌다. 나는 침대에 그대로 누워 창밖을 내다보았다. 아침 안개만 걷히면 분명 화창한 가을날이 될 것 같았다. 뉴질랜드는 지금 봄이었다. 그곳은 곧 여름이 되겠지. 여름! 눈을 감고 뉴질랜드의 여름을 상상했다. 책과 텔레비전에서 수없이 보아 온 뉴질랜드의 여름. 하지만 이제 곧 내 스스로 그 향기와 공기를 느끼리라.

하지만 그 모든 것을 이베스와 함께 경험해야 할까? 오두막에서 이베스는 섬뜩함을 느낄 정도로 자신의 흉포한 면을 내보였다. 뉴질랜드에 도착하자마자 관계를 끝내는 게 좋겠어. 정말 거기까지 가게 된다면 말이야.

어렸을 때 자주 꿈꿨던 것처럼 요정이 나타나 한 가지 소원을 말하라고 한다면 시간을 거꾸로 돌려 달라고 하고 싶었다. 맞바람이 심하게 몰아치던 어두운 현관 앞에 서 있었던 그날 저녁이나, 아니면 알렉스 선생이 나를 붙들고 린덴탈 부부를 위탁 부모로 맞아들이면 어떻겠냐고 묻던 그날로. 그러면 이 호화로운 저택에서 사는 호강은 누리지 못했겠지만 마음은 훨씬 편했을 테지.

　몸도 마음도 싫다고 떼를 썼지만 나는 자리에서 일어났다. 그러고는 곧장 창문으로 다가가 아래를 내려다보았다. 린덴탈 씨의 차가 나가고 없기를 바라는 마음이 간절했다. 그러나 그것은 한낱 기대로 끝나고 말았다. 몇 시간 뒤면 린덴탈 씨의 돈 200만 유로를 가져와야 하는 상황에서 그의 얼굴을 어떻게 마주 볼 수 있을지 두렵기만 했다.

　나는 일부러 천천히 샤워하고 옷을 갈아입었다. 그래도 언젠가는 아래층으로 내려가지 않을 수 없었다. 차는 여전히 현관문 앞에 서 있었지만 린덴탈 씨의 모습은 집 안 어느 곳에서도 보이지 않았다. 나는 안방만 빼놓고 집 안을 샅샅이 뒤졌다. 린덴탈 씨는 걸어서 아니면 택시를 타고 밖에 나갔거나 아직 자고 있는 게 분명했다. 하지만 아무래도 좋았다. 중요한 건 그와 마주치지 않아도 된다는 사실이었다.

　냉장고에서 요구르트를 꺼내 다시 내 방으로 올라왔다. 나는 작은 여행 가방 안에 싸야 할 것들을 신중히 따져 보았다. 몇 분 뒤 요구르트 컵은 비고, 대신 여행 가방은 채워졌다.

　이제 서둘러야만 한다. 나는 단숨에 계단을 뛰어 내려와 현관문을 쾅 닫고 역까지 달리기 시작했다. 몇 분 뒤 나는 기차 안에 앉아 있었다. 성공이다! 이제 일의 결과와 상관없이 린덴탈 부부의 저택에는 두 번 다시 발을 들여놓지 않을 것이다!

아무런 계획도 없었던 어제와는 달리, 오늘은 어떻게 시간을 보낼지 완벽한 계획이 세워져 있었다. 내가 가장 좋아하는 카페에 가서 커피를 실컷 마시리라. 더 이상 마실 수 없을 때까지. 그로써 이 도시와 이 나라와 내가 그토록 좋아하던 카페들에 작별 인사를 할 생각이었다. 하지만 카페는 뉴질랜드에서 열 테니까. 적어도 내 소망은 그랬다!

결전의 순간이 다가왔을 때 카페 종업원이 나더러 커피를 너무 많이 마시는 게 아니냐고 물었다. 나는 공동묘지에 가기 위해 일어서야 할 시간을 정확히 계산해 놓고 있었다. 너무 늦게 가서도, 너무 일찍 가서도 안 됐다. 공동묘지에 오래 숨어 있을수록 들킬 위험이 컸다. 그리고 솔직히 말하면 돌아 버리지 않고 그곳에서 오래 버틸 자신이 없었다.

모든 것이 내 시간 계획대로 들어맞았다. 나는 4시 20분 전에 벤치와 쓰레기통이 보이는 덤불 속에 몸을 숨겼다. 이파리들은 벌써 색깔이 변하기 시작했지만 아직은 낙엽이 되어 떨어지지 않고 모두 가지에 단단히 붙어 있었다. 며칠 전 이곳에 왔을 때 나는 덤불 속에 겉옷을 벗어 놓고 바깥에서 겉옷이 보이는지 확인까지 해 놓았다. 그곳은 사방이 모두 안전했다. 설사 누가 날 발견한다 하더라도 방광이 저려 일을 보러 들어왔다고 하면 그만이었다.

때에 따라 20분이라는 시간은 아주 길었다. 특히 커피를 너무 많이 마신 상태에서 풍뎅이와 벌레들이 기어 다니는 축축한 공동묘지 바닥에 쭈그리고 앉아 있어야 할 경우에는. 물론 공동묘지 안에도 공중 화장실은 있었다. 내가 숨은 곳에서도 보였다. 공중 화장실에 잠깐 다녀올 수만 있다면 무슨 짓이라도 했을 거다. 하지만 그럴 만한 상황이 아니었다. 그냥 여기서라도 일을 볼까? 그럴 순 없어. 너무 지저분하잖아.

심장이 미친 듯이 뛰었다. 겁이 나서인지, 불안해서인지, 커피 때문인지 알 수 없었다.

린덴탈 씨가 내가 숨어 있는 곳을 지나갈 때 나는 내 손을 깨물었다. 안 그랬으면 소리를 지르고 말았을 것이다. 린덴탈 씨는 앞만 똑바로 보며 곧장 쓰레기통으로 걸어가더니 그 안에 비닐 봉투를 하나 던져 넣고, 곧장 돌아서 왔던 길로 사라져 버렸다. 무슨 영화의 한 장면 같았다. 눈 깜짝할 사이에 벌어진 일이었다!

성공했다! 정말로 성공했다!

진정해. 정신을 차려야지! 나는 계속해서 혼잣말을 중얼거렸다. 아직 다 끝난 게 아니야. 침착하게 머물면서 이베스가 지시한 대로 해야 해. 먼저 몇 분 기다린 다음 쓰레기통으로 가서 안에 돈이 들었는지 봉투를 확인하고, 확인이 끝났으면 봉투를 집어서 여기를 떠. 그게 어디 말처럼 쉽나? 특히 무릎과 위가 바늘로 찌르는 것처럼 쿡쿡 쑤셔 대고, 방광은 터지기 일보 직전이고, 심장은 마라톤 경기를 뛴 사람처럼 쿵쿵대는 마당에?

시계를 보았다. 3분! 3분을 기다려야 한다.

나는 지옥 같은 3분을 견뎌 내고는 재빨리 주위를 한 번 둘러본 뒤 덤불에서 튀어나와 쓰레기통으로 달려갔다. 그리고 내용물은 확인도 하지 않고 대뜸 비닐 봉투를 집어 들고 화장실로 뛰었다.

그 기분은 이루 다 말로 표현할 수 없었다! 안도감. 그제야 엄청난 양의 지폐가 든 비닐 봉투가 눈에 들어왔다. 200만 유로! 200만 유로라고!

손이 하도 떨려서 바지를 올리기 힘들 정도였다.

나는 비닐 봉투를 여행 가방 안에 구겨 넣고 달리기 시작했다. 하지만 공동묘지 정문 앞에서 이내 발걸음을 멈추었다. 뛰면 안 돼! 눈에 띈다고. 나는 눈을 감고 마음을 가라앉혔다. 심장은 여전히 두근거렸지만 호흡은 어느 정도 가라앉았다. 옷매무새를 가다듬고 묘지 밖으로 나왔다.

내가 누군가를 본 것은 바로 그 순간이었다. 아니, 더 정확히 말하면 바로 그 순간 누군가가 내 시야에 감지되었다. 내 뒤에 누군가가 서 있었다! 린덴탈 씨일까? 아니면 경찰? 나는 감히 뒤를 돌아볼 엄두가 나지 않았다. 내 뒤를 따라오는 발걸음 소리가 분명하게 들렸다. 나와의 간격이 점점 좁혀지고 있었다. 생각이 널을 뛰었다. 이제 어떡하지? 천천히, 눈에 띄지 않게 걸어야 해. 화장실이 급해서 그냥 묘지 화장실에 다녀온 사람처럼.

나는 그렇게 하는 대신 들입다 달리기 시작했다.

어디로 가야 할지 아무 생각도 없었다. 그냥 앞으로만 달렸다. 내 인생을 구하기 위한 달음박질이었다.

다시 정신이 들었을 때는 다 허물어져 가는 빈 공장 건물 안이었다. 더 멀리 도망치고 싶었지만 더 이상 달릴 수 없었다. 나는 무릎을 꿇고 주저앉아 눈앞이 새까매질 때까지 기침을 해 댔다. 쫓아와서 잡아갈 테면 잡아가라지. 쿡쿡 쑤셔 대는 옆구리의 통증만 멈춰 준다면 이제는 아무래도 좋았다!

하지만 내가 어느 정도 기력을 되찾을 때까지 아무도 나타나지 않았다. 나는 자리에서 일어나 주위를 둘러보았다. 나 혼자였다. 추적당했던 게 아닌가? 아니면 내가 따돌린 걸까?

내가 어디에 있는지 도무지 감이 잡히지 않았다. 하지만 이 근처에도 분명히 국철 정거장은 있으리라. 하지만 나를 뒤쫓던 사람들이 아직 이 근처에 있으면 어떡하지? 그 사람들이 날 보면? 내 가방에서 돈이 발각되는 날에는 그걸로 끝장이야.

더 이상 쫓기지 않는다는 확신이 들 때까지 돈을 숨겨 놓아야 해. 여기다 숨기는 게 가장 좋겠어. 나중에 이베스와 함께 가지러 오면 돼.

깨진 불투명 유리창을 통해 낡은 공장 건물 안으로 빛이 들어오고 있었다. 환하지는 않았지만 돈을 숨길 만한 곳을 찾기에는 충분했다. 시커먼 벽은 대부분 무너져 내린 상태였다. 바닥 위로 뭔가 후다닥 지나갔지만 그게 뭔지는 알고 싶지도 않았다.

누가 오기 전에 서둘러야만 해. 하지만 어디다 숨겨야 좋지?

마침내 나는 반쯤 무너져 내린 벽 사이에 돈이 든 비닐 봉투를 쑤셔 넣었다. 이런 곳에 돈이 있으리라고는 아무도 생각하지 못할 거야. 두 시간 정도면 되니까. 이베스를 데리고 여기까지 오는데 그보다 오래 걸리지는 않을 거야. 프랑크푸르트로 가는 비행기 시간에 맞춰야 할 텐데. 안 되면 야간열차를 타지, 뭐. 차라리 기차가 더 안전할지도 몰라. 기차는 승객 명단 같은 게 없으니까.

나는 길거리로 나가자마자 경찰들이 내게 달려들 거라고 생각했다. 하지만 그런 일은 벌어지지 않았다. 아니, 아무 일도 일어나지 않았다. 내 몰골이 엉망진창이었을 텐데도 사람들은 눈길 한 번 주지 않고 무심히 내 곁을 스쳐 지나갔다.

조금 헤매기는 했지만 마침내 국철 정거장을 찾았고 잠시 뒤 나는 이베스에게로 데려다 줄 국철 안에 앉아 있었다. 저런, 이베스! 지금쯤 내 전화를 기다리고 있을 텐데!

나는 창밖을 내다보았다. 종점까지 아직 세 정거장 남았다. 내가 전화하면 이베스는 린덴탈 부인을 풀어 주고 테겔 공항에 가기로 했는데. 어쩌면 중간에서 만날지도 몰라. 하지만 만나지 못할 수도 있어. 서로 길이 엇갈릴지도 모르니까! 나는 이베스에게 전화를 걸어 내가 갈 때까지 오두막 앞에서 기다리라고 말하기로 했다.

이베스의 전화번호가 내 휴대폰에 입력되어 있는 게 얼마나 다행인지 몰랐다. 안 그랬다면 전화번호가 생각나지 않아 무척 애를 먹었을 테니까.

신호가 가자마자 이베스의 목소리가 들렸다.

"여보세요?"

"다 됐어. 하지만 거기서 날 기다려."

"뭐? 왜? 대체 왜 이렇게 오래 걸린 거야? 뭐가 잘못됐어?"

"아니야. 다 잘됐어! 정말이야. 금방 다 얘기해 줄게. 잠시 뒤에 거기 도착할 거야."

나는 전화를 끊고 시계를 내려다보았다. 5시가 조금 지나고 있었다.

두 시간 뒤면 날이 어두워진다. 나는 그 전에 돈을 찾아올 수 있기를 바랐다. 깜깜한 어둠 속에서 공장 안을 헤매며 돈을 찾기는 싫었다. 게다가 안개까지 스멀스멀 올라오고 있었다. 물론 우리한테야 나쁠 게 없었지만.

이베스는 오두막 앞에서 기다리고 있다가 나를 보자마자 달려왔다.

"뭐야? 왜 기다리라고 했어? 돈 자루가 속였어? 돈을 전달하지 않은 거냐고?"

"아니야, 그런 게 아니야. 다 네가 계획한 대로 됐어."

"확인했어?"

"그래."

"그럼 어서 이리 내놔. 나도 좀 보자. 내 손으로 만져 보고 싶다고."

"돈은 전달받았어. 그런데 미행하는 사람이 있었어. 확실하지는 않지만 기분에 그런 것 같았어."

이베스가 눈을 부라렸다.

"미행? 누가?"

"몰라. 어쨌거나 돈을 숨겨야 했어."

이베스가 소리쳤다.

"숨겨? 너 지금 제정신으로 그런 말을 하는 거야? 당장 말해. 돈 어디 있어?"

"그렇게 소리 좀 지르지 마! 린덴탈 부인은 놔준 거야?"

"미쳤어? 게다가 네가 전화해서 그렇게 이상한 말까지 한 마당에 놔줄 마음이 생겼겠냐고? 안 놔주길 천만다행이지."

"무슨 말이야? 린덴탈 씨가 돈을 줬다니까!"

"하지만 너한테 지금 돈이 없잖아!"

"중간에 들러서 찾아가기만 하면 돼, 이베스. 어차피 테겔 공항으로 가는 길목에 있단 말이야. 곧장 가는 거나 시간도 비슷할 거야. 그러니 부인을 풀어 줘! 어서! 부탁이야!"

이베스가 내 어깨를 움켜쥐더니 마구 흔들어 댔다. 그날 저녁,

맞바람이 몰아치던 현관 앞에서처럼.

"제기랄, 돈 어딨어? 어디?"

일주일 전만 하더라도 나는 이베스에게 돈이 있는 곳을 말했을 것이다. 하지만 이베스는 이제 내가 아는, 아니 내가 안다고 믿었던 이베스가 더 이상 아니었다. 나는 이베스가 두려웠다.

"린덴탈 부인을 풀어 줘. 그러면 말할게."

"왜, 네 엄마가 걱정돼?"

내가 소리를 질렀다.

"그런 말도 안 되는 소리 집어치워!"

이베스도 지지 않고 소리를 질렀다.

"돈이 어디 있는지나 빨리 말해!"

"절대 말 못해! 린덴탈 부인이 먼저야!"

이베스가 숨을 한 번 깊이 들이마시더니 입을 열었다.

"좋아. 그럼 이렇게 하자. 넌 지금 돌아가. 돈을 찾아서 테겔 공항으로 가 있으라고. 거기서 이따가 약속한 대로 만나."

"넌 뭘 할 건데?"

"난 린덴탈 부인을 처리할게."

"그게 무슨 말이야? 그냥 풀어 주면 되잖아! 린덴탈 부인이 멀리 사라질 때까지 난 여기 숨어 있으면 돼. 아니면 우리 둘 다 지금 그냥 도망치자고. 네가 말한 대로 말이야. 린덴탈 부인이 오두막에서 빠져나올 때쯤이면 우린 벌써 멀리멀리 가 버린 다음일 거야."

이베스가 나를 거칠게 밀어내는 바람에 진흙탕 속으로 미끄러지고 말았다.

이베스가 나를 향해 소리 질렀다.

"좋아! 네가 정 원한다면!"

이베스는 바지 주머니에서 스타킹을 꺼내더니 머리에 뒤집어쓰고 성큼성큼 오두막으로 들어갔다.

나는 진흙탕에서 걸어 나와 이베스의 뒤를 좇아갔다. 이베스는 오두막 문을 거칠게 열고 안으로 들어가더니 문을 다시 '꽝' 하고 닫아 버렸다. 안에서 문에 빗장 지르는 소리가 들렸다.

나는 정신 나간 사람처럼 문에 달려들었지만 문은 1밀리미터도 움직이지 않았다. 조금 전에 이베스와 내가 맞고함치는 것을 린덴탈 부인이 들었는지 못 들었는지 확신할 수 없는 상황에서 소리를 지를 수도 없었다. 린덴탈 부인이 이번에야말로 내 목소리를 알아들을 수도 있으니까.

순간 갑작스런 비명 소리가 들렸다. 오두막에서 나는 소리였다! 린덴탈 부인의 목소리야! 나는 문 앞에서 돌처럼 몸이 굳어졌다.

오두막 문을 열어젖히는 이베스의 얼굴에는 더 이상 마스크가 씌워져 있지 않았다.

"무슨 일이야? 부인은 어디 있어?"

이베스는 대답 대신 오두막 안으로 들어가더니 곧이어 린덴탈 부인을 질질 끌고 다시 나타났다.

내가 소리를 질렀다.

"대체 무슨 짓을 한 거야? 설마……."

이베스가 린덴탈 부인의 팔을 내려놓았다. 부인의 머리가 바닥에 맥없이 떨어졌다. 늪지라 바닥이 딱딱하지 않은 게 천만다행이었다.

이베스가 분노로 일그러진 얼굴을 하고 내 앞으로 다가왔다.

"지랄 좀 하지 마! 잠시 정신을 잃은 것뿐이야. 갑자기 돌았는지 내 마스크를 잡아당기더라고."

"그래서?"

"그걸 지금 질문이라고 하는 거야? 이 여자가 내 얼굴을 봤다고!"

"무슨 생각을 하는 거야, 이베스?"

나는 너무 겁이 나서 더 이상은 한마디도 할 수 없었다. 이베스는 무슨 짓이고 할 아이였다. 나는 그 사실을 알고 있었다. 그걸 왜 이제야 깨달은 걸까?

이베스가 다시 조용한 목소리로 대답했다.

"별 생각 안 해. 이 여자를 호수로 데리고 가는 거나 도와줘."

"호수로?"

"그래, 젠장! 배에 태워서 호수 건너편으로 데려다 놓으려는 거야. 발견되더라도 오두막에서 멀리 떨어진 곳에서 발견돼야 할 것 아니야?"

"그다음에는?"

"그다음에는, 그다음에는, 그 멍청한 질문 좀 그만 해! 그다음에는 우리가 계획한 대로 하는 거야! 난 이 여자를 배에 태우고 호수 건너편으로 갈 테니까 너는 돈을 찾으러 가! 자, 이 여자나 좀 들어!"

나는 이베스가 무서워서 감히 반항할 엄두도 내지 못했다. 까딱 잘못했다가는 나도 곧 린덴탈 부인과 나란히 누워 있는 신세가 될지도 몰랐다. 내가 린덴탈 부인의 다리를 들자 이베스는 부인의 팔을 들었다.

나는 린덴탈 부인의 하반신을 조심스레 배에 누인 반면, 이베스는 또다시 아무렇게나 부인의 팔을 던져 버렸다.

이베스가 이마의 땀을 닦아 내며 말했다.

"됐어. 나머지는 내가 알아서 할게. 그럼 우린 공항에서 만나는 거야."

이베스는 배를 한 번 힘껏 민 뒤 그 안으로 펄쩍 뛰어 들어갔다.

나머지는 내가 알아서 한다고? 무슨 나머지? 나는 잠시 머뭇거리다가 발목까지 오는 차가운 물속으로 달려 들어갔다. 그러고는 이베스와 의식을 잃은 린덴탈 부인이 누워 있는 배 안으로 뛰어

올랐다.

"너 미쳤어? 이게 무슨 짓이야? 내가 넌…….”

"나도 같이 갈래. 돈을 보고 싶으면 날 막지 마.”

이베스는 아무 말도 하지 않았다. 그저 성난 표정으로 나를 노려보았을 뿐이었다. 하지만 이베스의 눈빛에는 뭔가가 더 있었다. 온몸에 소름이 끼쳤다.

이베스가 눈을 부릅뜨고 노를 저었다. 린덴탈 부인은 의식을 잃은 채 우리 발치에 누워 있었다. 말라붙은 피에 엉겨 있는 머리카락이 보였다. 안개가 점점 더 짙어지고 있었다. 낡은 노걸이가 삐걱거리는 소리와 노깃이 규칙적으로 물을 차 내는 소리 말고는 아무런 소리도 들리지 않았다.

이베스가 갑자기 배를 멈추었다. 아무것도 보이지 않았지만 짐작컨대 호수 한가운데쯤 온 것 같았다.

"무슨 일이야? 왜 노를 젓지 않는 거야?”

이베스는 아무 말도 하지 않았다. 대신 히죽 웃으면서 뭔가를 주우려는 사람처럼 허리를 굽혔다. 나는 그것이 무엇인지 알아차렸다. 너무나 놀라고 겁이 나서 돌아 버릴 것만 같았다.

내가 소리쳤다.

"밧줄이잖아! 대체 그걸로 뭘 하려는 거야?”

이베스는 여전히 아무 말 없이 린덴탈 부인의 다리를 번쩍 치켜들더니 밧줄로 묶기 시작했다. 나는 밧줄을 붙잡았다. 밧줄의 다른 쪽 끝에는 쓰레기봉투가 매달려 있었다. 돌이나 모래를 채운 쓰레기봉투였다!

"이 나쁜 새끼! 짐승만도 못한 새끼!"

나는 미친 듯이 소리를 질러 댔다. 완전히 제정신이 아니었다.

"부인을 죽일 생각이지, 그렇지?"

이베스가 밧줄의 매듭을 묶은 뒤 나를 바라보았다. 여전히 음흉한 웃음을 짓고 있었다.

"그럼 넌, 이 여자가 돌아가면 내가 그랬다고 말할 텐데, 내가 그걸 그냥 보고만 있을 줄 알았니?"

"아니야. 넌 처음부터 이럴 작정이었어! 말해! 사실대로 말하라고!"

28

"젠장. 킴, 그 안에 있는 거야? 킴?"

쿵쿵댄다. 심장이 머릿속에서 쿵쿵댄다.

아니, 내 속에서 나는 소리가 아니야. 바깥에서 나는 소리야! 누군가 주먹으로 문을 두드리는 소리야!

케빈! 이건 케빈의 목소리야!

"킴, 대답 좀 해 봐! 이베스, 네가 거기 있는 줄 다 알아! 킴한테 무슨 짓을 한 거야? 어서 나와. 안 그러면 내가 널 끌고 나올 테니까. 이 나쁜 자식!"

내 목을 조이고 있던 힘이 느슨해졌다. 폐 속으로 공기가 밀려드는 게 느껴졌다. 고통스러운 아픔이 느껴졌다! 그런데도 나는 몹시 조급하게 숨을 들이마시며 기침을 해 댔다.

어디 있지? 이베스는 어디 있지? 케빈은 어디 있는 거야?

나는 고개를 쳐들었다. 왜 눈이 보이지 않지? 문 쪽으로 다가가고 있는 뿌연 형체가 이베스 같다. 이베스가 문을 연다. 케빈이다!

내가 쉰 목소리로 외쳤다.

"케빈, 조심해! 이베스가……."

나는 다시 기침을 해야 했다. 아까보다 숨이 더 가빴다.

케빈이 소리를 질렀다.

"젠장! 대체 뭘 어떻게……."

나는 이베스의 손에 들린 것을 알아볼 수 없었다. 하지만 이베스가 뭔가로 케빈의 머리를 내리쳤고, 케빈은 방문 옆 벽에 부딪히며 그대로 쓰러지고 말았다.

피! 케빈의 머리에서 피가 나고 있어!

"케빈!"

나는 외치는 동시에 또다시 심하게 기침을 해 댔다.

일어서고 싶었지만 일어설 수가 없었다. 내 눈에는 이베스의 다리만 보였다. 다리가 다시 내 쪽으로 다가오고 있었다. 나는 일어서려고 안간힘을 쓰다가 벽에 부딪히고 말았다. 도망가야 해! 여기서 어떻게든 도망가야 해!

내면의 목소리가 외치고 있었다.

도움을 청해야 해!

전화! 전화기가 있는 곳으로 가야 해! 하지만 전화기가 어디 있지?

전화기가 있는 곳이 간신히 생각났다.

나는 젖 먹던 힘을 다해 몸에게 움직일 것을 명령했다. 몸이 말을 듣는다. 전화기가 있으리라고 생각되는 곳으로 무작정 달려갔다. 전화기가 정말 그곳에 놓여 있는지는 쳐다보지도 않았다. 나는 비틀거리면서도 계속 전화기 쪽으로 달렸다. 사물이 조금씩 선명하게 보이기 시작했다.

저기! 저기 있다! 나는 전화기를 잡았다! 이제 번호를 눌러야지! 110! 왜 숫자가 안 보이지?

"전화기 내려놔!"

뒤에서 이베스의 고함 소리가 들렸다.

이런, 벌써 쫓아왔잖아! 전화를 걸고 자시고 할 시간이 없어. 도망가야 해! 하지만 어디로 가면 좋지? 욕실! 욕실에 들어가서 문을 잠가!

내면의 목소리가 또다시 외쳤다.

전화기를 가지고 가.

오, 하느님. 무선 전화기를 발명한 사람을 축복하소서. 나는 뒤를 돌아 이베스의 곁을 쏜살같이 지나 계단으로 달려갔다.

"거기 서!"

어림없어.

내면의 목소리가 말했다.

케빈은 여전히 문 옆에 쓰러져 있었다. 머리에서 흘러나온 피가 벌써 셔츠까지 붉게 물들이고 있었다. 하지만 울 틈이 없었다. 그랬다가는 붙잡히고 말 테니까. 케빈을 보자 계단을 오를 수 있는 힘이 생겼다.

저기, 욕실 문이 있다! 나는 비틀거리며 욕실 안으로 들어가 문을 닫은 뒤 안에서 열쇠를 돌렸다. 거의 동시에 이베스의 손에 들려 있던 물체가 욕실 문을 '쾅!' 하고 내리치는 소리가 들렸다.

이베스가 소리쳤다.

"당장 문 열어!"

나도 어느새 정상으로 돌아온 목소리로 소리쳤다.

"어림없어!"

전화기 숫자들도 다시 제대로 보이기 시작했다! 내 손가락은 알아서 맞는 번호를 제대로 누르고 있었다.

"경찰 긴급 구조 신고 센터입니다. 무슨 일이시죠?"

나는 수화기에 대고 소리를 질렀다.

"강도예요!"

다른 말은 생각나지 않았다.

"제발 빨리 좀 와 주세요! …… 다친 사람도 있어요! 구급차요, 어서요!"

"주소와 성함을 말씀해 주세요."

이 사람은 왜 이렇게 침착하지? 내가 지금 장난한다고 생각하는 걸까?

"강도라고요, 강도요!"

"주소와 성함이요!"

"린덴탈! 안나 린덴탈이요!"

다행히 안나 린덴탈이라는 이름이 튀어나왔다.

"벤첼 저택이요! 슈타인베르크요!"

"다친 사람이 있다고 하셨죠?"

"그래요, 그렇다고요!"

나는 고래고래 소리를 지른 뒤 작은 소리로 덧붙였다.

"다치기만 한 거면 좋겠어요."

"지금 당장 출동하겠습니다. 진정하시고 가능하면 다친 사람을 돌봐 주세요."

'딸깍' 하고 상대편에서 전화 끊는 소리가 들렸다. 나는 그제야 욕실 문 바깥에서 무슨 일이 벌어지고 있는지 알아차렸다. 뭔가가 규칙적으로 문을 찍어 대고 있었다.

이베스의 고함 소리도 여전했다.

"문 열어! 돈이 어디 있는지 말해! 이 문 열라고! 아니면 널 죽여 버릴 거야. 저 여자랑 같이!"

나도 지지 않고 맞고함을 쳤다.

"그냥 거기 있는 게 좋을 거야! 넌 미쳤어! 케빈한테 무슨 짓을 한 거야?"

잠시 뒤 문 두드리는 소리가 멈추었다.

"저 녀석은 괜찮아. 나와서 직접 확인해 봐."

"누구 좋으라고? 경찰이 올 때까지 여기 있을 거야!"

이베스의 목소리가 높아졌다.

"경찰을 부른 거야?"

곧이어 이베스가 손에 든 물체로 아까보다 더 세게 욕실문을 내리치기 시작했다.

"무슨 수를 써서라도 널 거기서 끄집어내고 말 거야! 어떤 희생을 치르더라도 말이야! 돈이 어디 있는지 어서 말해!"

계속 저런 식으로 나가다간 문이 곧 부서지겠어. 너무 무서워서 제대로 생각을 할 수가 없었다. 경찰이 곧 와야 할 텐데! 나는 창문을 열어젖혔다. 그토록 간절히 경찰의 사이렌 소리가 들리기를 바란 적은 이제껏 한 번도 없었다.

나는 문 쪽을 바라보았다. 문틀이 이미 떨어져 나가고 있었다. 문은 더 이상 오래 버틸 것 같지 않았다. 여기 있어 봤자야. 욕실은 더 이상 안전하지 않았다. 그렇다고 창문에서 뛰어내릴 수도 없었다. 족히 4미터는 되어 보였다. 여기서 뛰어내렸다가는 뼈란 뼈는 모두 부러지고 말 거야. 하지만 바깥 창턱에 일단 매달렸다가 뛰어내리면? 그럼 크게 다치지 않고 도망칠 수 있을지도 몰라.

나는 창틀로 올라간 뒤 발로 건물 외벽을 조심스레 디뎌가며 창턱에 매달렸다. 가능한 한 문 쪽에서 무슨 일이 벌어지고 있는지와 나를 구해 줄 땅바닥에서 내 발이 얼마만큼 멀리 떨어져 있는지는 생각하지 않으려고 애썼다.

내 발과 정원과의 간격은 이제 약 2미터가 되었다. 아래는 꽃밭이었다. 저 꽃밭이 완충 작용을 해 줘야 할 텐데.

핸드볼 코치의 목소리가 귓전에 울렸다.

"핸드볼은 격렬한 운동이야. 실내 체육관 바닥은 스펀지가 아니고. 따라서 너희들에게 이제부터 몸을 굴리면서 안전하게 땅에 내리는 방법을 보여 주겠다. 알겠나?"

내가 아직 할 수 있을까?

나는 손을 놓았다. 어깨를 움츠리고, 고개를 집어넣고, 충돌 에너지를 가장 적게 하기 위해 몸을 굴렸다. 어깨에서 '딸깍' 하는 소리가 났다. 통증이 다리까지 전달되었다.

나는 일어서 보았다. 아팠지만 서 있을 수는 있었다. 이번에는 앞으로 한 발 내디며 보았다. 역시 아팠지만 걸을 수 있었다. 나는 날 수 있었다!

"넌 내 손아귀에서 못 벗어나!"

이베스가 내 위로 뛰어내리는 것이 보였다. 나는 이베스가 덮치기 직전, 아슬아슬하게 몸을 옆으로 날렸다. 바로 내 옆자리에서 '쿵' 하는 소리가 들렸다. 살면서 처음으로 뼈가 부러지는 소리를 들었다. 이베스는 바로 내 옆에 엎어져 있었다. 얼굴은 고통으로 일그러져 있었고, 눈은 증오로 가득 차 있었다. 이베스가 나를 잡으려고 손을 뻗으며 입을 열었지만 말 대신 침이 흘렀다.

나는 기어서 이베스의 손아귀를 벗어난 뒤 자리에서 일어났다. 도망쳐야 해! 최대한 빨리! 이번에 잡히면 죽고 말 거야. 이베스는 조금도 망설이지 않고 나를 죽이고 말 것이다. 그것은 불 보듯 뻔했다.

달리고 싶은 마음과는 달리 절뚝거리며 걷는 게 고작이었다. 나는 뒤를 돌아보았다.

이베스는 일어서려고 버둥거리다 신음 소리를 내며 쓰러졌다. 다시 한 번 일어서려고 하던 이베스가 이번에는 비명을 지르더니 그대로 누워 있었다.

나는 멈칫했다. 뭐지? 더 이상 나를 해코지할 수 없는 거야?

이베스 쪽으로 한 발짝 다가갔다. 이베스는 여전히 증오심에 불타는 눈으로 나를 바라보았지만 일어서지 못했다. 내가 해낸 거야! 이베스는 이제 끝이야!

내가 핸드볼 훈련을 받을 때 이베스가 놀려 대던 것을 생각하니 웃음이 터져 나올 지경이었다.

나는 이베스를 내려다보며 악을 썼다.

"바보같이 훈련은 무슨 훈련이냐고 했지? 바보는 바로 너야!"

나는 분노로 이베스를 걷어차 버리지 않도록 참아야만 했다. 그리고 무엇보다도 케빈을 보살피러 저택으로 돌아가야 했다.

케빈은 여전히 바닥에 쓰러져 있었다. 다행히 눈은 뜬 채였다!

케빈은 나를 보자 일어서려고 했지만 곧 신음 소리를 내며 다시 쓰러지고 말았다.

"아아, 내 머리! 나쁜 자식……."

"케빈, 무슨 짓이야? 그냥 누워 있어."

"킴, 다 괜찮은 거야?"

"그래, 괜찮아."

"다행이야! …… 그 자식은 어디 있어? 그 망할 놈은 어디……."

"다 끝났어. 이베스는 다리가 부러졌어. 어쩌면 양쪽 다. 도망치지 못할 거야."

"그럼 어서 경찰을 불러!"

"벌써 불렀어. 이제 곧 올 거야. 구급차도. 그러니까 가만히 누워 있어. 네가 그만하길 정말 다행이야. 얼마나 걱정했는지 몰라."

케빈이 애써 웃음을 지어 보였다.

"난 네가 더 걱정됐어. …… 그리고 그 녀석은 묶어 놓는 게 좋을 것 같아."

케빈이 힘겹게 말을 이어 갔다.

"확실히 해 두는 게 좋아. 무슨 짓이든 할 녀석이야. 여기 어디 접착테이프가 있을 거야."

"알았어. 그렇게 할게. 하지만 그 전에 네가 알아야 할 게 하나 있어. 사실이었어. 내가 린덴탈 부인을 납치했어."

"그걸 왜 꼭 지금 말해야 하지?"

"왜냐하면…… 그래도 네가 날……."

케빈이 손으로 내 입을 막으며 다시 웃음을 지었다.

"괜한 기대 하지 마. 그렇게 쉽게 날 떼 버릴 수는 없어. 어서 가서 그 녀석이나 묶어. 도망가 버리기 전에."

그때 뒤에서 무슨 소리가 들렸다. 린덴탈 부인! 린덴탈 부인을 까맣게 잊고 있었다.

린덴탈 부인은 여전히 의자에 꽁꽁 묶인 채 눈을 휘둥그레 뜨고 있었다. 나는 부인을 풀어 준 뒤 얼굴에 붙어 있던 테이프를 조심스럽게 떼어 냈다.

"고맙다, 안나! 난……."

내가 린덴탈 부인의 말을 막았다.

"호수에서 무슨 일이 있었던 거예요? 이베스가 아주머니의 다리에 자루를 매달았잖아요!"

등 뒤에서 케빈의 목소리가 들렸다.

"가서 그 녀석부터 묶어! 녀석이 접착테이프를 어디서 꺼냈는지 부인한테 물어봐."

내가 묻기도 전에 린덴탈 부인이 대답했다.

"테이프는 그 애가 가지고 왔어. 아마 그 애 주머니에 쓰고 남은 게 있을 거야."

"금방 돌아올게요."

나는 린덴탈 부인에게 그렇게 말한 뒤 또다시 이베스에게로 달려갔다.

이베스는 눈을 감은 채 여전히 잔디 위에 누워 있었다. 의식을 잃은 것 같았다. 무리도 아니었다. 이베스의 다리가 꺾여 있는 모양으로 보아 뼈가 하나만 부러진 것 같지 않았다. 어마어마하게 아플 테지.

이베스를 꼭 묶어야 할까? 아니야, 케빈 말이 맞아. 이베스는 정말 무슨 짓을 할지 몰라. 부러진 다리로도 경찰을 피해 도망갈 아이야. 접착테이프는 어느 주머니에 들어 있을까? 나는 허리를 굽혀 이베스의 겉옷 주머니에 손을 넣었다. 바로 그 순간 이베스가 눈을 번쩍 떴다. 이베스는 나를 바라보며 괴성을 지르더니 손을 뻗어 내 목을 움켜잡았다. 나는 도움을 청하려고, 숨을 쉬려고 버둥거렸다. 하지만 내 앞에는 이베스의 눈동자만 가득했다. 이베스가 나를 죽이리라는 것을 알았다.

"이 나쁜 새끼! 짐승만도 못한 새끼!"

나는 미친 듯이 소리를 질러 댔다. 완전히 제정신이 아니었다.

"부인을 죽일 생각이지, 그렇지?"

이베스가 밧줄의 매듭을 묶은 뒤 나를 바라보았다. 여전히 음흉한 웃음을 짓고 있었다.

"그럼 넌, 이 여자가 돌아가면 내가 그랬다고 말할 텐데, 내가 그걸 그냥 보고만 있을 줄 알았니?"

"아니야. 넌 처음부터 이럴 작정이었어! 말해! 사실대로 말하라고!"

"킴, 넌 너무 순진해. 그게 네 문제야. 하지만 곧 달라질 테지. 자, 난 하던 일을 마저 해야 하니까 그만 방해해."

순간 내 눈에서 불똥이 튀었다. 나는 벌떡 일어나 이베스를 덮쳤다. 배가 뒤집혀 우리 모두 물에 빠져 죽건 말건 상관없었다. 내게는 분노와 절망감뿐이었다.

나는 별로 크지도 않고 몸도 호리호리한 편이었다. 어쨌거나 이베스에 비하면 체격에서 열세였다. 따라서 이베스는 내 공격을 쉽게 막아 내고도 남을 아이였다. 하지만 갑작스런 공격에 놀랐던지 내 두 주먹이 자신의 가슴을 칠 때까지 아무런 방어도 하지 못했다. 이베스가 "어!" 하고 소리를 내지르더니 비틀비틀 무게 중심을 잃고 물속으로 빠지고 말았다. 이베스가 배의 끄트머리를 잡는 게 보였다. 나는 배가 기울어지는 것을 막기 위해 얼른 반대 방향으로 몸을 던지려고 했지만 때는 이미 늦고 말았다. 배가 뒤

집혔다. 나는 물속으로 빠지기 전, 린덴탈 부인이 반쯤 기울어진 배의 난간에서 물속으로 굴러 떨어지는 것을 보았다. 다리에는 여전히 밧줄이 감겨 있었다.

물에 빠져 죽고 말 거야! 저 짐승만도 못한 놈. 부인이 물에 빠져 죽도록 내버려 둘 거야!

두려웠다. 죽음의 공포가 밀려들었다. 하지만 이상하게도 내가 죽는 것은 두렵지 않았다. 두려운 것은 이 여자의 죽음이었다. 분노가 치밀었다. 저자를 당장에 죽여 버릴 수 있을 만큼 어마어마한 분노였다.

그러고는 더 이상 아무 생각도 하지 않았다. 옷 속으로 스며드는 차가운 물만 느껴졌다. 순간 배가 뒤집어지면서 내 머리를 덮치는 게 보였다. 배가 머리를 치는 것은 더 이상 느끼지 못했다.

"놔! 그 애를 놔줘! 놓으라고!"

내 목을 누르고 있던 손이 느슨해졌다. 찬 기운이 목구멍 속으로 밀려들었다. 이루 말할 수 없이 고통스러웠지만 나로서는 그저 고마울 따름이었다. 나는 기침을 해 대며 허겁지겁 몸을 옆으로 굴려 가쁘게 공기를 들이마셨다.

그 와중에도 옆에서 뭔가 움직이는 게 느껴졌다. 나는 있는 힘을 다해 고개를 들었다.

린덴탈 부인이 이베스 위에 올라앉아 주먹으로 그 아이의 머리를 끊임없이 내려치고 있었다. 어마어마한 괴성을 지르면서. 이베스는 더 이상 움직이지 않았다. 입과 코에서 피가 흐르고 있었다. 저대로 계속 가다간 린덴탈 부인이 이베스를 죽이고 말겠어!

나는 무릎으로 기어가서 린덴탈 부인의 어깨를 잡고 이베스에게서 내려오도록 했다. 넋 나간 표정으로 나를 잠시 바라보던 린덴탈 부인이 곧 나를 부둥켜안으며 울부짖었다.

"살아 있구나! 난 저 애가 너를……"

내가 나직이 말했다.

"맞아요. 도와주시지 않았다면 전 죽었을 거예요. 고마워요."

린덴탈 부인이 눈물을 훔치며 나를 바라보았다.

"하지만 넌 내 딸이야, 안나!"

"제발 그만 하세요. 전 안나가 아니에요. 전 킴이라고요. 아시잖아요!"

린덴탈 부인이 다시 한 번 나를 꼭 껴안았다.

"그래, 나도 안다. 하지만 나한테는 네가 딸이야. 나한테는 네가 안나라고. 앞으로도 영원히 그럴 거야."

나는 있는 힘을 다해 린덴탈 부인의 품에서 빠져나왔다.

"엄마!"

나는 린덴탈 부인을 죽어도 그렇게 부르고 싶지 않았지만 다른 방법이 없었다.

"엄마, 제발 그만 하세요! 전 안 그래도 힘들단 말이에요. 그리고 제가 한 짓을 용서해 주세요. 정말 죄송해요. 두 분께 되돌릴 수 없는 잘못을 저질렀어요."

린덴탈 부인이 어린아이 바라보듯 나를 바라보며 입을 열었다.

"다시 좋아질 거야. 암, 좋아지고말고. 다시 들어와서 우리랑 같이 살자. 그러면……."

"아니요, 그럴 수는 없어요. 그럴 필요도 없고요. 두 분한테는 진짜 딸이 있잖아요. 안나 말이에요! 진짜 안나요. 아직 살아 있다고요!"

린덴탈 부인의 표정이 바뀌었다.

"그래, 살아 있지. 하지만 우리가 죽었어."

"무슨 말씀이세요?"

"그 애한테는 우리가 죽은 사람들이야. 다시는 우리한테 돌아오지 않을 거야. 남편도 나도 그 사실을 알고 있단다. 우리는 너무 많은 실수를 저질렀어. 그 애를 너무 아프게 했지. 우리가 그 사실을 깨달았을 때는 이미 너무 늦은 뒤였어. 그 애는 벌써 도망쳐 버리고 없었지."

"그래서 찾지도 않으셨어요?"

린덴탈 부인이 고개를 끄덕였다.

"찾고 자시고 할 필요도 없었다. 어디 사는지 아니까."

"어떻게요?"

린덴탈 부인의 눈길이 나를 스쳐 그저 먼 곳을 향했다.

"그냥 알아. 그리고 그 애를 영원히 잃어버렸다는 것도 알고. 하지만 우리에게 새로운 기회가 주어졌어. 바로 너 말이야!"

"아니에요! 그만 하세요! 더 이상 듣고 싶지 않아요!"

린덴탈 부인이 내 어깨를 잡았다.

"들어야 해. 들어야 하고말고! 너도 알아야 해. 그래야 우리를 이해할 수 있을 거 아니니? 안나를 잃어버린 뒤 나 자신을 얼마나 심하게 꾸짖었는지 몰라. 네 아빠는 더욱더 일에만 몰두했고. 난 모든 걸 되돌려 보려고 애썼어."

"그래요, 그럴지도 모르죠. 하지만 그게 다 저랑 무슨 상관이에요?"

린덴탈 부인이 조용히 말했다.

"넌 그 애처럼 생겼어. 내가 널 처음 봤을 때 믿을 수가 없었어! 안나랑 똑같이 생긴 사람이 세상에 있다는 사실이 믿어지지 않았지. 널 우리 집에 데려오려고 했을 때 남편은 처음엔 반대했어. 두 눈으로 직접 널 보기 전까지는 말이야."

"그것까지도 이해돼요. 하지만 그다음 행동이요. 납치를 당하셨잖아요. 제가 그 사건과 연관이 있다는 것을 아셨잖아요."

"아니야. 확실히는 몰랐어."

"하지만 짐작은 하셨잖아요."

린덴탈 부인이 눈길을 땅으로 떨어뜨렸다.

"그래, 그랬지. 특히 남편은 그렇게 믿었지."

"그런데도 두 분은 제가 딸인 것처럼 구셨어요?"

"그건…… 아주 대담한 시도였어! 이해 못하겠니?"

나는 이해했다. 내 머리가 이해하지 않겠노라 아우성을 치는 만큼, 내 마음은 린덴탈 부인이 무슨 말을 하는지 헤아릴 수 있었다. 하지만 여전히 알 수 없는 게 있었다.

"우리가 어떻게 호수에서 살아 나왔어요?"

린덴탈 부인이 생각을 쥐어짜내려는 듯 주먹으로 이마를 눌렀다. 마침내 부인이 다시 입을 열었다.

"나도 잘은 모른단다. 남편 말이, 갑자기 찬물에 빠지는 바람에 그 쇼크 때문에 내가 의식을 되찾은 것 같다고 하더구나. 내가 기억하는 건, 너무너무 무서웠다는 거야. 내가 물속에 있다는 걸, 점점 더 물속으로 가라앉고 있다는 사실을 알았거든. 발을 만져 보니까 밧줄이 묶여 있었어. 다행히 매듭이 단단하지 않아서 잡아당기니까 풀렸지."

"모래나 뭐 그런 게 든 쓰레기봉투가 묶여 있었어요."

린덴탈 부인은 내가 옆에 앉아 있다는 사실을 잊어버린 사람처럼 계속해서 자기 말만 했다.

"물 위로 올라가야 한다는 생각 말고는 다른 생각이 없었어! 그런데 그때……."

"그런데 그때 뭐요?"

"갑자기 무슨 천 같은 게 손에 잡히는 거야. 사람이었어! 나는 그 사람 옷을 움켜쥐고 같이 위로 끌고 올라갔지. 허우적대다 보니 어느 틈에 물 위가 나왔어. 내가 어떻게 헤엄을 치고 있는지도 몰랐단다. 그래도 쥐고 있는 옷은 절대 놓지 않았어. 의식적인 행동은 아니었어. 그냥 반사 작용 같은 거였지. 호숫가에 다다라서야 그게 넌 줄 알았어."

"그때 어떤 생각이 들었어요?"

"아무 생각도. 아니, 정확히 말하면 기억이 나지 않아. 기억나는 거라곤 나를 바라보던 네 끔찍한 눈빛뿐이야. 동공이 다 풀려서, 정말 끔찍했지! 난 뭘 어떻게 해야 좋을지 몰라서 무턱대고 소리만 질렀단다. 결과적으로는 그게 우리 목숨을 살린 거지. 나중에 들어 보니 가까이에서 산책하던 사람이 내 비명 소리를 듣고 우리를 찾아냈나 봐. 발견했을 때는 우리 둘 다 의식 불명 상태였다고 했어. 나중에 정신을 깨어 보니 병원이더라."

나는 그제야 린덴탈 부인이 한 번도 아닌 두 번씩이나 내 목숨을 구해 줬다는 사실을 깨달았다. 자신을 납치하고, 남편을 협박해 200만 유로를 빼앗아 간 나 같은 아이를. 나는 뭐라고 말을 하고 싶었지만 할 수가 없었다.

린덴탈 부인이 얼굴을 손바닥에 파묻으며 말을 이었다.

"그러고 나서 우리는 끔찍한 소식을 들었단다. 네가 살아 있기는 하지만 기억력을 잃었다는 거야. 완전히."

"그때까지도 제가 납치 사건과 관련됐다는 사실을 믿지 않으셨어요?"

린덴탈 부인이 손을 내리고 나를 물끄러미 바라보았다.

"아니기를 바랐단다. 그리고 병원에 가서 침대에 누워 있는 너를 보는데, 정말 어쩔 수가 없더구나! 넌 꼭 안나였어. 과거의 기억을 모두 잃어버린 채 잠들어 있는 순수한 영혼이 었지. 그때 생각한 거야. 어쩌면 내 딸을 다시 얻을 수 있을지도 모르겠다고. 넌 갓 태어난 아기나 다름없었어. 우리한 테는 새로운 기회였어. 처음부터 다시 시작할 수 있는. 그리고 너한테도!"

"하지만 전 갓난아기가 아니었어요. 저한테는 17년이라는 삶이 있었다고요. 그건 장난이 아니었어요! 엄마도 그건 아셔야 해요."

"그래, 나도 알아. 하지만 계속 그렇게 살 필요는 없잖니? 아직 늦지 않았어. 다시 우리 집으로 오지 않을래? 새로 시작하는 거야! 내가 너를 돌봐 줄게. 아빠도 일을 좀 덜하겠다고 했어. 다시 슈타인베르크로 이사 가자. 그럼 아빠도 자주 볼 수 있어. 납치 사건은 걱정하지 않아도 돼. 유능한 변호사를, 아니 최고 변호사를 고용하면 돼. 게다가 오늘은 네가 날 구해 줬잖니. 이런 사실이 다 감안될 거야."

"엄마, 제발 그만 하세요!"

린덴탈 부인이 나를 끌어안았다. 부인의 눈물이 내 얼굴을 타고 흘렀다.

"안나, 제발 부탁이야! 제발, 제발! 우린 너 없이는 못 살아!"

지난 며칠 동안의 지옥과 천국이 다시 한 번 머릿속에 스쳐 지나갔다. 내가 그토록 찾아 헤맸던, 그리고 마침내 찾아낸 내 과거도 눈앞에 떠올랐다. 이제 내 과거를 속속들이 알았으니 미래를 결정할 차례였다. 린덴탈 부인의 말은 사실이었다. 린덴탈 부부는 내게 걱정 없는, 아니 심지어 아주 편안한 삶을 보장할 것이다. 안나 린덴탈로서의 삶을.

내가 입을 열었다.

"전 안나가 아니에요. 안나는 두 분의 딸이에요. 진짜 딸 말이에요. 그러지 말고 안나와 다시 한 번 이야기해 보세요. 시간이 많이 지났잖아요. 분명히 안나도 많이 변했을 거예요. 두 분도 마찬가지고요."

린덴탈 부인이 세차게 도리질을 쳤다.

"소용없는 짓이야. 네 말대로 그 애는 많이 변했어. 그 애는 더 이상 우리 딸 안나가 아니야. 우리도 더 이상 그 애 부모가 아니고. 그 애는 이제 우리랑 아무 상관 없는 삶을 살고 있단다."

나는 린덴탈 부인의 품을 빠져나와 그녀의 눈동자를 들여다보았다.

"엄마는 진짜 딸이 돌아오기를 원하는 게 아니군요. 엄마는 안나 앞에 서서 용서를 빌고 그 애가 떠난 시점에서 다시 시작하고 싶지 않은 거예요. 그렇죠? 엄마는 그저 엄마가 늘 원하던 딸을 하나 갖고 싶은 거예요. 갓 태어난 아기 같은, 그래서 엄마가 처음부터 새로 시작할 수 있는 딸 말이에요. 저는 두 분의 잘못으로 잃어버린 안나에게 보상하기 위한 대용물일 뿐이에요."

"아니야! 그렇지 않아!"

린덴탈 부인이 또다시 흐느끼기 시작했다. 거실 문 앞에 몰래 서서 린덴탈 부부가 나누던 이야기를 엿듣던 그날 저녁이 생각났다.

나는 다시 한 번 린덴탈 부인의 머리를 어루만지며 뺨에 입을 맞추었다.

"그만 우세요. 안 되는 건 안 되는 거예요. 전 다시 옛날 제 삶으로 돌아가야 해요. 제 진짜 인생이요."

"대체 왜? 옛날처럼 다시 그렇게 살고 싶은 거니?"

나는 웃을 상황이 아니었는데도 웃지 않을 수 없었다.

"아니요, 절대 아니에요. 다만 지난 17년이 아무리 형편없었다고 해도 그건 제 삶이었어요. 그걸 쉽게 부정해 버릴 수는 없다고요. 앞으로도 쉽지 않으리라는 거, 저도 알아요. 경찰과 판사가 호의를 베풀어 줄지도 모르죠. 잘은 모르겠어요. 하지만 어떤 일이 일어나든 전 그걸 견디고 통과해야만 해요. 안나가 아니라 킴으로서 말이에요."

린덴탈 부인이 다시 한 번 물었다.

"왜?"

"그게 제 인생이니까요."

옮긴이의 말

이 책을 다 옮겼을 무렵 '세컨드 라이프(Second Life)'라는 온라인 게임이 전 세계에서 유행한다는 기사를 신문에서 보았습니다. 미국 샌프란시스코의 게임 개발 업체 린덴 랩이 개발한 이 게임은 '제2의 인생'이라는 말 그대로, 자신을 닮은 아바타를 이용해 가상현실 속에서 자신의 외모도 꾸미고, 일도 하고, 모험도 펼친다고 합니다. 다시 말해 이 게임은 실은 자신의 실제 삶에서 해 보고 싶지만 하지 못하는, 이루어 보고 싶지만 이루지 못하는 일들을 할 수 있는 개방형 가상 세계라고 하더군요.

2006년 10월 18일, 태평양 연안 표준시로 8시 5분 45초에 이 가상 세계의 인구가 100만 명을 돌파했다는 기사를 보며, 짧은 시간 안에 폭발적으로 늘어나고 있는 이 숫자가 현재 자신의 삶에 만족하지 못하는 사람들의 숫자와 비례하는 것은 아닐까 하는 생각을 해 보았습니다.

　사람들은 대개 자신의 삶에 만족하지 못할 때 탈출구를 찾아 도망치는 경향이 있습니다. 린덴탈 부부의 진짜 딸 안나가 테네리페 섬으로 도망가 살며 자신의 부모와 과거를 깡그리 부정해 버리려는 것처럼 말이지요.

　하지만 오늘은 내일의 어제가 되듯, 현재와 과거와 미래는 떼려야 뗄 수 없는 유기적 관계에 놓여 있습니다. 오늘 '나'라는 사람의 행동과 가치관은 지난날의 내 경험과 지식과 환경에 뿌리박고 있으니까요. 따라서 자신의 삶이 만족스럽지 못하다고 도망치거나, 그것을 무시하는 행동은 결코 올바른 해결책이 될 수 없을 듯합니다.

　기억을 잃어버린 안나, 아니 킴은 일곱 살 정신 연령으로 새 삶을 시작했지만 자신의 삶에 대한 강한 애착과 그것을 되찾기 위한 투쟁심만큼은 잃지 않았습니다. 물질적 풍요와 안정된 미래가 보장된 환경에서 편안한 삶을 기약할 수 있었지만 킴은 가상 세계와 같은 린덴탈 부부의 품 안에서 가짜 안나로 살아가기를 거부했습니다. 제아무리 추하고 불쾌한 과거일지라도 거기에 맞닥뜨리는 것을 두려워하지 않았습니다. 킴의 말대로 17년이라는 세월은 장난이 아니었으니까요. 과거가 없는 미래는 있을 수 없듯, 자신의 과거를 인정하고 과거의 매듭을 푼 뒤에야 비로소 현재를 꾸리고 미래를 결정해 나갈 수 있으니까요. 그것이 비록 가상 세계에서처럼 아름답고 유쾌하지 못할지라도, 심지어 법의 처벌까지 받는다고 할지라도요.

바로 이러한 점이 한 번 손에 쥐면 끝까지 읽지 않고는 배기지 못할 만큼 긴장감 넘치는 이 스릴러 소설을 단순 스릴러 소설로 그치게 하지 않고, 정체성을 찾아가는 청소년에게 생각할 거리를 전해 주는 성장 소설로 승격시키는 것이 아닐까 싶습니다.

삶은 집을 짓는 것과 비슷하다는 생각이 듭니다. 허공에서부터 지어 내려가는 집이 없는 것처럼 삶도 내 경험의 벽돌을 차곡차곡 쌓아 올리는 것이지요. 비록 금장을 두른 화려한 집이 아니라 해도, 몇몇 벽돌이 보기 싫게 삐뚤삐뚤 튀어나왔다 해도, 내가 정성 들여 하루하루 쌓아 올리는 집이기에 충분히 자랑스럽고 온전히 사랑할 가치가 있습니다. 그리고 무엇보다도 여러분한테는 지금까지 쌓은 벽돌보다 앞으로 쌓아 올릴 벽돌이 더 많이 남아 있으니까요.

김영진